隔世

GE SHI ZHEN JI DANG AN

侦缉档案 1

璇儿 著

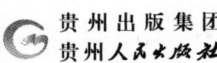

贵州出版集团
贵州人民出版社

图书在版编目（CIP）数据

隔世侦缉档案.1／璇儿著. —贵阳：贵州人民出版社，2018.9

ISBN 978-7-221-13020-4

Ⅰ.①隔… Ⅱ.①璇… Ⅲ.①侦探小说—中国—当代 Ⅳ.①I247.5

中国版本图书馆CIP数据核字（2018）第083431号

隔世侦缉档案.1

璇儿／著

出 版 人	苏 桦
总 策 划	陈继光
责任编辑	黄蕙心
版式设计	陈红昌
出版发行	贵州人民出版社（贵阳市观山湖区会展东路SOHO办公区A座）
印 刷	长沙鸿发印务实业有限公司（长沙市黄花工业园3号）
版 次	2018年9月第1版
印 次	2018年9月第1次
印 张	21.25
字 数	320千字
开 本	710mm×1000mm 1/16
书 号	ISBN 978-7-221-13020-4
定 价	39.00元

版权所有 盗版必究。举报电话：0851-86828640
本书如有印装问题，请与出版社联系调换。联系电话：0851-86828640

目录

红朱恨	1
千年之吻	113
古城魅影	225

隔世

侦缉档案 1

红朱恨

序　章

　　红珠山是座相当有名的山，素来以清幽秀美闻名。清幽的首要条件就是植物要多，红珠山上，多的是珍稀的植物。

　　不，还是有例外的。红珠山一共有七个山峰，其中六个都是植被丰茂，盛夏的时候望去一片清凉。但那第七个，对，仅仅有这一个，却是终年寸草不生。为什么要叫红珠山？因为这里山上的砂土都是一种颜色相当鲜艳独特的赤红色砂岩。覆盖了植被，自然是绿油油的一片。而这第七个光秃秃的山峦，就裸露出它原来的色泽了。

　　赤红色。远远地看起来，就像是一颗红色的珊瑚珠，只是从海底被捞到了山顶。

　　这样的景观是很出奇的，自然也不会缺乏游客。

　　红珠山上修了一座酒店，最豪华的涉外酒店。这酒店还是很有来历的，它是当年一位非常非常有名的军阀在红珠山的官邸。据说他选这里做官邸也是大有讲究的，中国人特别讲究风水，他的官邸正对那座形似红珠的山峦，坐落的那座山峰则是仰首向东，居高临下。四周森林密布，旁边有一个湖，跟红珠山同名，叫"红珠湖"。按风水学上的说法，这里乃是真正的风水宝地。

　　红珠山的风水最后有没有保佑这位军阀，没人关心。总之后来这官邸变成了宾馆，再后来又一再扩建，终于变成了如今的规模。酷暑的时候，红珠山更是天然的避暑胜地。

　　马青就是在八月份来到了红珠山酒店。她是个记者。

　　红珠山酒店最豪华的是五号楼，还有个名——将军楼，而她自己住在了元帅楼（四号楼），也就是昔年军阀官邸的旧址上。虽然说"元帅楼"比"将军楼"名头似乎要大那么一点，可元帅楼是酒店最老旧的一幢楼，因为它是木质结构，虽然屡经修缮，但始终有那么一点年久失修的味道。也因为它靠湖水和森林最近，总带着些潮气和霉味。

但马青就是想住这元帅楼。

开了房门进去一看，这个位于二楼的房间，居然十分宽敞，两道窗子相对，一边挨着是红珠湖，一边对着森林，可谓是山景房加湖景房的二合一。家具是一色的实木，虽然有些陈旧磨损，但质地和做工都极佳，显然不是流水线上出来的。虽然房间里有股潮湿的霉味，但这房间的豪华程度完全可以抵消这小小的不足。

马青扔下她的旅行包，跑到了窗前。窗口下是红珠湖，这汪湖水是一种碧沉沉的颜色，绿得有点偏黑色了。对着窗口的，就是红珠山名字由来的那个小山峦。这时候正当夕阳西下，湖水给镀上了一层金红色，红碧相间，美得有些诡异。而那个寸草不生的小山峦，在阳光下，真像是一颗闪闪发光的红色珠子。

红色……马青盯着那山包看了一会儿，突然身不由己地打了个冷战。

也许平时，山是赤红的，近于某种暗红色。可是这时候，夕阳下，那座山……颜色红得特别古怪，像是……像是从人身体里流出来的血，还没有干似的。

马青唰的一声把窗帘拉上了。她用力地眨了几下眼睛，再睁开。也许是她对着太阳和赤红色的山看得太久的缘故，她现在都还觉得眼前一片血红，连胸口都觉得一阵阵地烦闷。

她喝了两口水，决定出去散散步。

晚上在元帅楼旁边的树林散步，实在是太凉爽了。马青绕着红珠湖转，只见湖边有棵老树，也不知长了多少年，盘根错节，枝叶一直伸到了湖里面。

那些黑色的树影，映在湖心，在风里摇摇晃晃，马青望了两眼，赶紧把视线移开了。

就在这时候，一个人影，从老树后面闪了出来。马青虽说胆子不小，但也不禁啊地尖叫了一声。再定睛一看，那是个很老的瞎眼老头儿，手里拿着一个算命的招牌。

红珠山本来就有寺庙,据说还挺灵的,很多人去烧香,有算命先生也不足为奇。

"算命大爷,你一个人在这里,不怕摔吗?"马青拍了拍胸口,刚才被这老人一吓,心还在怦怦跳,"我扶你走到大路上去吧,这里太滑,旁边就是湖呢。"

她去扶那算命大爷,对方却把她推开了:"我怕什么摔!这里的路,我熟得很,瞎了眼睛也一样地走,以前我可是住在里面的!"

马青一怔:"住在里面?"

算命大爷向她身后一指:"就是现在的元帅楼!"

马青心里一动,忙问:"那,您知不知道,以前,很多年前,里面死过一个女人?"

"小姑娘啊,你问这个做什么?"那个算命的瞎子,也不知道到底是不是瞎子,眼睛翻白地"看"着她。马青暗自嘀咕,他到底能不能看见自己?

她把一张钞票塞在瞎子手里,就算真是瞎的,钱也不会摸不出来:"大爷,我是个记者!据说元帅楼的前身是一个非常有名的军阀的官邸,他选在这里修宅子,也是觉得风水特别好,对不对?而且,跟一个女人有关,是吗?"

瞎子听到她的话,突然一阵颤抖。他翻白的眼睛终于正常了,这回是在认真打量马青了。马青大叫一声:"你根本不是瞎子啊!"

"算命的要瞎子才能让人相信啊!"瞎子还说得振振有词,"小姑娘,你还真问对人了。你看,我多大年纪了?"

马青不太确定地看着算命大爷,满面皱纹,佝偻着腰:"您……总得有个七十多岁了吧?"

"呵呵呵,我老人家都八十好几快九十了!"算命大爷一挺胸膛,"红珠山风水养人啊,活个百把岁我看我行!"

马青忍不住翻了个白眼:"是,您老长寿!"

"那可是有关系的!要不,你怎么能找到一个当年经历过那件事的人呢?"瞎子得意扬扬地说。马青一听,精神也来了,忙问:"您不会当年就在那别墅里面吧?"

"还真是！"瞎子说，"我就是这山上的人，土生土长！当时，我在里面打杂。"

他的眼睛忽然又眯缝了起来，上上下下地打量着马青："你真的要听？接下来我要说的，可不那么好听噢……"

马青瞪着他，瞎子又叹了口气，他的眼神本来就浑浊，这时候更是不知道看到哪去了。"她真的是个好人哪，又漂亮，又温柔，说话从来都不大声，对下人都好声好气的。我还记得，她穿一身月白色的衣服，手里拿着一柄扇子，站在栏杆旁边，就跟画上的一样。可是她从来都不快活，从她嫁给他当姨娘，就没快活过。"瞎子说。

马青问："她？她就是我说那个……"

瞎子慢慢地摇了摇头，说："太可怜了。我还记得，那个晚上，她吊在房梁上，穿一身大红的衣服。本来是很好看的绣着鸳鸯的绸缎，被灯一照，颜色就跟血一样……我看见……她穿着红色绣鞋的脚，在那里，一荡一荡的……她的影子，映在红珠湖里，也是一荡一荡的……"

马青颤声问："上吊自杀？"

瞎子摇了摇头。"不是。"他朝马青看了看，"小姑娘，你还是别问了。唉！……这么多年了，几十年了，我也是马上要入土的人了……"

他摇着头，拄着他的拐杖，慢慢地往树林深处走。

"尘归尘，土归土。过去的就是过去了，还追问那些做什么呢？"

马青回酒店的时候，看到酒店经理站在门口，应该是在等她。酒店经理朝马青望了一眼，说："马小姐，你在跟老瞎子说话？他年纪大了，说话不着调，你听听就算了，可别当真。"

马青朝元帅楼看了一眼，不知道为什么，这时候，她却觉得有点阴森森的感觉了："经理，这里……这里真的闹鬼吗？"

经理苦笑了一下："谁知道！有人说看见过穿红衣服的女鬼，也有人说这里阴气重……谁知道呢！"

马青打了个寒噤，她是一点闲逛的心情都没有了。"我回房间了。"她说。

刚才在树林里走得寒气直从脚底往上冒，马青决定好好泡个澡。

浴室很大，很宽敞，有一只很大的洁白的浴缸。马青顺手把浴帘给拉了下来，躺在浴缸温热的水里。她今天爬了一天山，累得筋疲力尽，再没有比洗个热水澡更痛快的了。

马青又抓了一把花瓣撒在浴缸里。酒店想得很周到，在浴缸旁边放了一个玻璃的小盆子，里面盛着一些深红色的玫瑰花瓣。

门窗全都关上了，浴室里弥漫着浓浓的水蒸气。泡久了，马青也觉得有些头晕，就想起身把窗给推开。

她还没动，突然有种奇怪的感觉。好像有什么人，在看着她一样。她无法形容那种感觉。她并没有听到任何声音，或者是看到什么。浴帘把她的视线完全给遮住了，而她开着淋浴的喷头，哗哗的水声很响亮。

虽然马青还浸在热水里，但这时候，她只觉得一股寒意，自头顶一直流到了脚下。她小心地伸出手，去抓挂在一旁的浴巾。

她突然听到了咔嗒一声轻响。

这个声音来自窗户的方向。

浴缸是靠墙的，而窗户在浴缸的正对面。拉上的浴帘和蒸腾的雾气，挡住了马青的视线。

马青轻轻地从浴缸里站了起来，把浴巾裹在了自己的身上。她抓住了浴帘的一角，犹豫着。

终于，她横下心，把浴帘向旁边用力一拉，唰的一声，浴帘都被她从杆子上给扯了下来。

"啊——"马青的尖叫声，响彻了整座红珠山酒店。

当酒店经理带着保安们赶来的时候，所有人都目瞪口呆。

马青已经溺死在浅浅的浴缸里。她的黑发，像是海藻一样，漂浮在浴缸的水面上。一片一片深红色的花瓣，也浮在水面上，悠悠地晃动着。

她的眼睛，瞪得像两颗水晶球一样，脸上的表情，说不清楚是惊骇，还是恐惧。

经理看着马青的尸体，开始发抖。忽然，一个保安，指着对面的窗户，张大了嘴,却叫不出来。

窗户上蒙着一层水雾。窗户是从里面闩上的。

窗玻璃上,有人用手指在上面写了四个字。潦草的四个大字,已经有些模糊不清,因为水蒸气正在不断地蒸发。每个字,都像是在不停地往下滴水。

"带我回去"。

1

"你不是一向不跑红珠山的吗,这趟怎么来了?"康源坐在亭子里给自己倒茶,这寺庙旁边的茶室可古意得很,亭子几乎要悬空了,向下一望,白茫茫的云雾不尽。杯子里的茶,绿得青幽幽的,跟周围的青松翠藤,再搭调不过了。"进来啊,喝杯茶,我请客。"康源说。

杜润秋背着他的大背包,没精打采地坐在亭子外面的树荫下,不时掏出手机看看时间。正午的阳光火辣辣地刺人,但杜润秋头顶上那棵大树至少有几百年了,绿荫如盖,活脱脱一把天然大伞,几乎漏不下几星阳光。就算是盛夏,也会觉得遍体清凉。

"不用了,时间快到了,我看他们马上就要回来了,茶没泡上来我就得走了!我说你也真是,要请客就诚心点嘛,现在瞅着我要走了才说!"

康源是杜润秋的朋友,从小就认识,学的是医,但却整天研究些稀奇古怪的东西,跟和尚道士关系好得很,常常在寺庙道观里面一待就是半个月。他比杜润秋大不了两岁,皮肤白皙得带点病态,瘦削的一张脸,一看就是常常待在家里不出门的人,跟晒得黝黑血色十足的杜润秋完全是两个极端。

"杜润秋,你真是狗嘴里面吐不出象牙。"康源啜着茶说,"你还没回答我呢,你这趟是为什么来的?"

杜润秋长长地叹了一口气："唉，你还记得马青吗？我跟她以前是同学，关系还不错，她莫名其妙死在红珠山，一直没查出凶手。又到她的忌日了，我就顺便过来了，想替她在庙里烧炷香。"

康源啜了一口茶，若有所思地说："马青啊，这件事，确实挺玄乎的。杜润秋，你难道没听过，红珠山有个传说吗？"

杜润秋无精打采地说："什么传说？就是那个'带我回去'的吗？当然听过。不就是说有个女的冤死在这里，远离故乡，一直想要回去吗？"

康源还没来得及说话，就见着两个戴着大草帽，还打着遮阳伞的女孩子，站在不远处，对着杜润秋看了好一会儿，两个人又叽咕了一会儿，其中一个女孩子朝他走了过来，甜甜跟他们打招呼："大哥，我们想去红珠山酒店，应该走哪条路啊？"

杜润秋眼前一亮，这女孩皮肤虽然黑了点，但是个大美人，两颊晒得红红的，娇艳得像朵蔷薇似的。大眼睛，长睫毛，活像漫画里面的人。他顿时来精神了，一下就跳了过去，康源拉了他一把，哪里拉得住。

"红珠山酒店啊你们也要去啊我也是要去的要不我们一起结伴去那里可是度假休闲的好地方啊……"

那女孩被他这一连串都不带喘口气的话吓住了，直愣愣地瞪着他，过了好一会儿才说："你说话都不换气的啊？"

"看到美女我眼睛都不会眨的，更不要说换气了！"杜润秋看到女孩眼睛都瞪圆了，忙又补上了一句，"开玩笑的，我是开玩笑的啦，不要当真，不要当真！我嘴里不换气我鼻子会换气啊！"

女孩扑哧一声笑了出来。这时候，另外一个女孩也走了过来。这个女孩给杜润秋的第一印象就是白，非常白皙，玉一样白。她没有那个皮肤微黑的女孩子靓丽得惹眼，但五官长得十分精致。杜润秋一向只注意女孩子的脸和身材，但他看到这个女孩的时候，眼光却停在了她脖子上戴着的一个八卦钱上面。那是个看起来很有点年岁的八卦钱了，虽然古旧，却磨得锃亮锃亮，显然是常常有人用手摩挲它。

"大哥，你是导游对吧？"

白皮肤的女孩说，她的声音很文雅，但杜润秋却有点吃惊。他把自己从上到下地看了一遍，画了一只大脸猫的T恤、短裤、运动鞋、大背包，和来红珠山旅游的背包客实在没什么两样。再看了看胸前，导游证也没挂着啊？他望着那女孩，问："你怎么知道我是导游？我脸上没写着'导游'两个字吧！"

两个女孩都笑。皮肤很白的女孩说："因为只有你坐在这里乘凉，一副特别无聊的样子。别的人，早都去逛啦。"

杜润秋呆了一下，搔着头皮说："是这样？"他从包里取出导游证，亮了一亮说，"我姓杜，杜润秋。两位美女，怎么称呼啊？"

"我姓林，林晓霜。"大眼睛的女孩说，"她叫丹朱。"

杜润秋啧啧地赞叹："人美，名字也美。"他又瞅着丹朱说，"我还不知道有姓丹的呢。"

丹朱微笑着说："我不姓丹，我姓迟。"她也瞅着杜润秋说，"你的名字难道不是更诗意吗？简直可以当武侠小说的男主角了。"

杜润秋哈哈笑，说："我老爹给我取的名字，也不知道他哪根筋搭错了。"他又问，"你们俩是来旅游的吗？就你们两个人？"

晓霜笑着说："我们在红珠山的酒店订了房间呢。听说红珠山是这里最好的一家，丹朱说那里很漂亮。"

是最好的一家，也是最贵的一家。杜润秋心里想着。他早已注意到晓霜手腕上戴的那个白玉麻花镯，那成色可是好得让人眼睛都舍不得移开。这两个女孩肯定是有钱人家的大小姐，跑出来旅游的。杜润秋向来见了美女就不会放过，可是这时候，他的手机响了。

"喂？喂，啊，你们到了啊？好，好，我这就到寺门口来，你们稍等一下啊！"

杜润秋挂了电话，有些失望地说："我要接待的游客到了，我得先去接他们。不过……"他的眼睛又亮了，"我的客人也是到红珠山酒店住的！我们晚上见怎么样？一直往那条路走就是了……你们订的是哪幢楼？"

"元帅楼！我把我的手机号告诉你……"晓霜话还没说完，就看到杜润秋原本笑得阳光灿烂的脸，突然地刮过了一片阴影。

"……你们换到别的楼吧，酒店会给你们换的。"杜润秋慢吞吞地说。

晓霜问:"为什么?"

杜润秋迟疑着,过了半天才说:"元帅楼是红珠山最老的一座楼,那里面的客房比起其他几座楼差远了。都是一样的价,你们干吗不住好一点的?听我的,住将军楼吧,那里客房都很漂亮。"

晓霜看了看他,又看了看丹朱:"可是……是丹朱说要订元帅楼的。"

杜润秋呆住了。他也转过头去看丹朱,可是丹朱的脸被她头上那顶绿色的宽边草帽遮住了大半,他根本看不清楚阴影下面她脸上的表情。

晓霜一手挽住丹朱的胳臂,冲着杜润秋甜甜地笑了笑:"我们先去逛啦,晚上见哟!"

杜润秋对她报以一个自认为是最帅气的笑,看着蹦蹦跳跳的晓霜拖着丹朱走上了往红珠山酒店方向的路,还看着她们的背影,突然听到有个声音在招呼自己:

"喂,杜润秋,你也在?"

听到是男人的声音,杜润秋马上提不起劲儿来,无精打采地挥动着帽子说:"是梁喜啊,你也走到这里来了?"

梁喜比杜润秋大几岁,快三十了。杜润秋个头很高,足有一米八八,体格很是健壮。这样的体魄,却偏偏长了张娃娃脸,倒是很讨喜,笑起来尤其可爱。梁喜比他矮了足足半个头,皮肤黄黑,很不起眼,背着一只灰绿色的大挎包,那式样活像半个世纪前的款式。

他在杜润秋身边坐了下来,从挎包里拿出了一瓶矿泉水,咕嘟咕嘟地喝了半瓶,抹了抹嘴说:"别提了,我这个团真是麻烦死了。"

杜润秋扫了一眼梁喜带的那个团队——因为每个游客都戴着一顶旅行社赠送的小红帽,所以很好辨认——都是些中年大叔大妈。他呵了一声说:"麻烦?我看起来还不错呢,要不,你跟我换换?"

梁喜愁眉苦脸地说:"你不知道,路上有个客人死啦,又是华侨,可麻烦得很!"

杜润秋愣了一下:"死了?怎么死的?"

"我也不知道啊!"梁喜摊开手说,"他们是同一个地方来的,人很多,我带的是第一批,后面还有。我们住在县里面最好的那家酒店,我跟他们住的不是一栋楼。第二天一早,他们就给我打电话,叫我快去,说有人不行了。我赶去一看,人都凉了!"

杜润秋两道浓眉拧在了一起:"死在房间里的?男的女的?"

"男的,五十多岁,说是心脏病发作。"梁喜的眉头也皱了起来,"反正我去的时候,人已经不行了。他老婆跟他姐姐都说他有心脏病……"

"等等等等等等!"杜润秋挥着手大叫,"他老婆!他老婆肯定是跟他睡在一个房间吧?难道天亮了才发现他死了?跟一具尸体睡了一晚上?"

烈日下,梁喜居然抖了一下。他的声音,压得更低了:"这我可不知道。她说她一路上累得不行,一沾到床就睡了,什么都不知道哪。她拿出了她丈夫平时吃的药,确实是治心脏病的。我想,大概是那天去的景点海拔太高,人累坏了,心脏负荷不了,才会猝死……你知道,这种事,以前也发生过,撞上了就是运气不好了……"

他还没说完,突然瞪圆了眼睛,看着正殿的方向。杜润秋也顺着他的眼神看去,也直了眼。只见一个穿白色长裙的年轻女郎,手里举着一炷比她人还要高的香,小心翼翼地从正殿的门槛上迈出来。

杜润秋嘿了一声:"好家伙,这炷高香!这女的想求个什么啊,这么舍得!"

梁喜的脸色,变得相当古怪。过了好一会儿,他才小声地说了一句:"她就是我说那个死掉的游客的老婆啊。"

杜润秋发出了一声夸张的大叫,然后又放低了声音说:"你不是说死的那个客人五十多岁吗?这女的也才二十多岁啊!"他又瞅了几眼,那女郎一头长发,眼圈微红,完全没有化妆,但看起来还是十分秀丽。"长得挺漂亮的,又是老牛吃嫩草啊?"他说。

梁喜白了他一眼:

"你就知道看女的!那个死了的客人,很胖,很丑,反正跟她一点儿也不相配的。不过,不相配的夫妻多着呢,人家有钱嘛,再漂亮的也娶得到!"

杜润秋有点奇怪地说:"她怎么不留在当地办她丈夫的后事,还跟着旅游团继续旅游?"

梁喜吞了一口口水:"她……她对我说,她丈夫死了,她一定得到红珠山来给她的丈夫烧一炷香。她说她丈夫是最信这些的,本来这回来红珠山就是为了烧香拜佛,所以别的亲属留在当地办后事,她来替他完成心愿……"

"难怪她舍得花大价钱买这样的高香。"杜润秋盯着那年轻女郎看,她很是虔诚地把那炷香插进了大香炉里,然后对着香,双手合掌,闭上了眼睛,嘴里也念念有词。

"喂,梁喜,她叫什么名字?"

"她叫……"梁喜正想回答,突然想起了什么,又瞪了杜润秋一眼,"你又想打人家的歪主意了?拜托,人家才死了老公呢!"

杜润秋嘿嘿地笑。"说说嘛,又不会死。"他拍了拍梁喜的肩膀,"告诉我嘛,晚上请你吃饭?"

"谁稀罕你请吃饭。"梁喜说,"她叫杜欣,你可别去招惹,惹了麻烦我管不了!"

"跟我一个姓?"

梁喜嗯了一声:"是呀,我还真没注意,真是跟你一个姓呢。"

杜润秋顿时兴奋了起来。"好好好,一个姓好,五百年前都是一家!"他说着说着就眉飞色舞神采飞扬了,人也站了起来。梁喜一拉他说:"你干吗?你想干吗?"

"过去搭讪啊!"杜润秋说得理直气壮。

梁喜又好气又好笑,正想挖苦他两句,只见杜欣上完了香,居然正对着他们的方向走过来了。他连忙站了起来,杜欣走到他面前,柔声地说:"梁先生,你能不能告诉我,这里……这附近哪里有算命的?"

梁喜呆了一下,杜欣这个问题实在是太出乎他的意料了。杜润秋赶忙凑上去说:"算命的?我知道,我知道,我带你去怎么样?就在寺庙的对面,那个算命的老头儿在那里摆摊摆了很久了,灵得不得了。你要算什么,算财运,还是算姻缘?"

杜欣听到最后一句话,才抬起头来看他。她的脸突然变得纸一样白,两眼盯着杜润秋,一言不发。梁喜狠狠地瞪了杜润秋一眼,杜润秋也意识到自己说错话了,尴尬地摸着后脑勺傻笑。梁喜把杜润秋一把推开,笑着说:"石太太,他说得没错,寺庙对面确实有个算命的,长年在那里。我陪你去?"

杜欣想了一想,她似乎是个相当温柔和通情达理的女人,摇了摇头:"不麻烦你了,梁先生,你事还多呢,我自己去找。"

说完这句话,她又朝杜润秋微微点头,目光在他脸上停留了片刻:"也谢谢你了。"

杜润秋简直是受宠若惊,正想找出些话来回答,突然,有个女人不知道从什么地方窜了出来,一窜就窜到了他们中间。这是个打扮很俗气的中年女人,头发烫得焦黄焦黄像一堆锈了的铁丝,居然还穿了双高跟鞋来爬山。她对着杜欣,笑容满面地说:"一眨眼你就溜到外面来了!欣儿啊,你可别乱跑啊,这里路不好走啊!"

她一面说,一面把一条大披肩围在杜欣肩头上,又用一个四叶草形状的紫水晶胸针扣上了:"山上冷,多穿点,啊?"

杜欣只淡淡地答应了一声:"好,大姐。"

"大姐"跟着杜欣走了出去,真像是一步都不打算离开她的样子。等她们两个都走远了,杜润秋才低声问:"这不会真是她姐姐吧?"

"不是!"梁喜说,"怎么可能!是她丈夫的姐姐,大姑子!"

杜润秋叹了口气,说:"我已经能想象她丈夫的尊容了。"忽然又问,"奇怪了,她弟弟死了,她怎么一点儿都不难过?"

梁喜耸了耸肩,说:"那个姓石的华侨,太有钱了。"

他正打算说下去,从寺庙的外面,传来了一个尖细而苍老的声音,十分激动地在大声嚷嚷着什么。杜润秋跟梁喜对望了一眼,杜润秋说:"这声音听起来挺熟啊,是谁?"

梁喜又听了一下，忽然叫了起来："是那个算命的瞎子！"

他拔腿就往外跑，杜润秋也跟着跑了出去。只见寺庙外面，一个头发全白的瘦小老头儿，站在一棵老树下，一只手紧紧抓着他的算命招牌，另一只手却抖抖索索地指着站在他对面的杜欣。他的两眼像死鱼一样翻着白，阳光下看来相当诡异。

杜欣背对着他们，只看得见她白色的裙裾，和一头飘拂的黑发。杜润秋正想过去看个究竟，突然，那个瞎子把他的算命招牌一丢，没命地往下山的小路跑去，那模样活像是有只老虎在背后撵他似的。他一头撞上了一棵树，撞得可着实不轻，他也像不知道痛似的，盲目地继续往下跑，终于消失在了杜润秋的视线里。

杜润秋把瞎子扔在地上的算命招牌捡了起来，拿在手里摇晃着："哎哟哟，连吃饭的家伙都扔了，他怎么了？见鬼了吗？"

梁喜不理会他的胡说八道，跑到杜欣身边，相当焦虑地问："怎么了？出什么事了？他跟你说了什么？"

杜欣的脸上，带着疑惑的表情，还有一种无法形容的恐惧："我……我一出来，就碰到他了。他一看到我，就……"

"他说什么？"梁喜追问。杜欣迟疑了片刻，摇了摇头说："我没有听清楚，他说的话我听不太懂。"

瞎子惊慌之下，说的是当地话，杜欣听不懂是正常的。可是杜润秋总觉得杜欣的态度很奇怪。他溜达到了一边去，小声问附近一个认识的卖饮料的大姐："你有听到那瞎子说了什么吗？"

"这瞎子在这里算了几十年命，我还是第一次看到他这样发疯。"大姐也是满面疑惑，"我也没听清楚啦！就听到他叫着什么回来了，回来了！"

杜润秋皱起了眉头。他一回头，看到他那群客人从大殿出来了，他只得叹了口气，打起精神，挥舞着他的小旗子大声叫了起来："过来了，集合了，我们该去酒店了！"又回过头，对梁喜说，"忙完了我们再聊！"

梁喜突然像是想起来什么似的，说："对了，我碰见英虹了。她应该这两天也会在红珠山酒店，到时候一起聚聚，也好久没见了。"

杜润秋呵了一声，说："英虹？好啊！确实有阵子没见了！"他又远远地挥了挥手，跟康源做了个"再见"的手势。

康源却提起声音，叫了一声："杜润秋，你过来，我有话对你说。"

杜润秋叹了口气，很不情愿地跑了过去："有什么话？快说！我忙着呢！"

康源总算把他的眼光从茶杯上移开了。他的两眼，紧紧地盯着杜润秋，表情严肃得让杜润秋都吓了一跳："记住，杜润秋，如果你接触到某个人，他的身上有一件比较奇怪的东西——别问我是什么，我也不确定，但是如果你见到，你应该会反应过来的——那么你就立即逃开，越远越好。这是作为一个朋友，我对你的忠告。收起你的好奇心！"

杜润秋呆住了，完全不知所措。

他想再问，但康源已经端着他的茶杯走开了，把杜润秋一个人扔在了那里。他团里的客人们，又过来叫他了，杜润秋只得把心里的疑问暂时先放下。

"好好好，走了走了走了！人都到齐了吧？"

到了红珠山酒店，杜润秋好不容易把客人们安顿好，正打算去问丹朱和晓霜住哪个房间，就看到那两个女孩一步三摇地从元帅楼走了出来。看到杜润秋，晓霜就很兴奋地对他挥手，三步并作两步地跑了过来。

她一眼看到杜润秋手里还捏着身份证（刚才办登记入住的时候用的），就一把抢了过来，大声嚷嚷着："我的身份证照片最丑了，丑得就像是进监狱拍的一样，让我看看你的是不是也一样，我好平衡一点儿……"

她把杜润秋的身份证举到眼前的时候，声音突然中断了。杜润秋哈哈地笑着说："是不是我的也太丑了，不像我？"

晓霜没有说话。这时候，丹朱已经走到了她身后，顺手把杜润秋的身份证拿了过来。她的声音，微微地带着一点异样："秋哥，你这上面……写的出生日期真是你的？"

"是啊，怎么了？"杜润秋愣了一下，又笑了起来，"是不是你们谁跟我同年同月同日生？同年同月同日生的就是夫妻哟！"

"去死！"晓霜猛地踩了一下杜润秋的脚，疼得他抱着脚，金鸡独立地满地乱跳。他有点奇怪，明明自己闪得很快，怎么还是没有闪过晓霜这一脚？而且劲头还着实不小，脚指头一定被踩肿了。

"我们都不是跟你同年同月同日生的，你别想占我们的便宜。"丹朱把身份证还给了杜润秋，不经意地问道，"你是几点钟出生的？"

杜润秋想了一下。"好像听我妈说，是半夜？对了，好像她说是十二点吧，还是凌晨一点？哎哎哎，弄不清楚了，我又不算命，知道生辰八字做什么啊！"他忽然又嘻开了一张脸，"丹朱，你是不是要帮我算命啊？要不要帮我看看手相？看我今年是不是有大桃花？"

丹朱的唇角忽然露出了一丝笑意："秋哥，我看，你不是有大桃花，你是会有大麻烦噢。"

杜润秋嘿嘿一笑："我没有，梁喜才有。"

丹朱问："梁喜？"

杜润秋想把梁喜说的事情复述一遍，但发觉好像有点复杂，一两句讲不完。丹朱就说："到我们房间吧，慢慢聊。我们本来就想下来找你的，正好遇上。"

一上楼，两个女孩沏茶的沏茶，切水果的切水果，杜润秋简直都要飘飘然了，三下两下就被丹朱晓霜把刚才发生的事儿给全问了出来。当然，杜润秋本来天生也是个管不住自己嘴巴的人，尤其是这种让他觉得有些不安，想找人分享的事。

"你不用担心，秋哥。"丹朱坐在靠窗的椅子上，她已经把那顶大草帽摘去了，一头柔软的黑发披在背上。她的一只手，无意识地摸在脖子上戴着的那个八卦钱上。"红珠山不仅景色秀美绝伦，也是真有灵气的。我觉得你用不着多想，那位石太太不会遇到什么事的。不过，她烧香拜一拜也是应该的。"她说。

杜润秋向来是哪壶不开提哪壶，居然一不小心进出了一句："那也不一定，这红珠山，可是莫名其妙死过人的……"话还没说完他就知道说错了，一伸舌头，急忙把剩下的话给咽回去了。再一看丹朱和晓霜，脸上却都完全没有惊讶的神色，这次轮到他自己惊讶了。

晓霜靠在窗台上，她的头发刚好及肩，梳了个大花苞头，耳朵上戴了一对水滴坠子，一说话那坠子就摇来晃去。她确实很美，尤其是映着身后的景色——碧绿的红珠湖，远处赤红色的山峰，金光镀在山上，也洒在湖面上——她站在窗框前，活脱脱的就像是一幅颜色浓丽的油画。

她手里抓着一把大樱桃，正吃得起劲，一颗颗地往嘴里扔："我们早知道啦，不然还不会来这里呢。秋哥，你不知道这个房间，就是死过人的那一间吗？"

杜润秋本来坐在沙发上，这下子直跳了起来："什么？！"

晓霜捂着嘴哧哧哧地直笑："我还以为你胆子多大呢，结果比我还胆子小。我们就是知道这里死过人，才坚持要住这里的。酒店还不肯让我们住这里，我好说歹说，才勉强让我们住下的。他们一再叮嘱，如果有什么事，让我们马上打电话找保安呢！"

杜润秋慢慢地扭过头，环视着这间房间。203号。元帅楼是木质结构，共有三层。房间有些陈旧，整个元帅楼设施都老化得厉害，连有限的几个监控摄像头也差不多都坏了。虽然被单是新换过的，但他从进来的时候，就隐隐地闻到一股潮湿的霉味。他并没有当回事，毕竟这是高山上，一边临湖，一边对着的是茂密无比的原始森林，如果没有潮气倒怪了。红珠山上，再热的天气，都是凉快得不行的。

203号房间，跟元帅楼别的房间没有什么不同，保养得还算不错的实木家具，几幅风景画挂在墙上，桌子上还摆着一些当地的新鲜水果，已经被晓霜吃了一大半了。

"你们……"

杜润秋才说了两个字，就被晓霜给打断了："哎呀，我们不害怕啦！有什么好害怕的，你看起来又高又壮，比我们俩胆子还小呢！"

杜润秋顿时闹了个大红脸。丹朱笑了，问道："秋哥，你来红珠山，这是第几回了？"

"你别说，这还是第一次在这里过夜。"杜润秋说，"来过几次，可都是匆匆忙忙的。"

"那就难怪了。"丹朱说，"难怪你居然不知道这间房间就是死过人的房间。"她瞟了一眼杜润秋，似笑非笑地说，"像你这么好奇心强的人，不去打听，也真奇怪。"

杜润秋的脸更红了，晓霜也哧哧地发笑。丹朱却不笑了，正色道："其实，一点儿都用不着害怕。秋哥，我问你，这红珠山酒店，平时住的人多吗？"

"多着呢。"问到杜润秋的老本行，他的舌头立刻活络了起来，"到了夏天最热的时候，房都住得满满的，塞都塞不下呢。都是上来避暑的呢，这里空调根本用不上的……"

"秋哥——"晓霜拉长声音说，"就问你这里住的人多不多，你怎么说那么一大堆嘛！"

杜润秋一瞪眼，说："要不是因为你们两个是美女，我才懒得解释这么多呢！"

丹朱站了起来，她换了条飘飘逸逸的浅色长裙，长及脚面，走起路来很是婀娜的样子。杜润秋就盯着她的背影死看，直到丹朱回过头来，巧笑嫣然地对他说："秋哥，帮个忙好不好？"

杜润秋巴不得一句，连忙从沙发上站起来，跑到她身边去。这时他才发现丹朱正站在一个很奇怪的位置上——门背后。她仰着头，正在往上方看。杜润秋顺着她的眼神望去，他看到在门背后上方的墙上，挂着一幅小小的风景画。

画上是红珠湖。夕阳下的红珠湖。七座山峦倒映在湖里，六座碧青，一座赤红，真仿佛是一颗红珠落在青山之间。湖水碧绿，夕阳的光映在水面，泛出一种似金似红的光泽。

杜润秋揉了揉眼睛，用力眨了几下，又抬眼去看。这画画得相当传神，看久了居然觉得湖面上的水波连着阳光一起在闪动。他忍不住又回头去看窗外，晓霜已经走开了，窗外的红珠湖和那座赤红的山峦立即映入了他的眼帘。

这画就像是窗外的一个缩景似的。不知为什么，杜润秋觉得隐隐有种诡异的感觉流转在这幅画周围。难道就因为画是风景的缩影？

"秋哥，把那幅画摘下来。"丹朱说。她也一直在盯着那幅画看，声音也微微有些异样。

以杜润秋的身高，只需要稍稍踮起脚尖就能够到了。但是他握住画框的时候，却发现画框四角是用钉子钉在墙上的。不过，钉子已经生锈了，杜润秋用力地摇了几下，就轻而易举地把画摘了下来。可是他把画交给丹朱时，丹朱却摇了摇头。

"我要看的不是这幅画。"她向上指了一指，"是画背后的东西。"

杜润秋再次抬起头。他现在总算明白了，为什么会把一幅画挂在门背后，这根本就不是一个适合挂画的地方，非常别扭。这幅小小的油画起到的作用只有一个，那就是遮住墙上的东西。

那是一张褪色的照片。

杜润秋非常诧异地拿着那张照片看，照片黄得发脆，他只得小心翼翼地两手轻轻捧着，生怕碎掉了。

晓霜和丹朱也凑了过来。那照片显然是年深日久，上面居然是个女郎，虽说照得有些朦胧，但仍然可以看出是个十分标致的美人，脑后挽了个髻，穿一件浅色的旗袍，腰肢袅娜，风姿绰约。

"啊！你们有没有注意到，照片的背景，就是这里？"晓霜眨着眼睛，长睫毛闪得像蝴蝶的翅膀一样。她的声音比丹朱声线更清亮，说话的调子也更嗲。她朝外面一指："看！"

他们说话的这当儿，太阳已经落山了，天空呈现出一种暗淡的灰蓝的颜色。几缕夹杂着暗灰色的红紫色晚霞，浮在半空。碧绿的湖水，在光线的改变下，变成了一种沉沉的暗绿色。湖后面的那座红色的山，也静静地沉入了夜色里。他们没有开灯，房间里也是一片昏暗。

丹朱疑惑地问道："那个年代，照相的技术可不怎么样，这居然是拍的外景，那得多麻烦啊？"

杜润秋注视着照片上女郎的面孔，她实在是跟杜欣太像了，虽然服装不同，发型不同，气质也大不相同，但仍然是太过于像了，像得甚至让人害怕。

"喂，秋哥，你在想什么？"晓霜碰了他一下。杜润秋有点语无伦次地把他发现的事说了一遍，这一回，晓霜和丹朱也沉默了。

过了一会儿，杜润秋才啪地一声把门边的灯开关给按开了，顿时房间里大放光明。房间顶上那盏相当华丽的水晶灯，把房间的每个角落都照得透亮。

杜润秋嘘了一口气。他抹了一把额头上的汗——不知道什么时候，他的额上已经全部是汗，连背心也渗出了汗水。"真不知道我们在干什么，明明有灯，又没停电，也不知道开灯，就傻站在黑里。"他说。

丹朱走到沙发边上，按着扶手坐了下去。她幽幽地说："也许……是这房间里，有某种气氛吧？"

是的，气氛。杜润秋再看了一眼门后，这时候他才发现，在照片后面，居然还贴着一张薄薄的淡黄色的符纸。杜润秋看到符上面那些弯弯曲曲的古怪的文字，那股寒意又渐渐地升上他的脊背。

"我还是去找把锤子，重新把画钉上去吧，别让人看出来了。"杜润秋说。

晓霜却说："照片呢？你就准备揣着？还是放回去吧！"她左看右看，说，"这屋子，真是有古怪啊。"

杜润秋问丹朱："你怎么会知道画后面有东西？"

丹朱轻轻地说："因为，如果有人要在这个屋子里面放镇宅物，那么，就应该是那个方位。"

杜润秋叫了起来："镇宅？！这元帅楼里面，究竟有什么？"

两个女孩都没有回答他。就在这时候，杜润秋的手机响了。他一接，就听到那边大声地说："小杜啊，你快来啊，我们这房间，潮得不行啊，这怎么睡人啊，能换个楼上的吗？"

杜润秋叹了口气，说："就来就来，等着，啊！"

他挂了电话，对丹朱和晓霜说："唉，工作！我先走了！"

丹朱莞尔一笑，说道："秋哥，你去忙吧。"晓霜一边嚼樱桃，一边含糊不清地说："有空来找我们玩啊！"

2

"啊！！！"半夜两点钟的光景，一个尖厉的声音在红珠山的元帅楼回响，那声音因为恐惧都变了样，是男是女都听不出来。

杜润秋一个翻身，从床上坐了起来。他抓了件T恤胡乱地套在身上，一面就急匆匆地往外面跑去。跑到了楼道上，他还是昏昏沉沉的，站住辨明了声音的方向——二楼（他自己住在三楼）。他心里一紧：不会是丹朱和晓霜出了事吧？他根本听不出来那个声音是不是她俩的声音。

他三步并作两步地冲下楼去，显然他算是来得晚的，梁喜已经到了，正在拼命地捶打一个房间的门。这里的房间门都是实木的，结实无比，梁喜拳头都捶红了，门还是不开。

杜润秋也跑上前帮忙，跟梁喜一起用力撞门。这时候，酒店的经理也带着几个保安跑来了，他跑得气喘吁吁，上气不接下气。杜润秋一回头看到他，立即叫了起来："房卡！房卡！开门！"

经理捏着一张房卡，手却在那里发抖。杜润秋一把把房卡抢了过来，刚拿到感应器附近，只听到嘀的一声，显然是房卡起作用了。但是他去推门，门仍然没开。

"怎么办？怎么办？怎么办？"梁喜跺着脚大叫，他急得满脸是汗，脸色发黄："这里是我团里一个客人的房间，是不是出事了？"

杜润秋脑子一转，叫道："隔壁！到隔壁去，我们从窗子过去！"

经理还在那里抖着手说不出话来，杜润秋模糊地觉得有点奇怪，他跟这经理有几面之缘，还喝过一次酒，记得是个十分精明强干的人。这些酒店经理，哪个又不是人精，见过大场面的？怎么今天晚上这么失态，该他做的一点儿都不会做了？但是这时候他也没时间去想那许多，一转身看到丹朱和晓霜不知什么时候也穿着睡衣站在后面了，他也没时间跟她俩招呼，急忙开了隔壁房间的门,冲了进去。

隔壁的窗户是从里面闩上的。杜润秋越急,越打不开,好不容易把窗户推开了,他翻身跳上窗台,扶着墙就想翻过去。好在窗外有个窄窄的台子可以落脚,又是二楼,倒也谈不上危险。

两间房间相距得很近,杜润秋很快就站到了出事房间的窗户外面。这是洗手间的窗户,窗帘并没有拉上,灯也亮着,但杜润秋却看不到房间里的情况。

因为窗户上全是水雾,非常浓重,几乎完全隔断了他的视线。

这一瞬间杜润秋好像又想到了什么事,但是他也来不及去想。他推了推窗,窗也是从里面闩上的。他犹豫了一下,转头看到在刚才翻过来的窗口探头探脑的一堆人里也有经理,就放开声音叫道:"这窗闩上了,我打不开,可要用砸的了!砸坏了,可别叫我赔啊!"

一群人正紧张兮兮地等着他报告情况,谁也没想到他会冒出这样一句话来。晓霜直翻白眼,经理目瞪口呆,梁喜急得头上冒火,大叫起来:"赔!你他妈的这时候还在想着钱!砸啊!砸坏了我赔也轮不到你赔啊!"

杜润秋嘀嘀咕咕地说道:"本来就是,我是助人为乐,难道要揽上不该揽的债务啊,我今年本来就时运不济,穷啊……"

经理总算是回过了神,赶忙说:"你砸,你砸,都算酒店的,都算酒店的。我还要给你送锦旗发奖金呢!"

杜润秋一听来了劲,他绝对是属于身强力壮的那一类型,这里的窗玻璃也只是普通玻璃,他用手肘对着右面的那面玻璃狠命地撞了几下,只听到砰的一声,玻璃碎了。杜润秋赶紧把头缩到了一边,等碎玻璃碴儿都掉下来了,他才伸出手从破洞探到里面去,把窗闩给打开了。

他顺手把窗子给推开了。浴室里面本来是热气弥漫,但是房间外是相当冷的。虽然是盛夏,这里夜晚的温度本来就低,杜润秋要不是这一阵活动得剧烈,早冻得要死了。窗一开,冷风往里一灌,顷刻间里面的水雾就散了不少,杜润秋也很快看清了里面的景象。

一个一丝不挂的女人,躺在注满了水的浴缸里。淋浴喷头还开着,水一直在往她的脸上浇。染成了黄色又烫卷了的头发,浮在水里,像一堆枯黄的乱草。

　　杜润秋做梦也没想到窗子打开看到的会是一个死人。他真是吓得不轻，手不由自主地一松，人也向后栽去。这时他才意识到自己是站在窗外，赶紧伸手用力抓紧了窗框，只吓得一背都是冷汗。

　　"怎么样？看到人没有？"梁喜在那头大叫。杜润秋脸色古怪地转过头去，慢吞吞地说："看到了。"

　　他的语气，让所有人都屏住了呼吸。杜润秋深深吸了一口气，夜里的冷风刺得他胸口发痛。

　　"但是，是个死人。"

　　酒店经理扑通一声就栽了下去，引得周围的人一阵惊叫。杜润秋实在不明白这个经理今天怎么就像只惊弓之鸟一样，自己现在正面对着一个死人，也没他吓得厉害。他犹豫了一下，对梁喜招了招手说："我先进去看看。"

　　杜润秋说完，又努力地吸了一口气，从窗台翻了进去。

　　卫生间的地板是湿的，非常湿，就像是刚才有人在里面洗了个澡，又有意把水溅得到处都是一样。杜润秋扫了浴缸里面的那个女人一眼，因为淋浴喷头的水一直在往她脸上浇，他没办法看清楚她的长相。但这时候靠近了，他能够看到那个女人的眼睛是睁着的，像死鱼一样地向上翻着。

　　他猛地打了个寒噤。

　　这时候，梁喜也从那边窗口摸过来了，跟着翻了进来。他一看到浴缸里面的死人，就连着倒退了几步，一直又退到了窗口边。杜润秋正想跟他说话，忽然，他看到了一件东西，在浴缸里面闪光。虽然浴缸里面的水是满的，但那东西不小，又是亮晶晶的，杜润秋的视力一向是好得出奇，这时候发挥了作用。

　　他弯下腰，伸手去捞那东西。一碰到水，他就愣了一下。

　　水是冰冷的。

　　杜润秋本能地去试淋浴喷头下的水，可是，喷头放出来的水，是滚烫的，烫得他急忙把手给缩了回来。

　　奇怪。杜润秋一面想，一面把那东西捞了出来。

　　他当即怔住了。

那是一个四叶草形状的紫水晶胸针！

杜润秋抬起头，正好跟已经走到他背后的梁喜四目相接。梁喜有些吃力地说："这个……这个……"

"这不是她给杜欣别上的那个胸针吗？怎么会掉到这里？"杜润秋问。

梁喜口吃地说："这个……她是在路上一家卖水晶的店买的，我看着她买的。你知道这个东西都是批量生产，到处都有卖的，也许，也许她不止买了一个……"

杜润秋脑子里忽然有道灵光闪了一下。他在刚看到尸体的时候，就依稀有种似曾相识的感觉。现在他知道这感觉来自何处了。他看了梁喜一眼，说："我们看看她的脸吧。"

"等……等等！"梁喜阻止他，"你不能破坏现场……"

"谁说我要破坏现场了。"杜润秋说，"我把喷头喷下来的水挡住也算破坏现场？"

梁喜语塞。杜润秋伸出一只手，接住了从喷头上淋下来的水，这样那个女人的脸就不会因为不断快速喷溅下来的水而看不清楚了。她的脸一露出来，杜润秋和梁喜都齐齐地发出了一声惊叫声。

"是她！"

杜欣口中的"大姐"！

杜润秋虽然已经猜到会是她，但是一旦证实了，还是瞠目结舌。他和梁喜两个人，就呆呆地站在那里，你看我，我看你。

直到外面有人用力打门，还夹着叫声："喂，你们赶快把门打开啊！"

梁喜这才如梦初醒，说："我们还是先开门……"

忽然，他看到杜润秋两眼死死地盯着他的背后，脸上出现了十分惊讶甚至是恐惧的表情。杜润秋这个人，一向都是嘻嘻哈哈胡说八道，梁喜从来没见过他有这样的表情，一时间感觉背上的寒毛都竖起来了，竟然不敢回头去看。他好不容易才挤出了声音，感觉连自己的声音都在颤抖：

"你……你在看什么？我背后……有什么？"

杜润秋眼睛仍然一眨不眨地瞪着他背后，过了好一会儿，才一个字一个字地说："带，我，回，去。"

至少隔了半分钟，梁喜才理解到杜润秋这句话的含义。他非常机械地慢慢扭过头，向窗户望去。

洗手间的窗户是相对的两扇。左边的一扇，已经被杜润秋打破了。右边的一扇，正在风里摇晃。这一阵子，风特别大，外面又是十分茂密的树林，风吹过的呜呜的声音，几乎像是野兽在咆哮。

右边那扇完整的窗户玻璃上，不知是谁写了四个潦草的大字。

"带我回去。"

这四个字，就在冰冷的夜风里，迅速地散去。雾化成水，一滴滴地沿着玻璃，往下滴落。

那一夜，红珠山酒店灯火通明。当地警方连夜赶了过来，一排警车加上运尸车呜呜地叫着停在了酒店的停车场里。酒店里大概也没人再能睡得着，杜润秋也不例外。

元帅楼暂时被封锁了，杜润秋也跟住在元帅楼的其他人一起，迁到了将军楼。他站在木质扶手的走廊上，对着停车场的方向看了一会儿，正想回头，却觉得后面有个人。他一看，是丹朱。

"外面冷，丹朱，回房间吧。"杜润秋说。夜里的红珠山，穿羽绒服也不会嫌厚的。

丹朱只裹了件薄毛衣，脸都冻得有些发白。她远远地注视着那些停下来的警车，望了好一会儿，忽然幽幽地说："秋哥，你看，那些警车上面的红灯像什么？"

杜润秋呆了一下。红灯就是红灯，像什么了？丹朱似乎也没打算等他回答，转身就往房间里走去。她的声音飘了过来："你不觉得像一颗颗红色的珠子吗？发着红光的珠子？"

一股冷风吹了过来，吹得杜润秋连着打了好几个寒战。他正拿不定主意是跟上丹朱还是留在原地，忽然，丹朱又停下了脚步，回过头问他："'带我回去'，是什么意思？"

杜润秋呆了一下。他的脸色变了，声音也沉落了下来。难得的，他的表情严肃了，甚至带着某种伤痛的表情。

"我有个同学,她是个记者。她的名字叫马青。"

丹朱扬起了头,询问地看着他:"她怎么了?她跟我问的事,有什么关系?"

"她死在了这里。"杜润秋低声地说,"就是这里,红珠山,元帅楼,你们住的203号房。警察一直没弄清楚她的死因……最后他们只能说,是意外。意外?你见过一个人能在浴缸里溺死吗?"

"听你说起来,你就像是当时也在现场,身临其境似的。"丹朱说,她的眼神不再飘忽,声音清晰而尖厉。

"我当时虽然不在,但是梁喜在这里,他是见到了的。而且,一传十,十传百……"杜润秋黯然地说,"他们都说,这里有鬼。我不知道,我该不该相信……"

丹朱盯着他,她的唇边,又出现了那丝古怪的笑意:"秋哥,这个世界上,当然有鬼。你今天晚上不已经见着厉鬼干的好事了?"

杜润秋瞠目结舌地盯着她,一时间不知道该说什么好。正在这时,只听到楼梯一阵响,酒店经理跑了上来。他只穿着衬衣,脸色泛白,嘴唇泛紫,对着杜润秋就叫:"快来,快来!警察找你呢!"

"找我干什么?"杜润秋没好气地说。

经理是个长相相当周正的男人,平常很有点气度不凡的模样。但是今天他不但领带歪了,头发也被风吹得乱糟糟的,活像个鸡窝。杜润秋想起经理平时一脸严肃地训斥手下员工的样子,再看看他现在的样子,忍不住"哈"地笑出了声,笑得经理恶狠狠地瞪着他看:

"你还有心情笑!走啊,走啊,他们等着你呢!"

杜润秋跟着经理走到了元帅楼下面,虽说元帅楼里面灯火通明,大概所有能开的灯都开了,杜润秋仍然觉得有股说不出来的寒意,站在门口居然有些犹豫着不愿意进去。经理更是远远地就站住了,对着杜润秋挥手说:"进去呀!进去呀!在二楼,他们等着呢!"

杜润秋很不乐意地瞪了他一眼,经理站在一棵老松树下面,整个人都藏在阴影里。路灯的光照在老松树上,一道道细细的光诡异地铺在经理的脸上,加上他那赶鸭子一样的手势,杜润秋也没法迟疑了,一大步就踏进了元帅楼。

元帅楼的二楼楼梯口站着个穿便装的警察，一见到杜润秋就沉下脸恶狠狠地说："不是说了吗，这里不能进！"

杜润秋正没好气，一转身就往下走，大声说："要不是催命一样地催着我来，我还不来呢！见他妈的鬼，谁愿意待在这闹鬼的地方？"

"请等一下。"楼梯口上响起了另一个男人的声音，这个声音倒是很平和甚至是优雅的。杜润秋回头看了一眼，也是个穿便服的男人，身材很高，长得不算英俊，但是五官看起来却让人有很舒服的感觉，尤其是他的脸上还挂着一抹微笑，这就让他比旁边那个脸黑得要吃人的警察要讨人喜欢得多了。

杜润秋耸了一下肩膀，站住了："好吧，有事快问，我还要回去睡觉！"

"就是你发现尸体的，对吗？"男人的脸上仍然挂着微笑，似乎他说的是一个愉快的话题，"你知道，按惯例，我们必须向你询问一些问题的，耽搁一下你的时间，没问题吧？"

杜润秋是个吃软不吃硬的人，听这人说得合情合理，也就顺着台阶下了："好好好，应该的应该的。"

他走上了楼梯，对着出事的房间那边瞟了一眼，人来人往热闹得很。那个男人自我介绍道："我姓谭，谭栋。我是这里的分局副局长，现在红珠山的这件案子由我来负责。"

杜润秋也自我介绍说："我的名字是杜润秋，是个导游，他们都告诉你了吧。今天带个团到这里来住，还以为可以图个清静，没想到遇到这档子事，也算是倒了八辈子的霉了。"

"是你第一个进去的。你能给我们描述一下当时的情况吗？越详细越好。"

杜润秋却反问道："我先问个问题行不行？"

谭栋有点意外，但仍然很好脾气地回答："当然可以。"

"那个女的是怎么死的？还有，她不是住那间房的吧？"

这个问题问得谭栋似乎有些不好回答，杜润秋又补了一句："如果你告诉我，也许我能告诉你一些线索呢。"

谭栋回答："她确实不是住那间房的人，她的房间在将军楼。那间房间嘛……原本是一个叫杜欣的女人住的，可是她说二楼太潮，换了三楼的房间，房卡也归还给了总台。至于死者的死因……她的脖子上有指痕，大概是被人按在浴缸里溺死的。"

杜润秋嘿嘿地笑了一下。"她肯定是溺死的，这根本不用说。谭局长，你不会不知道这红珠山闹鬼的事吧？难道几年前这元帅楼在浴缸里淹死了个女记者的事，你不清楚？这事情可是传得人尽皆知的！"他盯着谭栋变得有些僵硬的脸，又说，"谭局长，马青那案件还没破，现在又来了，你不觉得很奇怪吗？今天，可正好是马青的忌日啊！"

谭栋打量着杜润秋："你跟那位叫马青的死者很熟？"

"我跟她是同学。"杜润秋说，"不过，因为工作的关系，她经常在国外，我们见面也不多。我也不太明白，她为什么会突然跑到红珠山来。"

谭栋的脸上，又挂上了微笑："那么，你认为，马青的死，是怎么一回事呢？"

"红珠山闹鬼啊！"杜润秋大声地说，"这还用说，闹鬼死人不是什么怪事啊，反正又不是第一次！你说是不是，谭局？"

他的声音很大，整个二楼都在回响。那些在忙活的警察和法医一个个都回过头，像是看怪物一样看他。杜润秋却不以为意，他根本就不是个在乎别人想法的人——只要对方不是女人，不是美女，他压根儿就不管。

谭栋依然保持微笑，杜润秋这么胡扯，他还不动气，杜润秋对他的涵养功夫很有点佩服。"这话，可别随便说。这世上哪有鬼呢？"谭栋说。

"我也不相信世上有鬼。"杜润秋耸了耸肩膀，"但是红珠山确实很邪，如果不邪，这元帅楼怎么会总是死人？"

"你知其一，不知其二吧。"那个一见杜润秋上楼就横眉竖眼的警察，很是不屑地凑了过来，"你说闹鬼，你知不知道闹的是什么鬼？"

"屈渊，你别胡说。"谭栋低声阻止。屈渊却说："谭局，这有什么不能说的，这里的人都知道，一传十，十传百，早不知道传成了什么样。原来的版本是什么样的，确实是——鬼才知道！我们只是当笑话说，又不是认真的！"

杜润秋也不管人家的态度是什么样，一迭连声地问："什么鬼？什么鬼？"

屈渊见谭栋没有再阻止的意思，就冷笑了一声，说："你常常跑红珠山，居然这个都不知道。"

杜润秋一摊手，说："我不知道，所以要不耻下问啊！"

屈渊被他刺了一记，脸上发红，知道斗嘴不是他的对手，也就决定知难而退："知道红珠山以前是谁住的地方吗？"

"这当然知道！"杜润秋说，"不就是那个姓石的大军阀嘛！他以前把别墅设在这里，就是这个元帅楼！那年头的人，非常讲究风水，这红珠山有道家佛家的两个传说，都吹得很玄乎，说是菩萨的念珠落下来变的，所以那个军阀选了这里做他避暑的别墅。后来，他失败逃走，这别墅却留下来了，翻修成了宾馆。"

"没错，但是这里面却还有一点别的说法。"屈渊说。他长得端端正正，只是两道眉毛不生气也有点竖着的样子，不知道的人还以为他随时都会和人吵架。不过，这时候他的眼睛里也露出了一点迷惑的神色。"这附近的居民流传着一种说法……说……"他说。

杜润秋见他吞吞吐吐的，忍不住催促道："什么说法？你快说呀，这不是急死人啊！"

谭栋一直在旁边听着，这时候，不徐不疾地说："这种说法是，那个军阀，在匆匆逃走的时候，扔下了他的小妾。他带着自己宠爱的另一个姨太太走了，但是却把一个他不重视的女人扔在了这里。那个女人本来就缠绵病榻，不久就死在了……"他伸手画了一个圆圈，"就在当年的这座楼里面。这个说法还有些细节，据说她临终的时候，一直看着窗外的湖泊，嘴里一直念着她远方家乡的那个美丽的湖泊。"

杜润秋看着他在空气里画的这个圆圈，眼光却无意识地飘向了203号房。就在这座楼里面？那么，是哪一个房间？临死的时候一直看着窗外的湖……这里唯一的湖，不就是红珠湖吗？203号房间，不就正对着红珠湖吗？

画后面的照片，女郎身后，不也是红珠湖吗？

杜润秋又耸了耸肩膀，似乎想把无形中压在自己肩上的那种无法形容的寒气给甩走："然后呢？"

屈渊瞪了他一眼，眉毛也竖得更高了："然后，哪里还有什么然后？"

杜润秋突然张大了嘴："'带我回去'！"

谭栋跟屈渊同时变了脸色。谭栋相当谨慎地问："你……也知道这个？看来，真是流传很广啊……那个叫马青的女记者死在浴缸的时候，据说窗玻璃上就写着这几个字……我一直对此抱着怀疑的态度，毕竟，我没有亲眼目击到那几个水蒸气上的字……"

"不不不不不！"杜润秋一迭声地说，"我不是说上次那件事！我说的是今天晚上发生的事！那个……带我回去，带我回去，我也看到了！就在窗玻璃上，我看的时候字都有些模糊了，水不停地往下滴，如果再晚两分钟，那四个字一定就看不到了！"

他一口气说到这里，很满意地看到谭栋和屈渊都无比震惊地盯着自己看。又看到屈渊似乎想问什么，杜润秋立即说："哎，我没说谎，我绝对没说谎。还有梁喜，他跟我一起看到的，你们可以去问他！我百分之百、千分之千地可以保证，那四个字是真的写在窗玻璃上面的！"

"……你进去的时候，窗户是从里面闩上的，而你是把玻璃打破把窗闩拉开才进去的，我说得对吗？"谭栋声音低沉地问道。

杜润秋点点头："我知道你想问我什么，推理小说我也常常看。我可以保证窗户是闩着的，而且，门也是打不开的，这就是所谓的密室。你可以去问经理他们，是我先进去把门打开，才让他们进来的。"

"可是……"屈渊支支吾吾地说，他满眼都是疑惑，甚至有一丝丝恐惧，"如果在全是雾的玻璃上写字，不管房间里面的温度有多高，那字也不可能几个小时都不散……一直到你们进来……这不可能……"

杜润秋说："也许是她临死之前写的。也许就在她大叫的时候……"

"不。"谭栋有些唐突地打断了他，声音有些僵硬，"这绝不可能。"

杜润秋瞪圆了眼睛："为什么？"

谭栋笑了，这次他连笑容都是僵硬的："我可以告诉你，但是你要保密。死者已经死了六个小时以上了——换言之，你们绝对不可能听到她的呼救声！因为早在午夜之前，她就已经是个死人了！"

杜润秋睁大了眼睛。他的眼光，茫然地落在了红珠山深不可测的黑暗里。一阵凉飕飕的感觉，迅速地爬上了他的脊背。

3

中午时分的红珠山，完全让人跟夜里联系不起来。夜里的红珠山，到处都是一片死寂的黑，就连红珠湖都是一种近于墨黑的墨绿。那片茂密得没边的树林，在风里舞动的影子就像是一个个张牙舞爪的怪物。而正午的时候，阳光灿烂得出奇，不管是洒在树叶上还是洒在湖面上，都溅出一点一点的金色，像是一朵朵极小极小的花。

跟那位谭副局长谈完话后，杜润秋也回去睡了。因为出了这事儿，他带的旅行团已经交给别人带走了，他睡醒之后也没事干，只能在湖边百无聊赖地转圈圈，脑子里还在想着昨晚的事。忽然，他看到一个白色的纤细的影子在树林里一闪而过。他的心猛地跳了一下。

杜欣！

杜润秋绝对是行动快过思想的人，脑子还没来得及转，嘴里已经嚷开了："杜欣！杜欣！哎——等等我！"

他一溜烟地跑了过去，一直跑到了树林里。他跑得太快，忽然间发现杜欣白皙秀丽的脸就近在咫尺，杜润秋呀的一声大叫，赶忙抓住一棵树想刹住脚，砰的一声，鼻子撞到了树干上，疼得他龇牙咧嘴的。

杜润秋揉着鼻子回过头，居然看见杜欣捂着嘴在笑。这还是他第一次看到她笑，笑的时候还有几分少女的天真，眼睛弯弯的像月牙一样。阳光透过树叶洒在她的脸上，美丽而闪烁，像金色的雨点。杜润秋看得有些傻眼，忽然一巴掌，拍在了自己的头顶上。

"该死！"

杜欣愣了一下，本能地收住了笑："怎么？"

杜润秋嘿嘿地笑："我是骂我自己呢，怎么就那么傻？什么不好去撞，我偏偏要去撞树？"

杜欣似乎并没有听出他的言外之意。杜润秋咳了一声，说："你到这里来散步？这里好，空气新鲜，在这里住人都会多活几年的……"

杜欣没有理他，自顾自地往前走了去。杜润秋下意识地在她的胸前瞟了一眼，他的心又跳了一下。

杜欣并没有戴那枚紫水晶胸针。

杜润秋有些茫然地向远处的几座山峰望了一眼。即使是在这样的大晴天，这红珠山仍然是云雾弥漫，尤其是中间那座赤红的山峦，就像是被白色的锦缎重重包裹着一样。

杜润秋觉得自己真的是被裹进了一团雾气里。自从到了红珠山，不，自从在寺庙门口遇到晓霜和丹朱，他就有了这种感觉。

忽然，他听到一阵沙沙的声音，抬起头一看，一个小孩子很慢很慢地朝他们的方向走了过来，还提着一个很大的篮子。杜润秋再仔细一看，不禁想笑，哪来的什么小孩子，明明是个年纪很大的老婆婆，她本来就很矮，加上又很厉害地佝偻着身子，这树林里光线很暗，远远地看起来，就像是小孩子在用一种很别扭的姿势走路一样。

那个老婆婆一面走，一面在地上找着什么。偶尔拔起了一点东西，就小心翼翼地放进篮子里，然后又继续慢慢地走，慢慢地找，整个人都快趴到了地上。

"老婆婆，你在找什么？"杜润秋是见女人就要搭讪的，八十岁的老婆婆也不例外。那个老婆婆慢吞吞地扬起脸，看了他一眼。她这时候对着光，杜润秋看清了她的脸，吓了一跳，这老婆婆比他想象的还要老，八十岁总有了，一脸的皱纹都挤得看不清五官了，那张脸也小得出奇，老得像是整个人都缩水了似的。

"哎？你说什么？"老婆婆大概是耳聋，听不见。杜润秋走到她旁边，对着她的耳朵大声说："我是问，您在找什么！"

老婆婆很得意地把篮子举起来，给他看："青杠菌啦！"

青杠菌。杜润秋是知道的,这是一种长在高山或者高原的野菌,用来炖汤或者烧肉,那味道是鲜美得不得了的,根本就不需要放一点点味精。一般人买回去的青杠菌都是晒干了的,但是最鲜美的青杠菌就是在下雨后长出来的时候摘下来,马上做菜才好。他朝老婆婆的篮子里看了看,已经有半篮子了。

"哎,老婆婆,我买你的好不好?"杜润秋想,一会儿拿回去,给厨房让加加工,晚上还能开个小灶呢。他拿出钱包,塞了几张钞票给老婆婆,老婆婆乐得嘴都笑歪了,连同篮子都一起塞给他了。

"拿去!拿去!"

杜润秋高高兴兴地接了过来,转过头,对站在一旁的杜欣说:"一会儿一起吃饭怎么样?这可是这里的山珍,跟平时外面卖的晒干了的绝对不可同日而语啊……"

那个老婆婆自从杜欣走过来后,一直在眯缝着眼睛盯着她看。这时候,老婆婆发出了一声非常尖厉的叫声,这样的叫声出自这样一个八十来岁的老人之口,吓得杜润秋连篮子都落在了地上。

老婆婆瞪着杜欣,虽然她的脸上皱纹纵横,眼睛也浑浊不清,但杜润秋仍然看得出来,她的表情是无法形容的震惊,像是看到了什么毒蛇猛兽一样。不,就算是一头老虎在她面前,也不应该是这个表情。如果面对一头饿虎,人会露出无比的恐惧,但不会是这种不可置信的神情。

"你回来了!你回来了!是你,你回来了……你回来了,回来了!你回来了!"老婆婆尖叫着,她的声音是颤巍巍的,抖动着,尖厉地刺着杜润秋的耳膜。杜润秋惊愕地看着老婆婆,又转过头看杜欣。杜欣的脸上,什么表情也没有,只是很平静地凝视着那个老婆婆。

她什么话也没有说,只是看着那老婆婆。就那样,非常宁静地看着她。

杜润秋的心里,骤然升起了一股寒意。他弯下腰,试图去安抚那个老婆婆:"您怎么了?您在说什么?谁回来了?您认得谁?"

"你回来了!你回来了!"老婆婆似乎听不进任何话,只是一直叫着,叫得杜润秋的耳膜都快破了。杜润秋抬起头,想跟杜欣说话,他抬头的时候,正好看见杜欣的唇角,浮现出了一丝非常奇怪的微笑。但是这丝微笑一闪即逝,杜润秋甚至怀疑是不是自己的错觉。

那个微笑,杜润秋不知道怎么来形容。杜欣好像觉得有什么东西很好笑,不由自主地在笑,但这笑里更多的却是悲凉和自嘲。

杜润秋实在不明白她微笑里面的含义,只是呆呆地盯着她看。

杜欣仍然没有说话,只是反过身向树林外走去。杜润秋犹豫了一会儿,也只得跟在她后面。

他受不了那个老婆婆的尖叫,也不可能从老婆婆的口里挖出点什么来。

但是,一向健谈无比的他,居然也没有兴致再跟杜欣搭话。

一走出树林,他就呆住了。湖边的一张木头的长椅上,坐着两个女孩,居然是丹朱和晓霜。

杜欣也不理会杜润秋,向前走去了。杜润秋在长椅的角落坐了下来,长长地叹了一口气。

"是谁在叫?"晓霜问。

杜润秋把刚才的事讲了一遍。丹朱听得很专注,眉心也蹙了起来:"你是说,那个老婆婆本来很正常,只是看到杜欣的时候,才失常的?"

"是啊,我真是不明白。"杜润秋说,"杜欣是第一次到这里来,那个老婆婆很显然是这里的人,怎么可能认得她?一定是看错人了。"

"就算是认得,也不至于这么歇斯底里吧。"丹朱若有所思地说,"你说,她一直叫的是'你回来了',是吗?"

"是啊,把我耳膜都快震破了,没想到这个八十岁的老婆婆中气还挺足。"杜润秋拍着自己的耳朵说。

"不是她中气足。"丹朱说,"只不过是一个人惊讶或者害怕到了极点的时候,根本没办法控制自己的。"

"惊讶,还是害怕?"杜润秋重复了一遍。

"是啊。"丹朱说,她忽然笑了,"她说错了,你们都没发现吗?"

晓霜和杜润秋都愣了。晓霜问:"说错了什么?我不明白。"

丹朱伸出一只手,用手指在空气里写着什么。看她笔画,好像是在写字:"还不明白啊,别的人都是说——'带我回去',回去,就是回原来的地方去。那个地方,可绝对不是红珠山啊。可是,这个老婆婆说,却是回来——回红珠山！反了，说反了，明白了吗？"

正午的日头下，杜润秋也觉得从头到脚都在发冷："……你的意思是说，这个老婆婆说的话，跟昨天晚上……还有马青的死有关系？跟……跟杜欣也有关系？杜欣从没来过这里，怎么会跟她有关系？"

丹朱又笑了："那我怎么知道？"

杜润秋摇了摇头，他想不通，也不打算再想了。他拎起了那篮菌子，说："我去厨房，把这些菌子烧出来，晚上一起吃。"

杜润秋把一大盆直冒热气的菌子烧肉放在了茶几上。菌子貌不惊人，棕黑色的，但鲜香得出奇。他又把一摞碗和筷子放在一旁，笑嘻嘻地说："来来来，尝尝当地的土特产，别的地方可吃不到这么新鲜的哟。"

晓霜原本对于杜润秋又跑到树林去把从篮子里掉了一地的青杠菌捡回来的举动嗤之以鼻，但是闻到香味，也忍不住开始咽口水。杜润秋拿起筷子夹了一块菌子，塞进嘴里，嚼得啧啧有声。

"好吃，真好吃。晓霜，丹朱，你们都来尝尝呀，我给大厨塞了小费才让他给我专门烧了一锅呢。样子虽然不好看，但真的好吃呀！"

晓霜也夹了一块放进嘴里，很小心地尝了尝。但是很快她也发现这东西确实是出乎意料地鲜美，一边吃，一边叫丹朱："快吃，真的很好吃！我还没吃过这么鲜的菌子呢，平时吃的都不如这个！"

"我有点不舒服呢，也许是感冒了。"丹朱不太感兴趣地说，"我闻到油味就想吐，你们吃吧。"

杜润秋惋惜地叹了一口长气："你可真没口福。"

他跟晓霜两个人像是抢一样地把那盆菌子烧肉给吃了个七七八八，两人都吃得满嘴是油，仪态尽失，丹朱坐在沙发上，看着两个人只是笑。杜润秋抹了一把油腻腻的嘴，他嘴里还塞着不少菌子，含混地说："有什么好笑的，美食当前，不吃才是傻子呢！我以为只有杜欣一个是傻子，没想到还不止一个！"

丹朱本来在笑，听到这话，愣了一下："杜欣？她也吃了？"

"没有。"杜润秋一面抹嘴，一面说，"听梁喜说她没有下来吃饭，我就盛了一碗给她送去了，结果怎么劝她都不吃，又原封不动地让我端走啦。正好碰上梁喜，我就给梁喜了。"

晓霜遗憾地望着快空了的盆子，杜润秋拍了拍吃得圆滚滚的肚子，说："还看，吃光了还看。怎么样，没骗你吧？好吃吧？"

"好吃好吃，秋哥最棒了！"晓霜甜甜地说，杜润秋乐得脸都笑开了花。

忽然，杜润秋听到从楼下传来一阵喧闹声，像是有一群人在那里大声嚷嚷什么。杜润秋走到窗前往下看，见到是一辆旅游车停在楼下，十来个一看就是游客的男男女女站在那里，正在大叫大闹。杜润秋依稀听到几句，什么"我们不住这里"，"我们绝对不要住这里"，"换地方，一定要换"什么的。

晓霜也凑过来看："是不是他们知道这里死人了，所以不愿意住？"

"死人的是元帅楼，又不是这里。"自从元帅楼的事发生之后，他们都搬到了距元帅楼最近的将军楼。杜润秋又说，"而且，他们怎么会知道死人了？消息有这么快？"

他向门口走去："我下去看看。"

杜润秋走到一楼门口，就听得更清楚了。那群游客果然是坚决不肯住这里的，他们中间一个六十岁左右的老头儿，正在指手画脚地说话，说得唾沫飞溅："我们是绝对不会住在这里的！这里脏！"

一个身材苗条、皮肤黝黑的女孩子站在他们面前，紫色的大蛤蟆镜，染成紫红色的蓬松的头发，厚厚的几乎盖到眼睛的刘海，画得粉嘟嘟的嘴唇，紧身裹胸配热裤，外面罩了件满是骷髅头的黑外套，脖子耳朵手腕脚踝上夸张闪亮的首饰叮叮当当响个不停，背着个挎到腰上的大背包，杜润秋看了她半天，硬是没看出她的本来面目。她的嗓门又大，声音又尖："哎呀呀，大爷大妈祖宗们，这里最好的酒店就在红珠山了。你们要再挑，可就没挑的啦！就看在我一个小妹妹在这里等了你们一天，等着接你们的分上，你们就将就将就吧！"

"不是这回事！"老头儿身边一个五十几岁的大妈一挥手，说，"不是房间脏！小姑娘，不懂事，跟你说也说不明白！反正，我们不住这里，绝对不会住这里！"

杜润秋心里动了一下,他走上前,笑嘻嘻地说:"伯伯,阿姨,你们是不是觉得这里有脏东西?"他拉长了声音,说,"是——那种脏东西?"

老头儿吃了一惊,上上下下地打量着他。杜润秋很笃定地朝他眨了两下眼睛,老头儿把他拖到了一边,用压得低得不能再低的声音说:"你见到了?"

"呃……也算是吧,我不敢确定。"杜润秋也压低了声音说,本来嘛,确实也不确定,他看到的那几个玻璃上的字,算不算是"见到"?

老头儿成竹在胸地点了点头,沉思了一会儿,突然大声地说:"我们就住这里!"

旁边那非主流打扮的女孩正松了一口气,那老头儿又加上了一句:"我们就在一楼的大堂打地铺!"

杜润秋差点没跌倒,女孩的嘴也张成了"O"形。杜润秋看着老头儿领导下的一群人都一副理所当然完全没有异议的样子,过了半天,才小心翼翼地问:"为什么?"

老头儿盯了他一眼,铿锵有力地抛出了两个字:"作法!"

杜润秋真想就此晕倒了事。

那女孩无可奈何地看着他们,回头对杜润秋说:"你也来啦?"

杜润秋呆了一下,这女孩明显是认识他的:"你是……"

女孩把大墨镜摘了,杜润秋大叫一声,又惊又喜:"英虹!!你不是去外地了吗?什么时候回来的?也不告诉我一声!"

英虹苦笑了一下,她长得相当俏丽,要不是这非主流打扮,真算是个美人:"上次马青……马青那事情,太吓人了,我真是没法在这里待了。不过最近,我祖奶奶病了,我不能不管她啊,所以回来了。你什么时候来的?"

杜润秋问:"你现在……"

英虹一努嘴:"还不是接待这些大爷大奶奶们!哦,有空也会来酒店帮忙。这段时间来得人不少,我舅舅一个人忙不过来。"

她说的舅舅就是那个酒店经理,杜润秋跟英虹认识很早,只不过不算很熟。英虹就是这里的人,性子很活泼,一年到头到处跑,难得留在红珠山。

杜润秋也理解，这个地方，太过幽僻了些。偶尔来几天，度度假消消暑可以，如果要长住，那真不是什么有趣的事。

这一晚上，红珠山酒店可真是热闹了。那群人连睡觉都省了，就在酒店外面临湖的一片树林里席地而坐，一个个盘着腿拿着念珠在那里叽咕。那老头儿烧了一堆黄符，又点了三炷香，喃喃自语地也不知道在念些什么。

"喂，赶快把你们的鸡给藏起来！"杜润秋小声地对站在一旁看热闹的大厨说。大厨莫名其妙地说："鸡？为什么要把鸡藏起来？那几只公鸡，明天要杀掉做菜的啊！"

"就是因为明天要杀掉做菜，我才叫你把你的鸡藏起来啊，不然我们明天吃什么？"杜润秋声音压得更低，"我看他们接下来肯定要去找只公鸡来杀了，然后把血洒在湖旁边……"

大厨有点傻乎乎地问："干什么？"

"这还用问，作法除妖啊！"杜润秋说，"你看小说里面的情节，凡是要作法降妖，不都是要先杀只白公鸡的吗？"

大厨无言以对，转身就走。杜润秋对着他的背影大声嚷道："喂，记得藏起来啊，不要说我没提醒你啊！"

大厨迎面遇上英虹，英虹笑着说："给我开个小灶行不？我一直在忙，现在还没吃饭呢！"

她是经理的外甥女，大厨哪能说不。"好好好，我这就去弄！"大厨说。

"我过一会儿来厨房端啊！"英虹又丢下了一句，走过来跟杜润秋打招呼。杜润秋本来觉得有些累了，正打算上楼去休息，这时候闻到英虹身上甜甜的香水味，他顿时精神百倍，哪里还有半分累的感觉，马上阳光灿烂地笑了起来。

"你这批客人是哪里来的啊？这么迷信！"

英虹说了个地名，杜润秋啊了一声。他原本就觉得那个老头儿和老太的那口地方口音特浓的普通话很耳熟，这时候才想起来，梁喜带的那一群大伯大妈，口音跟英虹的这批游客几乎是一模一样的。

杜润秋的心里涌起一股说不出来的毛毛的感觉。他也不知道自己为什么会有这种感觉,这大概只是一个巧合,但是,这巧合却让他相当不安。那个地方在沿海一带,还是属于家族聚居的农村,虽然富得流油,可也确实比较迷信。很多乡下,某些迷信的举动还是很兴盛的。杜润秋就亲眼在红珠山附近的一个村子里看到过一个据说是被"上了身"的小孩儿,在一个当地所谓的"神婆"作法后,就从疯疯癫癫的状态恢复了正常,是真是假,他也不好说。

"作法"的第一步骤就是杀一只大白公鸡。

杜润秋忽然觉得肚子一阵剧痛,痛得他差点弯下腰去。英虹一抬头发现他脸色不好,问道:"你怎么了?"

"没……没什么。"杜润秋一向是不愿在漂亮女孩子面前丢面子的,难道能说自己是吃菌子吃多了,把肚子给吃坏了?他暗暗地捏着拳头坚持着,勉强地笑着说,"没什么,没什么。"

英虹疑惑地看着他,说:"我看你脸色很差,是不是病了?"

杜润秋的肚子越来越痛,痛得他连腰都弯了下来,大颗大颗的汗珠从额头上往下滴。英虹看到他这样子,也吓着了,连忙去扶他,问:"怎么了?怎么了?"

这时候,只听急促的脚步声从楼梯上响了起来,丹朱一脸惊慌地跑了下来。她只穿着睡裙,头发散乱地披在背后,脸色苍白。她一眼看到杜润秋的样子,立即奔了过来,说:"你是不是也肚子痛?"

杜润秋已经痛得连话都说不出来了,勉强地点了一下头。丹朱声音微微有点发抖,说:"一定是晚上吃的那菌子!晓霜也是肚子痛,痛得在床上滚!我本来以为她是胃病犯了,没想到……这里有医生吗?"

"没……没有。"英虹说,"这里没医生。我们……我们可以叫救护车,半个小时就能到!"

她拿出手机叫了救护车,丹朱等她打完了电话,就急急地说:"你照顾一下他,我要上去照顾我的朋友。救护车一来,请你马上让他们上来啊!"

英虹点了点头:"好,你放心好了。"

丹朱已经又奔上了楼。她跑得很快,纯白的裙子飞舞得像只白色的蝴蝶。

英虹扶着杜润秋,就在旁边的一棵大树下坐了下来。杜润秋脸色灰白,小腹里像是有千万根针在刺一样,无力地靠在树干上,人都快蜷缩成了一只虾。英虹显然也没多少应付这种事情的经验,蹲在他身旁又是焦急,又是无助,一直问:"你还好吧?你还好吧?"

杜润秋想说我好才怪,但已经痛得话都说不出来了。

好在不到二十分钟,救护车就尖叫着开来了。两个医生把已经在痉挛的杜润秋抬上了车,立即给他吸氧,输液。另外两个跑上了楼,把已经昏过去的晓霜也抬了下来。晓霜的脸色更是吓人,完全是死灰一样的颜色,鼻孔里只有轻微的呼吸了。

医生安慰杜润秋:"没事,没事,我们治疗吃毒菌子很有心得的,这里的人吃毒菌子中毒的事常常有,我们有特效的方法,你绝对不会有事的,别说话,别说话!"

听到这话,杜润秋心里一松,两眼一翻,彻底昏迷了过去。

"迟小姐,我想问你几个问题。"

丹朱疲惫地抬起了头。她也跟着救护车到了医院,一直守在晓霜床边,几乎一宵没睡,两眼下都是黑圈,头发也乱糟糟的没梳理。谭栋把一杯热咖啡推给她,丹朱感激地笑了一下,端起来喝了两口。

"好吧,我们到外面去,不要吵醒晓霜了。"

她随着谭栋走到了过道,在一张椅子上坐了下来,双手捧着那个咖啡杯,似乎想把自己的手焐暖。谭栋在她对面的椅子上坐了下来,注视着她,问道:"那菌子,究竟是怎么回事?"

"秋哥怎么样了?"丹朱反问。

"他没事。"谭栋回答,"跟林小姐一样,洗过胃了,正在输液。"

"那就好。"丹朱扶着额头,叹了一口气,"都是他搞出来的事,说这菌子特别鲜美,拿到厨房现做的。唉……真是没事找事。"

谭栋继续注视着她:"迟小姐,你没有吃?"

"我感冒了,闻到油味就想吐,所以一口都没吃。"丹朱皱着眉头说,"他们两个吃得太厉害了,把那么大一盆都给吃光了。晓霜发作的时候,我还以为是她吃得太多，胃病又犯了，根本没想到这么严重。"

"你什么时候想到是菌子的问题的，迟小姐？"

丹朱说："我一直没有想到是菌子的问题，我只以为是晓霜胃病又犯了。我跑下楼找人帮忙，看到杜润秋的情形跟晓霜一模一样，我才想到是中毒了。"她又叹了一口气，"都怪秋哥，信誓旦旦地跟我们说这是什么青杠菌，是当地的山珍，美味得不得了，说得天花乱坠的，我们压根儿就没想到他对菌子的品种也是一知半解的……"

谭栋一时间没有说话，似乎在考虑着措辞。过了一会儿，他慢慢地说道："有一件事，迟小姐，我想你应该知道。"

丹朱扬起了眉头："什么事？"

"杜润秋并没有错，你们吃的菌子，确实是青杠菌。"

丹朱愣了一会儿："那么说，青杠菌本来就是有毒的了？秋哥又胡说了，说什么青杠菌是山珍，其实它是毒菌子？"

"不。"谭栋一字一顿地说，"杜润秋没有胡说，青杠菌确实是这里的特产，是一种非常美味的菌类。它没有毒，绝对没有毒。"

丹朱的眉头紧紧地蹙了起来："你这是什么意思？你是说在这些青杠菌里面混着毒菌子？这些菌子都是从一个老婆婆那里买来的……"

谭栋打断了她："是的，这个我们已经了解过了。杜润秋在把菌子拿到厨房要他们加工的时候，对大厨说了这菌子的来历。这位大厨是当地人，他非常确定，他洗干净切碎扔进锅的菌子，都是青杠菌，绝对没有毒菌子。"

丹朱从椅子上站了起来。她的眼神非常警觉："什么意思？"

谭栋脸上又浮现出了那温文尔雅的笑容，但他注视丹朱的眼神，却是像刀子一样锋利："意思就是说，杜润秋拿到厨房的菌子，都是没有毒的。但是他们吃下菌子的时候，已经混杂了毒菌。"

丹朱重新又坐了回去。她的黑发半披下来，挡住了她的脸。她沉默着，很久都没有说一个字。

"迟小姐，对此你有什么想法可供我们参考吗？"

丹朱慢慢抬起了头。她的脸色苍白而疲惫，但眼神却是警惕的："你在怀疑我？我是因为感冒了才不想吃那盆油腻腻的菌子，我已经说过了。

我还在酒店旁边的小店里买过感冒药,那里的收银小姐也许记得我……哦,那也没用,你完全可以说,我是为了在菌子里面下毒在做伪装,是吗,谭副局长?"

谭栋愣住了。这个看起来文静秀气的女孩子,说话却比刀子还快。丹朱冷冷地说:"我不知道你为什么怀疑我,难道就因为我没有跟他们一起吃?你是觉得我太聪明,还是太愚蠢了?我如果要下毒,也应该跟他们一起吃一点儿,而不是一点儿都不吃。或者,你认为我是在反其道而行之?"

她字字尖锐,谭栋感觉有点招架不住。丹朱又说:"你刚才说,秋哥和晓霜两个人吃菌子的时候,菌子已经有毒了。没错,在那个时间段里,我确实是有机会。不过,我的动机呢?你已经找到了吗?我为什么要毒害我的好朋友,或者是刚认识的杜润秋?"

谭栋有点勉强地笑了笑:"迟小姐,你想太多了。我只不过问了一句,你就一股脑儿地说了这么多。"

"我看得出你在怀疑我,从你的眼神我就看得出来。"丹朱淡淡地说,"你不是要我提供我的想法供你们参考吗?我已经提供了,谈话可以结束了吧?我要进去照顾晓霜了。"

谭栋无言以对,丹朱站了起来,走到病房门口的时候,她又回过了头:"我觉得很奇怪,为什么你不认为这是一起意外?就算不是意外,是刻意投毒,你又凭什么怀疑我?我有什么把柄被你抓住了吗?"

谭栋的眼里,闪过了一丝奇怪的、莫测高深的神色。他紧闭着嘴,这时候的他,活像一个牡蛎,撬都撬不开。

4

第二天一大早,一辆警车开回了红珠山酒店。丹朱扶着晓霜,从车上走了下来。晓霜的脸色还是灰白的,一手按着胃,眉头紧紧地蹙在一起。

杜润秋好歹还能走路，只是一副要死不活随时都会倒下来的样子。

据医生说，他们都"没什么问题了"，洗过胃了，输过液了，只要这几天注意休息，吃清淡点，就行了。晓霜不喜欢医院的味道，杜润秋也是一样，于是就一起回来了。

虽然时间还算早，但红珠山却是一片寂静，除了飒飒的风声，和偶尔的几声近于凄厉的鸟叫，这种静让人心里发毛。杜润秋低声地说："那群闹得很厉害在楼里作法的……怎么也不闹了？"

没有人回答他。开车的是屈渊，他一路上都板着一张脸，几乎没有说话。丹朱轻轻地说："我们几个都在医院，谁会知道这边的事呢？"

"……我觉得今天红珠山酒店怪怪的。"杜润秋声音更低，带着种连他自己也说不出来的奇怪的味道。

晓霜半个人都靠在丹朱身上，懒懒地说："有什么怪的，是秋哥你自己怪吧。"

丹朱扶着她，慢慢地向前走。这时候，已经接近九月了，那些绿叶有些已经变黄了，被风一吹，簌簌地落在地上，踩上去沙沙直响。杜润秋在后面看着丹朱，丹朱长长的黑发被风吹得乱飘乱舞，再加上她那非常轻的步子，他突然想到了杜欣，杜欣也有一头及腰的直直的黑发。

杜润秋摸了一下自己的衣袋。那枚胸针他还藏在身上。对了，应该找梁喜好好谈一下关于这胸针的事。

想到梁喜，杜润秋心里一阵发堵。他跟梁喜关系一向不错，也称兄道弟的，自己吃菌子中毒进了医院，梁喜不仅没来看他，居然连个电话也没打。

"这就是兄弟，也太不够义气了。"杜润秋小声地嘀咕着。前面的丹朱回头问道："你说什么呢？"

"没，没什么。"

他们已经走到了将军楼前面。屈渊停住了脚，说："我要回局里了，如果有什么事，直接找我。"

"谢谢你送我们回来。"晓霜对他笑了笑，丹朱也对他点了点头。

屈渊朝停车的方向走了几步，犹豫了片刻，又走了回来。丹朱奇怪地问："怎么了，还有什么问题吗？"

"我还是陪你们上去吧。"

杜润秋胃里还在一阵阵地抽痛，只想快点回房间躺下。听屈渊这么一说，他也觉得奇怪："为什么？这两步楼梯，我还爬得上去的，不劳你大驾啦！"

"……我也说不明白。"屈渊面无表情地说，"我总觉得有点不太对劲。反正来都来了，我就送你们上去吧。"

屈渊的话，让三个人一时都无话可说。晓霜正好站在门口，忍不住回头看了一眼。不远处，一株株枝叶茂盛的大树，掩映着那潭湖水，水都是墨黑的。再远处，那座赤红的山峰，在日光下，闪烁着一种诡异的光彩。

她赶忙转过头来。这一转又太急，牵得本来就疼痛的胃又是一阵疼，她哎哟了一声，不由自主地弯下了腰去。

"我来背你吧。"

屈渊说，他不由分说地俯下了身，把晓霜拉到了自己背上，然后背着她就往楼上走。杜润秋听着楼梯响，呆站在那里，过了好一会儿才说："唉，我怎么就没想到呢？看看，这个现成便宜让人捡了……"

丹朱又好气又好笑，说道："瞧瞧你自己现在这样子，你也是病人！你还去背她？你现在可是自身难保啊！"

杜润秋按着胃，苦着脸说："如果不是自身难保，我早不顾自身安危地冲上去背她了……还轮得到屈渊那个扑克脸？"

丹朱翻了个白眼："你究竟是打算追杜欣还是追晓霜啊？"

杜润秋理直气壮地说道："谁追得上手就追谁啊！人总要两手准备啊，你说是不是？"

"我看你要三手、四手、五手准备吧！"丹朱讥讽地说，杜润秋却丝毫不以为忤，他的脸皮反正是厚得堪比城墙。

"我是来者不拒，多多益善啊！"

他们在这里说了一阵话，楼梯也没听见响了，应该是晓霜和屈渊已经进房间了。空气里依稀还飘浮着没散尽的香烛味，杜润秋眨了眨眼睛，他也不知道是不是自己的错觉，总觉得还有纸钱的碎屑在飞。

"秋哥？"

有人在叫他，是个本来很好听却有些沙哑的女孩子的声音。杜润秋回头一看，是英虹。英虹的头发有些散乱，一件绿得油亮亮的T恤也揉得有点皱，整个人都显得很狼狈。

"你还好吧？我都不知道你怎么样了。"英虹急急地说，"我那批接待的客人一直拉着我，我一直脱不开身，又没有你的电话……"

"我没事，你看，我这不生龙活虎的？"杜润秋握起拳头挥了挥，虽然他现在连拳头都握不紧。对于丹朱在旁边的咪咪笑，杜润秋只装作没听见。"英虹，你怎么了，有什么事吗？"他问。

"是梁喜的团啊。"英虹的脸色更无奈了，"不知道怎么回事，梁喜早上没来安排他的客人用餐，他客人闹得慌，打他手机又不通。我已经帮忙安排了，忙完了就过来看看，梁喜是不是睡过头了……真奇怪，就算他睡着了，也不会关手机的啊？"

杜润秋皱了皱眉。对梁喜他是太了解了，梁喜是个非常敬业的导游，绝对不像自己那么吊儿郎当。他心里浮起一丝隐隐的不安，脸上也笑不出来了："我们上去看看吧，也许他是睡着了。"

"要我扶你吗？"英虹问道。杜润秋原来是走得动的，这么一听，巴不得自己现在就趴下了，连忙说："好！好！谢谢你了，真是不好意思！不好意思！"

丹朱实在是看不下去这场活剧，就先往楼上走。这边杜润秋扶着英虹的肩头，更显得像个两腿都骨折了的人，慢慢地一步一步往楼上挪。英虹身上的香水味不断地往他鼻子里钻，弄得他简直是心猿意马。

他这么走，当然是慢得不行，上了二楼，早不见了丹朱的影子了。杜润秋望了一眼，丹朱和晓霜的房门是虚掩着的。他就对英虹说："我们去梁喜的房间看看。"

将军楼跟元帅楼的结构差不多，每个楼层都是一个"Y"形的结构，丹朱和晓霜的房间，刚好在"Y"中央那个连接点上（元帅楼她们也是住的这个位置的房间）。而梁喜住在角落，是"Y"最右上的那一点。杜润秋住的则是"Y"左上的那一点——没办法，他们导游永远是最吃亏的，只能住条件最差的房间。

梁喜房间的房门是关着的。英虹腾出一只手，敲了敲门，没有回应。她又提高声音叫了两声，还是没人回答。

"秋哥，没人呀。"

杜润秋拉住门把手，一转，居然开了。他回头看了一眼英虹："门没锁。"

英虹没有回答。她似乎也隐隐觉得有什么不对，眼里也浮起了一抹惶感。杜润秋低声地说："我们进去看看。"

房卡是插在门旁边的，灯亮着。床上的被子叠得整整齐齐，梁喜的包扔在桌子上，却没有看见梁喜的人。杜润秋也松开了英虹，他朝洗手间看了看。洗手间里相当干燥，应该是很久没有人开过水龙头了。

英虹走到桌前，拿起了梁喜的包："他的包在这里呢。"

梁喜的包是个大挎包，容量很大，活像个百宝箱，他一向是包不离身的。包是敞开的，里面有水，有饼干，有本子，有书……杜润秋瞟了一眼，心里那股不安更浓了。梁喜究竟跑到哪儿去了？

英虹忽然发出了一声尖叫，她一把揪住了杜润秋的手臂，指甲都嵌进了杜润秋的肉里。但杜润秋居然没有反应，因为他已经看到了英虹另一只手指着的东西。

床脚处，露出了一只鞋子的头。因为只露出了一点点，又跟地毯的颜色十分接近，要不是英虹眼尖，还真不容易看见。

那是一只墨绿色的帆布鞋。

杜润秋记得非常清楚，昨天梁喜就是穿的这种式样和颜色的鞋子。

他也不觉得胃疼和身体虚弱了，一个箭步冲了过去。

杜润秋顿时倒吸了一口冷气。他站在那里，只觉得一阵阵地天旋地转，眼前也一阵阵发花。他盲目地伸手想要抓住什么，最后是抓到了厚重的窗帘，才算勉强让自己站稳了。

等到那阵无法形容的眩晕和恶心的感觉逐渐消退的时候，他才能再一次把视线投到自己面前。

梁喜倒在床前靠窗的地毯上。床相当高，跟窗户的距离又相当窄，所以杜润秋和英虹进来的时候，从他们的视野都看不见梁喜。

窗户是打开的。窗台上还积着雨水——下了一晚上的雨，连窗前的地毯上都汪着水。梁喜全身上下,也都被雨水给淋湿了,现在仍然没有干透。

一个打翻的碗和一双筷子,落在他身旁。碗里还剩着几块棕黑色的菌子。

杜润秋非常机械地蹲下了身。他伸出手,呆滞地去碰那个碗。他只觉得指尖一痛,抬起手一看,被碗边沿的破口划出了一道血痕。

他记得再清楚不过了,他正是用这样一个白底蓝花的大碗,盛了一碗才烧好的菌子烧肉,端到杜欣房间里的。杜欣谢绝了,他就给了来找杜欣的梁喜。

他蹲了下来,就离梁喜更近了。杜润秋摸了一下梁喜的手腕,是冰冷的,冷得浸骨。他的手腕上还有没干透的雨水。

"秋哥……秋哥……梁喜……他……他……"

杜润秋也觉得奇怪,自己根本没有去试过梁喜的呼吸或者心跳,怎么就会在第一眼看到他的时候就认定他已经死了。是的,他几乎是完全确定这件事的,他根本没有想过梁喜可能仅仅是晕过去了。

"他死了。"

英虹双手捂住了嘴,整个人都像是僵在了那里。杜润秋呆滞而僵硬地站了起来,喃喃地说:"那个屈渊,他留在这里,还真留对了。"

雨又开始下了。梁喜的尸体,仍然躺在窗户前面的地毯上,雨丝不断地打在他的脸上和身上。地毯吸饱了水,大红的地毯变成了深红色。

"法医正在往这边赶。现在不能动他。"屈渊喃喃地、解释一样地说,虽然他并没有义务对杜润秋他们解释。晓霜扶着丹朱,站在门口朝里张望。英虹抱着头坐在墙角,染成了紫红色的头发把她的脸遮了一大半。

"他死了多久了,你知道吗?"杜润秋终于开口说话了,是对着屈渊说的。屈渊有些诧异地看了他一眼:

"我不知道,这要等法医鉴定。"

杜润秋低声说:"他一定已经死了很久了。"

"为什么?"屈渊问。

"因为他是个很负责任的人。"杜润秋回答,"如果他还活着,就算他在生病，他也决不会抛下他负责的游客不管的。所以……"他看了一眼英虹，"英虹说，从今天早上起，梁喜就没有出现过。他一定是在昨天晚上就……"

杜润秋说到这里说不下去了。他觉得鼻子发酸，声音都在发抖。屈渊喃喃地说："昨天晚上。"

"菌子……"晓霜声音发抖地说，"他怎么也有？他怎么也在吃？他是不是吃了跟我们一样有毒的菌子，中毒死的？"

屈渊瞪着杜润秋："你究竟是从哪里搞来的这些菌子！有毒的啊，你知道不知道！我已经让人检查过碗里剩的菌子，其中有几片含有剧毒，不是青杠菌！一定是你把有毒的菌子混在了青杠菌里面带回来了……"

"不是我！"杜润秋终于发作了，他的声音快要把屋顶吼掉，"青杠菌是什么样子的，我清楚得很！我又不是傻子，我又不是没听说过吃了有毒的菌子会死人的事，我怎么会拿命来开玩笑！我跟你们说，我买下来的那些菌子，百分之百，千分之千，都是不折不扣的青杠菌，绝对没有混进有毒的！信不信，由你们！"

一直坐在墙角的英虹突然剧烈地颤抖了一下。她慢慢抬起了头，墨镜已经不知道掉到哪里了。虽然她戴着紫色的美瞳，粘着长长的夸张的假睫毛，但仍然可以看出她眼里满是恐惧："是不是……是不是……她回来了？"

这一次，所有人的目光都惊异地投射到了英虹身上。杜润秋的心里咯噔一下：在树林里，那个采菌子的老婆婆，不也说过同样的话吗？

屈渊大步走到了英虹的面前，双手抓住她的肩头就把她拎了起来，对着她的脸大声地说："你说什么？谁回来了？"

"喂喂喂你干什么！"杜润秋不顾自己的身体状况，也一个箭步冲了上去，"她又不是犯人，你这是干什么！快放开她，人家都要被你摇散架了！"

屈渊似乎也意识到自己太冲动了些，放开了手。英虹整个人就像是没力气似的，一软，又坐回到了地上。

"对不起……我太冲动了。告诉我……你刚才在说什么？谁回来了？"

英虹瞪着那双无神的大眼睛，望着眼前的一群人："你们都不知道吗？那里……"她伸出手指了一下，众人就随着她手指的方向望了过去，但是除了山，什么都看不到。杜润秋催促道："哪里？哪里？"

英虹吸了一口气："红珠山啊。"

杜润秋差点昏过去。他的胃已经够痛了，哪里还经得起英虹这样子刺激："这里，我们现在站的地方，你坐的地方，都是红珠山！"

屈渊高声地问："红珠山究竟怎么了？"他的声音也微微发颤，显然十分紧张。他也很明显地感觉到，从英虹的口里，可以找出点有用的资料，而不是那些虚无缥缈的传说。

"在清朝的时候，有一个翰林来到了这里，他很喜欢红珠山，在这里隐居。"英虹的声音更轻，几乎低不可闻。楼道里也是一片死寂，只听得见她幽幽的声音，飘浮在空气里。她的眼神也是飘忽不定的，完全没有焦距。"他杜撰了红珠山的那个传说——就是文殊菩萨的一串红色念珠落到凡间，化成了七座山峰和一个湖泊。可是……可是在那之前……"她又说。

杜润秋问道："在那之前怎么样？"

英虹似乎在跟自己挣扎着，终于，她挤出了一句话："它叫返魂岭！"

众人一阵静默。没有任何人出声。过了很久，还是杜润秋打破了这片死寂的静默："为什么叫返魂岭？难道有什么典故？"

英虹微微张开嘴，呆滞地看着眼前的一群人。忽然，她像是崩溃了一样地叫出声来："传说这里就是招楚怀王魂的地方，典故，这就是典故！信不信由你们！"

所有人都瞪着她，说不出话。只有晓霜跟着叫了起来："你说的返魂岭，是不是中间没有树的那一座？"

"对。"英虹茫然点了点头，低声地说，"七座山峰里，唯一的红色的一座……"

"对了！就是它！就是它！"晓霜几乎要跳了起来，被丹朱一拉，又使了个眼色，晓霜才像是惊觉了什么似的，安静了下来，闭上了嘴。

杜润秋怔怔地问："返魂岭？它真的有什么特别的地方吗？真的可以招来人的鬼魂吗？"

丹朱沉吟道:"我们可以爬上去,自己看一看。"

屈原《招魂》。楚怀王离国背乡,死在异地。中国传统,从古至今,都讲究叶落归根。古云:人有三魂七魄,就算肉身已死,魂魄也必归乡土,方得安宁。

屈原《招魂》,便是尽数列举东南西北四方皆不可去之缘由,又历数故里佳妙之处,招楚怀王之魂回归故里。

杜润秋终于爬上了山顶。这山不算高,但对于他此时还没恢复的身体来说,爬上来实在不容易,累得他气喘吁吁。英虹在他身后,反倒是如履平地,脸不红气不喘,让杜润秋觉得自己的脸都没处搁了。丹朱更落在后面,她也不急,一面爬一面还左顾右盼,倒真像是在游山。

这天的红珠山,又是云蒸雾绕。爬的时候,杜润秋就觉得今天的云雾特别浓了,爬到顶处的时候,他更觉得有点不妙。没有来过红珠山的人,无法体会那种独特的"云海",当云海正浓的时候,人在其中,就像是在大雾里,几米远都看不清楚的。这红珠山原本也不是让人来爬的,并没有什么安全保护的措施,杜润秋开始担心一会儿如果云雾不散的话,该怎么下去。

英虹抓了一把赤红色的泥土在手心里玩着:"秋哥,我们已经爬上来了。你们想看什么啊?"

杜润秋没有回答,而是扬起声音叫:"丹朱,你还好吧?小心一点,云雾太浓了,你可别掉下去了!"

丹朱的声音,从云雾里传了出来,已经很近了:"没事,我马上就到了。"

杜润秋伸出一只手,盲目地摸索着:"抓住我的手过来,别乱走。这山顶没栏杆的,跌下去就完了。"

他把丹朱拽了过来,才算放心。不知道为什么,他现在已经有点草木皆兵了。丹朱爬得额头上都是汗珠,脸色红红的,十分娇艳。只有英虹,脸色都没变一下。

丹朱喘了一会儿气,才开始打量四周。她注视着周围浓重的云雾,眼神也变得有些茫然:"走到这里,我才开始理解英虹说的话……是呀,如果要招魂，这里真的是再合适不过了。这里确实有那种气氛……人都仿佛要羽化登仙似的……"

"什么登仙！"杜润秋大声地说，"世人都说神仙好，好个鸟！我日子过得快活得很，登什么仙！"

丹朱忍不住笑了："是呀，你想成仙，也未必成得了。哪有这么好成仙的？"

"那可不是。"杜润秋说，"你见过山顶的佛光吗？据说当佛光出现的时候，从山顶的舍身崖上跳下去，你就成仙啦！"

"听说过。"丹朱笑着说，"是成仙了，死了也算成仙？几千米高，这跳下去，还不粉身碎骨啊？"

英虹听着他们对答，却一点儿笑意也没有。她低声说："虽然这么说，但是每年都会有好多人跳下去。以前没有铁链拦着，后来设了很结实很高的铁链，但是还是有不少人翻过铁链都要往下跳……我不知道，我真的不明白。站在那个地方，好像就有种很奇怪的力量，诱使人往下跳一样……"

丹朱打了个寒战："我还没去过。在哪里？"

"就在那边。"英虹伸手远远地指了一下。她换了一副样式更奇怪的红色墨镜，镜架上嵌满了 hello kitty 的小图案，衣服也应景地换成了 hello kitty。她的左腕上戴着一只非常显眼的黑色骷髅头的手镯，一只耳朵里还塞着蓝牙耳机，杜润秋不时地听到从她的手机里飘出来的细细的音乐声——这上面实在是太安静了，连鸟叫都听不到。"从舍身崖上，能够远远地望到红珠山。"他说。

丹朱的眼睛闪烁了一下。她喃喃地说："两两相望？"

杜润秋的心里，又莫名地动了一下。只听丹朱对英虹说道："你是怎么知道这里以前叫返魂岭的？"

"我家就在红珠山啊。"英虹说，"这是我祖奶奶讲给我听的，我祖奶奶知道很多奇奇怪怪的事。从小她就给我讲故事，红珠山……哦不，返魂岭的传说就是她给我讲的。她说因为这返魂岭从前都是招魂的地方，不仅能招来你想要招的魂魄，有些孤魂野鬼，也会被红珠山的灵气吸引来。红珠山是座真正有灵气的山，山上有很多千年古刹，孤魂野鬼是绝对不敢去的。但是这一座,它正好在红珠山偏北背阳的方向,这是一个死角,正对着湖,阴气非常重。所以……"

杜润秋在旁边打着哈哈,他虽然常常给游客胡说八道,但打心底里却是完全不相信这些的:"越说越玄乎了,那按这个我们现在站的这地方,就是一堆一堆的孤魂野鬼?是啊,现个形,我就信!"

英虹的脸,刹那间变得煞白。"别……你别乱说。这话可千万不要乱说……"她拉开衣领,露出了脖子上戴着的一个玉佛,"这个是在报恩寺请大师开过光的,一般的……那些……是不会接近的。"

她又看了一眼丹朱脖子上戴的那枚八卦钱:"这个可是很古董的货色了。你是在哪里找到的?市面上卖的这种八卦钱都是假的,真的是很难流出来的。"

丹朱轻描淡写地说了一句:"我叔公送给我的,他喜欢收藏这些。"

他们说话的当儿,杜润秋一直在留意身旁围绕的云雾,他心里更七上八下地打鼓,虽然嘴里说得硬,但却着实心虚。只听见丹朱又在问英虹:"你说她回来了,究竟是谁回来了?是不是这里曾经招到过谁的魂,那个鬼魂一直在红珠山徘徊不去?"

英虹脸上露出了有点为难的神色。她把声音放低了,似乎怕有人听到似的:"你们知道以前有个姓石的军阀在这里修了别墅的事,是吧?"

"这个都人尽皆知了吧。"杜润秋说,"也是这里旅游的卖点之一吧!"

"其实,据说他在这里修的并不是普通的避暑别墅。"英虹说,"你们也知道,红珠山灵气非常重,从古到今都流传着很多的修仙传说,总之是个非常神奇的地方。从另一个方面说,就是风水好。那个军阀,就想借这里的风水,成就他的大事。听说他出身的那个地方,人特别迷信,对风水之说特别相信……"

"等等等等!"杜润秋打断了她,"难道就是你接待的那个非要作法驱鬼的旅游团来的地方吗?"

英虹点了点头。丹朱说:"你别打岔,让她说。"

"当时那个军阀专门请了一个风水大师,说是要在现在的元帅楼那里修一座楼。楼是木质结构的,五行属木。楼建在土上,五行属土。旁边有红珠湖，五行属水。对面的红珠山，赤红砂土，五行属火。"

杜润秋冲口而出："那金呢？"

英虹的声音，微微地颤抖着："他找了一个女孩子，给了她父母很多聘礼，说要纳她当姨太太。可是，可是……他把这个女孩子杀死了，然后把她埋在了他的别墅下面！"

杜润秋脑子还没转过来："就算五行缺金，这个女孩子又不是金子打成的人，为什么……"

"她一定是五行带金！"丹朱说，她的脸色也变得苍白，"她的生辰八字里面，一定都带着金！她虽然不是金子打成的人，但是她完全符合这个军阀金木水火土的要求！有了她，这个风水宝地的条件就齐全了！"

杜润秋打了一个寒战。他遥遥地指着元帅楼的方向。"你的意思是说……她……这个女孩子……就一直埋在那下面了……埋在我们住过的元帅楼的下面？"

"我还没讲完。"英虹说，"她的父母在军阀还在的时候，敢怒而不敢言。但在军阀失势逃走之后，他们来到红珠山上……"她朝地上指了一下，"招她的魂！从此之后，元帅楼就成了鬼楼，这七八十年来，总是死人，不停地死人！后来，请了红珠山报恩寺的一位大师来作法，这些年总算是没死人了，直到……直到那个姓马的女记者死在那里……"

她深深地吸了一口气："我祖奶奶知道了那个女记者死在那里之后，就一直念叨着，说她回来了，一定是她回来了。说她只要再回来，就没有什么能镇得住她了，她一定会杀很多很多人的……现在，现在已经开始了！"

丹朱忽然盯着英虹，一字一字地说道："你祖奶奶有多少岁了？"

英虹愣了一下，她似乎没想到丹朱会问出这个问题："她……具体多少岁我也不太清楚，八十多，也许快九十了吧？……"

"她身体还硬朗吧？"丹朱又问。这个问题问得英虹更怔住了："很好呀，她自己出门没问题。"

"她出门都干些什么？农活恐怕是干不了的吧？"丹朱问得更咄咄逼人。这时候，杜润秋大概也明白丹朱想问什么了，他只觉得自己的一颗心，怦怦直跳。他差不多也已经想得到英虹的回答了。

"嗯……农活肯定是不能干了。但是她还可以去菜地里摘摘菜,这个季节她会在山上去摘菌子,晒干了卖……"

杜润秋高声地问:"她是不是也常常到红珠山酒店这一带来摘菌子?"

"这个……是呀。"英虹回答,"红珠湖旁边很潮湿,菌子容易生长,我祖奶奶最喜欢到这里来摘了。怎么?你们……你们怎么了?脸色这么难看?"

杜润秋实在忍不住了,惊天动地地叫了起来:"我们中毒的菌子,就是你祖奶奶卖给我们的啊!"

英虹倒退了一步。她的目光从杜润秋的脸上,移到丹朱的脸上。确定了不是在跟她开玩笑之后,她讷讷地说:"什么?你们说,我祖奶奶卖给你们有毒的菌子?不可能,不可能的,祖奶奶采了一辈子的菌子,她最清楚什么菌子有毒什么菌子没毒了,她心最善了,她不会害人的……"

"我们要见见你的祖奶奶。"丹朱说,"带我们去见她。现在就去。"

杜润秋说:"你们走后面,我去探探路。"他在地上拣了一根结实的棍子,试探着一步一步地往下走。

他一向记忆力和方向感都很好,只要是走过的路都不会忘的。但是这时候,红珠山的云雾几乎就像是一场大雾,方圆几米之内都看不见东西的。他小心翼翼地用树枝探着路,慢慢地往前走着。走了一会儿,杜润秋一回头,大吃一惊。

他已经看不到英虹和丹朱了。他心里怦怦乱跳,提高声音叫道:"丹朱、英虹,你们在哪里?"

"秋哥,你在哪里?"丹朱的声音传了过来。英虹也回应道:"我们没动呢,你别再走了,你再走我们到哪儿去找你呀!"

"好,我就回来。"

杜润秋一边叫,一边摸索着往回走。忽然,他脚下大概是绊着了个石块,身子也跟着歪了一下。他急忙把手里拄着的棍子往前用力戳去,只听咔嚓一声,棍子居然折断了。杜润秋稳不住,整个人往前一冲,他哎哟一声,也只有顺势往前扑去。就算摔个狗刨,也没什么,反正也没人看到。

正在这时候，他只觉得有一股大力从身后撞来，把他猛地向旁边推去。杜润秋脑子里电光火石地估量了一下方位，顿时吓得魂飞魄散——他被推过去的那个方向，是山崖边缘！杜润秋发出了一声大叫，人在往下滚的同时，双手也疯狂地乱抓，可是抓到的都是一把一把的沙土。本来也是，这上面寸草不生，难道还能指望抓到一条藤蔓？突然，他的手指撞到了什么坚硬的东西，杜润秋反应很快，猛地一下抱住了那东西。虽然手指被撞得剧痛，但这时候哪里还顾得了那么多？

"秋哥，秋哥，你怎么了？没事吧？"英虹惶急的声音飘进了他耳里，她的声音已经离他很近了，"你在哪里，秋哥？快回答我啊！"

"……我，我在这里。"杜润秋略微喘息了一下，扬起声音回答。他仍然紧紧地抱着那个硬东西，只觉得圆圆的，也不知道是什么。

英虹满脸焦急地出现在了他面前。杜润秋一瞬间有个错觉，她就像是从浓重的乳白色云雾里钻了出来似的。

杜润秋觉得身上微微地有些暖意。抬头一看，太阳不知什么时候钻出来了。对于红珠山的云海而言，阳光就是天生的对头，只要太阳出来了，云雾就会很快散去的。

丹朱也出现了。这时候，云雾已经消散了很多，至少不是刚才那种几米之间不见人的情形了。丹朱正想说什么，忽然，她发出了一声惊叫，眼睛死死地盯着杜润秋的双手。

杜润秋顺着她的眼神看过去，他也发出了一声大叫，双手不自觉地一松。英虹赶紧一伸手，把他给抓住了，她力气不小，好歹没让杜润秋再继续滑下去。

杜润秋只觉得自己背上一阵一阵地冒冷汗，双腿都在打战。他从来不认为自己是个胆小的人，但这时候，他腿几乎都软得站不住了。

他刚才抱住的，是一个圆圆的、表面非常光滑的骷髅头，紧紧地嵌在红色砂土里！也正是这个骷髅头，救了他的命！

云雾几乎散尽了。杜润秋这时候才发现，自己正站在崖顶最边缘的地方。要不是他刚才误打误撞地抱住了那个骷髅头，他已经摔下去了！如果摔下去，不说粉身碎骨，也是必死无疑！

三个人站在崖边，你看我，我看你，半晌没人说一句话。过了很久，杜润秋才勉强笑了笑，说："看来还是我命大，这骷髅活着的时候一定是个女的！"

英虹惊魂未定，木木地问道："为什么？你为什么知道是女的？你是怎么知道的？"

丹朱忍不住冷笑了一声，说："那是因为这骷髅头都看上了他，要救他的命呢！当然是女的了，不然怎么会看上他这个大帅哥呢？"

杜润秋哈哈一笑："还是丹朱了解我呀。"他虽然在说笑，但是背上的衣服完全被汗水浸透了，像是从水里捞出来似的。他不用照镜子，也知道自己现在的脸色有多难看。

丹朱这时已经冷静了下来。她弯下腰，盯着那个骷髅头看。杜润秋对丹朱的胆子实在是有些佩服，虽然那个骷髅头算是他的"救命恩人"，他也不敢像丹朱这样，把骷髅头当成一朵盛开的花一样细细地瞧。

"秋哥，难怪你抓住这个骷髅头就把你这一两百斤的体重给稳住了。"丹朱若有所思地说，拍了拍手上的红土，"我看，这应该是一具完整的骷髅，埋在这红砂里面，埋得又紧又深，只露出了头顶。你就正好……抓住了，也算你命大。"

杜润秋消化了一下她的话，却不敢也像她那样伸手摸摸去"证明"一下。但他立刻想到了另一个问题，叫了起来："不对！按你的说法，这个骷髅……必须竖着埋在土里面，才会直直地露出一个骷髅头……哪有竖着埋的道理？都是横着躺下的啊！"

丹朱站起了身。她的眼里，露出一丝怪异的神情："你不相信就自己摸摸，我刚才摸到了这个骷髅的肩胛骨，就是竖着埋在里面的，完全直立着埋在红砂土里面！"

杜润秋瞪着她，过了半天，才挤出了一句话："我们……我们应该报警吧？"

没人理会他。丹朱和英虹都一言不发。

三个人慢慢地往山下走，一路上都没人说话。杜润秋刚才是惊吓过度，这时已经回过了神来。他想得更多的，不是那个骷髅头，倒是另外一件事。

那股大力，把他硬生生地往崖下推去的那股力，究竟是谁？那就是一双活人的手，要把他给推下去，置他于死地！

杜润秋回头看了一眼走在他身后的两个女孩子。英虹低垂着头，蓬松的紫红色头发遮住了大半个脸，一副心事重重的模样。丹朱也是一脸的若有所思。他实在不相信会是她们两个中的任何一个，想把自己推下山去。

想到这一点，杜润秋刚才才被风吹干的T恤，背心又被冷汗湿透了。难道真的有鬼？

"你怎么了，秋哥？"英虹奇怪地看着他，"你这么看着我们做什么？我们脸上有什么不对吗？"

"没……没什么。"杜润秋打着哈哈，"我是看你们两个这么上上下下一趟，脸都走得红通通的，比桃花还红啊。"

英虹笑着骂了一句："就你贫嘴。"

"见到美女我才贫嘴，换个丑的，我字都不会多说一个。"杜润秋嘻嘻笑，努力想让气氛活跃一点。

英虹被他逗笑了，丹朱却还是一脸抑郁。她盯了一眼英虹，说："现在带我们去见你祖奶奶，行吗？"

英虹脸上的笑意一下子消失了。她嗫嚅地说："我祖奶奶，她……她是个好人，她绝对不会害人的……"

丹朱有点不耐烦地说："没人说她害人，我只是想问她一些问题。"

"……好吧。"英虹总算是勉为其难地答应了。

5

英虹的家，其实就在红珠山上，离酒店走路也只要半个小时。那个村庄一看就是富得流油，每家装修的房子都十分气派，里面摆放的家电都是最时新的。

杜润秋咦了一声,他看到一个纤细的白色人影,从树后一闪而过。一头乌黑的长发,扬了起来,也是一闪而过。

"秋哥,怎么了?"丹朱在他身后问。杜润秋呃了一声,摇了摇头,说:"没什么,大概是看花眼了。"

丹朱瞟了他一眼,没有再问。英虹指了指一家门口,说:"就是这里。"

院门是开着的,杜润秋一眼就看到有个老婆婆坐在院子里的一张小凳上,地上摊了一地的菌子,正在晾。那个老婆婆头发全白了,满脸皱纹,个子很小,不正是那天卖给他菌子的那个人?

"祖奶奶,我带了两个客人来了。"英虹带着他们进了院子,脸上有些尴尬的神色。那老婆婆也不知道是在发呆,还是耳朵聋,一直坐在凳子上,一动也没动。英虹又提高声音,叫了两声,她才慢慢地抬起头,眯缝着眼睛看了杜润秋和丹朱一阵,似乎是认出杜润秋来了,顿时,她那张像核桃一样的脸上,表情也变了。

"你们……你们是谁?我不认识你们,快走,快走!"她扯着嗓门嚷,声音又细又尖,听在耳里很是诡异。她又推着英虹说:"你怎么带不认得的人来了,快赶他们走!赶他们走呀!"

杜润秋本来心里并没有什么成见,但这时候见到这老婆婆的举动,想起自己那天晚上的惨状,胃又隐隐作痛起来。他心里恼火,脸上还是笑嘻嘻的,说道:"怎么,看见我们害怕了?以为我们死了是不是?你知不知道这是在下毒啊?是杀人啊,杀人要偿命的,你知道不知道?有人已经被你毒死啦,你就一点都不害怕呀?"

"谁?谁死了?谁死了?"老婆婆的脸色又变了,一迭连声地问道,"不会,不会是她,她不会害人的。"

杜润秋和丹朱对看了一眼。丹朱小心翼翼地说道:"你说的她,是不是回来的那个她?"

"她是个好人,她不会杀人的。不会的。"老婆婆一直念叨着,直问得一旁的英虹脸色都变了。她拉着老婆婆的衣袖,叫了起来:"祖奶奶,你在说什么啊?你不会真的给了他们有毒的菌子吧?你究竟在想什么啊,祖奶奶?你真糊涂了吗,有毒的菌子人吃了会死的呀!"

"谁说我给了他们有毒的菌子！"老婆婆忽然把脖子一挺，细细的声音也更尖厉了，"我给他们的都是青杠菌！青杠菌！看，看，"她指着满院子晾晒的菌子，"就是这个，青杠菌，虹儿，你认得嘛，青杠菌！我给的都是青杠菌，怎么会有毒？我们自己也吃呢，怎么会有毒？虹儿，你别听他们胡说八道，他们不是好人，快把他们赶出去！"

杜润秋朝老婆婆走近了一步，压低了声音，说道："刚才，'她'来过了，是不是？我看到，她来过了，来找过你了！"

老婆婆发出了一声尖厉的叫声，瘦小的身子就像是站立不住似的，发着抖就往后倒。英虹吓得连忙扶住她，只见老婆婆双手紧紧地按住了胸口，只有出气，没有进气，在那里喘得越来越厉害，脸也涨成了紫色。

"快把她放平躺下！"杜润秋大叫，"她心脏病犯了！"

他边说边动，一把把那老婆婆扶起来平放在院子的地上："药！英虹，你有她的心脏病药吗？"

英虹慌得手脚都没地方放，听到杜润秋这么说，急忙冲到屋子里去，然后又拿着一个药瓶出来了。杜润秋抖出了几颗药，塞进老婆婆嘴里，可是这时候又哪里干咽得下去？他又叫："水！水！"

英虹又跑进去了一趟，端了一杯水出来。她的手在发抖，水端到面前，已经泼了一半出来。杜润秋一面把水给老婆婆灌进去，一面招呼丹朱："打电话叫救护车！赶快打，叫救护车马上来！"

英虹在旁边看着，突然哇的一声哭了起来，人一软，就坐到了地上去："祖奶奶，你可别有事啊！你有什么三长两短，可都是我害的啊！"

"大小姐，这不是演苦情戏的时候！"杜润秋大叫，"快来帮忙，把你祖奶奶扶好，我再给她多灌几口水啊！再不行，试着人工呼吸啊！你在这里哭，有什么用啊！"

英虹听他这么一说，一面哭，一面去帮忙。丹朱打完电话，说道："马上就来，说很快，你们坚持住啊！"

"不是我们坚持住的问题，是这老太太要坚持住才行啊！"杜润秋咕哝着，"阎王要你三更死，谁敢留人到五更啊？"

丹朱瞪了他一眼："胡说八道！"

杜润秋也意识到自己又说了不该说的话，偷眼看了一眼英虹，英虹正哭得一把鼻涕一把泪的，压根儿没注意到他的胡言乱语，才舒了口气。他心里也是虚的，要是这老太被自己一席话给吓死了，那自己的良心怎么过得去呢？

救护车终于呼啸而来，又带着病人呼啸而去。英虹也跟着去了，只剩下丹朱和杜润秋两个人，你看我，我看你。

"我靠，真的有人会被吓死，我打出娘胎还头一回见呢！"杜润秋终于骂出了口，他已经忍了很久了。

丹朱皱着眉说："这老太太的反应，真的很奇怪啊。"

"她不会是真打算毒死我吧！"杜润秋怀疑地说，"我跟她无冤无仇，她为什么要害我？这可是要死人，要死人的啊！"他不自觉地缩了一下，似乎又感受到那绞肠捣胃一样的疼痛了，眉眼也痛苦地挤成了一堆，"还好我没死，不然，死了都是个糊涂鬼啊！"

"如果真是她干的，她要害的肯定不是你，也不是晓霜。"丹朱说，"这点很明显啊，她针对的是另外一个人！"

杜润秋很不情愿地说："你指的是……杜欣？"

丹朱点了点头："老太太一再说，她回来了，是对着杜欣说的，是吧？你跟杜欣在一起，她理所当然地认为杜欣也会吃菌子吧！可是，杜欣是第一次到这里，这老太太一辈子没离开过红珠山，她怎么可能认识杜欣？"

杜润秋再次缩了缩肩膀。他的声音也放低了："我倒是有个想法。"

"什么？"丹朱扬起了头。

"这里……不是叫返魂岭吗？是不是……杜欣不是杜欣？而是别的什么人……这老太太认得的人？"杜润秋慢慢地说，他的声音也变得有些缥缈，有些诡异。丹朱盯着他，不自觉地向后退了一步。

"丹朱，你怎么了？"

"没什么。"丹朱咬了咬嘴唇，"我记得，你说过，她的丈夫死在酒店的房间。你能再去打听些细节吗？"

"这个……"杜润秋迟疑地说，"她的丈夫是死于突发的心脏病，法医也证明了这一点。这肯定跟杜欣是没有关系的，她那个老公心脏一直不太好，平时也都要吃药的，那天他们去的景区是个海拔很高的地方，很考验体力，他过于劳累了，一睡不醒，这没什么奇怪的……"

"你怎么这么糊涂！"丹朱大声地说，"还有什么死法，比这种'过度劳累引起的心脏衰竭'更像自然死亡？尤其是在去了一个大家都知道海拔高、爬上去非常累人的景区之后？"

杜润秋回视她。他实在没有料到丹朱的脑子转得如此之快。他确实曾经隐隐地有过这样的疑问，但是立即被他从脑海里驱赶了出去。不知道为什么，他很不愿意相信杜欣会是个害死自己丈夫的女人。对杜欣，从第一眼开始，他就有种无法言喻的好感。她沉静，细致，跟身边那些喧嚣的人群格格不入。那天，看到她安安静静地站在红珠山的树林里，阳光透过茂密的树叶像金雨一样洒在她身上，杜润秋真的一瞬间有点看呆了。

"丹朱，你想得太多了。"杜润秋已经没有了开玩笑的心思，脸上是少有的严肃，"你可别把这些话乱说，这会给杜欣带来麻烦的……"

"你喜欢她，是不是？"丹朱单刀直入地问，杜润秋一向脸皮厚如城墙，这时居然吭吭哧哧地答不出来。

丹朱看到他说不出来话，轻轻地哼了一声，说："秋哥，我看，你总是会喜欢不应该喜欢的人。"

"如果她真的有什么问题，当时警察就不会放她走。"杜润秋竭力地帮杜欣解释着，不知道为什么，他这一刻有些害怕丹朱出奇地敏锐和犀利，"连她大姑子，都说自己弟弟是真有心脏病的……"

"你就别解释了，秋哥。"丹朱打断了他，"我们回去吧，我还要回去看看晓霜怎么样了。"

杜润秋无精打采地嘀咕了一句："我也是病人。"

"那你也应该回去躺在床上休息。"丹朱回了他一句。她不再搭理杜润秋，径直走进了屋里。杜润秋叫道："你进去干什么？别人的家……"

嘴上这么说，他脚下也跟了进去。英虹家里都是老式的木质家具，五斗柜上放了一排相框，有英虹跟她祖奶奶的合影，也有英虹小时候的照片，大约是这个老人最珍藏的东西，个个相框都擦得一尘不染。

但让杜润秋奇怪的是，有一个样子特别古朴、沉甸甸的相框，里面却是空着的。木头镂空雕花，相当精美，而且看起来已经有年头了，跟旁边那些普通的玻璃相框相比，实在是大不一样。

"有人把里面的照片拿走了。"丹朱轻轻地说，"你说，秋哥，这里面会是谁的照片呢？"

杜润秋没有回答。过了一会儿，他说："走吧，丹朱，我们该回酒店了。"

因为出了这起"菌子中毒"事件，杜润秋就得以顺理成章地在红珠山酒店继续住着"养病"，连饭菜都是厨房给他特别做好送到房间来的。因为他还不能吃难消化的东西，所以炖的是鱼粥，配了几味精致的小菜。杜润秋虽然是个无肉不欢的人，但看到这样的粥菜，也没法挑剔什么了。

"嘭嘭嘭"，杜润秋对着杜欣的房门，敲了三下。他不知道自己是怎么走到这里的。从门里，传来了杜欣平静而温柔的声音。

"请进。"

杜润秋略略迟疑了一下，推开了门。杜欣穿着件白色的睡袍，坐在床头。她的头发很长，一直散落在腰际，乌黑发亮。她并没有回头，而是望着窗外的红珠湖。

"杜欣，你回来了。"

杜欣这才慢慢地回过头来。她很苍白，也没有化妆，脸看起来特别素净，素净得都带着某种惨淡的颜色了。她的唇角，挂着那丝淡淡的、礼貌而疏远的微笑："是你啊。你找我有事吗？"

"……我是来问问你，有没有吃饭？"杜润秋不管是在丹朱还是在晓霜面前，都是肆无忌惮地乱开玩笑的。可是在杜欣面前，他却不敢开玩笑，说话的态度也全然是正经的。他生怕说错了什么话，得罪杜欣，虽然杜欣一向是非常文雅和通情达理的。

杜欣指了一下床头上放着的粥碗。"吃过了。我……没什么胃口。"她轻微地瑟缩了一下，"现在……我看到吃的，就觉得……害怕……尤其是……尤其是……"

"尤其是菌子，是吗？"杜润秋接过了她的话头，"我也是。我原来是很喜欢吃菌子的，一次可以吃掉一大碗。可是现在，我一看到菌子，就觉得反胃。倒不是因为我自己吃了菌子中毒,而是……我看到梁喜死在房间里,那个碗落在地毯上,还剩着几片没吃完的菌子……从那之后,我一看到菌子,就想吐。碗边缘的破口,把我的手划伤了,血滴到了地毯上……"

杜欣的肩头,猛地颤动了一下。她抬起眼睛,紧紧地盯着杜润秋。

"梁喜死了。"杜润秋从齿缝间挤出了这几个字。一想到梁喜那被雨水浸得透湿的尸体,他就觉得一阵鼻酸,几乎连声音都哽咽了:"如果不是我给他那碗菌子……"

"那不关你的事。"杜欣柔声地说,她的眼眶也发红了,"你也是好意。梁先生他……他是个好人。他帮了我很多忙……"

杜润秋一只手插在裤兜里。他的手里,握着口袋里放着的那枚紫水晶胸针,握得手心都在出汗:"咦,杜欣,你那颗胸针呢?怎么没见你戴?你不是很喜欢那胸针的吗,怎么,哈哈,这么快就腻了?"

"没有呢。"杜欣打开了她的包,从里面拿出了一枚胸针。杜润秋定睛一看,不是那枚四叶草形状的紫水晶胸针又是什么?他心里一松,就像是一块大石头落了地似的,他也不明白自己为什么会有这种如释重负的感觉。只听杜欣解释道:"胸针上的别针有点松掉了,我怕掉了,就没戴。"

"我帮你修修看?"

杜欣把胸针递给了他。杜润秋看了看,果然,是别针有点松动。他使劲地扭了几下,扭紧了,还给了杜欣:"没问题了。"

杜欣接了过去,随手放在了床头柜上。她的黑发,散了下去,遮住了脸:"唉,大姐是怎么死的?我真是不明白……"

老实说,杜润秋也不明白。但是他这时候,想问杜欣的,是另一件事。

"今天,在英虹祖奶奶家的外面,我看到你了,杜欣。你到那里去做什么?"

他问得很直接,杜欣扬起睫毛,看了他一眼。她的表情,她的眼神,还是那么安静,安静得一点涟漪都没有。

"我想去弄清楚一些事情。大姐告诉了我一些事……我想知道,是不是真的……那些事,听起来,很可怕……太可怕了……"杜欣捂住了脸,"我昨天晚上,又做梦了。"

杜润秋望着她:"什么梦?"

"……我又梦见那个女人了。"杜欣的眼神恍惚,声音也是飘飘忽忽的,"土,红色的土,她的脸上全是红色的土……她的眼睛……哦,她的眼睛就像两颗在血里浸过的珠子一样!"她突然双手蒙住了脸,声音也在微微地颤抖,"我看不清她的脸,可是,可是,我知道,我知道她是……"

杜润秋抓住她的手:"杜欣,振作点!"他看着杜欣迷乱的眼神,和颠倒的话语,心里一阵阵不安。杜欣显然受了不小的刺激,他第一次见到杜欣的时候,虽然杜欣的丈夫才猝死没两天,但她还是平静和处事清楚的。可是现在,杜欣分明有要崩溃的迹向。

"不会有事的,杜欣。我保证……"他握着杜欣的手,杜欣的手冷得像冰,杜润秋很想把她的手焐暖。杜欣只是呆呆地坐着,两眼也是呆呆地看着他,没有把手抽出来,也没有说话。

"杜欣……别害怕。"杜润秋不自觉放柔了声音,杜欣跟晓霜完全不同,晓霜是健康而充满活力的,杜欣却是纤弱而让人怜惜的。她跟丹朱也不一样,丹朱有种无法形容的冷漠,那是自内至外散发的一种冷,最初杜润秋没有发现,但是跟她多相处几天就逐渐感觉到了。那是一种拒人于千里之外的冷漠,能够不经意地拉开跟别人的距离。

他的手指不经意间,触到了杜欣的长发。杜欣的头发乌黑而柔软,跟她的肌肤一样,冷冷的。杜欣靠在他的肩头,低低地呜咽了起来。

"我害怕……我好害怕……从他死的那天晚上就开始害怕……我……我不知道,我不知道会发生什么……我觉得很孤单,他的那些亲戚,都用一种很怪异的眼神看着我。他们从最开始就恨我……"杜欣的声音很轻,还夹杂着抽泣。她哭泣的模样,十分柔弱,十分无助,泪珠一点点地在脸颊上闪亮:"我根本不愿意跟他结婚,从来都没有愿意过……"

"别哭,不会有事的。"杜润秋抬起手,想替她拭去脸上的泪珠。正好杜欣一抬头,杜润秋就跟她的眼光相接了。杜欣的眼睛很黑,很亮,泪光盈盈,美丽得出奇,让杜润秋一瞬间看着她有些傻住了,抬起的手也停在半空中。

"杜欣,既然不愿意,你又为什么会跟他结婚?你们一点儿都不相配。

你是为了钱吗？"杜润秋终于忍不住问出了这个问题。他实在觉得杜欣不像是这种人。

"……他跟我老家在同一个地方，有点沾亲带故。他是华侨，回来看家乡人，遇到了我，他第一眼就看上我了，什么法子都使出来了。我爸爸在我很小的时候就死了，后来，我妈妈也病故了……我变成孤零零一个人了。他对我穷追不舍，我……我就同意跟他结婚了……"

杜欣的眼泪掉了下来，她的表情也变了，带着一种迷人的朦胧的回忆。

"然后呢？你并不快乐，是吗？"

杜欣眼里回忆的神色骤然消失了。看到她表情的变化，杜润秋不问也知道结果了，他也不敢再追问下去了，站了起来："你好好休息，杜欣。我先回去了，有什么事，马上叫我。"

他听到杜欣在他身后，低声地、幽幽地说："是的，从此之后，我再也不快乐了。可是，他那么喜欢我，他说他从第一眼看到我就迷上我了，是绝对不会放手的。"

杜润秋再次回过头，盯着她看。这一看，他却吃了一惊。杜欣在笑，脸上甚至散发着光辉，让她的整张脸都发亮起来。杜欣原本一直有种疲倦而萎靡的神态，但这时候，她就像是一朵在阳光和雨露下舒展开的花，整个人都变得生动起来。

她像是一个一直在梦游的人，这时候，突然地醒过来了，活过来了。杜润秋想着。她浑身都像是在发着光，尤其是那双眼睛，被某种仿佛要溢出来的幸福完全地充满了，连眼泪都是快乐的。

"但是，从他死那天开始，我又觉得，我活过来了。对，在他身边，不管他对我怎么好，我都觉得，自己是个死人。"

6

那天晚上，杜润秋做了很多稀奇古怪的梦。梦境是支离破碎的，他清晨醒来的时候，也只记得很少的一些了。梦里好像有杜欣，她却穿着一身鲜艳的红衣，站在窗前，乌黑的长发在风里飘动。还有英虹，英虹跟她的祖奶奶在一起，两个人都蹲在地上采着菌子，扔了一地。

杜润秋抱着被子，坐在床上发呆。直到晓霜在外面敲他的门，敲得砰砰直响，还直着嗓子叫："秋哥！秋哥！起床了！太阳都晒屁股啦！"

听晓霜的声音中气十足，看样子她已经恢复了。杜润秋趿拉着拖鞋，无精打采地走到门口，开门一看，只见晓霜脸色红润地站在面前，满身都是青春光彩，连眉梢眼角都像是闪烁着早晨明艳的阳光。晓霜一看到杜润秋，就夸张地叫了一声："哎，秋哥，你是怎么了，怎么脸色这样子！"

"我怎么了？"杜润秋摸了摸自己的脸。晓霜推着他，把他一直推到镜子前，大声地说："你看看！"

杜润秋看到镜子里面的自己，吓了一跳。面色灰黄，胡子拉碴，黑眼圈堪比大熊猫。他摸着自己长出来的胡茬儿，喃喃地说："这一下子可老了十岁，怎么办，还有女人会看上我吗？跟中年大叔差不多了，我还年轻啊！"

晓霜没听清他在咕哝什么，问道："你说什么呢？"

杜润秋继续摸着自己的脸，继续咕哝："早知道，昨天就该留在杜欣那里了。哎呀呀，这就是老天爷对我不抓住飞来的艳福的报应了。如果跟杜欣待在一起，我怎么会一晚上都做噩梦啊？唉……唉……我昨天晚上真是被鬼迷了心窍了，怎么居然当起了柳下惠？咳，咳，真是不符合我做人的原则……"

"秋哥，你在说什么？"丹朱的声音在他身后清脆地响了起来，杜润秋吓了一跳，赶忙闭上了嘴，但是已经太迟了。丹朱的眼神，很锐利地在他身上掠过。

"昨天晚上发生了什么？你到杜欣那里去了？"

杜润秋知道她已经听到了，说谎是说不过去的，索性一挺胸膛说道："哎，我反正是人见人爱花见花开的，她昨天晚上跟我说了好久话呢，就差没留我下来了……"

"你为什么没留下？"晓霜在旁边笑得直不起腰；"我还真不知道你这么……这么……嗯，嗯……"她一连嗯了几声，都没嗯下去，只是笑个不停。

杜润秋正想为自己的面子辩白几句，这时候，他听到了一阵喧闹，从元帅楼的方向传过来的。

"什么声音？"晓霜走到楼道边上，向外望去。她立刻叫了起来："你们快来看！快来看呀！"

杜润秋跟着走了过去，向外一望，也吃了一惊。只见元帅楼边上，围了不少的人，看样子都是当地人，一个个都拎着锄头铁锹之类的工具。当中站着一个男人，正在对周围的人吩咐着什么——谭栋。

"他们要干什么？"晓霜莫名其妙地问道。杜润秋心里一动，又沉了一下。丹朱说道："他们是想挖什么东西吧。看看，锄头、铁锹，这阵势……"

杜润秋脱口而出："他们想挖尸体？他们怎么会知道那下面会有尸体……"

几天之前，他绝对不会想到，"挖尸体"这么诡异的话，会从自己口里完全认真地说出来。可是这几天，他已经见了不止一具尸体，很多桩诡异而无法解释的事。现在他真觉得，不管再见到什么，自己都不会奇怪了。红珠山，本来就是个终年笼罩在云海里面的地方，来到这里的人，也会被笼罩在同样的云雾里，在一团茫茫白雾里没头没脑地瞎转，始终找不到方向，走不出去。

晓霜虽然有点担忧的表情，眼神却相当好奇而兴奋。她拉了拉丹朱："我们过去看看，好不好？"

"他们是在干正事呢。"丹朱说，"不会让我们过去的。"

"我们只是远远地看上两眼啦！"晓霜说。杜润秋也说："是呀，我们只是去看看，看看他们在干什么而已。说不定，那个谭局长也会有话问我们呢？"

丹朱忽然撇了撇嘴角，冷笑着哼了一声。晓霜很奇怪地看着她，说："你怎么了？你不喜欢那个谭局长？我觉得他人挺好的……"

"他？我看他是犯了疑心病吧。"丹朱冷笑着说，"他居然怀疑是我给你们吃的菌子下毒的。居然会怀疑我！我真不知道他是怎么得出这个结论的，我问他凭什么怀疑我，他又说不出个所以然！哼，他这业务水准，可真是糟糕！"

"哦？他怀疑你？"杜润秋很是奇怪。他一向看人很准，这个谭栋，是典型的那种深藏不露做事也滴水不漏的人，怎么可能在毫无证据的情况下怀疑丹朱还让丹朱看出了他的怀疑？

这一点倒真让他想不通了。

就算是在上午，阳光充足的时候，元帅楼也是阴暗的。它正好在山崖的下面，后面又都是参天大树，一走到这边，杜润秋就又有了那种凉飕飕的感觉。他不自觉地抬起头，去看二楼转角处的那间房间，虽然他也知道，就算有鬼，也肯定不会在白天出现的。

元帅楼早已经清理完毕，周围仍然拉着警戒线，不让人进入。这是幢掩映在参天大树的阴影里面的木质结构的别墅，整幢楼几乎不分昼夜都被笼在阴影里。是的，阴暗，这就是元帅楼给人的第一感觉。又因为它是在湖的旁边，远远都能闻到一股浓重的潮气。

杜润秋现在只觉得奇怪，自己前几天怎么有胆住在这个地方？

谭栋见他们过来了，居然微笑着过来招呼了："怎么样？看你们都恢复得挺不错啊？一个个气色都挺好的！"他的眼光，有意无意地在丹朱身上多停留了片刻，这自然也逃不过丹朱的眼睛。丹朱轻轻地哼了一声，没有说什么。

杜润秋使劲在自己脸上搓了两把："看看，这么搓都搓不出点血色来，还是一张灰不溜丢的脸，还说我气色好！恢复得不错！"

谭栋早已知道了杜润秋的脾气，一笑置之。晓霜看着那群当地人已经拿起铁锹锄头在元帅楼的四周开挖了,忍不住问道:"这是在干什么啊?"

"听说,这元帅楼下面,可能会有重要的证物。"谭栋轻描淡写地说道,"所以找了些人来挖一下,看能不能挖到。"

"你想挖的是一具尸体吧?我保证,你是挖不到的。"杜润秋开门见山。谭栋显然是大吃了一惊,他紧紧地盯着杜润秋,眼睛里的光芒闪烁不定。过了好一会儿,他才说:"你为什么这么说?"

"我们昨天就在山上发现了一具尸体。"杜润秋很是得意,他让这个深藏不露滴水不漏的谭副局长也大大地惊了一把,"不不不,确切地说,不是一具尸体,是一具骷髅。哈哈,还是一具很好心的骷髅,要不是它,我也变尸体啦!"

他笑得开心,谭栋却一点儿笑的表示都没有,仍然紧盯着他说:"怎么回事?你怎么这么说?发生了什么事?"

杜润秋把昨天爬山的时候发生的事讲了一遍。谭栋皱着眉听着,然后问:"你确定,是有人从背后推你?"

"昨天的风,远远达不到会把人刮下去的地步。"杜润秋耸耸肩,说,"我自己绊着了,跟被人推了一下,是两个概念,这个区别根本不可能混淆的。"

"你的意思是,有人想——杀你?"谭栋一字一字,十分谨慎地说。

杜润秋沉默了一会儿:"这个,我不知道。不过我想,想把我推下山的人,总不可能是善意的吧?如果不是抓住了那个骷髅头,我现在……"

他没有说下去,一时也没有再开玩笑的心情了。谋杀绝不是玩笑,那个想把他推下山置他于死地的人,是真真切切存在的。

"你没有看到推你的人?"谭栋又问。

"如果看到了,我早就来向你谭局报案,请你抓人啦!"杜润秋大声地说,"是从我背后推的,我根本没有机会回头。何况,那时候上面的云雾特别浓,浓得两米之外都看不见人,我就算回头了,那个人只要跑得快一点,我也看不见他的!很可能,从我们上山,他就一直跟着我们了!"

"你要小心。"谭栋盯着他,缓缓地说,"谋杀不是玩笑。"

这句话,跟刚才杜润秋想的一模一样。他情不自禁地打了个寒噤。谭栋又说:"没有人会无缘无故地杀另一个人。凡事都有原因的。这个人,他一次不得手,也许还会有下一次。你想想,会是为什么?要知道原因,我们警方才能顺藤摸瓜地查下去。"

"……我真的不知道。"杜润秋有些无精打采地说,"我这个人,什么秘密都没有,也没得罪过什么人。我真不知道为什么有人想杀我,谋财吗?我这么穷,存款为零!"

"有一个可能。"丹朱忽然说。她凝视着谭栋的眼睛,清清楚楚地说,"秋哥有可能知道了某个秘密,这个秘密对于某个人是致命的。所以那个人要杀死他,以保证这个秘密不会泄漏。"

她又转向杜润秋,更清晰地说:"所以,秋哥,你一定要认真地想想,你究竟知道什么?你一定知道什么特别重要的事,才会让某个人不顾一切地要杀你灭口!"

"……我能知道什么?"杜润秋有些迟疑地说,"我整天胡说八道的,谁会相信我的话?我本来就是个吹牛撒谎都不打草稿的人,谁会拿我的话当真?"

"我会。"丹朱认真地说,又瞟了谭栋一眼,"谭局也会。"

谭栋微笑着,杜润秋觉得看多了他的微笑,本来让人舒服的笑容,也让人感觉很假了:"是啊,小杜,如果你知道些什么,不管是多细枝末节的事,都一定要对我们警方说……"

"我昨天晚上十二点睡觉做了N个噩梦今天早上忘了刮胡子没有吃饭还被晓霜从床上拎了起来这些都要对你汇报吗?"杜润秋一口气说完这个长句,谭栋盯着他,丹朱尽力在忍笑,晓霜已经扑哧一声笑出声来了。

"秋哥,你可真逗!谁要听你那些鸡毛蒜皮的事?"

杜润秋耸了耸肩:"我只是想表明我真的没有什么事隐瞒。"

"也许那是一件你根本没有留意的事。"丹朱说,"不用去想,秋哥,也许到某个时候,你灵光一闪,那件事就清清楚楚地出现在你脑子里面了。你一定知道什么,只是你自己不知道罢了。"

她说得杜润秋心里也是惴惴不安,喃喃自语:"我知道什么呢?我究竟知道什么呢?"

谭栋沉默了一会儿，忽然说："你对那个叫马青的女记者，了解有多深？我这两天又在回顾她的案子，我发现，她的身世似乎跟红珠山很有关系。你知道吗？"

杜润秋呆住："不知道啊！一点儿都不知道！我跟她是中学同学，她命很不好，听说前几年父母在一场车祸里去世了！她当记者，经常去国外那些很危险的地方，是个很能干也很敬业的人！"

谭栋点了点头："对，她父母去世了。她父母都是很平常的人，没有什么特别的。但她的外祖母，却跟这红珠山很有点关系。不，也不是跟红珠山有关系……"

他说得杜润秋越来越糊涂，两只眼睛瞪着他。谭栋叹了口气，说："她没有跟你提起过吗？她的外祖母，就是红珠山这别墅的主人——那个大军阀的姨娘。"

杜润秋失声叫了起来："就是照片上那个女的？！"

谭栋两眼盯着他："什么照片？"

那个女郎褪色的黑白照片，仍然放在画的后面。谭栋不经意地望了一眼照片后面的黄符，说："有人很怕她啊。"

他对着照片，凝视了半晌，摇了摇头，说："不是。不是她。那个姓石的军阀的姨娘，并不止一个。"

杜润秋怪叫一声："《情深深雨濛濛》啊？"

"多少有点像吧。"谭栋叹了口气，说，"那时候，娶一堆姨太太，对那种权势倾天的大军阀，真不算什么事。马青，你的中学同学，她的外祖母就是姨娘之一。不过，那军阀后来失势，到了国外隐居，她并没有跟着一起走。"

杜润秋突然觉得有点好笑，却又笑不出来："这里的风水，看起来，并没有保佑他？"

谭栋低头凝视手里的照片："没有。即便他花了偌大力气，找到了一个合乎他要求的女人，娶了她，又杀了她，把她埋在这里，他也一样失势了。什么都没有得到。"

杜润秋喃喃地重复:"娶了她,又杀了她?"

照片上那个女郎,温雅秀美,但眉梢眼角,都是掩不尽的轻愁。

他忽然抬起头,盯着谭栋:"你好像知道得很清楚,对这件事?"

谭栋没有说话,只是把照片还给了杜润秋,说了一句:"放回去。"

他没再说什么,直接就走了。杜润秋听着他下楼的脚步声,一时间心里真是一万个疑团在翻腾。

这天早上阳光灿烂,到了下午却下起雨来了。一场猝不及防的暴雨,浇得一群人躲避不及,个个淋成了落汤鸡。虽说旁边就是元帅楼,但却没一个人愿意进去躲雨的。谭栋叫人拿了一叠塑料雨衣,一人一件地穿上,继续冒雨作业,一个锄头一个坑地在那里忙活。

晓霜和丹朱打着伞到楼下买零食去了,杜润秋一个人端着杯热茶,站在窗前看着被雨水洗得碧色一片的红珠山。除了对面的那座山峰仍然是醒目的赤红色,红珠山简直是浸在一片深碧的颜色里,那种碧幽幽的颜色是美丽却带着些诡异的。

"你在看什么,秋哥?"丹朱和晓霜拎着两大袋零食走了回来。杜润秋有点恍惚地回过头,说:"没什么,就是看看风景。"

丹朱沉默地朝他看了一会儿:"你没有打个电话问一下英虹她祖奶奶怎么样了吗?"

杜润秋正要回答,忽然听到有人在急急巴巴地砸门,一边还在大叫:"杜润秋!杜润秋!你在不在?在不在?"

杜润秋听着声音很熟,再一想,可不就是那个最近大为失态的酒店经理?他走过去把门打开,嘴里嚷嚷着:"叫什么叫?叫什么叫?老子还没死呢,叫魂啊?"

对男人,他可从来不客气。

酒店经理的模样十分狼狈,浑身湿透,头发以很好笑的形状粘在头上,活像是从水里捞出来的落汤鸡。他一脸的焦灼,对着杜润秋就问:"杜欣呢?杜欣没跟你在一起?"

一听到杜欣的名字,杜润秋那吊儿郎当的态度马上就变了:"杜欣?杜欣怎么了?出什么事了?我今天起来就没见过她了!"

"她失踪了！"经理哭丧着脸，一摊手说，"我还抱着一线希望，以为她是跟你一起上山的……"

"上山？上什么山？"杜润秋打断了他，"她去哪儿了？你倒是说清楚啊！"

"她……她去爬山去了！"

经理一语惊人，不仅杜润秋呆住了，晓霜和丹朱也面面相觑。杜润秋脑子还没转过弯来，问："就算她爬山去了，你又怎么会说她跟我一起上山的？"

"这里就你一直在勾搭她，她一个女的怎么会一个人去爬山？我当然以为是你约她去的，好两个人独处，继续勾搭……"经理说得振振有词，理直气壮，杜润秋这时候却实在是笑不出来了。

"喂，喂，你可别血口喷人，我们可是什么都没有的！我问你，她什么时候去的？去了多久了？怎么会说是失踪了？"

"中午就去了！"经理的脸哭丧得更厉害，"一直到现在，也没见人回来呀！"

杜润秋原本并不以为意，爬山嘛，是很正常的，他倒觉得经理有些小题大做草木皆兵。听经理这么一说，他是真紧张起来了："中午？现在都几点了？你怎么知道她上山去了？上哪座山？你看到她上去了？她带手机了吗？"

"你一连问这么多问题，叫我回答哪一个啊！"经理喘着气说，"她让厨房帮她准备一些吃的，我问她要做什么，她说她要去爬山，散散心！我一听她是要去爬元帅楼背后的山，我就有点紧张，当地人都不敢爬到那山顶的！我就劝她，说那山路不好走，尤其是到了半山上面，根本就没路了！可她说没关系，她只是去爬着玩玩，散心而已，爬不动了自然就会下来！我也没话说了，她就去了！"

"然后呢？"杜润秋直到这时候，都还觉得杜欣说的话挺正常的，没什么不对的地方。

"她是吃了中饭就去的，我想她那身体能爬多高啊，肯定要不了两个小时就会下来了。可是雨越下越大，还没见她下来，我就担心了，打她的手机,她接了。我说,雨下大了,赶紧回来吧。她说,她好像有点迷路了,叫我们不要管她,她自己会回来的,可能会多花点时间!"经理一口气说到这里,用手捋了捋还在滴水的头发,说,"说完了她就把电话挂了,我在那里很焦急,再出什么事,那可怎么办啊!过了十多分钟,我又继续打她手机,这次根本就没人接了!我一直打,一直打,打了好久,也没人接,最后居然关机了!"

"你是傻子啊!"杜润秋骂了起来,"你一直打一直打,把她的手机都打没电了,不关机才怪呢!"

"我着急啊!"经理的头都耷拉了下来,"我着急才会一直打啊!"

杜润秋恶狠狠地说:"你着急?你着急怎么不报警?从她上去到现在都多久了,你现在才来说?你都干什么去了?"

"……你知道,红珠山酒店出了这么大的事,再也经不起任何事了啊……"经理嗫嚅着说。

杜润秋更气,毫不留情地骂道:"你就是个猪脑子!你要马上去报了警,把她找到,才会什么事都没有!山上有多冷你不知道?万一她失足了怎么办?被熊逮到了怎么吧?遇到蟒蛇了怎么办?撞上野猪了怎么办?"

"秋哥,你别在那里夸大其词的。"晓霜撇撇嘴说,"又是熊又是蟒蛇又是野猪,你当这儿是动物园啊?"

杜润秋回头看了看她。他的眼睛里,一丝一毫玩笑的意思都没有:"我是不是在开玩笑,你问问他就知道了。"

他一手指着经理。经理十分沮丧地低下了头:"没错,这山上有熊。前几天,酒店里才有人打死了一条从山上下来的碗口大的蟒蛇……"

丹朱说道:"就算是有熊,也不会随便攻击人的。"

经理抬起眼睛,迅速地看了她一眼:"前些天,有几个当地人上山去采菌子。他们听到黑熊的叫声……跟平时不一样的叫声。那是熊生了小熊之后的叫法……每年都是这个时候。他们怕极了,扔下筐子就回来了。谁敢去跟熊抢吃的?熊也是要出来吃菌子的,而且……而且它们这时候是见了人就会……就会……"

晓霜看看经理,又看看杜润秋。两个人的脸色,都非常凝重。她突然地打了个寒噤,问道:"你们……你们真的不是在开玩笑?"

杜润秋脸色阴沉地说:"我倒真希望是个玩笑呢。"

7

当天晚上,谭栋调了一队人,又组织了酒店里面一些年轻的保安,一起搜山。杜润秋自然也加入了这个队伍。

领队的是屈渊,谭栋居然也身体力行地一起去了。屈渊给了杜润秋一双专用的手套,杜润秋后来才知道,这双手套能派上多大的用场。

他曾经爬过这座山,但是也只爬到半山腰为止。半山腰有个非常显眼的标志——一座废弃的神龛。这座神龛是在山壁里刻出来的,本来雕工就不精细,年久日深风吹雨淋,哪里还看得出来原来雕的是什么像?只是神龛下面的青苔地上,插着几根半倒不倒的香,还有几根燃尽了的蜡烛,显示着这座神龛还是有人供奉的。

一般来说,走到这里,就不会有人往上走了。到神龛为止,还有被人踩出来的路,但是再往上走,就完全没有路了。杜润秋头上戴着头灯,手上戴着胶皮手套,抓着那些长满刺的树藤荆棘,艰难地往上挪动。另一侧是悬崖,真正的万丈深渊,杜润秋压根儿不敢往那边看上一眼。

他一边向上爬,一边心里犯着嘀咕。他这样强健的身体,爬这地儿都这么困难,何况是娇弱的杜欣?

但是谭栋在听了经理的讲述后,给出了一个无可辩驳的佐证,这也是他们必须马上搜山的原因。由于红珠山属于风景区,这一带的手机信号覆盖得非常好,即使是在这高山上,手机信号也是很强的。经理给杜欣打第一个电话的时候,杜欣的手机信号,仍然在红珠山基站的范围。经理又提供了一个细节:曾经有大约半个小时的光景,杜欣的手机是"该用户暂时无法接通"。这说明在这半小时之间,杜欣在一个完全没有手机信号覆盖的地方。而当她的手机能够再度接通的时候（虽然杜欣一直没有接电话），手机信号的基站就变了，这次是来自山背后另一个片区的基站。

"她一定是穿过了这片松林。"屈渊大口大口地喘着气说。现在他们的面前是一片松树林，每一株都给人直耸入天的感觉。杜润秋看着那一片黑压压的松林，心里直打鼓。就算是白天，日照强烈的时候，这片松树林一定也是射不进阳光的。更何况晚上……他们戴的头灯，拿的手电，在这黑漆漆的大山里，根本什么都算不上。

"杜欣真的穿过了这片松林？"杜润秋还是问了出来，他看了一看自己刚才走过的路，仍然心有余悸。有好几次，他踩到了松动的石头，石头就往下疾坠，杜润秋真的是非常害怕会砸到下面还在爬的人。如果不是戴了双特制的登山手套，他想自己的手恐怕早就鲜血淋漓了。那些野草，灌木，都跟锯齿一样尖利。

"手机信号的来源不会有错。"屈渊说，他注视着眼前黑压压的松林，"她确实是过去了。"

"好吧，那我们走。"杜润秋下定了决心，往前大步走了几步。屈渊看着他，有点讥讽地说："我还以为你会临阵退缩呢。"

杜润秋瞟了他一眼："我是想退缩，我也害怕。我跟你说，我一看到这松林，就心里面打鼓。可是没办法，我现在很冷——"他缩了一下肩膀，虽然他已经穿得尽量厚了，但是只要一停下，满身的汗就马上被风吹干了，冷得直发抖。耳边只听到山上呼呼的风声，像野兽的咆哮。这风声，比在山下的酒店里听到的，要清晰和响亮十倍以上。"你觉得一个女人，能在这样的天气下撑多久？会冻死她的。所以我们一定要赶快找到她。"他说。

屈渊用一种新的眼神打量着他，原来，他看杜润秋的眼光一直都带着不屑。"看来，还是我小看了你啊。"他犹豫了一下，还是说了出来，"我还一直以为你就是个见了女人就会什么都忘了的没出息的家伙呢。"

"就算是个男的在山上失踪了，也该来找吧。"杜润秋说，"能帮忙，为什么不来？"

屈渊笑了，用力在他背上拍了一掌："等找到了人，下去我请你喝酒！"

杜润秋也笑了，但紧接着，他的眼里又出现了深深的忧虑的神色。他跟屈渊，还有身后的那十来个人，在及膝深的潮湿的草地里走着，粗硬的松枝不断地拂过他们的脸。不时地，有一滴水从松枝上滴下来，滴进脖子里，冷得让人浑身猛地一颤。

"我看，她凶多吉少啊。"一个警察低声说，"这么黑，如果她没有带手电，什么都看不到。她也肯定没有带指南针，在这样一片漆黑的地方，她根本辨不清路……"

经理也跟在后面，深一脚浅一脚地走着。他显然不是常常锻炼的人，走得直喘粗气："这里有熊啊！熊啊！如果她被熊……"

屈渊回敬了一句："熊不是视力不好吗？也许根本就没看见她。"

"那你可错了。"杜润秋大声地说，"不是说现在这里的熊在生小熊吗？它生了小熊总要出来找东西吃吧？好吧你来了它就追着你不放了你就躺下来装死了，熊是怎么都不吃死物的，但是人家辛辛苦苦地跑来追你，你看追到了又是个死的，熊也生气啊就往你身上一坐……"

所有人都无可奈何地听着他扯着声音，在漆黑的松林里胡搅蛮缠。杜润秋故作嘹亮的声音，大概是这山上除了风声之外最清晰的声音了："这一坐啊可不得了，你们看我这身架子说不定还经得起它一坐最多断两根肋骨，但是换个瘦点的身体弱点的可不得了，你们自行想象这一坐会坐成啥样子……"

屈渊忍无可忍地打断了他："你在胡扯些什么？有这力气还不如多叫几声杜欣的名字！"

"说不定被一坐就叫出来了熊瞎子就发现你是装瞎的了然后挖个坑把你埋在土里要吃的时候就开始吃先吃头再吃手这样子比较新鲜……"杜润秋说到这里的时候，突然像是按了暂停键一样，一下子就没有声音了。屈渊听着他脚步也停了，就问："你怎么了？踩着蛇了吗？"

杜润秋却转向了谭栋："谭局，今天你们挖到最后，挖到尸体没有？"

谭栋愣了一下。他没想到杜润秋会在这时候问出这个问题："没有，我看你应该是对的。"

经理带着哭音说："我都说了没有了，你们偏要挖。这下好，把元帅楼周围挖得全是洞，这还怎么接待客人啊！"

杜润秋狠狠地撂下了一句："就你那闹鬼的元帅楼，还想接待客人？你就做你的白日梦去吧！要我说，你还是多请几个道士和尚来作法吧！不然，从此以后，谁还敢来你的红珠山酒店？吓不死你丫的！"

谭栋却像是不经意地问了经理一句："你是酒店的经理，你自然最清楚红珠山闹鬼的事吧？"

经理本来就冻得面青唇白的，被杜润秋骂得一句话都不敢再说，再加上谭栋这轻描淡写的"随口一问"，他简直都快哭出来了："哎呀，天哪，闹鬼，闹鬼，我都快给吓死了，你们还在这里说！"他指了指周围，"看看这是什么地方，深山老林，什么东西都有，祖宗们，等下了山回去再说行不行？"

杜润秋哼哼地说："这里就算是深山老林，有熊瞎子有蛇有野猪，也比你那见鬼的酒店好得多！"

他们一个个说话都很大声，刻意地提高声音，好像都是在自己壮自己的胆似的。虽然他们这一队有十来个人，一半都是警察，还有几个是退伍军人出身的保安，但走在这松林里，压根儿没有一丁点的光，只有昏暗的电筒光，黄色的，一圈一圈地扩散在松林里。

一根松枝又擦过杜润秋的脸，他来不及避开，哎哟一声，松枝在他的脸上划出了一道血痕。杜润秋又哎哟了一声："糟糕了，这下破相了！"

一群人保持沉默，没人对他的"幽默"报以反应。杜润秋自己也觉得这玩笑一点也不好笑，走了几步，又说："这松树林好大一片，我们走了多久了？"

屈渊看了一下他的夜光手表："快半小时了。"因为他们都害怕突然会窜出一条蛇来，或者从树上掉下点什么东西来——在黑暗里，人总是会产生未知的恐惧感——所以都走得很慢，每个人都拄着一根棍子，慢慢地往前探着路走。

杜润秋眉头拧得更紧了，说道："杜欣这么大的胆子？敢越过这片松林？她能爬到这里的时候，天也快黑了吧，她是怎么通过这片松林的？我真是不明白！"

"我也不明白。"屈渊困惑地说，一张脸绷得紧紧的，"我一向认为自己胆子大，但要我一个人走这条路我也不敢。一个女人，居然敢在天色全黑的时候……走过这里？"

"等等！"杜润秋忽然架势十足地一挥手，"我有个新的想法！"

所有人都默不作声，恭候着他的高论。杜润秋转动着眼珠说"也许……是有什么东西在追她！那东西，比这片黑漆漆的松林更让她害怕，所以她就一直跑，一直跑，直到跑过了这片松林！"

经理嘀咕着说："胡说些什么啊……"

屈渊却说："这也不是不可能的事，不是都说这山上有熊吗？有野猪吗？"他把手电对着地面，沉思地掠过满是长草的地面，"这场大雨，下得实在是太不凑巧了。那种暴雨，会把杜欣可能留下的一切痕迹都给淹没……我们很难找到她留下的任何东西……什么都被冲掉了……"

"走出来了！"一个年轻警察忽然欢呼了起来，伸手指着前面，"看，我们穿过这片松树林了！"

事实上，虽然穿过了这片松林，外面还是漆黑一片。但是没有那些重重压在头上的松枝，站在空旷的平地里，感觉还是清爽了许多。杜润秋第一个冲了出去，伸开双臂发出了一声长长的高喊。他的声音回荡在山谷里，久久不绝。

一群人从松林里鱼贯而出。屈渊拿出手机看了看，果然，刚才在松林里一直是完全没有信号的，而到了这块高高的平地，手机信号也有两格了。他朝前面走了几步，想看看附近的环境，突然听到一个当地的保安大叫了一声："不要乱走！旁边是悬崖！"

屈渊硬生生地把脚给顿住了。他小心翼翼地试探着向前踏了一小步，然后举起手电，向下一照——这一照，又把他硬生生地惊出了一身冷汗来。

他再踏前一步，下面就是万丈深渊！

他用的是专用的强力手电，但是即使是这样的手电，面对这样的悬崖峭壁，光束很快就被黑暗给分散了，屈渊根本没办法看到底。他脑子里一晕，脚下也跟着一滑，踩着了一块小石头。地上本来就全是滑溜溜的青苔，屈渊人也往前面一溜。他手一松，手电直坠了下去，双手本能地向身旁抓去。

杜润秋大吃了一惊，急忙跨前一步，拽住了屈渊的衣领，把他往后就扯。他情急之下，力气比平时还来得大了许多，屈渊那很不轻的身体被他这一扯，居然也摔在了地上。屈渊摔得生疼，但是哪里还有半点责怪杜润秋的意思？

过了很久，仍然没有听到手电落地的声音。每个人都觉得心惊胆战，只听到耳边的风声呼呼作响，简直像是在怒吼。经理小小声地说道："杜欣……她是不是……是不是……滑下去了？从这里……"

屈渊从地上坐了起来，茫然地望着眼前的一片黑暗不说话。杜润秋站在旁边，他戴着头灯，可以看到他的脸色非常难看。

"……有可能。"屈渊慢吞吞地说，"我们警方已经想到这一点了。你说过，你在半个小时左右的时间里，一直拨杜欣的手机，但都是无法接通。刚才我们也证实了这一点，在松树林里，确实没有信号。而到你能再次拨通她的手机的时候，却无人接听了。这只能说明一件事，那就是她一出松林就遇上了不测。否则，她不可能不接听电话。这个时间段很短，非常短，可能只有几分钟的时间，悲剧就发生了……"

他慢慢地环视着四周："也许，就在这里。也许就在……"他的眼光停留在刚才自己险些失足落崖的地方，"我从松林出来，是本能地一直往前走，杜欣也完全有可能这么向前走。但是，她没有我幸运，没有人跟她在一起，也没有人伸手去拉住她……"

"你忘了一件事。"杜润秋说，他的脸色阴暗得像浓云密布的天空，"刚才我说，有东西在后面追她，她才会不顾一切地越过这座密林。她……她……"杜润秋困难地咽了一口口水，"说不定，真的是有某个人在后面追她，而且这个人，一直跟着她出了松林，然后……然后……"

屈渊腾地站起了身，直视着杜润秋："你的意思是，她不是失足落崖，而是有人把她推下去的？"

"为什么不可能？"杜润秋反问，"想想，她回答经理的话是这么说的——她一会儿就会回来了，她没有任何理由在天快黑了的时候再继续往上爬。这根本不合情理！除非，真的有个对她怀有恶意的人，在后面追她，她才会铤而走险穿过松林！"

屈渊问："恶意？"

杜润秋说:"这就要问你们了,谁有可能害杜欣?"

屈渊跟谭栋对视了一眼。谭栋说道:"杜欣的丈夫,并没有留下遗嘱。他是个巨富,照现在的情况,杜欣就是唯一的财产继承人。"

他说得很简单,杜润秋听了之后,一瞬间,好像想通了很多事。

为什么那个"大姐"对杜欣百般讨好,黏着不放?因为她弟弟的遗产都归了杜欣,而她完全沾不着边。

那么如果杜欣死了呢?

谭栋似乎是猜到他的想法了,摇了摇头,说:"那要看杜欣有没有留下遗嘱了。如果没有……那就是比较麻烦的事了。"他又迟疑了很久,才说,"杜欣的丈夫,石崇林,这个华侨,其实,就是那个姓石的军阀的直系后代。"

杜润秋两眼直直地盯着谭栋。

头顶突然一个炸雷炸开,他看到谭栋的脸色,十分苍白。

这一夜对于杜润秋,是这辈子从未有过的经历,也是他终生难忘的经历。在伸手不见五指的大山里,戴着头灯,打着手电,在野草、灌木、荆棘里困难地爬行。到后来,他甚至已经对那些不时跳到身上的各色各样的虫子麻木了,就算掉到颈窝里,也只是顺手抓出来捏死。

山上非常冷。本来红珠山酒店所在的那一片已经是相当凉爽的了,但是在这更高的山上,风更大,温度更低。在行动的时候还好,因为紧张和剧烈的活动,还不会觉得多冷。但是只要一停下,身上的汗就会马上被风吹干,然后寒意就透皮刺骨,瞬间就像是要冻僵人似的。

他在抓着藤蔓向上攀爬的时候,偶尔一回头,只能看到无穷无尽的黑暗里,一点一点萤火虫似的亮光,那是他们的头灯或者手电的光。他已经不知道蹬了多少块石头下去,这里的山石相当疏松,每次石头掉下的时候,杜润秋都捏着一把汗,生怕会砸着人。还好,他们这一行人也算是吉人天相,石头虽然每次都是呼啸着落下去,但还没一次砸中人的。

找了半夜,众人都觉得撑不住了,好不容易爬到一处长满野草的平地,屈渊发话了:"生堆火,大家休息一下,吃点东西。"

上山前，每个人都在腰上挎上了军用水壶，还带上了压缩饼干。几个警察把火生上，所有人都呼的一下拥到了火前。一停下休息，那寒气就无孔不入。一时间只听到咕噜咕噜喝水的声音，和大口大口咬饼干的声音，没有一个人说话。

杜润秋吃得太快，嚼得太粗，饼干都呛在了喉咙口，他一连喝了几大口水，才算把饼干给咽了下去，脸都涨得通红了。他抹了一把满是饼干渣的嘴，说："我早知道这山高，但还真没想到这山会高成这样！"

刚才叫屈渊站住的那个当地保安说："这里的山是阶梯形的。"他做了个波浪形的手势，"你爬到一定的地方，是平地了，你以为是山顶了，其实不是。后面又是更高的山，你再爬，然后又以为到顶了，结果后面还有更高的。"

"一山还有一山高？"杜润秋想出了一句自认为很精辟的话来总结。

经理小声地说："你们真觉得……杜欣能够爬这么高？"

老实说，他的问题，也是所有人心里在想的。他们带着照明的工具，奋力地走了半夜，而且是一群身强力壮的男人；而杜欣，一个相当娇弱的年轻女人，她能爬到哪里？在这样伸手不见五指的黑暗里？

"尽人事，听天命。"屈渊终于挤出了这么一句话，"活要见人，死要见尸。"

那个当地保安，摇了摇头。这是个很年轻的小伙子，脸色黑红。他直愣愣地注视着面前燃得熊熊的火，低声地说："你们看到了，这样的万丈深渊，又有那么茂密的森林，她如果真的是失足了……我真的不觉得我们能找到她。"

事实上，不管是杜欣这个活人，还是尸体，甚至是她的衣服碎片，或者她的任何物件，都没有找到。杜润秋回过头问经理："她爬山的时候，穿的什么衣服？带了什么东西？"

"她穿了一套运动装。"经理哭丧着脸说，"她再怎么爱漂亮，也不会穿着长裙高跟鞋爬山吧！还背了个背包，装了什么我就不知道了。我给了她一些厨房里面才做出来的点心，她放进背包里面了。"

杜润秋眨了眨眼睛。他有点无法想象一身运动装的杜欣。他见到的杜欣，都是一袭长裙，长发飘飘的模样。

"看样子，她是下定决心要来爬这座山，也有所准备。"屈渊说，"这样的话，也许她还有希望……"

杜润秋盯着跳动的火苗，有些恍恍惚惚的感觉。他总觉得这个夜晚就像个不真实的梦，一群人不顾一切地往一座似乎根本不可能走到顶上的山上攀爬，然后在一块平地上，烤火，讨论着杜欣生还的可能性。

一切都不像是真的。

从他在报恩寺遇到梁喜的时候，或者一切就已经开始了。只是那时候，他还毫无察觉而已。

杜润秋忽然用一只手捂住了眼睛。梁喜。他一想到梁喜，就有想哭的冲动。梁喜是个很好的人，人好，对人也好，为什么会遇到这样的事？是谁把他害死的？

"我他妈的到底遇上了什么事？！"杜润秋突然仰起头对天长啸，把坐在他旁边的经理吓得差点倒在草地上。看着所有人都无比惊愕地盯着他，杜润秋咧嘴一笑，抹了抹嘴，说道："吼了一声，舒服多了。真他妈的，老子还从来没遇见这么邪门的事，想想看，我活了这么些年，都还没这几天事情来得奇怪！"

经理看样子，就快哭出来了："我怎么会碰上这些事啊……那符也白请了……"

屈渊立刻瞪着他："什么符？你还有什么没告诉我们警方的？"

杜润秋却说："是不是就是那个死过人的房间里的门上贴着的符？"

经理直跳了起来。他指着杜润秋，手都在发抖，声音也抖抖索索地说道："你……你……你……你怎么知道？"

"把那幅画摘下来不就看到了。"杜润秋没好气地说，"谁会把一幅画挂在门背后的墙上？这不是发神经吗？说你笨还真是笨的，你就不会再做得不露痕迹一点？一幅画！一幅钉子都松了一摇就下来了的画！"

"你……你……你看过符了？"经理结结巴巴地说，手仍然在不停地发抖。杜润秋也觉得他的反应似乎太大了点，但他也懒得去多想。

"是啊，我看到了。那幅油画挂在门背后的墙上，哪有这么奇怪的挂画的地方？我当然要摘下来看看了……"

"别说了！"经理突然吼了起来，他一向说话轻言细语，这时候却连脸部肌肉都扭曲起来。屈渊本来坐在他身边，这时也警惕地挪开了一点，两眼紧紧地盯着他。

杜润秋也吓了一跳："你干什么你？我不就是看了一眼，又没把你的符给揭下来！哎，你这么紧张做什么？我又不是不知道那符是做什么用的，我怎么会去揭？你别在这里瞎操心了，我跟你说我没干坏事啊！"

"你……你……就是你闯的祸！"看这经理的模样，好像真想扑过去把杜润秋给掐死一样。"杜润秋，你就是自以为是！你以为全世界就你认得那是镇邪的符？你这个蠢货！白痴！！"经理吼道。

杜润秋被骂傻了："你骂我？！"

"我就是骂你这个白痴！"经理近乎歇斯底里地叫了起来，"那一回，那个叫马青的女记者死在那个房间里，就是因为她做了不该做的事！现在，又是你！会死人的，还会死人的，你知不知道？"

他的一席话，把所有人都震住了，就连谭栋，一时也不知道该说什么了。经理连着喘了几口粗气，镇定了一下情绪，突然像是想起了什么一样，瞪着杜润秋说："你把画取下来的时候，还有谁跟你在一起？是你一个人吗？"

"不是。"杜润秋虽然听着经理的话很是荒唐无稽，但他居然也没有勇气去反驳。大概是因为经理脸上那股恐惧，实在不像是装出来的。"晓霜和丹朱跟我在一起呢。"他说。

经理发出了一声惊恐的大叫："她们两个？当时跟你在一起？糟了……糟了……今天晚上就她们两个人单独在酒店，一定会出事！她们会被杀死……就跟马青一样！"

杜润秋站了起来，他的神色也变了："你说什么？为什么晓霜和丹朱会出事？被杀死？谁要杀她们？"

经理也豁出去了，双手在空中乱挥，对着杜润秋的脸，唾沫四溅地大声叫道："就是那些警察今天一直在元帅楼旁边挖，想要找到的那个！那个鬼，女鬼！红珠山长年累月闹得那个鬼！是她要杀人，是她，明白了吗？千辛万苦想镇住的那个女鬼，又被你给唤了出来，你不是灾星是什么？！"

杜润秋瞠目结舌地瞪着经理。经理双手舞得太厉害，一个没站稳，像后一滑，整个人都向后摔了过去，摔在了一棵大树的下面。他一手抓着一把泥土和枯叶，挣扎着想要站起来。他还没站起身，忽然把右手伸在了面前，发出了一声惊骇至极的惨叫。

屈渊一个箭步冲了过去。他把手电对准了经理的手。

经理手里抓着一条断掉的腐烂的手臂！

"谁？谁？谁？这是谁？"经理歇斯底里地叫了起来，他挥舞着那条腐烂的断臂，简直像是发了疯。屈渊大喝一声："别动，不要破坏现场！"

他这一声吼，总算是把经理给"定"在了原地。屈渊小心翼翼地从他手中接过了那条断臂，一股腐臭的味道顿时扑鼻而来。那只手臂已经开始腐烂，爬满了蚂蚁，断臂处就像是被野兽撕咬过一样。

"死了几天了。"

杜润秋慢慢地走了过去，用手电对着树下。在泥土和枯叶里，半埋着一个人。他突然笑了，笑得像个疯子："哈哈，哈哈，我没有说错，熊瞎子真的是把抓到的猎物埋在地里，然后慢慢地吃掉！哈哈，你们都说我胡说八道，我这次可没有乱编啊……"

"我认得他！"一个警员忽然叫了起来。他指着那颗露在泥土外的头："这是报恩寺旁边帮人算命的那个瞎子！"

又是一个炸雷响在头顶，杜润秋只觉得自己的三魂七魄也已经被炸成了一片一片。

8

杜润秋原本以为，上山的路已经够难走了，但没想到下山的路比上山的路更难走十倍。路是人踩出来的，可是这山上完全没有路。他们只能抓着灌木，慢慢地往下面滑。更糟糕的是，雨下得越来越大，这无异于雪上加霜。他们没有带雨具，即使带了，在这样恶劣的环境也是没办法用的。每个人都淋得透湿，嘴里呼出来的都是白气。稍微一停下，就冷得直打战。

杜润秋已经没办法去想那么多了。他有好几次都是从斜坡上滚下来的，好在穿得厚实，也没受什么伤。他只想快一点回到酒店，不管会摔成什么样。

经理歇斯底里的喊叫声，仍然在他耳边回荡："知道马青为什么会死吗？她一个人去爬了那座红色的山，不知道她干了什么，她把厉鬼带回了元帅楼的203号房间！我们又请了报恩寺的大师，他把一道符贴在了房间里，但是一再警告我们，不能让符见光！所以我们才把一幅画钉在墙上……可是，你……你居然把画取下来了……是你把厉鬼放出来的，杜润秋！这些人之所以会死，都是你的错！全是你的错！"

杜润秋死命地咬了咬牙。他想再走快一些，但是，在这样不见光的雨夜里，这样陡峭的山路，是根本没办法走快的。他们一行人回到酒店的时候，已经是凌晨了。

杜润秋本来已是累得快瘫下了，他的衣服早就可以拧得出水来，头发也在滴滴答答地滴水。屈渊也比他好不到哪儿去，他穿了身迷彩装，全身上下都是污泥，因为他不小心栽到了一个污水坑里，脸都是墨黑墨黑的，只有一双眼珠子在转。至于经理，脸色早跟个死人无异，要不是有两个保安架着他，恐怕早就滑到了地上。

一看到将军楼二楼角落的房间里亮着的灯光，杜润秋不知道哪里来的最后一股力气，像阵风一样地跑上了楼。他盯着那扇实木门，伸出手想推，又犹豫地缩了回来。这时，他才觉得自己的体力已经透支了，双腿一软，一屁股就坐在了地上，呼哧呼哧地直喘粗气。

只听楼梯一阵急促的响声，屈渊也跑了上来。他一面深呼吸，一面看着杜润秋说："怎么样了？"

杜润秋仍然盯着门房，实在不敢去开。他眼睛一闭，就会想起发现梁喜尸体的那个晚上，就跟今天晚上一样，下着大雨。窗户没关，雨水把梁喜的尸体都给打湿了。一个还剩了几片菌子的碗，打翻在地毯上，碰破了一小块……他努力想把这幅画面从自己脑海里驱散出去，但却像个鬼影一样盘旋在脑子里，挥之不去。

杜润秋忽然有种奇怪的感觉。这幅画面，好像，哪里不协调？每次想起的时候，他就有这种不协调的感觉。因为他总想把这个景象忘掉，所以从来也不会刻意去回想究竟不协调在什么地方。

现在不是想这个的时候。杜润秋再次伸出了手，去拉门的把手。他轻轻一推，就听到呀的一声响，门开了。

房间里是空的。床上的被子和枕头都乱扔着，还胡乱地丢着几件衣服，和女孩子的小物件，但是没有晓霜和丹朱的踪影。

屈渊的动作很快，他迅速地闪进了浴室。杜润秋没他反应那么敏捷，只是僵硬地站在原地，活像是个等待审判的囚犯。

屈渊又重新出现在了浴室门口。他的脸上带着某种表情——就是那种"松了一大口气"的表情。杜润秋看到他这样的表情，心也一下子落到了实处。

"里面……没有人？"

屈渊摇头。"没有。"他环视着房间，"这么晚，她们跑到哪里去了？"

杜润秋无意识地随着他的目光，在房间里茫然地扫视着。忽然，他被枕头下露出的一本颜色泛黄的旧书的一角吸引住了。

他伸出手，把书抽了出来。还没来得及看清楚是本什么书，他就听到了一声十分尖厉的惊吓声。

这声尖叫来自红珠湖的方向。

杜润秋全身都猛地抖了一下，连心脏都随着痉挛了一下——他发现自己这时候完全经不起任何的惊吓了。

那是晓霜的声音。几乎是紧接着，他又听到了丹朱的叫声："来人啊！来人啊！有人落水了！快来人啊！"

屈渊的反应最快，呼的一声就从杜润秋身边掠了过去，几乎是窜下了楼梯。杜润秋最狼狈，下楼梯的时候居然摔了个狗趴。他迟钝地慢吞吞地爬了起来，连痛的感觉都几乎麻木了。

杜润秋停在红珠湖边上的时候，那里已经围了很多人。大概红珠山酒店里的所有员工，都被晓霜和丹朱的尖叫声吸引过来了。

两个女孩靠在一起，怔怔地站在湖边。两个人的脸色都十分苍白。

所有人，包括屈渊，目光都定定地停留在红珠湖上。

一个女人的尸体，浮在水面，雨点还在不断地打在她身上。一头长发像黑色的水草一样，缠绕在她的脸上，脖子上。她的一条雪白的手臂绊在了那棵千年老树上面，所以尸体才没有漂到湖中心去。

杜欣。她穿着她常穿的白色长裙。可是，奇怪的是，她的身上覆着一袭红色的轻纱，薄薄的，带着金色的暗纹。

红珠山酒店每个房间的窗帘都有两层，一层是黑色，厚重的，不透光的；另一层是红色，很薄的轻纱，纯装饰用的。覆在杜欣身上的红纱，跟酒店房间里面的一样，显然是从某个房间里扯下来的。

"你们什么时候发现她的？"屈渊机械地对着晓霜和丹朱问，他还在本能地履行着自己的"职责"。

"……就在刚才。"丹朱隔了很久，才低声回答，"我们听到红珠湖这边有奇怪的声音，像是水声，又像有女人在哭……"

屈渊忽然蹲下身，捡起一根树枝，去拨漂在尸体旁边的一张黄纸。那张黄纸，都已经被浸透了，绵软了。

当纸漂近了众人的时候，借着头顶上银白的路灯的光，大家都看到了纸上已经被水浸得模糊了的弯弯曲曲的古怪符号。

是画背后的那张黄符。

丹朱沉坐在沙发上，整个人似乎都陷了进去。她两根手指间夹着一支烟，烟雾缭绕在她的身边，让她的脸也显得朦朦胧胧的。

杜润秋还是第一次看到她抽烟。他下意识地看了一眼她面前的茶几，烟灰缸里满是烟头，烟灰落得到处都是。但是因为窗户是大敞着的，雨水打湿了窗台，甚至打湿了窗前的地毯，空气流通很好，所以几乎闻不到多少烟味。但敞着的窗户，也让房间里冷得要命，丹朱和晓霜都披上了厚厚的外套。

"秋哥，你们回来得真快。"丹朱终于开了口，"我以为你们要早上才能下山呢。"

"就是因为担心你们，我们才拼死拼活地从山上连滚带爬地赶了回来。"杜润秋说，"把窗户关上行吗？快冻死了。"

说到"窗户"两个字，杜润秋刚才那种不协调的感觉又出来了。他又看了一眼湿淋淋的窗台和被飘进来的雨水浸湿了的地毯，好在地毯上什么都没有……就跟发现梁喜的时候一样，除了他的尸体和那个致命的蓝底白花的碗一样，别的什么都没有……杜润秋甩了甩头，禁止自己再想下去。

晓霜站了起来，把窗户关上了，顺手又把厚重的窗帘给拉上了。杜润秋紧紧地盯着窗帘，黑色的厚帘，红色的纱帘……他闭了闭眼睛。屈渊已经派人看过了，证实确实是杜欣所住的房间里面的红纱窗帘被扯走了。

"给你们弄杯咖啡？"丹朱问。屈渊做了个想拒绝的表示，杜润秋却抢在前面说："好好好好，我真的快冷死了，喝点热的暖暖身子就再好不过了。"

虽然只是速溶咖啡，但热腾腾的浓咖啡也让杜润秋和屈渊感觉好过了许多。杜润秋拿出包里剩下的压缩饼干，一边咬，一边把刚才从经理那里知道的事讲了一遍。他觉得饼干都塞在了喉咙，就端起咖啡杯喝，刚喝了一口，就听到丹朱平静的声音：

"我们就是为了这个女鬼来红珠山的。"

杜润秋嘴里的咖啡和饼干，同时喷了出来。他瞪着丹朱，瞪了很久，又去看晓霜。丹朱转动着她手上一只红得像血一样的镯子（杜润秋从来没见过这样的货色，也是第一次见丹朱戴，他再次肯定了丹朱家里一定是相当富有的）。玩了一会儿，才说："我的叔公，是个风水大师。我们来这里，也是因为我叔公。"

杜润秋已经联想到了些什么，但是他却没有很"职业"的屈渊脑子转得快。屈渊立刻说道："难道当年就是你叔公给那个军阀看的风水？红珠山的风水？因此军阀在红珠山上修了他的别墅，也就是现在的元帅楼？"

丹朱淡淡地笑了一下："没错，屈警官反应好快。当年，是那位军阀花了重金，专程把他请来的。别跟我说风水之学不可信，就算是在今天，很多大楼盘开盘的时候，一样都是要请风水大师来算日子的。尤其是在沿海一带，那些经商的老板，对这个可是信到骨子里去的，家家都拜。"

"我当然相信。"杜润秋抢着说，"是不是你叔公告诉军阀，金木水火土的事情?"

"是。"丹朱叹了一口气,脸上露出一丝苦涩的表情,"别怪他,他也是有家有室的人,他也只是一个风水师。那个军阀……你们都知道他的历史,那时候他正是如日中天,谁敢得罪他呢?为此葬送了一个无辜的女孩子的性命,是我叔公到死都歉疚的事。"

"到死?"屈渊问道,"你叔公已经死了?什么时候死的?怎么死的?"

丹朱又笑了一下,掸了掸烟灰:"病死的,也算寿终正寝吧。他临终的时候,一直叨念着,说他这辈子没有做过对不起良心的事,除了这件。虽然对于这件事,他事后是尽力想弥补的。"

杜润秋干笑了两声:"这个,这个还能有什么弥补的方法吗?毕竟,人都死了。"

"人死了并不能算是完了。"丹朱很安静地说,"人死了,只能算是肉体的消灭;可是,人的灵魂也许还在呢。"

杜润秋听着窗外的雨声、风声和丹朱宁静清丽的声音,摸摸自己身上还没干透的衣服,一时间又开始恍惚了。

自己是不是在做一个梦?从报恩寺开始,梦就开始了?他从来没有碰到过丹朱和晓霜,没有遇到过杜欣,梁喜也根本没有死?

不,不。杜润秋狠狠地握住了衣袋里那枚紫水晶胸针。这枚胸针告诉他,一切都不是梦,虽然他宁愿一切都是个梦。

如果是梦就好了。至少,梁喜还会活着。

"我叔公是个风水大师,跟他交往的,有不少古古怪怪的人。"丹朱继续说道,她的声音柔和而细致,像淅淅沥沥的雨声。这时候,她的眼神没有刚才那样苦涩了,甚至有一丝淡淡的温柔的回忆:"他的朋友有和尚,有道士,什么样子的都有。有一次,一个很老的和尚来找他,因为平时有朋友来探望他,我叔公都是很高兴的,可那一次,他看起来很不开心的样子。他们关进门来谈了很久,我躲在窗台外面偷听,听到他们说什么'无法超度','可怜哪只因为她五行属金','我们得想想办法不能再这样下去'。"

她扬起了长长的睫毛:"后来,在叔公临终前断断续续的回忆里,我知道了这个故事的来龙去脉。"

"那个老和尚肯定是个什么法师了？是你叔公请他把这个无辜惨死的女孩子的魂镇在了红珠山上？"杜润秋犹犹豫豫地问道。他觉得自己说的话很无稽。

"不，当然不。"丹朱说，"把一个人死后的鬼魂给镇住，让她不得转世投胎，这恐怕比杀了她更残忍吧？我叔公是想帮助她。"

屈渊一直沉默着。丹朱看了看他，说："屈警官，你是不是认为我在胡说八道？这些都是封建迷信？"

"……迟小姐，请继续讲下去吧。我怎么想，并不重要。你暂时可以忘记我的职业。"屈渊抹了一把脸上已经干了的泥，郑重地说。

"好吧，那我就继续讲。"丹朱沉默了片刻，缓缓地说，"秋哥，那个骷髅，那个救了你命的骷髅，原来确实是埋在元帅楼旁边那棵水边的千年老树下面的。"

她的两眼茫然地注视着前方："这是我叔公对那个军阀说的具体地点，军阀也照着一丝不苟地做了。可是，叔公他们悄悄地把那个可怜的女孩子的尸体，移到了返魂岭上面。他们想送那个女孩子回去……回家……"

杜润秋皱起了眉："不对啊，不是说那个女孩子是本地人吗？就是附近村子里住的？那就该把她送回家去埋，干吗要埋到山上面？那骷髅是竖着埋的，分明……分明就是……一副远远在眺望故乡的样子啊……"

"秋哥，你很聪明呀。"晓霜插嘴说，"这就是传说跟事实的区别了，那些流传了几十年的故事，总会少些细节。这件事里面，少掉的细节就是——那个女孩子其实不是本地人，她是从一个沿海的村子来的。那个村子叫'金村'。"她突然笑了，转动着又黑又亮的眼珠子，看看杜润秋，又看看屈渊："明白了吗？你们想到了吗？"

屈渊一向相当镇定，这时候也失声叫了出来："她所在的村子，也带金字！"

"虽然我叔公没有提过这个女孩子的名字，但我相信她的名字肯定也是带金的。女孩子的名字带金，一点都不稀奇，叫金花，金桂什么的都可能，或者可能本来就姓金。"丹朱低声地说，"那个地方，肯定也是叔公指定的，要这个军阀在某个方位的一个村名带金字的村子里，找一个五行全是金名字也带金的女孩子……"

"杜欣也是从那里来的！"杜润秋大叫了起来，这个巧合已经让他喘不过气来。他重重地推开了手边的咖啡杯，咖啡杯被他碰到了地毯上，虽然没摔坏，但杯沿却摔破了一小块。"究竟杜欣跟这个女孩子有什么关系？究竟有什么关系？我真觉得快发疯了！"他叫道。

丹朱看着杜润秋："你还记不记得，英虹的祖奶奶，在看到杜欣时的反应？"

"当然记得。"杜润秋说，"活像见了鬼似的！"

这句话他是冲口而出的，说完之后，他才回味到这句话的含义。迎上丹朱别有含义的眼神时，杜润秋浑身都觉得透凉。

"你是想说……你想说……杜欣她……她是……"

"如果英虹的祖奶奶没有认错人的话，杜欣一定跟那个姓金的女人长得很像，在她看来，就是一模一样。"丹朱说道，"所以，她才会说出那样的话，说——'你回来了'。"

"也许……也许是她太老了，八十多岁了，记错人了……"杜润秋无力地辩驳着。

"不。"屈渊却很有力地开口了，"根据我们的经验，上了年纪的人，确实是会变得健忘，但他们容易遗忘的是最近发生的事。对于他们年轻时候发生的事，记忆反而会特别清晰。我觉得，迟小姐说得应该是真的。这个老奶奶，她认为杜欣就是当年她见过的那个女人，所以才会反应那么大。对一个年过古稀的老人而言，她当然是迷信的，这种迷信会深入她的观念里，她又怎么可能不吃惊呢？"

杜润秋深深地吸了一口气："那么，你们认为，杜欣跟那个姓金的女人有什么关系？她早就死了，尸体都变成了一具骷髅，现在还埋在返魂岭上！杜欣绝不可能是她！"

"当然不是。"丹朱说，"杜欣也才二十多岁，活生生的一个人，怎么可能是具尸体？我想……"她迟疑了一下，有点勉强地说，"你们难道就没听过附身这回事？"

屈渊呃了一声。作为一个警官,要他说自己相信这类事,实在是很困难:"这个……我觉得……"

"你的意思是说这个女人的冤魂附在了杜欣的身上?!"杜润秋这次叫得更大声,"你们是不是鬼片看多了啊?这不可能,这个世界上根本就没有鬼!"

他的声音越吼越大,就像是要把屋顶给叫破似的。晓霜轻轻地说了一句:"秋哥,叫得最大声的人,往往就是最心虚的人噢。"

杜润秋立即噤声。丹朱把烟头掐灭了,又点了一支烟。她这次抽得又急又快:"我们可以推测一下,只是推测,我并不是说就是事实。杜欣跟那个女孩子是同乡,长得又很相像,一定是同族,是亲戚,而且关系应该很近。屈警官,你们一定可以查清楚的,这应该很简单。"

"可是,就算杜欣是被那个女鬼附身了,又会干些什么呢?"杜润秋喃喃地重复着。他的两眼困惑地注视着前方,低声地说道:"那个姓金的女人,她会有什么心愿?回家,回到她来的地方?"

屈渊忽然用力一拍桌子,咖啡杯都被他震翻了。他的声音又清晰又锋利,眼神也像刀子一样,眉毛都竖了起来:"什么附身不附身,女鬼不女鬼!杜欣来到这里之后,她做的事,只有一件!这件事,我们大家都知道了!"

杜润秋站了起来。他的眼神带着莫名的恐惧,指着屈渊说道:"你……你是说,她……她的丈夫半夜死在床上的事?"

屈渊浑身都绷紧了,被泥水糊得黑乎乎的一张脸上,那双眼睛闪耀的光芒是极其兴奋的:"对,她不仅杀了她的丈夫石崇林,还杀了她丈夫的姐姐石崇玉!你的朋友,梁喜,很可能也是她害死的!"

杜润秋脑子里嗡嗡作响,只是摇头:"不,不可能。她不会杀梁喜的……她为什么要杀梁喜?"

"天知道!"屈渊大声说,"梁喜是杜欣那个旅行团的导游,他一直跟杜欣很接近,发现了什么也说不定!"

杜润秋忽然像只没头的苍蝇一样冲了出去,只听到他嗵嗵的脚步声敲在木地板上。过了几分钟,他拎着自己的背包又冲了回来。杜润秋把背包的拉链拉开,底朝天地朝沙发上一倒,乱七八糟的东西掉得到处都是。

口香糖、饼干、湿纸巾、揉得皱皱的票据、零钱……还有一本翻得皱巴巴的书。

杜润秋把那本书塞给屈渊："你看！你看这个！"

屈渊看了一看，书名是《历代军阀秘史》。一看这名字，就知道是本不入流的靠猎奇来博人眼球的书。但他已经意识到了杜润秋想给他看的是什么了，他犹豫了一下，慢慢地揭掉了书页。

被折了一角做记号的一页上，有一张黑白的老照片。

照片很小，也很不清晰。照片上是一个秃头、高瘦的男人，留着一小撮胡子，相貌相当不错，但眼里带着一股戾气。

晓霜把书接了过来。她看着这张照片，看了很久，轻轻地问："这就是那个姓石的军阀？哦……他看起来很斯文，真的不像历史里面的那种人。"

9

屈渊把自己的手机拿了出来。他翻了一会儿，把手机递给了杜润秋。杜润秋一看，手机上显示着一张照片。很显然，那是一张警方所拍的照片，一个死去的中年男人躺在一张大床上。看房间的陈设，是一家酒店。

"这是杜欣丈夫的死亡现场？"丹朱伸过头来看手机上的照片，问道。

"是的。我想也许会有点什么用，就从证物照片里面留了一张在自己的手机里。"屈渊的声音很低沉，"当然，我是不应该这么做的，更不应该给你们看。"

晓霜也凑过来和丹朱一起看："这个死人看起来不算吓人啊，就像是睡着了一样。嗯……丹朱，他有点眼熟，你觉得呢？"

"当然眼熟了。"丹朱慢慢地说，"我们刚才就看过很像他的另一张照片啊。"

她把屈渊的手机，和翻开到那张黑白老照片一页的《历代军阀秘史》并排放在茶几上。她突然微笑了："一个胖，一个瘦；一个有头发，一个秃头。如此而已。除此之外，他们完全像一个人。"

杜润秋恍恍惚惚地注视着书和手机上的照片。是的，他不得不承认丹朱说得是对的，如果不是那个死去的中年男人浮肿而虚胖，如果不是他有头发……因为胖，所以连脸形都有所改变，但杜润秋可以确定，这两个人相似到了可怕的地步。

"你们相信前世今生吗？或者说，你们相信轮回吗？"丹朱的声音幽幽，"这个男人……这个姓石的富商，就是那位石姓军阀的直系后人。他是华侨，那个石姓军阀，最后隐居国外。虽说他失势了，但他非常富有。他回乡探亲，却看上了杜欣。就像当年他的父辈，看上了那个姓金的女孩子一样……"

"是杜欣杀了他。"屈渊冷静地说，"她设下了一个巧妙的圈套，石崇林的心脏很不好，不能累着，她偏偏唆使他去爬山。晚上，石崇林就如她所愿地死了。"

丹朱呼吸已有些急促，脸色泛红地说道："你的意思是，杜欣的丈夫在酒店心脏病发作意外死亡，并不是一个意外事件，也绝不是女鬼作祟，是吗？"

"丹朱说得对，那很简单。"杜润秋的声音更低了，脸也藏在烟雾里几乎看不见，"她可以轻易地怂恿自己那个心脏不好的丈夫，爬上景区的最高点看风景。也有可能，在途中石崇林就会心脏病发作，不过，没有。到了晚上……"他的声音越来越低，"我不知道事实上发生了什么事……有可能他真的就在睡梦中死了，也有可能……他想要药，但是杜欣不给他，结果也是一样的……"

晓霜双手抱着肩头，紧紧靠着丹朱，整个人都在微微地发抖："太可怕了！太可怕了！她为什么要这么做？那是她的丈夫啊！"

"我听杜欣说过一些，我相信警方也在调查了。"杜润秋说，"她嫁给石崇林，是非常不快乐的。"

屈渊狐疑地说："就因为不快乐，她就杀人？她可以从一开始就选择不嫁，也可以离婚。"

杜润秋摇了摇头："没有这么简单。我看得出来，她有一种非常悲观的情绪，她觉得自己也跟那个姓金的女人一样，陷进了这样的轮回里面。我想，她的憎恨和绝望，一定在日益增长。她对我说，她摆脱不了，那个男人，她的丈夫，是绝不会对她放手的……"

屈渊固执地说："那也绝不是她可以杀人的原因。而且，她还杀了石崇玉，杀了梁喜。在我经手的案件中，这种可以若无其事连杀几个人的凶手也不多见。"

"我可以想到，她把那个大姐也杀了，可能她看出了什么。"杜润秋喃喃地说，"那么，那个瞎子呢？是杜欣把他引到山上杀死的吗？为什么？"

听他这么一说，屈渊打了个寒噤："瞎子，那个算命的瞎子，你不会也认为跟杜欣有关吧？我还真没往这方面去想……"

杜润秋慢慢地说："我也不太明白。我想不明白……但是，那瞎子见到杜欣的反应，真是很奇怪。没有别的人，会想杀他吧？"

四个人你看我，我看你，一时都找不出话来。很可能，这将是一件永远无法证实的凶案。杜润秋看着屈渊深深皱起的眉头，忽然兴起了一个想法：屈渊是不是在为了怎么写结案报告而头疼？

他突然很想大笑一场。

丹朱翻动着那本《历代军阀秘史》，说道："秋哥，没想到你会对这些感兴趣。"

"这不是我的书。"杜润秋硬邦邦地说，"我从来不看书。"

丹朱有些惊愕地抬起了眼睛："不是你的书，那是谁的？"

"梁喜的。"杜润秋回答，"那一天，在我发现他尸体的时候，我看到这本书露在他的背包外面。书——正好折在这一页上。我也不知道我当时出于什么心态，我把书拿了起来，塞进了自己的背包里……"

他看了屈渊一眼，突然嘿嘿地笑了起来，对着他又是打躬又是作揖："哎哎哎，屈大警官，你看，我都对你坦白了，你就从轻发落吧？哈哈，哈哈，我当时就像是鬼迷心窍一样，我可不是想故意毁灭证据啊，哈哈，哈哈……"

房间里就听见他的笑声，非常响亮，却很不自然。屈渊冷冷地说："算了，反正你也交出来了，我这回就当没听到。"他从丹朱手里拿过了那本书，"不过，这么说来，梁喜的死，也算是有了点动机。我一直都没想通，他为什么会被杀？现在看来……原因很明确了。"

杜润秋身上一阵发寒："他发现了这两个人长得很相似，他也跟我们一样，认为他们可能是来自同一个地方，属于同一宗族，甚至可能是近亲。就因为这个，他就必须死？"

"……我不知道。"屈渊喃喃地说，"我真的不知道。我什么都不知道，什么都不敢确定。在这里发生的一切，已经超过了我所能想象的范畴……包括我自己，我都不相信了。"

这时候，一个浑身湿透的警员出现在了门口。屈渊抬起头看了他一眼，站起身走了出去，随手带上了门。

晓霜瞟了一眼杜润秋，突然说："秋哥，你踩着我的书了。"

杜润秋一愣，一低头，他才发现自己脚下果然踩着一本书，大概是刚才他把东西抖到沙发上的时候，不小心把这本书碰到了地上。这时候他才看清楚，这是一本非常破旧的线装书。书页泛黄，破损得很厉害，杜润秋啊地发出一声惊呼，一抬脚，立即飘开了几片碎片。

"对……对不起……"杜润秋嗫嚅道，然后小声地问，"这书很值钱是不是？"

丹朱扬起睫毛，看了他一眼，然后把书捡起来递给了他。

书页正面，用毛笔写着三个龙飞凤舞、墨汁淋漓的大字。

"录鬼簿！"

杜润秋猛然地打了个寒噤："这是什么东西？"

他看着打开的那一页。密密麻麻的小楷，因为是古体字，有不少字杜润秋都不认得，而且既没标点也没空格，看起来很吃力。他依稀地看出来，上面写了一些日期、时辰、地名。地名也是古代的地名，杜润秋看起来完全是不知所云。

丹朱微微一笑："是给我们指路的东西。我们就是跟着它，才来到红珠山的。跟着它的指示,会见到各种奇怪的……嗯,也许我们可以称之为'灵体'。"

她白净纤细的手指,轻轻地翻动着那本古旧泛黄的簿子:"谁知道,如果继续跟着这本簿子找下去,我们还会见到些什么呢?我相信,这还只是个开始呢。"

杜润秋的眼光,相当好奇地游移在丹朱和晓霜之间:"你们打算一直找下去吗?"

晓霜朝他眨了眨眼睛:"秋哥,要不要加入?"

杜润秋还没来得及说话,就听到沉重的脚步声,停在了门口。门开了,站在他们面前的却是谭栋,他的身后跟着屈渊。

谭栋脸上一直不变的笑容,这时候也消失了,屈渊更是面色沉重。只听谭栋慢慢地说:"尸体已经打捞上来了,你们想看看她吗?"

杜欣躺在红珠湖旁边的地上。覆在她身上的红纱已经被揭去了。

她的容颜虽然苍白,却是一如既往的美丽,完全没有死亡的痛苦的表示,唇角竟然还带着一个浅浅的宁静的笑容。

她就像是睡着了一样。唯一的外伤,是她的额头,在几缕湿透的乌黑的头发覆盖下,擦伤了很大的一块,血已经凝固了。

杜润秋像个梦游人一样回到了房间。是晓霜扶着他回来的。

正在这时候,他的手机响了。看到来电显示,杜润秋就像大梦初醒一样,立即按下了接听键。

"孟老板?我托你查的事,怎么样了?查到了?什么?你说你只进过那一批紫水晶胸针?你查得到你卖给哪些人了吗?什么?你再说一遍?"

手机从杜润秋的手里滑到了地上。杜润秋两眼呆呆地望着前方,完全没有了焦距。

晓霜连声地问:"秋哥,秋哥,怎么了?"她们两个都把探询的目光投向了杜润秋。杜润秋在抽烟,他平时是不抽的。他面前的烟灰缸里全是烟头,他的脸在烟雾笼罩里,依然能看到他眼里满是血丝,胡子也没有刮。

正在这时,谭栋和屈渊走了进来。屈渊只看了杜润秋一眼,忽然站住了，失声说道："杜润秋，你哭什么哭？"

丹朱朝杜润秋定睛一看，杜润秋的肩头正在不断地抽动，压抑的哭声模糊地传了过来。

四个人都惊呆了。杜润秋这个一米八几的大男人，居然当着四个人的面，不管不顾地哭了起来！

"秋哥，秋哥，你怎么了？"晓霜轻轻地走到了杜润秋的面前，小声问道。

杜润秋往沙发的靠背上用力一仰，伸手盖住了眼睛。过了很久，他深深地吸了一口气，又点燃了一支烟。他拿出了自己刚才从杜欣房间里找到的紫水晶胸针，放在了桌上。

谭栋跟屈渊同时吃了一惊。只听杜润秋慢慢地说：

"这个世界上，有两枚一模一样的胸针并不奇怪，因为它们是在流水线上生产的。孟老板说，这种款式的胸针是他相熟的一个水晶工厂生产的，只做了一批，都被他买了。"

谭栋点了点头，问道："好吧，小杜，你对这胸针有什么想法吗？"

"我让孟老板查过这批紫水晶胸针都卖给了谁。"说完这句话，杜润秋又解释道，"即使过了几年，只要孟老板还保存着当时的单据，那很有可能查到当时的签单。"

"你查到了？"屈渊警惕地问。

"我查到了。"杜润秋说，"运气不错，原始单据还保存着。"

众人默默地整理着思路，隔了一会儿，屈渊说道："我不明白，为什么会有这第二个紫水晶胸针出现？杜欣的明明在她自己那里，那石崇玉尸体旁边的胸针，自然就不是杜欣的。"

"对了，就是这样。"杜润秋说，"但是，如果杜欣的紫水晶胸针，并不在她身上呢？如果杜欣的紫水晶胸针，落在了石崇玉的死亡现场呢？"

屈渊立即说道："那自然我们会第一个怀疑杜欣了。"

谭栋的两眼发光，锐利地注视着杜润秋："小杜，你究竟想说什么？"

杜润秋脸上渐渐现出了十分酸楚的神情，但他却笑了，那丝无奈的笑意挂在唇角，却比哭还凄凉。

"丹朱问过我，相信前世今生吗？我不知道，但是或者有某些潜在的东西是会遗传的。石崇林看上了杜欣，就像是当年的石姓军阀看上了那个姓金的女孩一样。他不惜代价地要得到这个女孩子，而他得到了。屈渊不明白杜欣为什么会这么恨她的这桩婚姻，毕竟我们是现代社会，婚姻是可以自己做主的。我想，杜欣大概从一开始就从她家族里面知道了那个金姓女人的事，她认为这是她的命，是无力的轮回，她为此十分绝望，不知道究竟该抗拒还是该接受。"

"最后，她还是抗拒了。可是，就像屈警官说的，她的做法是不对的。"

杜润秋闭了一下眼睛，他的声音也哽咽了："但是，杜欣所做的，就到此为止了。她并没有杀死她大姑子，石崇玉。她也并没有杀死那个瞎子。她更没有杀梁喜。她甚至也并没有自杀！"

一张照片，从他指缝里面，飘落了下来。

那个穿旗袍的女郎，巧笑倩兮，却是双眉若蹙，即使是在照片上，也能看出她的忧愁。

"谭局说了马青的身世之后，我想起来了，好像是听马青提过，她外祖母是个大军阀的姨娘，很有传奇色彩，可以拍电视剧那一种。但是我也是听听就算了，马青自己也不当回事。可是，我又记起了马青的父母在前几年去世了，我怀疑，马青可能在她父母死后得到了一封信，她外祖母遗留下来的信，里面提到了这个姓金的女人。毕竟，她外祖母那时候，也是留在石姓军阀身边的人……"

屈渊奇怪地问："信？在马青的遗物里面，并没有什么信。"

"一定有。"杜润秋固执地说，"否则，我不理解马青为什么来到红珠山，她一定是来追溯自己的身世的。但是，她来到这里后，被人杀害了。"

他望着谭栋："石崇林，他还有什么值得特别注意的事吗？"

"有。"谭栋说，"他没立遗嘱，所以他的财产，都是留给杜欣了；但是，另外有很大一笔，是托管的，具体给谁，我们暂时还不清楚，石崇林代管，但并没有权利处置。"

杜润秋重重地一拍桌子："对了，这就对了！我都想通了！"

他指着那张照片："那个姓石的军阀，娶了她当姨太太，最后把她杀了。可是，她在死之前，生了一个孩子。这个军阀后来隐居国外，大概是回想起过去，对她感觉十分亏欠，所以留下了一笔财产让后代托管，有朝一日如果能找到她的后人，就给她。"

屈渊的脑子，还有点没转过弯来："后人？你指的，是杜欣，还是马青？"

"都不是！"杜润秋大声说，"杜欣是那个村子，那个家族的人，石崇林回去探亲，看上了她，要娶她，这是天意，也是轮回，没有任何道理可以解释！马青是石姓军阀另一个姨娘的后代，她来这里，是看了外祖母的遗书，觉得好奇！还有第三个女人，她才是这个姓金的女人的直系后代！她就是凶手！她杀了杜欣的大姑子，我不知道为什么，有可能是那个女的发现了某些秘密！接下来，就是梁喜。梁喜也发现了同样的秘密，甚至发现得更多，所以，梁喜也必须死！瞎子知道某些事，为了不让瞎子说出来，瞎子也得死！"

"第三个女人？！"屈渊再次站了起来，紧张得呼吸都粗重了起来，"谁？"

谭栋犀利的眼光，扫过了晓霜，然后落在了丹朱身上。杜润秋注意到他的目光，摇了摇头："不是晓霜，不是丹朱。"

丹朱突然震动了了一下。她的声音微微有些颤抖："没错，除了我们，这个事件中的女人还有一个。"

杜润秋低下了头。他的声音，低沉而喑哑："我刚才说过，我查过了，卖这个紫水晶的签单。其中有一个我们都不陌生的名字……"

屈渊叫了起来："英虹！！！"

五个人同时都沉默了下来。刹那间，房间里变得令人难以想象的静，静得让人感觉到一阵死寂的气息。

"我认识英虹，有好几年了。"杜润秋说，"马青死的时候，她就在这里，她常常住在酒店，帮她舅舅接待客人。她一定是见到马青打听什么，所以她把马青杀了。"

屈渊嘿了一声，说道："原来如此。经理说门卡只有他们前台有，这么说，英虹也能拿到了？"

"对！"杜润秋大声说，"所以密室也根本不是密室！我开门的时候，听到房门'嘀'的一声响，却打不开。原因很简单，经理拿来的房卡，本来就是打不开门的房卡！他说，房卡只有前台有，这是他说的而已。我们可从来没有怀疑过经理，因为他，完全没有动机嘛！"

晓霜忙问："你的意思是，他也是帮凶？"

"他是英虹的舅舅啊！"杜润秋说，"他自然是帮凶了！说杜欣上山，把我们骗上去的人，是谁？就是他啊！把我们这群人支走，英虹才能杀死杜欣，布置一个自杀的现场，把一切都嫁祸到杜欣头上，她就可以顺利地脱罪了！等事情过了，她就可以去继承那笔托管的财产了！事实上，杜欣的丈夫，确实是杜欣自己杀的，她选择自杀也是完全可以理解的，谁都能看出杜欣现在的情绪越来越不正常！"

晓霜皱着眉头，说："可是，英虹怎么会知道杜欣杀她丈夫的事呢？"

"我听梁喜说过，他来的路上见到了英虹。"杜润秋说，"梁喜把事情告诉了她，她又见到了杜欣，她本能地认定是杜欣杀的。从那时候开始，一个计划就在她心里生成了。正好，是马青的忌日，可以顺理成章地变成冤魂杀人！"

"可是，梁喜呢？"晓霜说道，"英虹为什么要杀梁喜？"

杜润秋叹息了一声，他的眼泪，又下来了："我不知道梁喜究竟知道了多少，但是，一定比我多。英虹正好有一个跟杜欣那枚一模一样的紫水晶胸针，她想用这个嫁祸杜欣，就把自己的留在了现场。但是她没料到这种胸针只有孟老板那里有卖，还以为是遍地可见的旅游纪念品！她还没来得及设法偷走杜欣的那一枚，梁喜就去找她了。梁喜比我脑子转得快，他马上去查了紫水晶胸针还有谁买过，立刻就发现有英虹了。英虹不知道编了什么话，暂时骗过了梁喜，但英虹决定，必须杀人灭口！"

晓霜咬着下唇，说："所以她在我们吃的菌子里面下毒了？不对呀，梁喜会吃，是我们谁都想不到的事啊！她又是在什么时候对我们吃的菌子下毒的？"

杜润秋回答："她本来想了一个简单的办法，比设计杜欣现在这样的'自杀'要方便得多。英虹跟大厨太熟了，她在厨房里面来来去去，完全不会引起注意。她在我们的菌子里面，放了少量的毒菌，但是绝对不会到致死的分量，只会让我们进医院。而梁喜中毒而死的那一碗，她一定是找了什么借口，进到梁喜的房间，换掉了。——本来，她可能是准备想办法让经理去把杜欣引出来，换掉碗，但是既然梁喜拿了，她也乐见其成。那天晚上，她接待的那批客人，肯定就是从她口里知道了元帅楼的事，才那么闹腾。越乱，她就越容易行事。"

"经过我们对盆子里剩下的菌子的检验，里面不仅仅有一种菌子。除了青杠菌，还有少量的叫'毒伞'的菌子。"谭栋说道，"那是一种剧毒的菌子，有的颜色是褐色，跟青杠菌差不多，在切碎烧熟了之后，是很不容易分辨的。这就是梁喜致死的原因，因为你们三个人都中毒了，我们会以为死者只是因为没有得到及时救治而死亡。这种做法，很聪明，这个英虹不简单。"

"那么她的祖奶奶知道这些吗？"晓霜吐了吐舌头，问道。

"我想她知道了。她知道她采的菌子毒死了人的时候。她一定在怀疑她的孙女儿……她那么老，那么虚弱，恐怕会吓死她……"杜润秋缓缓地说，"当我们全部离开，去寻找杜欣的时候，杜欣一定因为安眠药的作用，在房间里沉睡。经理可以随便找借口，给她送去一杯牛奶，或者什么……当我们全部都走了以后，英虹打算去伪装自杀的现场，可是，那时候，不知道为什么，杜欣醒过来了。可能她喝得不够？"

谭栋点了点头："她额头上的伤，应该是在她房间的柜子上撞的。"

屈渊摇了摇头，恨恨地说："我们都被这两个人给耍了，耍得真是团团转！我们真是蠢透了，蠢到了家！跑那么远，爬那么久的山，就是为了让她在这里顺顺当当地杀人！"

谭栋望了丹朱一眼，问："你们当时为什么会下去看？"

"我晚上睡不着，起来散步。晓霜陪着我。"丹朱说道，"走过来，就看到湖里面有一个女人……"

谭栋点了点头，脸色沉重，说："现在人都迁到将军楼住了，没有人住元帅楼，只要周围的警察和保安都撤了，确实很难有人目击到。她这手调虎离山，真是把我们都骗过了。只可惜，杜欣额头上的伤，就让我们有所怀疑了……"

他朝屈渊做了个手势，屈渊点了点头，三步并作两步地走了出去。谭栋也站了起来，朝杜润秋点了点头："小杜，这次辛苦你了。我们会尽快找到英虹的。"

10

丹朱忽然叫了一声："谭局，你能回答我一个问题吗？"

谭栋扭过头来："你是想问我为什么对你特别注意吗？"

"当然。"

谭栋清了清嗓子，有点不自然地说："我有个亲戚就是你说那个大师的后人，所以我从一开始就知道你是谁了。你……"他指了指丹朱的脖子，"你那个八卦钱就是那位大师送给你的叔公的，天下就此一枚，绝对不像紫水晶胸针一样有重样的。"

丹朱哦了一声，说："我明白了，你就是这里寺庙的住持俗家的亲戚？他就是我提过的，我叔公的好友。"

谭栋点头。他就转身走了。丹朱沉思了一会儿，转向了杜润秋："那在返魂岭上面，推了你一把的也是英虹了？"

"如果不是你，那就肯定是英虹。只有你们两个人跟我在一起。"杜润秋闭上了眼睛，"她想杀我灭口……她已经发现我很敏感，而且，我是跟她一起发现梁喜的现场的。我给梁喜的碗，是完好的，可是当我和英虹进去的时候，那个碗边缘缺了一小块……可是，窗户下的地毯上，并没有碗的碎片，一片都没有。也就是说，那并不是我给梁喜的碗，虽然看起来很像。她害怕我有所发现……我跟她过于接近了。梁喜也是……"

杜润秋再次仰靠在了沙发上。他的脸上，全是茫然的疲惫，声音再次哽咽了："我真的同情杜欣，虽然我开始并不清楚她的身世，可是，我能感觉到她的迷惑和绝望。我知道，屈渊说得是对的，不管怎么样，她也不应该杀她丈夫。可是，屈渊那么实际的人，是不明白她的感觉的，很明显，她已经无法区分过去与现在，真实和幻想了………她把她的命运，跟她家族里面那个姓金的女人，连在了一起……"

"那完全不一样。"丹朱幽幽地说，"秋哥，不一样，完全不一样。你知道吗，在风水中，得要那个祭品心甘情愿才行？否则，那个姓石的军阀，他为什么不直接把那个女孩子杀了，埋了？还这么麻烦，要娶她？就得要她自己愿意啊！"

杜润秋迟钝地说："愿意？愿意什么？"

丹朱扬起了睫毛："愿意被他杀死，甘心成为他的'人柱'。"

杜润秋呆呆地看着她。他忽然站起来，冲了出去。门被他摔了过来，在风里来回摇摆。

晓霜坐在床沿，过了很久，才说："心甘情愿……丹朱，这是件很可怕的事啊。你能想象吗？"

"……哦，我不知道。"丹朱的声音也是恍恍惚惚的，"我现在也不知道什么是真实，什么是谎言了。"

晓霜沉默了一会儿。她转过身，从行李里把那本线装的《录鬼簿》捧了出来，然后撕下了其中的一页，再次打燃了火机。

两个女孩看着那一页泛黄的旧纸，在火光里渐渐化成了灰烬。

"接下来，我们应该去哪里？"晓霜问道，"这一个……已经算是结束了。"

丹朱的脸上，突然出现了一种奇怪的疲惫的神情，跟她的年龄很不相符的疲惫："去我们应该去的下一个地方。"

"你认为秋哥会愿意加入我们吗？"

丹朱瞅了她一眼："你觉得呢？"

晓霜说："他好像觉得很有意思……"

"是的。"丹朱打断了她，声音带着某种无法形容的冷酷。她的眼神定定地落在了那本《录鬼簿》上，一动不动。"可是，这并不仅仅是游戏，也绝不仅仅是一次快乐的旅行，你和我都很明白这一点，而且，一直都明白。从最开始……"她幽幽地说道。

　　医院的一片纯白色，十分宁静。天堂一样的宁静。
　　那个老人躺在床上，她的眼珠浑浊，脸如死灰，很显然，已经到了生命的尽头。她的声音，跟游丝一样，几个人要竖着耳朵，才能听清楚她说的什么。
　　"夫人啊……我听你的话，我照顾了小姐一辈子。可是，小姐跟你一样，命不好啊。她早早地病死了啊……我又继续照顾你的外孙女儿，虹儿，她跟夫人你实在不一样，一天到晚往外面跑。我宠她啊，我宠得她不得了，她也对我特别好，甜甜地叫我，叫我祖奶奶……
　　"可是，她变了啊。丫头变了啊。有一天，她跑来问我，问我……她外祖母是怎么死的？
　　"我经不起虹儿磨啊……夫人啊,你怎么那么傻？你知道老爷的心思，你就……你就上吊自杀了……我抱着小姐，她一直哭，她就像是知道你死了，哭得伤心啊……
　　"虹儿像变了一个人，她坐在家里，望着山发呆。我说，丫头啊，虹儿啊，这都是过去的事了，过去了好久好久了。你看，你祖奶奶，都老成这样了，你还想这些，做什么呢？都过去了，过去了……
　　"可她说，夫人还埋在这里。回不了家……远远地望着家乡，回不去啊……"她枯瘦如柴的手指，向空中抓着，"虹儿，我知道，你也走了。你……跟她在一起……我……我也很快就来找你了……"
　　医生使了个眼色，几个人都自觉地退了出去。
　　他们看到医生摇了摇头，用白色的被单把老人的脸给盖住了。
　　屈渊把一个木匣，递给了杜润秋："小心一点，里面的东西，都太脆弱了。"
　　是一封信，和一张手绢。
　　信是毛笔字，是一个男人的手笔。
　　"余已年老，生平最悔之事，便是红朱之死。悔之莫及，悔之莫及。余曾为权势奋不顾身，杀人如麻，老来吃斋念佛，只愿红朱魂魄安宁。红朱有一女，留在当地，若能找到此女，还有另一妾室，不曾与余一起离开，一笔财产由余子侄代管，若寻到人，便交于他们。只是区区财物，又如何能消除余之恨？悔不当初。一念之差！"

丹朱望着那信，沉默不语。晓霜叹了口气，说："他是后悔了啊，可是，后悔有什么用呢？

那张手绢，绣的是鸳鸯，还有两行诗。

丹朱一字字地念道："妾似胥山长在眼，郎如石佛本无心。"她声音清丽，吐字柔和，念起古诗来，有好一段缠绵不尽之意。

屈渊对古诗词似乎不太懂，问道："这说的是什么？我问谭局，他就只是叹气，不回答我。"

丹朱轻轻地说："这是朱彝尊的《鸳鸯湖棹歌》。讲的是一个女子深爱一个男子，时时刻刻都想看着他。而男子，却并不爱她。虽说男子对她貌若温存，其实……心如铁石一般……本来便对她无心。"

屈渊听她曼声轻语地解释，一时间竟茫然无语。

晓霜在旁边说道："其实意思就是，落花有意，流水无情。"

杜润秋说："那天，我在英虹的家旁边，看到了杜欣。她一定是去找祖奶奶了，她想问一问金红朱死的事。祖奶奶受了很大的惊吓，英虹长得不像她的外祖母，杜欣反而长得非常像……不过，英虹对我们说的事，都是添油加醋的。红朱并没想过要害人，祖奶奶更是清楚这一点。她只是震惊，并不是害怕。她还把一直保存着的照片给了杜欣……"

屈渊说："为什么要给杜欣？"

"你真是个实际得一点都没有想象力的人！"杜润秋说，"杜欣想求证，自己是不是跟她长得很像。看到了照片之后，她更觉得，同样的命运不会放过她了。我都怀疑，就算英虹不杀她，她恐怕也会自杀？我说过，她已经分不清真实和幻想了……"

屈渊他们是在红珠山下发现英虹的尸体的。发现她的时候，她也比那瞎子好不了哪儿去，半个身子都被山上的熊撕咬得不成样子，头部倒是十分完整，能够看出她死前的惊骇。

她大概是在逃走的路上，慌不择路，失足摔下的。杜润秋只奇怪，她祖奶奶在弥留之际，为什么那么笃定地说，英虹也已经死了呢？

酒店经理对此，供认不讳。

"是，是英虹干的。我本来不清楚，我只是有点怀疑，从那个叫马青的女记者来，我就觉得奇怪。那天晚上，英虹回房间的时候，一身湿淋淋的。

"我后来在英虹房间里看到了一封信。那个女的死的时候，我知道是英虹拿走了房卡。有通用的。我吓怕了，我说要把这件事告诉警察，她笑着说，跟我没有关系，如果我肯替她保守秘密，等她拿到了财产，就分我一半。

"她为什么要杀石崇玉？这个女的一直跟着杜欣，她要不死，要杀杜欣可麻烦得很。还有，她总是石崇林的亲姐姐，要死了，就再没近亲了，以后也方便，不然她一定会来争遗产的。哦，最重要的一点，英虹说，她死的时候，死在杜欣房间，又跟马青一样的死法，都会以为是金红朱的冤魂作祟，不会有人怀疑她的。

"她要我帮忙把你们引开，她好杀死杜欣，布置成自杀的现场。但是我没想到，居然让你们误打误撞地发现了瞎子老头儿的尸体。本来是埋得好好的，也不会有人关心他，等有人发现的时候，他早变成白骨了。结果却被熊把土给扒开了，拎到了别的地方！

"这个瞎子，他跟祖奶奶一样，以前是在石府上做事的。祖奶奶是侍候姨太太的，红朱对她特别好。我当时就看到马青跟瞎子叽叽咕咕的，后来他见到杜欣，更吓得魂飞魄散，就怕他乱说，还是杀了他的好。

"我听你们已经想到了姓石的军阀，赶紧把话题引开，把所有事都推到金红朱的鬼魂作祟上面。

"没想到，你们还是发现了真相。也算我们倒霉吧……什么？我怕不怕？当然怕了，我可不敢杀人。可是，做着做着，也就不怕了……"

杜润秋再次来到了元帅楼前。风吹过树林，刮得枝叶呼呼乱响。

他并不是个迷信的人。但是现在站在这里的时候，他却确确实实地对自己长久以来的信仰再次产生了怀疑。

有些地方，真的具有"气氛"。杜润秋不懂风水，什么龙腾虎跃，风水宝地，他完全不通。但是站在这座元帅楼前面，他始终有种莫名的感觉，那就是站着就觉得汗涔涔的，好像地下的湿气全部在朝他脚底钻似的，哪怕他穿了厚袜子雪地靴也是一样。

他注视着面前的别墅。栏杆都是原木的，但却没有一点被白蚁侵蚀过的痕迹。杜润秋记得，就算是最新修的几座楼，也不管上面涂了多少防白蚁的涂料，仍然免不了要受白蚁的蚕食。但是这元帅楼，虽然有湿气的腐蚀和长年的磨损，但是却看不到白蚁留下的痕迹。也许，白蚁对于这个阴森森的地方也会退避三舍？

杜润秋想到这里的时候，突然觉得从脚下蹿起来的湿气，一直蔓延到了全身。他实在不知道，这是自己的想象，还是确实如此，只感觉整个人都冻得有些发僵，连手都是冰冷的。

他忽然听到身后有脚步声。谭栋站在他的身后，脸上的神色有些迟疑，似乎在犹豫着要不要跟他说话。杜润秋也没有主动开口，他倒不是不想说话，只是连嘴都懒得动一下。

"小杜，离那两个女人远一点。"谭栋终于迸出了这样一句话，把还处于麻木状态的杜润秋震回了现实。他两眼瞪得像铜铃一样，直直地注视着谭栋。

"两个女人？你说的是……晓霜和丹朱？"杜润秋的惊异难以言表，事实上他根本就觉得丹朱和晓霜还是两个女孩，根本谈不上女人。

谭栋有点尴尬地咳嗽了一声，转过了头去："总之，你最好别跟她们搅和在一起。相信我，我说这话是为了你好。"

"为什么？"杜润秋绝不是个没有好奇心的人，尤其是，这话完全不应该从极端谨慎和很少有个人情绪的谭栋口里说出来。

谭栋盯着他。一瞬间，这个局长的面具卸了下来。他的声音激烈，双手甚至都挥动了起来："为什么？你认为这件事就这么简单吗？你认为杜欣——还有英虹的死，就是一切的结束吗？你认为她们两个来到这里，是偶然的吗？"

"什么……你说什么？"杜润秋目瞪口呆，几乎无法消化他的话。

谭栋说到这里，声音渐渐地轻了下来，面容也渐渐地变得平静了："既然已经确定山上那具白骨的身份，我们会想办法联系，看能不能找到亲戚，将她的骨灰，送回她的家乡。"

"也许她并不愿意。"杜润秋笑着说，"就像她手帕上绣的诗一样，妾似胥山长在眼，郎如石佛本无心——她就想像那座不变的山一样，默默地，安静地站在那里，永远看着她爱的人。即使这个男人，并没有爱过她。"

"即使这个男人，是想杀她，把她当成自己五行的奠基？"谭栋说。杜润秋点了点头，说："对，所以她从来并没有恨的。有恨的是英虹，是对她的故事迷恋而又憎恨的英虹，不是红朱。"

谭栋沉默了很久，微笑了一下，说："即便如此，我也得把她的骨灰送回家乡。如果让她一直留在这里，作为风水局的一部分，她是无法往生的。愿生者不朽，而死者……往生。"

杜润秋怔怔地说："你不说让死者安息……而是……往生？"

谭栋笑了一下，转身就走："你总有一天，会理解我为什么这么说的。"他的声音，远远地飘了过来，把杜润秋一个人抛在了那里。

"他在跟你说什么？"

不知什么时候，丹朱站在了他的身后。杜润秋看着她的脸。丹朱的容颜，清新如露珠。"他说，愿生者不朽，而死者往生。谁是生者？如何不朽？"杜润秋说道。

丹朱的脸上，忽然出现了一种极其怪异的表情。杜润秋仍然盯着她，问："你为什么这种表情？"

丹朱微微仰起了下巴。她浑身沐浴在清晨的阳光里，美丽得像个晶莹的发光体。她说："那可是这个世上的人所追求的最高境界噢，秋哥。不管是活着的人，还是死去的人。你要跟我们一起吗？"

——红朱恨·完

红朱恨·后记

那一年的冬天,我进行了一次相当艰苦的旅行。地点:甘肃。

我无法形容隆冬季节的大西北的景致,那是我根本连想都没法想象的萧瑟、荒凉、寂寥。戈壁仿佛无边无际,一直向天边延伸而去。我从未感受过如此强烈的风,和干燥得像要把人身上的水分都吸走的空气。每次下车到一个景点,我就得重新在脸上补一次水,抹一层最厚的最油的保湿霜——然后,下一个景点下车时,我又再次觉得我的脸被风吹得像张干干的羊皮纸。

在如此贫瘠的土地,却藏着人类伟大的宝库。我为我所看到的一切而震动。

我想用笔写下我所看到的景象,却发现即使是拍出来的照片也无法完全还原那种美,也无法给人那种身临其境的震撼。

于是,那时候,我就开始有了某个构想。也许,我可以把我脑子里构思出来的故事,置于这些我曾经去过的地方。这些奇特的地方,会赋予原本可能平凡的故事某些不寻常的神秘的魅力。

所以,亲爱的读者们,我们可以玩一个游戏。猜一猜,这个系列里的每一个故事,都发生在什么地方?我都做了非常细致的描述——周围的景物是烘托气氛不可或缺的因素,在故事里面甚至可以说是决定性的——我相信,只要善用搜索,再加上一点联想,一定可以找出故事所发生地点的原型。

《红朱恨》是个真实的故事,或者说,我是真的听说过。每个人告诉我的版本都有所不同,但最惊悚的仍然是那在玻璃的水雾里慢慢蒸发的四个字——"带我回去"。据说,在红珠岭,确确实实曾经有人死在酒店的浴室里,而窗玻璃上真的写着这四个字。

我原本是想把这个系列写得轻松一点，有趣一点，至少不要像《第十二夜》那么沉重和晦涩，可是好像又事与愿违了。不管男主角杜润秋是个多么有趣的人，但从第一个故事《红朱恨》开始，就笼罩着那股无可奈何的悲凉和宿命的意味。对此我也觉得无可奈何——我明明是想写得更轻松一点的啊？

　　我想我是没法子左右自己的笔了。

GE SHI ZHEN JI DANG AN 1

隔世
侦缉档案 1

千年之吻

序 章

1979年，冬。

黄沙漫漫，朔风萧萧。

一条一半结冰一半解冻的河流，奔流在狭窄的峡谷里。峡谷两岸，生长着一种美丽而奇特的植物。高而纤细，奇妙的黄红相溶的色泽，宛如夕阳笼罩下戈壁的颜色，弥漫着苍凉而凄艳的气息。

峡谷两旁高达十米的石壁上，开凿出了数以百计的洞窟，大小不一。那些开凿的痕迹十分古老，搭建在洞窟之间的木梯饱经风霜，摇摇欲坠，风一吹便发出嘎吱嘎吱的声音。

一个黑漆漆的洞窟最深处，围着一群人。看穿着，都是当地的村民，一个个衣衫褴褛，拿着锄头、镰刀之类的东西，还点着火把，举着油灯。

火把的亮光照耀下，依稀看得到从四周的墙到天花板，全都绘制着精美绝伦的壁画。佛经故事，俗世乐境，飞天菩萨……这里全然是另一个世界。虽然有不少剥落毁损，但仍是色彩鲜亮，栩栩如生。

洞窟尽头的墙上，绘着一幅水月观音像。

一个男人死在观音像的下面。他两眼圆睁，脸色惨白，身体已经僵硬了。在他的脖子上，有一个骇人的深深的伤口，几乎把脖子都割断了，地上却并没见着血。

"又是一个想来偷宝贝的。"带头的那个人说，语气里满是鄙夷，"活该他死，正好用他的血来献给观音娘娘。"

他跪了下来，虔诚地对着水月观音磕了三个响头。他身后跟着的几个村民，也赶紧跪下，一个接一个地磕头。

最后，领头的人把一束很像柳条的枝叶，恭恭敬敬地双手放在了水月观音像的下面，又放上了一个大瓶子。他嘴里喃喃地念叨了几句，然后说：

"别再打扰观音娘娘了,我们走吧。"

众人都听话地站了起来,走了出去。他们的脚步都放得非常轻,说话的声音也压得极低,几乎连大气都不敢出。直到离开这个洞窟老远了,众人才开始七嘴八舌地议论起来。

"这家伙太贪心了,观音娘娘的东西都想来偷,活该他死!"

"还得去抬他的尸体,这种恶人,我可不去!"

"算啦算啦……总不能让他的尸体放里面吧?那可会熏着菩萨娘娘呢!"

"反正,今年的供上了,我们今年也能多下几场雨了!这大半年,都没下过两场雨,日子都快过不下去了……"

"听说,有个什么,什么'研究所'要来这里,说要把我们这里的洞窟都修好,这可是大好事啊,观音娘娘一定会高兴的!"

为首的人回过了头,望着洞窟。

里面一片黑暗。

1

杜润秋从未到过那样的地方。如此壮阔,如此苍凉,如此萧瑟,却又如此美丽,美丽得不可思议。他是清晨下火车的——丹朱和晓霜是坐飞机到的,杜润秋在的城市没有直达的飞机。那个小小的火车站到市里还有整整一个小时的车程。

杜润秋也从未见过那样的路。直,直得令人惊异,一条黑色的路,一直延伸向天边。没有转弯,两边都是黄色的戈壁。平直的一条路,车飞驰在路上的时候,杜润秋只有一种感觉——是不是会开到天边?天边又是什么样?

他下火车的时间是早晨七点。就在他赶往市里的路上,他看到了大漠戈壁上的日出。他从未见过这样的日出，从地平线上喷薄而出，满天的艳红洒在黄沙上，风吹过的时候，仿佛被鲜血染红的暗黄沙尘，铺天盖地，迷了人的眼。

天蓝如伸手可触。云流动如风。杜润秋下车的时候，面对车水马龙，他竟然有些迷惑。这一刻，他仍然陷在刚才的荒漠戈壁的黄沙红日里，无法自拔。

晓霜在向他招手。她晒得更黑了，两颊红红的，笑得很灿烂，健康而明丽。丹朱却仍是白，晶莹的白，就像再毒的太阳也晒不黑她一样。她们都穿得很厚，都是大红色羽绒服，同色的帽子、手套和围巾，杜润秋远远地看去，就像两个火球。

杜润秋不自觉地笑了。不管怎么说，他发现自己还是很想见到她们的。他想起了康源略带嘲讽的叮嘱："别老想着当护花使者，就凭你那点道行，杜润秋，不够！"

不知道为什么，康源对晓霜和丹朱，相当不喜欢。红珠山酒店的事情结束后，杜润秋拉着晓霜丹朱跟康源一起喝茶，康源看那两个女孩的眼光，真是连杜润秋这种粗枝大叶的，都觉得古怪。

那眼神，简直像是在看"异类"。

可是在杜润秋看来，这两个女孩就是美女，美女，大美女！

"我们等了你半个小时了！"晓霜用力搓着手，虽然戴着手套，她仍然冻得在那里哈气。丹朱转过身，拉开了身旁一辆出租车的车门，朝杜润秋一笑：

"秋哥，上车吧。我们租了一辆车，今天要去的地方太远，不租车是不行的。"

杜润秋大喜过望，赶紧拉开前排的车门，把大背包连同自己都猛地扔进了座位里："好好好，太好了，至少车里有暖气！"

驾驶座上坐着的司机是个中年男人，皮肤黑红，正在傻乎乎地对着他笑。杜润秋也嘿嘿地笑着跟他打招呼："好啊！早啊！"

司机憨憨地笑着，问道："我们现在就去千佛峡，是不？要开好几个小时噢！"

晓霜和丹朱也在后座坐了下来。车里的暖气开得很足，丹朱把围巾和帽子都给取了下来。她看着手机地图，说："应该要开五个多小时。师傅，开车吧，我们在千佛峡应该会多待一阵，所以早点到比较好。"

司机发动了车。他唠唠叨叨地说："哎呀，这还是我这个月第一遭拉去千佛峡的客人呢！一般的都会去另外一个洞窟，千佛峡远，知道的人又少，去的人更少了。"

丹朱转向杜润秋，问道："秋哥，你是导游，你知不知道千佛峡？"

"这里的万佛洞，天下皆知，我还真不知道还有个千佛峡。"杜润秋说，"应该跟万佛洞一样，很多洞窟，里面保存了大量的壁画和彩塑吧？我这种粗人，哈哈，这种文化氛围浓的东西是看不懂的！我就是陪你们来的，怎么着，你们俩面子可大吧！"

晓霜打电话过来约他的时候，杜润秋正在床上睡觉。一看到来电显示的头像是晓霜笑得甜甜的脸，杜润秋顿时精神百倍，从床上直蹦了起来。

"晓霜？是你啊，你终于找我了啊，我等你好久了呢，还以为你都把我忘了……"

"秋哥，我最近有个课题，要去西北一趟，收集一点资料。两个女生一起去有点害怕，你要不要陪我们一道去？"

杜润秋愣了一下，他的导游本能马上出来了，回答说："现在去那儿不是好季节。冬天那里太冷，风沙太大，是旅游中的淡季……"

"淡季正好呀。"晓霜抢着说，她的声音听起来相当兴奋，"淡季去的人少，我们才玩得好。人多了，有什么好看的，看人吗？"

"……好吧，什么时候？丹朱也去吗？"

晓霜的声音听起来更兴奋了："她当然也去！具体的行程我已经定好了！晚上，晚上我发行程给你啊！"

行程上的目的地，其实只有一个。

千佛峡。

现在他们三个人就在去千佛峡的路上。不知道为什么，两个女孩在车上相当沉默，也不知道是不是累了。

杜润秋也不再说话。他一大清早就在火车上醒了，现在只觉得疲倦，想打瞌睡。尤其是，这里的路，平坦笔直，永远都是同样的景色，灰黄的戈壁，纯蓝的天空，一轮如火的红日，光线炽烈，令人忘记现在是寒冷的冬天。

一路上几乎没有遇上迎面而来的车辆。他们那辆绿色的出租车，像一只瓢虫，爬行在仿佛没有尽头的黑黄的路上。

这是大漠戈壁的壮阔景色。你可以说它单调，沉闷，千篇一律；可是，它是美的，美到撼动人心的地步。那是一种会出现在你梦中的景色——即使你认为你已经遗忘了它。

杜润秋闭上了眼睛。没有变化的景色让他的眼皮越来越沉重。

就在他快要进入梦乡的时候，忽然听到了丹朱的声音，带着疑惑和惊异："那里是什么？"

杜润秋睁开眼。太阳已经快升到头顶，光线耀眼得让他眼发花。他连着眨了好多下，才看清楚丹朱指的东西。

在路的右侧，茫茫戈壁之中，湛蓝天空下，有一座灰色的建筑，被一弯几近干涸的水流曲曲弯弯地绕着。建筑正面，种着一株形似柳树的植物，这"柳树"干得只剩下半截枯木，丝丝缕缕地垂着几条半枯的柳条。杜润秋正想把车窗摇下来看得更清楚些，司机连忙叫道："别，别开窗，起风了！"

虽然隔着车窗，仍然能听到咆哮的风声，由远而近，刮着满地黄沙滚滚而来。司机已经打开了车窗的雨刮器——那些沙子比雨点更有威力，打得车窗上一片污迹斑斑，玻璃都快变成了泥潭。

"听！"丹朱叫了起来，她脸上的惊异之色更浓，"听风里的声音！"

杜润秋贴近了车窗，侧耳去听。风声呼啸里，他隐隐地听到了一阵急促的鼓点声，鼓声浑厚低沉，但却似远似近，若有若无。这鼓声让杜润秋浑身一个激灵，唤起了他某种遥远而不祥的记忆。

"那是梦城传过来的声音。"司机冷不丁地冒出了一句，杜润秋看了他一眼，司机表情十分淡定，对于他们这几个人的惊异完全是见怪不怪，双手仍然握着方向盘一动不动。也是，这里的路从头到尾，司机基本上可以睡觉了，压根儿不用动手动脚。

看到三个人的眼神都集中在他身上，司机很得意，总算有了一个长篇大论的机会："看，对面那座房子就是梦城。康熙梦城听过没有？没听过吧？就是康熙做了一个梦，梦见他一个人到西北巡游，这西北啊，沙漠戈壁，黄沙漫漫，他走得非常辛苦。突然，他看到面前出现了一片绿洲，被一弯清水环绕着。水边有一棵柳树，树上挂着皇帝的金冠和玉带！"

丹朱喃喃地说："有意思。"她又问，"那么这梦城就是康熙梦醒之后，命人建造的喽？"

"是啊，"司机很起劲地说，"康熙拨了一笔巨款，让人来修城，当成他以后来的行宫。他派了一个叫程金山的官，这本来是个美差，可是这家伙太贪财又太笨了，他跟儿子商量说，这西北又偏僻又荒凉，皇帝老儿日理万机，怎么可能真的来？"

晓霜问道："他们就把这笔巨款给贪污了？真是傻，这不是自找死路吗？"

"就是啊！"司机双手用力一拍大腿，杜润秋慌忙叫道："别，别，您讲就是了，可别手舞足蹈的，我们这一车老小的命可都在您老手上啊！"

"这里都是直路，车又少得可怜，想撞还没个可撞的呢。"司机说得十分豪迈，听得杜润秋头上冒汗。

丹朱却没理他们，她一直在注意倾听风里隐隐约约的鼓声："师傅，这鼓声听起来很奇怪，是从哪里传来的？这种荒凉地方，不会有什么法事吧？"

"小姐，你说对了，这里怎么可能有法事！"司机把杜润秋丢到一边，开始全力以赴地继续讲他的故事，"刚才被他打岔啦，我还没说完。那个小姐说得很对，康熙怎么可能查不出来？康熙可是出名的英明神武的皇帝……"

杜润秋打断了他："他是把那个贪官程金山给砍头了，凌迟了，还是诛九族了？"

司机叹了一口气："我就知道你肯定想不出来！康熙把程金山和他的两个儿子都处死了，然后把他两个儿子的头盖骨做成了一个鼓，又用他们背上的皮蒙在鼓上。程金山呢，用他的头盖骨，做了一个人头碗。"

晓霜轻轻颤抖了一下。司机又说："康熙在梦城旁边修了一座永宁寺，把人头碗、人头鼓都悬挂在里面，每日击鼓，警示众人。"说到这里的时候，司机的声音似乎也染上了某种阴森的意味，车里开着的暖风都突然像是变冷了。

杜润秋咳了一声："那现在我们听到的，就是这……每日击鼓吗？"

丹朱眉梢一挑，嘴角一弯，有点嘲弄地说："秋哥，拜托，这不是康熙年间了。就算那人头碗人头鼓保存到现在，也肯定是当成文物保存得好好的，怎么可能还每天敲一敲？你就不会动动脑子？真是的！"

司机开口了，他的声音更低，更模糊："是啊，小姐说得没错。现在鼓是保管在梦城里面的，可是……每到起狂风的日子，就像今天……路过梦城的人，都会听到从风里传来的鼓声……没人敲它，它自己就会呜呜地响，跟风声一起，传到过路人的耳里……听，你们听，这就是人头鼓的声音……"

杜润秋再次闭上眼睛。他相当确信，从风中传来的忽远忽近的鼓点之声，绝不是幻觉。曾几何时，他也听过这样的声音，在呼啸的狂风之中，在另一个几近被世人遗忘的地方。那鼓声，沉闷而重浊，像一个亘古流传下来的解不开的魔咒。

他睁开眼的时候，从后视镜里，留意到丹朱正在审视他，她的眼神仿佛想看进杜润秋的内心深处。

司机终于把车停在了一大块平地上。晓霜左看右看，没看见一个洞窟的影子，瞪着眼睛问："千佛峡在哪儿呢？你不是把我们带错地方了吧？"

"怎么会，我又不是第一次跑这里！你们往右走，有石梯下去，顺着一直往下走，就到了。"司机比画着解释，"我就停在这儿等你们，你们好好玩啊！"

三个人一下车，寒风就扑面而来，刮在脸上简直像冰刀子一般。晓霜和丹朱用围巾把脸都给盖住了，杜润秋比她们还夸张，居然戴上了一个大口罩。三个人你看我，我看你，最后看得都捧着肚子笑。

他们顺着司机指的方向走去，丹朱微微有些诧异地说："原来千佛峡是这个样子的？跟我想象的完全不一样。"

确切地说，停车的平地之下就是悬崖，崖下有一条窄窄的河流贯穿而过，河两边的石壁上，凿出了高高低低、大大小小上百个洞窟，修建了木制的栈道供人行走。河流两边都长满了一种介于金黄和枣红之间的植物，没有叶，没有花，只有细细的枝。这植物的颜色出奇地美，从黄一直到红的颜色渐变，过渡得比任何调色盘调出来的颜色都协调。在青色的水、灰色的崖壁、黄色的土映衬下，这一抹亮色无比美妙。

沿着石头的阶梯一直往下，走了七八分钟，他们终于走到了入口处。这里被一道铁门和大锁把守着，旁边修了两排平房。一间屋子里放了个火炉，门敞着，但却没人，只有一只黄色的小猫蹲在桌子上，好奇地滚着两只碧油油的眼睛看着他们。

晓霜叫了一声："有猫呢！"她跑了过去，开始逗那只猫。那只猫大概是太久没看到人了，跟她玩得很是开心。

丹朱低声地说了一句："这地方也太清静了。"

杜润秋完全表示赞同。他们一路进来，连半个人影都没看到，哪里像什么旅游景点？正在这时候，一个女人的声音，在他们背后响了起来，语气里十分惊讶："哎呀呀，有人来了，你们是来参观千佛峡的吗？"

丹朱和杜润秋同时转过头去。跟他们说话的是个敦实的中年大妈，笑眯眯的很是和蔼。"进来进来，到里面来烤火，这外面冷死人啦！有热水，你们喝不喝？"她把那只猫从桌子上抱了下来，"豆子，来客人啦，你一边去玩。"

那只猫喵呜一声，蹿到了一个柜子上，仍然眼睛一眨不眨地盯着杜润秋一行人看。晓霜还不死心地伸手去逗它，一边说："这猫好可爱，是大姐你养的吧？"

"这里老鼠多，怕它们破坏壁画，所以我们养了豆子来抓老鼠。"大妈说，"你们在这里烤着火等等呀，喝点热水，我去给你们找讲解员。"

她把一个热水瓶拎到了桌上，急匆匆地走了出去。晓霜说："这里还有讲解员？在这里可真够苦的，要什么人才肯在这里待下去呀？"

五分钟后，一个戴眼镜的年轻男人出现在了他们面前。出乎意料，这居然是个长得相当英俊斯文的男人，三十出头，身材高大，看到他们满脸都是笑容，搓着手说："来参观的啊？真好，都一个月没人来了。"他又自我介绍说，"我叫杨翰，是这里的讲解员。你们来得真巧，明天我就有事要出去，你们来了也没人讲解，只有自己看了。"

丹朱上上下下地打量着他，目光里不乏好奇。她清清脆脆地开了口："杨先生，我想看第三窟。"

杨翰愣了一下："第三窟？那是个特窟。"

"我知道那是特窟。我们是来做课题的，所以一定要看第三窟。"丹朱微笑，"需要什么手续吗？"

"呃……到那边办公室去吧，我去叫彭哥开收据，我才能领钥匙。"杨翰的声音有些迟疑，他也在仔细地审视丹朱。丹朱点了点头，说："好。"

她跟着杨翰走到隔壁的小平房里去了。杜润秋有点埋怨地对晓霜说："你们要看那什么第三窟，怎么不跟我说一声？"

"是你自己说一窍不通也不感兴趣的啊！"晓霜理直气壮地说，"我当然就不说了！说了你也是当耳边风啊！"

杜润秋气结。他又问："第三窟里面有什么特别的，你们要这么千里迢迢地跑来看？要说壁画和彩塑的数量、知名度和珍贵程度，附近的万佛洞远远超过这个名不见经传的千佛峡啊！"

"没错。"晓霜说，"但是千佛峡的第三窟里面有一件非常珍贵的东西。"

杜润秋紧张地问："什么？"

晓霜笑了。她笑得很美丽，也很神秘："全世界最美丽的水月观音。"

2

Avalokiteśvara。观音菩萨。观世音菩萨、观自在菩萨、光世音菩萨……自传入中国后，观世音便化身为一位手持净瓶杨柳的女性，具有无量的智慧和神通，大慈大悲，普救人间疾苦。

观音三十三相。杨柳观音、鱼篮观音、一叶观音、琉璃观音、滴水观音、青颈观音、能静观音、众宝观音……

水月观音。水吉祥观音，或水吉祥菩萨。或立于莲瓣上，莲瓣漂浮在海面，观世音静观水中之月。或以莲华坐姿坐于海间石山之上，右手持莲华，左手施无畏印，且掌中有水流出。

最古老的水月观音像深藏于千佛峡之内，为稀世奇珍。

千佛峡内何止千佛。深锁千年的壁画佛像，在漫漫黄沙戈壁里，颜色渐渐褪去，剥落。当千佛洞第一次开启的时候，第一缕阳光射在沉睡了千年的壁画上时……第三窟的水月观音，在清晨的第一线光里微笑。

她的微笑比蒙娜丽莎更神秘和费解。

水月观音，做观水中月形状，以喻诸法如水中月而无实体。

一路上，杨翰滔滔不绝地对他们讲的就是这些。他说起来的时候，两道浓眉都像是要飞舞起来了，满脸都是兴奋和神往的表情。他一口非常标准的普通话，活像是在诗朗诵，丹朱和晓霜两个人也听得着了迷似的。杜润秋原本想着在这里工作的人一定是不得已，如此清苦如此寂寞，现在看来，这杨翰绝对是活得十分自得其乐的，他有自己的一个精彩绝伦的世界。

杜润秋一瞬间有点怀疑自己的人生目的。他一向认为挣钱和花钱就是人生的最大价值和最大乐趣，精神层面上的东西是可以忽略的。这一刻，看到眉飞色舞身心全部投入的杨翰，他有种说不出来的感慨。

杨翰用钥匙打开了那扇沉重的铁门。推开门，他做了个"请进"的手势。

一缕金色的阳光，射进了洞窟里。但是很显然，这阳光是无法让整个洞窟明亮起来的，因为这个洞窟深而高，除了杨翰手里特别的电筒，别的光线一进来，似乎都被洞窟的黑暗立即吸走了。

杜润秋眨了眨眼睛，努力适应着洞窟里昏暗的光线。

丹朱和晓霜已经走到了洞窟的最深处。她们仰着头，静静地注视着面前的一幅壁画。

月色朦胧。观世音坐于莲座之上，倚于山石之上，笼于光环之中，抬首望月。一弯新月，隐于薄云之间。流水淙淙，竹林萧萧。面前山石上放了一个羊脂白玉的净瓶，净瓶中插着一束枝条，似柳非柳。

杜润秋咦了一声。他这一声可不小，杨翰、丹朱和晓霜都回过头来看他。杜润秋指着壁画上的净瓶，诧异地说："我刚才见过这种像柳树的植物。"

丹朱问道："刚才？"

杜润秋说："你们忘了？我们刚才经过梦城的时候，那城前面不是有一株半枯的树？就是这个，一模一样。只是那个干枯得厉害了。"

杨翰说道："那是观音柳。传说康熙夜梦荒漠之中一片绿洲，上有城池，绿柳挂金冠玉带。他按图索骥，找到了这座梦城，并修建行宫。现在梦城前仍然有一株观音柳，据说是株千年老树。只不过……"他深深地叹了口气，满脸怅然，"梦城如今早已不是一片绿洲，河水都快干涸了，千年观音柳也快枯死了。"

丹朱沉默了一会儿。她幽幽地说："杨先生，这水月观音，保存得实在是太好了。简直是……让人不敢相信。"

杨翰立即兴奋了起来："没错，我们自己都不敢相信！你们都知道，虽然壁画都处在一个相对密闭的空间，但随着时间的推移，它们仍然会渐渐褪色。可是，这幅水月观音是一个奇迹，它绝对是一个奇迹！你们看，最容易氧化的，就是曾经是肉色的皮肤，比如脸、脖子、手……"

杜润秋定睛望去，面前的水月观音的脸庞、脖颈、露在外面的手臂，都呈现出一种极其美丽的淡粉色。这颜色，就像是昨天才画上去似的，柔润而细腻。尤其是水月观音的嘴唇，樱唇两点，典型唐时画风，真的是鲜艳如茜草，那色泽简直像用凤仙花汁染过，花汁仿佛还没干，随时都会溢出嘴唇滴下来一样。

晓霜喃喃地说："奇迹，真是奇迹。肉色的皮肤是最容易氧化的，千年的壁画不管保存得怎么好，都不可能不褪色，不氧化。那是违反自然规律的。可是……可是她……就像是刚刚画好似的！这是我见过的保存得最完美的壁画，这……不可能……不可能。"

这时候杜润秋才想起来，晓霜说过，她是学画的。同时他又想起了一个问题，就问杨翰："这幅水月观音是什么年代的？"

杨翰的回答很迅速："唐朝，至今也有一千多年了。"

"为什么她能保存得这么完好?"杜润秋问。

杨翰推了一下眼镜:"这个,我们也不清楚。天时、地利、气候、温度……也许是这种种的原因,才能造就这样一个奇迹吧。"他忽然沉默了下去,过了片刻才说,"不过,也有可能是某些我们所不能解释的因素。"

丹朱的眼睛亮了一亮:"什么因素?"

杨翰犹豫着。在两个女孩急切的眼神催促下,他终于挤了一句话出来,跟方才口若悬河滔滔不绝的模样大相径庭。

"当地人都说……这画里的水月观音是活的。她……会显灵……"

杜润秋呆住。杨翰说完这话,自己也觉得有点不好意思,他这话跟他刚才理性博学的形象,实在是太不相符了。他搓了搓手,笑着说:"说起来,我自己也觉得好笑。我经常进来,有时候看到她……感觉她真的像活的一样,在壁画里面望着我。我也常常看着她,一看……就是老半天。马大姐老是笑话我,哈哈,说我是个呆子。"

杜润秋其实也是这么想的,但丹朱和晓霜的表情,却相当严肃。丹朱两眼凝视着水月观音,缓缓地说:"杨先生,我相信。这个世界上,有很多事情,是不能以常理来解释的。"她的视线缓缓地再次移到了水月观音上,幽幽地低声说,"我相信,我真的相信她是活的。看,她的嘴唇如此娇艳,像盛放的花蕊……我真的相信,她会从壁画上面走下来……"

"《聊斋志异》里面有个故事,讲的就是一幅壁画里面的人会走下来。"杨翰也望着水月观音,他的眼神,几乎是温柔的。他微笑着说:"在中国的志怪传说里,这并不是什么新鲜的事。书中自有颜如玉,画里自然也可能有颜如玉。只可惜,是现代了,就算有什么精怪,估计也成不了气候了。"

杜润秋虽然觉得这水月观音像很不错,但他也实在没有兴趣一直对着看。他在洞窟里绕了一圈,这第三窟里面的壁画几乎都是精美绝伦的珍品,但都有不同程度的氧化及褪色。就像杨翰和晓霜所说的那样,肉色的皮肤是最容易氧化的,这洞窟里面的各色壁画,不管是菩萨是飞天还是凡人,只要是绘成肉白色的肤色,都有不同程度的氧化,有的成了深红色,有的成了砖红色,氧化得最厉害的甚至成了灰黑色。

只有那幅水月观音……杜润秋再次把视线转向西壁上的水月观音像,

观音的双眸好像正在凝视着他,他不由自主地退后了一步。只有她,她的脸,圆润的脖颈,半露的酥胸,纤柔的双手……都是鲜活而柔润的肉粉色。

杜润秋骤然地感到了一阵寒意,他想也许是这洞窟阴暗背光的缘故。他又想向后退,但背后已经是墙,他还记得这些壁画是不能随便触碰的,急忙向前挪了半步。他觉得自己一脚好像踩到了什么东西,踩得沙沙作响,就低下头去看。

第一眼,他以为是几根枯草,或者是一束芦苇,扫了一眼便移开了目光,并没有在意。过了足足两分钟,杜润秋突然又啊了一声,这次他蹲下了身,捡起了那束枯草,对着洞口射进来的亮光,仔细地审视着。

"秋哥,你在干什么……"晓霜终于想起了杜润秋的存在,一边说话一边回过头来找他。她只见杜润秋蹲在地上,手拿一束枯草,正盯着在发呆。"……秋哥,你在干什么?你肚子饿了要吃草?"她又问。

杜润秋慢吞吞地站了起来。他举起了手里的"枯草":"你们看。"

杨翰的脸色立即变了。他一个箭步冲上前来,几乎是从杜润秋手里抢过了"枯草"。他看了半晌,慢慢地回过了头,把目光转向了水月观音像。

他紧紧盯着的,是壁画里面,放在观音面前山石上的净瓶。

杜润秋也死死盯着净瓶不放。过了很久,他犹犹豫豫地说:"你们……有没有发现,那净瓶里插的观音柳……跟刚才……好像,好像有点不一样?是我的错觉……还是什么?"

杨翰手里的电筒,啪的一下落在了地上。洞窟里顿时几近黑暗,四个人都只看得见对方的眼睛,在黑暗里发光。

"不可能……不可能。"杨翰喃喃地说,"不可能有那样的事。绝对不可能……"

丹朱弯下腰,拾起了手电,对准了水月观音像。手电的光,照亮了观音面前的净瓶。

羊脂白玉的净瓶,细口圆肚。瓶里插着一束绿柳,柔如轻絮——柳叶的叶尖已经在开始枯萎发黄!

光在左右游移不定,因为丹朱的手也在微微发抖。那束柳条,好像也在风里舞动。

可是洞窟里是没有风的。

杜润秋再次重复了一次刚才的问题："究竟……画里的观音柳，是不是变了？刚才是不是也是叶尖有点发黄？"

晓霜朝壁画走近了一步，仰头看着净瓶，轻声地说："不，应该不是的。这幅水月观音是以青绿山水的风格画出来的，大面积地用了石青、石绿的色调，包括净瓶里的观音柳。甚至连山石都是绿色，按青绿山水的风格，不可能加上一点枯黄的颜色来'写实'。实际上，观音像根本就不需要写实，因为她本来就是一尊菩萨。刚才我看过了……柳叶应该是……全绿的。"

丹朱忽然发出了一声笑："你们两个都在说废话。杨先生是这里的工作人员，净瓶里的观音柳是什么颜色什么样子，他比谁都清楚，问他就知道了。"

杨翰的双手一直在颤抖，听到丹朱这席话，他颤抖得更厉害了。他终于说了一句："跟我来。"

他快步走出了洞窟，一不小心还被一块石头绊了一下。三个人跟在他后面走了出去，杨翰锁门都锁了好半天，因为他的手一直在发抖。

他带着三个人来到了刚才丹朱去交费的办公室。杨翰指着墙上一幅画说："那是水月观音的摹本，张大千画的，复制品。"他又从抽屉里拿出了一叠明信片，说，"这是水月观音的照片。"

杜润秋拿起了一张明信片。这次他相信自己的眼睛和记忆力了。明信片上的水月观音，斜靠青绿山石之上，两脚随意交搭，衣袂似无风而动，极其安闲适意。她又像是在望着天边那半弯隐于云层里的新月，又像是在凝视着面前的羊脂白玉净瓶，神态若有所思，唇边似笑非笑。

净瓶中的观音柳，绿意盎然，绝没有一点枯黄。

杨翰还在重复地喃喃自语："不可能，这绝不可能。不可能……"杜润秋实在听得很不耐烦，打岔说："老兄，不管是不是可能，现在已经发生了，我们应该去研究一下，为什么会出现这种情况？你能不能用你的专业知识解释一下啊？比如说，呃，突然间柳叶尖上的那一部分变色了？"

说到"专业"，杨翰面色稍稍回复了些，说话也恢复正常了："不，这是不可能的。我们不管什么专业不专业，刚才你们都看得很清楚，那分明是画笔画上去的，是非常细腻的画笔的笔触。这是不可否认的。"

晓霜沉思地说："我看那叶尖的黄色，跟柳条的绿色完全属于一个层次，看上去就应该是同一时期画的。应该不可能是有人在水月观音上添了几笔，不像。"

杜润秋翻了个白眼："小姐，你们可真专业！劳驾，我们是亲眼看到那观音柳在五分钟之内由绿变黄的，难道是我们四个人中的一个在这五分钟里上去画了几笔？你，还是我？或者是洞窟里面的隐形人？"

"有没有这个可能？"丹朱忽然说，她一直在思索，"是某种化学作用，有人事先在壁画里的观音柳上涂了什么，正好在这时候起了反应，才呈现出黄色？"

"不可能。"杨翰这一阵子重复得最多的话，好像就是"不可能"，"我们这里进特窟的规定是非常严格的，如果是游客参观，必须在保安主任彭怀安那里缴费，然后开收据，最后我才能拿着这发票，在马大姐那里领钥匙。我们这里平时只有三个人，但三个人都不可或缺，缺了任何一个步骤，都没办法拿到钥匙。而且那铁门不但有钥匙，还有密码，在这个千佛峡，密码只有我自己知道。"

杜润秋暗暗咋舌。他还真不知道这特窟的管理如此严格。他忍不住问："为什么搞得这么复杂？"

杨翰回答："这几十年来，壁画彩塑被盗的事，常常发生，而且每次都是不可挽回的后果。为了保护这些洞窟里的珍贵文物，完备的流程是必须的。"

丹朱瞟了一眼杨翰手里拎着的钥匙："那么……会不会有人……趁晚上偷偷打开了锁？这里好像没有摄像头。"

杨翰立即摇头："绝不可能。不要小看那锁，那是德国制造，钥匙是唯一的。那铁门，你们都看到了，特别坚固，也是特别定制的。"

丹朱嘘了一口气："明白了。也就是说，不可能有人潜进去在壁画上做手脚。但是，观音柳枯黄了，那是不争的事实，我们四个人八只眼睛都看到了。谁能解释这个无可争辩的事实？"

杨翰的嘴唇动了动，欲言又止。丹朱盯着他，说："杨先生，你一定知道什么，是不是？你是这里的工作人员，你熟悉千佛峡的一切，包括这水月观音。她究竟藏着什么玄机？"

杨翰舔了舔嘴唇，苦笑了一下。他相当艰难地说："任何地方，你们知道，都有一些传说，一些玄之又玄的传说。千佛峡的水月观音，也有着某些奇怪的故事，这是我们在研究的时候从当地的居民口里了解到的。"

"什么传说？"丹朱问。杜润秋突然有点想笑，忍不住插嘴说："别告诉我那水月观音真的会从墙上下来噢！"

杨翰眼色复杂地瞅了他一眼："当地人传说，水月观音净瓶里的柳枝完全枯黄的时候，就是观音需要供奉的时候。"

"供奉？香花宝烛？"杜润秋这次真的笑出声来了，"那没问题，走走走，我们马上去买炷高香烧给她，那是不是柳枝就会变回绿的了？这些菩萨还真世俗,估计买上十炷高香一百朵玫瑰净瓶里的柳枝都会开花了！"

"她要的供奉不是香花宝烛。"杨翰的声音变得低沉，"她要的是血，人血！"

杜润秋目瞪口呆，瞪着杨翰，等他解释。

"你们也看到了，这个地方，旁边都是茫茫戈壁，要等一场雨，太难了。"杨翰缓缓地说，"人们向水月观音献上供奉，然后观音娘娘就会用她的净瓶降下甘霖。"

丹朱不解地问："那为什么要人血来做供奉？"

"因为第三窟的水月观音，她与众不同。她……"杨翰的眼里，忽然出现了一种茫然的神情，"我总是在想，这个传说中的女人，究竟是什么样的？我每次凝视着她的时候，总会这么想……"

他这话，杜润秋可一点都听不懂了。杨翰还陷在自己那种莫名的情绪里面，嘴角甚至带着一丝恍恍惚惚的笑意。

好不容易等杨翰想起他们三个还站在旁边，杨翰抱歉地笑了笑，说："这样吧，你们要是感兴趣，我晚点讲给你们听。关于她，有很美丽很凄凉的传说。我现在得去把观音柳的事告诉我同事，你们愿意的话，晚上可以在这里住，有空屋子。"

这个邀请看来是正中丹朱和晓霜下怀，虽然杜润秋是一点儿都不情愿。

两个女孩连客气都没客气，一口答应，甜甜地说了不知道多少句谢谢，杜润秋连一句反对的话都没机会说出口了。

杜润秋很不开心地上去打发了出租车司机，回来的时候，丹朱和晓霜已经收拾出了一间屋子。那是一排小平房中的一间，看上去年久失修的模样，一床棉被一抖，满屋飞絮。杨翰和那位叫马爱莲的大姐给他送来了一个火炉和一个热水瓶，马爱莲热情地邀他们一起吃晚饭。这绝对是个不能不接受的邀请，毕竟在这方圆几十公里之内，都找不到一个饭馆。

"他们还真让我们住了呀。"晓霜掩上门，小声地说。那只叫豆子的黄猫不知什么时候又溜了进来，蜷缩在火炉旁边打瞌睡。

杜润秋笑："我们看起来像坏人吗？反正他们这里只有这么几个人，屋子空着也是空着。他们估计很少见着像我们这么有研究精神的游客吧！"

丹朱走到书桌前，仔细看着压在玻璃案板下面的照片。这都是些很老旧的照片了，有些甚至还是黑白的，大都是些到千佛洞来的专家学者的合影，也有他们跟当地人的合影。

晓霜指着杨翰和一个老人的合影，说："我听说过这个杨翰，他根本不是什么讲解员。"

杜润秋诧异了："不是讲解员？那他是什么？"

"他是个专攻壁画修复的博士，在行业内相当有名，虽然他还年轻。"晓霜说，"有好几处著名的壁画，都是他组织的修复和保护工作。我觉得他在这里就是搞研究吧，他口才挺好，所以兼任讲解员，反正这里来的游客很少很少。不过，他来讲解，完全是大材小用，我都觉得不好意思。我们是赚啦，博士给你当讲解！"

"原来如此。"杜润秋一拍桌子，拍得灰尘到处飞，"我就说嘛，平时景点的那些讲解员，都是一问三不知。这个杨翰，简直是知识渊博，问什么知道什么，太厉害了。这种人，居然甘心埋没在这里！"

"这你又错了。"晓霜相当严肃地说，"这是他的专业，他的爱好，也是他的终生职业。对于干壁画修复这一行的人而言，没有比这更好的地方了,这就是他们的世界。"说到这里,她有点轻蔑地撇了一下嘴,"好啦,反正我是对牛弹琴,跟你说,你也不会明白的,是不是,秋哥?"

杜润秋没理会她的嘲弄,他的注意力在另一张照片上。照片上是年轻版的马爱莲,至少比现在年轻十岁,身旁站着一个瘦高瘦高的男人,站得笔挺。看马爱莲跟那个男人亲密的样子,杜润秋觉得他们应该是夫妻。

"这个人是谁?应该也是千佛峡的工作人员吧?"晓霜凑了过来,"今天怎么没见到呢?"

突然间,一个黑影遮住了门,房间里顿时暗了下来。杜润秋定睛一看,居然是杨翰,也不知道他怎么就这么无声无息地出现了,还大口大口地喘着粗气。他脸色惨白,镜片下的一双眼睛里,满是惊愕和恐惧。他一手扶在门把上,胸膛在剧烈地起伏。

"怎么了?出什么事了?"杜润秋跳了起来。杨翰还在喘气,喘了半天之后,才挤出了一句话:

"我刚才……又进了一次第三窟。"

杜润秋这才注意到,杨翰手里紧紧地抓着一把钥匙。他也顿时紧张了起来:"又怎么了?里面又出什么事了?"

"观音柳……插在净瓶里面的柳叶,全部枯萎了!"杨翰接连喘了几口粗气,接近嘶喊地吐出了这句话。

这次他们进第三窟,再没额外花钱了。杜润秋轻车熟路地冲到水月观音像前——他真的希望是杨翰出现了幻觉——但是他失望了。

杨翰说得一点没错,净瓶中的绿柳,已经完全枯黄了。非常自然的枯黄,就像大自然由春到秋的自然规律更替的结果一样。仿佛风一吹过,一片片枯萎的柳叶就会随风飘落,落到地上。

杜润秋本能地伸出手,想去触碰壁画上的柳叶。正当他的手指马上要触到壁画的时候,杨翰和晓霜同时发出了一声惊叫:"不能碰!"

杨翰刚才一直魂不守舍,这时的反应却快得出奇,一挡就挡在了杜润秋的面前:"不不,不,不能碰,绝对不能碰。你的手碰一下,它的寿命可能就会少一年。闪光灯闪一下,它的寿命就会减少十年。"

杜润秋收回了手,退了两步,讪讪地说:"我不是有意的。"

"哎，你们这时候在里面干什么？快吃饭了啦！"那位热情得要命的马爱莲探了半个身子进来，压着声音说，"出来，都出来，今天你们都看了一天了吧？杨翰，快来帮忙端菜摆桌子，看一百遍观音也饱不了肚子啊！"

"马大姐……"杨翰的声音，像是在笑，又像是在哭，"您……您自己进来……看看……我实在不知道……该怎么说……"

马爱莲很是诧异地走了进来，一直走到了他们旁边："看什么？十几年了，难道我还没看够……"

她的话还没落音，就突然地消失了。她呆滞地瞪着净瓶里枯黄的柳叶，足足瞪了有好几分钟。她的脸上就像是戴上了一个面具，空白的，空空荡荡的，没有任何表情可言。

不是恐惧，也不是极度的惊愕。那是杨翰眼里的神情，也应该是合理的表现。可是……这个马爱莲，她的表情是什么含义？

洞窟里的空气像凝固了。除了彼此的心跳声，什么声音都听不到。

马爱莲忽然说话了。她的声音很平静，平静得出奇，但是完全没有一点情绪的表现，就跟她的表情一样。

"我们应该吃饭了。"她说。

3

那原本应该是一顿愉快的晚餐，但是事与愿违。

马爱莲眼神几乎是呆滞的，一筷子一筷子地夹着菜饭往嘴里送，动作僵硬得几近机械。保安主任彭怀安——事实上这里也就他一个保安——是个健壮而阴郁的男人，披着一件军大衣。他一句话也没说过，只是捧着一大碗面呼噜呼噜地吃。

杨翰碗里的面差不多没动。丹朱和晓霜也吃得很少，一副食不知味的模样。只有杜润秋，他吃得满嘴油光光的，炖的一只老母鸡他一个人就吃了一小半。又喝了一大碗浓浓的鸡汤，杜润秋才心满意足地放下了筷子。

筷子放到桌子上的一瞬间，杜润秋叹了口气。他不得不从晚餐的愉悦中回归现实，回归到饭桌上这凝固而令人不安的气氛里。他一不小心，把筷子拂到了地上，轻微的响声，却让对面的杨翰一下子跳了起来。

虽然是寒冬腊月，但杨翰的脸上一直在冒汗。杜润秋的额头上也在冒汗，不过那是他喝了一大碗滚烫的鸡汤的结果。

"不行，我要去找人来看看。"杨翰机械地拭着脸上的汗，像是在对他们说话，又像是在自言自语，"这不对劲，实在是太不对劲了。一定会有什么不好的事发生，一定会有。"

杜润秋向窗外瞟了一眼。那里停着一辆性能相当优越的越野车，应该就是千佛峡工作人员们出门的交通工具。

丹朱侧耳倾听了一会儿："风好像刮得很大。也许……你明天早上再去比较好？"

杜润秋同意她的提议。浓黑的夜，笔直而没有尽头的路，四周没有任何的灯光……那么，有星星吗？有月亮吗？

从杜润秋坐的位置，正好可以看到窗外。这天晚上，云层厚重，一弯新月在云层里半掩半露，透着某种苍青而晦涩的光，像只不怀好意的眼睛，在俯瞰着这座黑夜里安静得连狗叫都没有的千佛峡。

"喵——"不知道什么时候，那只叫豆子的黄猫，悄无声息地出现在了半掩的门边。它站在门槛上，却不进来，中午眯成了一条缝的绿眼睛，现在完全睁开了，绿油油碧汪汪地发着光。

杜润秋全身的寒毛都竖了起来。

砰的一声，杨翰把碗重重地放回了桌子上。他站了起来，相当唐突地说："我先回去了。"

丹朱也搁下了筷子。她朝晓霜使了个眼色。晓霜也跟着站起来说："我们来帮着洗碗吧。马大姐做饭辛苦了，洗碗就交给我们了。"

按理说，客人这么说，主人总得客气两句。可是，这马爱莲却只僵硬地点了点头，就跟那面无表情一句话不说的保安主任一前一后地走了出去。

黄猫跟着他们两个人，也亦步亦趋地消失在了黑夜里。

丹朱把外套脱了，卷起了衣袖："我来洗，你们一旁歇着吧。"

杜润秋自然不会去跟她争这洗碗的差事，晓霜在那里帮着收碗。好一阵子，三个人都没有说话。

"我有点后悔留下来了。"杜润秋终于开口了，说，"这里这么偏僻，我真觉得害怕！"

晓霜抬起了头："秋哥，你也会怕？我们两个都还没说怕，你一个大男人就说起怕来了！白长了你这一米八几的身高，羞不羞？"

杜润秋理直气壮地说："怕就是怕，在这个荒郊野外，千年洞窟，除了一只会抓老鼠的猫之外，连把防身的小刀都没有，你说我怕不怕？"他抬起一条手臂，向洞窟的方向指了指，"经过你们几位专业人士一番详细严密的论证分析，我只能得出一个结论：有鬼！"

丹朱正在麻利地洗刷碗筷，听到最后那两个字，她的动作明显地滞了一滞。晓霜也愣了一下，两个女孩对视了一眼，丹朱说："秋哥，你从坚定的无神论者成功地转变成了鬼怪拥护者，恭喜你。你是从哪里得出来这个结论的？"

杜润秋笑了，本来想打个哈哈随便胡扯两句，但他突然改变了主意。他不是个心里藏得住话的人，更不喜欢打哑谜。他脑子一热（不知道是不是刚才那碗烫死人的鸡汤给冲的），直截了当地问了出来："你们两个跑到这大漠戈壁来，根本不是为了做什么课题是吧？你们另有目的，对不？"

他原本以为丹朱和晓霜被他这当头一问，会手足无措。但是出乎他的意料，晓霜只是笑，丹朱撇了撇嘴，说："当然了，我们说过了，是为这水月观音来的。电话里有些话不方便说，也说不清楚。"

"那你们是为什么来的？"杜润秋追问。

丹朱挑高了眉毛，满脸诧异："什么啊，你得了健忘症了？上次不就告诉过你了吗？"

"告诉过我了？"杜润秋张口结舌，"你什么时候告诉过我了？没有吧，你是不是记错了？上次？上次是哪次？你啥时候告诉过我关于水月观音的事了？"

晓霜不耐烦地说:"秋哥,瞧你这记性!上次不是连《录鬼簿》都给你看过了,你别告诉我你忘了!"

杜润秋啊了一声,嘴半天没合上来。他拼命转动着自己的脑子:"这么说……你们到这里来……真的是因为这里有鬼?"

晓霜把背上的小背包取了下来,这背包她连吃饭的时候也没放下。她打开一个方形的木盒,那本线装的《录鬼簿》又再次出现在了杜润秋的面前。杜润秋盯着它,一时间脑海里千头万绪都涌了上来。

据晓霜的说法,如果照着《录鬼簿》上指示的时辰、方位去寻找,他们就能找到各种特殊的灵体。

晓霜翻到一页,指着说:"你看。"

杜润秋相当吃力地辨认着那些褪色的字迹。"瓜州渡口""水月观音""旁生榆柳"。"瓜州渡口",杜润秋再孤陋寡闻也听说过。古代的诗人词人,提到这"瓜州渡口"的,不在少数。这是个古代地名,他们如今所在的千佛峡,就属于这个范围。

丹朱低声吟道:"瓜州渡口。恰恰城如斗。乱絮飞钱迎马首。也学玉关榆柳。面前直控金山。极知形胜东南。更愿诸公著意,休教忘了中原。"

杜润秋没听过这首词。只是丹朱念得低回婉转,连他这种没雅骨的人都觉得余音绕梁。丹朱出了半天神,才说道:"此瓜州,自然非彼瓜州。只是……用了这首词而已。"

"柳我见到了,就是那些红红黄黄的植物吧。"杜润秋说,"榆在哪里?"

晓霜笑着说:"秋哥,千佛峡中间那条河两边的大树,都是榆树啊,你不认得?三号窟里面有闻名于世的水月观音像。三个条件都符合了。"她伸出三个手指摇晃着,"现在就等时辰了。"

杜润秋问:"多久?"

晓霜看了一下腕表:"具体哪一天没说,只说是午夜的时候。嗯……也离得不远了吧?"

她说得轻松随意,若无其事,杜润秋却觉得自己的牙齿都要开始打架了:"这这这……我们会……会看到……什么?不会真看到……恶鬼……

吧？会不会……有危险？"

晓霜哧哧地笑："秋哥，你害怕啦！怕什么，我们有东西护身呢！"

杜润秋朝丹朱看了一眼。他知道晓霜指的是丹朱脖子上的那枚八卦钱，一瞬间，他又想起了死在红珠山的杜欣。除了朋友梁喜之外，杜欣，也是他在红珠山上不能释怀的痛。

她的黑发漂浮在水面，一袭薄薄的红纱披在她的身上……但她死得相当美丽而安详，看不出死亡的痛苦和恐惧。

喵呜一声猫叫，让三个人都激灵了一下。杨翰抱着豆子，站在门口。那只黄猫在他怀里尤其乖巧，舒舒服服地伸展着身子。

杨翰的脸色依然苍白，但是神情却镇定了许多。他小心地把门关好，从里面闩上了，才转过身来：

"我有些话想对你们说。"

晓霜不忘表达她的敬意："杨博士，我知道你，我早就听过你的大名了。今天见到你，真是我的荣幸。"

这时候说这番话，实在是极其不合时宜。杜润秋忍了半天，终于爆发出了一阵狂笑。

杨翰也一脸尴尬，晓霜却仍是一脸崇拜加仰慕的表情，让杜润秋更捧着肚子在那里笑。

"你是美术专业的？学的什么？"杨翰问。

晓霜很高兴有此一问，连忙回答："国画！专攻青绿山水，小青绿，式笔青缘！"

杜润秋听得两眼直转，丹朱在旁边低声地解释说："青绿山水是山水的一种，用矿物质的石青、石绿为主色的山水画。小青绿又是青绿山水的一种，指的是在水墨淡彩的基础上薄罩青绿。式笔青缘是指以工笔为基础，还有一种意笔青缘，后来发展成了青绿泼彩山水——张大千创立的风格。"

杨翰听了她的话，明显地愣了一下，喃喃地说："青绿山水？有这么巧的事？"

"当然不是巧合啦，我就是知道这千佛峡有所有壁画洞窟中独一无二的青绿山水壁画，才专程来的。这也是我毕业论文的题目。"晓霜说得很快，很流利，完全一副说谎不打草稿的模样，"遇见你真是幸运，我们打算明天去看第四窟，据说那里有保存最完好的青绿山水风格的普贤变和文殊变，还有第二十八窟，那里有唯一的藏传密宗欢喜佛……"

杨翰打断了她的话："藏传密宗欢喜佛？你也想看这个？"

"对啊！"晓霜眨着眼睛说，"千佛峡最著名的三大特窟，第二十八窟是最有特色了，也是唯一幸存于世的。几乎已经不能用我们常用的'价值'来衡量了，不是吗？杨博士，那是真正的无价之宝啊！"

她说得相当真诚而热切，杨翰的眼里，却露出了相当古怪的神色。杜润秋只听见他喃喃地说："是啊，说得对，无价之宝。真是无价之宝……难不成……"

"杨博士，坐下说吧。"丹朱把椅子挪动了一下，面向火炉。四个人围着火炉坐了下来，晓霜还体贴地给杨翰递上了一杯热茶。她的手指碰到杨翰的手背的一瞬间，她打了个冷战，杨翰的手冷得像冰一样。

"你的手好冷啊。"她忍不住说，"是不是在外面吹风吹久了？"

"是……呃，不是。"杨翰挥了挥手，大概觉得这个问题无关紧要。丹朱在旁边，柔声地说："杨博士，你说，那水月观音……有时候，你会觉得她在看着你吗？"

杜润秋现在一听到水月观音就头痛，他朝窗外随手一指，说："水月观音，不就是看月亮的观音吗？看，今天晚上的月亮，就跟壁画上的一样，新月！"

杨翰发出了一声大叫，然后没有一句解释地冲了出去。杜润秋之后回忆起来，他仍然无法判断杨翰这一叫声里面的含义。杨翰只丢下了一句话：

"你们都待在这里，别到处跑！"

那是杜润秋最后听到的杨翰的声音。

第二天早上，千佛峡第三窟门口。几个工人正拿着电动切割机，满头大汗地切割那坚硬得出奇的铁门。当然，用炸药炸开是最快捷的法子，但是势必会伤害到里面的壁画，所以只能用比较笨的法子，慢慢切割开。

杜润秋、丹朱、晓霜三个人站在一排，默默地注视着火光四溅的切割机。一大早，杨翰就不见了，而第三窟的钥匙也消失了。马爱莲很着急，因为头天发生的怪事，杨翰一直没有把钥匙还回来。

铁门终于被切割出了一个半人高的洞。一个穿警服的男人左看右看，脸上露出了为难的神色。这个洞太窄小了，可这里的男人个个都是人高马大，连马爱莲都是高大粗壮。他的目光终于落在了丹朱和晓霜身上。只有她两个的身材能够钻进去，如果要再切割一次，估计又要一两个小时。

晓霜走上了一步，说："我进去吧。"她又加了一句，"我会小心，不会动到现场。"

虽然气氛沉重，但晓霜的话，仍然引得那个叫龙勇的警官一笑："小姑娘，你是常常看推理小说，还是破案的电影？"他有点犹豫，"可是，也许……也许，里面会有危险。"

晓霜说："我练过武。"她仰起了脖子，相当自信地说，"如果凶手还在里面，那么危险的不是我，而是他。"

她接过手电，一弯腰，从切割出来的洞钻了进去。她的身子，把射进洞里的光亮都遮住了。所有人神经都绷紧了，等待着。

一分钟后，一声恐怖的尖叫声，从洞窟里爆发了出来。晓霜的分贝相当惊人，肺活量也不小，她这一声尖叫，足足维持了三十秒，叫得每个人都头皮发麻。

"杨翰在里面！他死了！他死了！快来人啊！"晓霜刚才说得自信满满，这时候却除了歇斯底里地尖叫之外，什么都忘了。杜润秋在外面急得跳脚，大叫道："小姐，我们要能进来，早进来了！别叫了，你不是很厉害的吗，好歹你也想想办法啊，别一直在这里叫啊，当心你的嗓子叫哑了，很——难——听！"

晓霜被他这么一喊，总算停止了尖叫。又过了大约半分钟的光景，她又叫了起来："钥匙！钥匙！在杨翰手里面！我能不能把它拿出来给你们开门进来？"

杜润秋愣了一下。这他可做不了主。龙勇迟疑了片刻，大约是在权衡得失，终于，这个当地警官对壁画文物的爱护之心终于战胜了他保护现场的责任心。他相当无奈地提高了声音，叫道："把钥匙拿出来吧，但是一定要小心，不要破坏现场！"

晓霜总算从里面钻出来了。她手里拿着一把钥匙。她很仔细，用她的丝巾包着钥匙，以免破坏指纹。

龙勇转向马爱莲："密码多少？"

"我……我不知道。只有小杨知道……哦，对了，还有老所长知道。打个电话问他？"马爱莲迟钝地说，她完全没有注意到龙勇都快变黑了的脸色。那是自然，费了这么大的事，结果还是进不去！

几声车喇叭响，龙勇如蒙大赦："好了好了，不用打电话了。他来得正好！"

千佛峡研究所的所长有六七十岁了，走路都挂着拐杖。杜润秋虽说是第一次见他，却并不陌生，昨天晚上看到的照片里面，这位所长出镜率极高，而且从年轻一直到年老的照片都有。

老所长一看到铁门被切了个洞，差点扔掉拐杖跳了起来："你们这是在干什么？啊？在干什么？知不知道切割的声音，灰尘，都会影响到里面的壁画！你们懂不懂保护文物，啊？小杨呢，他跑哪里去了？他怎么就不知道跟你们说？我这徒弟是怎么了，叫我过来，自己还在赖床？阿勇，你到底在这儿干什么？"

龙勇尴尬地咳嗽了一声，神情黯然："爸……杨翰他……恐怕已经遇害了。"

这一声"爸"，吓了杜润秋一跳。丹朱轻轻拉了他一下，低声说："还记得昨天晚上看的照片吗？这位老所长，有一张合影，除了是跟杨翰，还有一个人，就是这个龙警官。"

杜润秋还没来得及说话，老所长听到龙勇的话，呆了片刻，然后就往后倒。杜润秋正好站在他后面，忙一把架住了他。老所长颤巍巍地说："你说什么？小杨遇害了？你在胡说什么啊？是他昨天晚上打电话叫我今天早上一定要来的啊？他在哪里？小杨！小杨！老师来了你还不出来接我？小杨！"

晓霜眼圈已经红了，她走近了老所长，低声地说："他是遇害了，我刚才进去看到了。他……他死了。"

杜润秋见老所长马上就要昏过去的样子，大叫："老人家！等一下！等把密码说了再晕！我们都等着呢！"

龙勇已经把钥匙插进了匙孔："爸，密码是多少？"

"这个……让我想想。"老所长颤抖着手，从衣袋里摸出了一个小小的笔记本。他翻了半天，翻到一页，又想去摸眼镜。龙勇叹了口气，说："都什么时候了，爸，给我吧，我来输。"

他照着老所长记在笔记本上的密码，输了进去，只听咔嗒一声，铁门开了。

龙勇举着手电筒，走了进去。杜润秋见老所长挣扎着也想进去，不得已，只得扶着他往前走。老所长的两条腿早已软得像稻草一样，杜润秋几乎是把这老人给拖过去的。

杨翰就倒在水月观音像的下面。他还是昨天晚上杜润秋见到时候的衣着，黑色外套，黑色长裤。他脸色是一种诡异的灰白色，却有一种奇怪的欢悦的表情，这种表情至死依然凝固在他的脸上。杜润秋留意到他露在衣袖外面的手，已经完全僵硬。

"你们最后一次见到他，是什么时候？"龙勇问，他的声音在洞窟里回响。

"我们在收拾碗筷的时候，他来了一次。"杜润秋说，"但是我们并没有说几句话，他就走了。那个时候……应该是晚上九点钟左右。"

龙勇蹲了下去，盯着杨翰的尸体看了片刻，转向了晓霜："你就是在他的这只手里找到钥匙的？他是紧抓着的？"

"是的。"晓霜说，"我只能把他的手指掰开。"

丹朱朝前走了一步。她一直没说话，似乎是在仔细观察着什么。这时候，她低声地说："警官，你看，他的围巾掉在了一旁。"

龙勇顺着她的视线看了过去。一条黑色的围巾落在了洞窟的角落，也亏得丹朱的眼力好，才能看到。

丹朱的暗示是很明显的。杨翰本来围在脖子上的围巾怎么会落到角落？他不太可能自己取下围巾扔到一边。

龙勇缓缓地拉开了杨翰半竖着的衣领。他倒抽了一口气，退了一步。

杨翰的咽喉处，血肉模糊，头跟身体之间，几乎只有供支撑用的薄薄的一层。因为龙勇这个小小的动作，杨翰的头已经开始轻微地摇晃起来，随时都像要掉到地上似的。龙勇吓得出了一身汗，连忙用手轻轻撑住杨翰的后脑，把他的头慢慢地放了下来。

咕咚一声，龙勇一个激灵，以为是自己一不小心，真把杨翰的头给弄掉了。直到杜润秋的叫声惊天动地地响了起来，他吊起来的一颗心才放了下去。

"哇！老人家！"杜润秋的注意力都在龙勇那边，一不小心就放松了老所长。老所长看到爱徒的惨状，哪里受得了这个刺激，一仰头就栽了下去。杜润秋这才发觉了，慌忙把老所长一把架住。

"奇怪。"龙勇喃喃自语。丹朱就在他身后，问道："怎么了？"

龙勇说："没有血。"

杜润秋环顾四周。是的，龙勇说得没有错，不管是洞窟的壁画上，还是地面上，都没有一点一滴血迹。按理说，杨翰咽喉上那个极其可怕的伤口，不管是什么凶器造成的，都绝不可能没有血。鲜血四溅或者一摊摊的血迹才是应该有的。

"也许这里不是第一现场。"杜润秋提出了自己的"高见"，"可能凶手是把他搬到这里来的，这里当然没有血了。警方应该马上搜查这附近，按杨翰的身高体重，要想把他搬太远是不可能的事。所以，第一现场肯定就在附近，就在旁边……还有一种可能！凶手是个非常镇静的人，他把这里做了彻底的清洗，但是如果真的曾经有过血迹，警方一定能检验出来，不管他收拾得有多干净……"

龙勇打断了他："想象力很丰富，也不是没有可能……"

丹朱却轻轻地开了口，她的声音听起来幽幽柔柔，杜润秋几乎觉得她的声音里含着一丝笑意。

"不，秋哥，你错了。根本不是没有血，当然有血，一个大活人，被人这么撕开了咽喉，怎么可能不流大量的血呢？血……在那里呢。"她微微地扬了扬下巴。

杜润秋似有所悟。他沿着丹朱所指的方向看去——水月观音像。

观音面前的净瓶里，昨天通体枯黄的柳叶现在变成了通体翠绿，每一片柳叶都轻盈而柔软，似无风自动！

4

杜润秋已经把"净瓶里的观音柳由绿逐渐变黄又变绿"翻来覆去地讲了好几遍。他看着龙勇那深刻怀疑的眼神，举起双手做投降状："是的是的，我知道非常难以置信，但是这绝对是事实，你不信就去问丹朱和晓霜，我们三个人一起看到的，还可以问杨翰……"他叹了一口气，"对不起，我实在很难相信他真的已经死了。昨天晚上，他还那么活生生的。"

"昨天晚上他来找你们做什么？"龙勇问道。他觉得自己跟杜润秋已经在"净瓶里的观音柳"这个怪力乱神的问题上纠缠得实在太久了，应该问点实质性的问题了。

"现在我也想不太明白。"杜润秋说，"他原本是打算告诉我们一些事情——我现在相信，一定是跟他的死有关的事，说不定就是他知道的事情导致他被害。但是他还没说出来，就像是突然想起了什么，跑出去了。"

龙勇盯着他看了片刻，看起来杜润秋实在不像说谎的样子，他似乎有点失望，只得站了起来："好吧，暂时先这样吧。"

龙勇出去不到一分钟，丹朱和晓霜就悄悄地溜了进来。丹朱看杜润秋一脸凝重的表情，安安静静地坐在椅子上，一言不发，微微带点好奇地说："秋哥，真稀奇啊，你这是怎么了？瞧你这表情。"

晓霜却一脸难过地站在那里，说："我真不希望会发生这种事。"

丹朱轻轻地说："没有人希望发生的。"

杜润秋突然说："有些想法，我没有对刚才那个警官说。我也不确定，究竟跟杨翰的死有没有关系，但是……"

"说来听听。"丹朱说。

杜润秋慢吞吞地说:"你们还记得我们路上经过的那座梦城吗?"他抬起头,接触到丹朱若有所思的眼神,"想想,在梦城前面,就有一株观音柳。别管那些传说,我们不是学者。那天我去第三窟的时候,我踩到了一小株观音柳。那是真的植物,可不是画上的。杨翰说过,千佛峡周围榆树成林,但观音柳是决不生长的(它只会长在戈壁里面的绿洲上),那我踩到的观音柳是从天上掉下来的吗?"

"你的意思是……"丹朱沉吟着。

"一定是有人带进来的!"杜润秋说,"观音柳不会长脚跑,所以一定是别人带来的!"

晓霜憨憨地眨巴着那双黑白分明的大眼睛,说:"那是谁呢?谁会从那么远带柳枝过来?"

杜润秋一拍手,一跺脚:"这我怎么知道?我只是给你们提供一种思路,明白吗,思路!"

丹朱说:"秋哥,你继续说,别听晓霜打岔,她从来提不出有点建设性意见的。"

杜润秋哈哈大笑,推了晓霜一把说:"听听,连你的好姐妹都这么说你了!"

"你懂什么。"晓霜一撇嘴,"搞艺术的人都是感性思维,当然理性思维就欠缺了!我又不是学理科的,要那么严密的逻辑头脑做什么?"

"这话虽然不错,可是,"丹朱的眼神带着些困惑,"那位杨翰杨博士,显然是个头脑清晰条理分明的人。"

晓霜眼圈又一红:"是啊,他真是很好,很出色,我真的很佩服他。没想到他会遇上这种事……"

"你们难道不觉得,"杜润秋说,"杨翰就是因为太聪明了才会死的?他一定是知道了什么很不得了的事。"

"这话听起来有道理,但事实上还是不通。"丹朱说,"我们索性把这事情说透吧,我们现在所想的,都是同一件事——一件匪夷所思的事。杨翰说,这里有个传说,给水月观音供奉的不是香花宝烛,而是人血。而杨翰……我是听龙勇说的,他过来得仓促,又还在年假的时候,法医要晚一点才能来,不过据他的经验,杨翰身上的血几乎都没了。对这一点,我们都想到了,但是都不敢说——是不是壁画里的水月观音,吸饱了杨翰的血,才让她净瓶里的观音柳再次生机盎然?"

她一口气说到这里,杜润秋只觉得毛发直竖,一句话也说不出来。自他第一眼看到翠绿的观音柳,他就想到了这些。但是,如丹朱所言,他不敢说,甚至根本不愿意承认自己有如此恐怖的想法。

"你们记得吗?经过梦城的时候,风声里面传来的隐隐约约的鼓声……那个司机说,那是人头鼓在响……"杜润秋的眼神变得遥远了,仿佛是在看着远方,又仿佛是在看着自己的记忆,"你们听过一首歌吗?叫《阿姐鼓》的?"

晓霜和丹朱都摇头,杜润秋只得拿出手机,现场播放了一遍。

丹朱说:"如果是民族音乐,我一窍不通。它有什么特别的含义吗?我觉得歌词很正常啊,就是一个少女认为她姐姐从小就离开家了——直到她长大的时候,她才知道,她的姐姐在她小时候'离家',其实是死了。对吧?"

晓霜在旁边补充:"丹朱喜欢古典音乐。"

杜润秋对她的"补充"并不在意:"不,其实这歌是讲的这么一个故事。一个少女愿意主动为她信奉的宗教做奉献和牺牲,用纯洁的少女背上的皮做一个人皮鼓。注意,她是主动的,是自愿的,并非被迫的,这是宗教的冥昧和蛊惑人心之处。当然你也可以用宗教的教义来稀释这种原始蒙昧的血腥和残酷——比如,生死轮回。"

晓霜侧着头,用一种很少见的目光看着杜润秋:"秋哥,你不是说你什么都不懂只认得钱吗?那你怎么懂这些?"

丹朱微笑:"很有哲理啊,秋哥。看来,现在确实流行说自己是文盲啊,我受教了。不过,我得说,你说的跟梦城的情形是两回事。你说的,是对宗教的盲目无知的全心全意的膜拜,是纯洁无瑕的少女的真心奉献,虽然黑暗血腥,但某种程度上我们可以说,这是某种原初的纯粹。但是,梦城的人皮鼓,是人心对于金钱的贪婪,是所有原罪中最不可饶恕的一种,也是最肮脏和最卑劣的。"

"我倒觉得本质上没有什么不同。"杜润秋耸了耸肩,"不过我们不用讨论这个,这个论题的范围太广了。我只是想说,长在梦城前面的观音柳,和水月观音净瓶里的杨柳,可能有些关联。杨翰说过了,这方圆百里,唯一长着观音柳的地方就是梦城,而画上的净瓶里面,插的正是观音柳。"

丹朱沉思:"有道理。我们应该找出这种关系。我想,千佛峡这一带流传的民间传说,应该有这方面的线索。"

"对!"杜润秋拍了一下桌子,他的活力又恢复了,"我们面前就有一位最懂行的专家!"

他又叹了一口气:"不过估计那位老专家还躺在床上没醒呢。看到他的样子,我真是替他难过……"

贯穿千佛峡的那条河流,正在寒风里哗哗地流动。河两岸的那些红柳,似乎比他们来的时候又变红了些。晓霜站在河边,沉默地对着三号窟的方向,看了半天,直到丹朱拉了她的手臂一下。

"我们走吧。"

晓霜回过头来,她的脸冻得通红通红,唇角紧紧地抿成了一条线。"丹朱,一定要找到杀杨博士的那个凶手。"她停顿了一下,"我……很尊敬像他这样的人,不能让他死得不明不白。"

丹朱微微地愣了一下。她注视着晓霜,脸上露出了某种奇异的表情。她没有立即回答,过了好一会儿,才说:"警方应该会破案的。"

晓霜略微地偏了一下头。她有一头浓密的披肩卷发,一半挑染成了棕色,随意地用一个金色夹子在后脑上挑起一绺头发别了一下,剩下的就在风里飘拂。"是吗?丹朱,你觉得他们能破案吗?他们会相信现在发生的一切吗?"晓霜问。

杜润秋就在不远处,他听到了这两个女孩的对话。她们俩一向是亲密无间的,但这时候,杜润秋从她们的话和表情里,能够感到某种奇怪的疏离的气氛。晓霜的语气很怪,她一向不会用这样的语气说话。

难道这就是她天真外表下的本来面目?杜润秋又再一次想起了谭栋的警告,想起了谭栋那又是恐惧又是厌恶的语调:

"离那两个女人远一点！"

突然，杜润秋看到了一个老人颤巍巍的身影，出现在了千佛峡洞窟的入口处。老人拄着拐杖，佝偻着背，背影孤独而苍老。

杜润秋扔下了还僵在那里的丹朱和晓霜，快步走了过去。

"我从来没想过会在这里发生这样的事。这样残忍，这样恐怖……"老人听到了杜润秋故意放重了的脚步声（他不想吓着这看起来已很是衰弱的老人，万一把人家吓出了心脏病怎么办），并没有回头，缓缓地说。他的声音也十分衰老，说不出来的落寞苍凉："这里应该只有数不清的文化瑰宝，令人沉迷的文物宝库。我穷尽一生，都是在竭力保护这些洞窟，保护里面哪怕是最不起眼的一个角落，最不为人所知的一方壁画，一尊彩塑，即使它已经残破不堪……"

他慢慢地转过头来，杜润秋看到那张皱纹深深的苍老的脸庞上，盛满的是岁月留下的风霜。"小伙子，我一直有个心愿，从我第一次来到这里的时候，就许下了那个心愿。"老人说。

杜润秋不由自主地顺着他的话问道："什么心愿？"

"四十多年前，我第一次来到这里的时候，我就想，如果有一天我要死了，我也要死在千佛峡，守着这个我用尽心力爱护的地方。"老人笑了，他衰老的双眼里突然闪耀出了极其炽热的光芒，仿佛生命之火再次燃烧，"现在，我想，我的希望就快要达成了。但是……"

老人眼里的火焰，暗淡了下去："我没有想到，我最得意的一个学生会死在这里。他还不到三十五岁啊……我老了，路已经走到了尽头。可是，他还那么年轻，不应该的，不应该是他呀……"

杜润秋说不出话来，只觉得鼻子有些酸酸的。老人的眼里没有泪，他的眼泪大概已经在漫长的岁月里流干了。但是他的悲伤，甚至感染了像杜润秋这样大大咧咧的人。杜润秋想说点什么安慰的话，但一向口齿伶俐的他，这时却找不出一句像样的话来。好不容易，他才结结巴巴地挤出了一句话来：

"您……您节哀，保重身体……警方……他们一定会找到凶手的……"

老人又笑了。他笑得很奇怪，很神秘，甚至有几分诡异："是吗？他们会找到凶手？他们能吗？"

杜润秋不知如何应答。老人背转过了身去，拄着拐杖，艰难地向石阶上走去，一直走到了第三窟前面。

有个警察在那里守着。看到老所长，他明显地愣了一下："您……您不是在休息吗？您到这里来……"

"让我进去。"老所长的声音很平静，"我要看看我的学生，还有那幅水月观音。"

"不行，这里是犯罪现场，龙警官交代过不能让任何人进去……"年轻的警察嗫嚅着，很显然，他十分熟悉老所长，也十分尊敬他，尽管是职责所在，他却连拒绝的话都不知道怎么说。

"爸，您最好不要进去。"龙勇的出现相当突兀，他站在木栈道上，似乎是从刚从上层的洞窟下来，"里面的情景……您见过了，相当骇人。您的身体……"

他看到老所长平静而固执的表情，轻微地叹了一口气："小徐，你扶所长进去，小心一点。"

龙勇也随着走了进去。他留意到杜润秋在后面亦步亦趋，却并没有开口叫他出去。

老所长站在水月观音像的下面，他先低头看了好一会儿杨翰的尸体，然后抬起头来，凝视着壁画上的水月观音。他的嘴里，喃喃地念叨着什么，但是杜润秋站得远，听不清楚。

老人的声音，终于清晰了，在洞窟里悲哀地回响："为什么死的是他？为什么找上的不是别人？"

那个姓徐的年轻警员惊愕地抬起了头，看着老所长。龙勇的肩膀也猛地颤动了一下。杜润秋可不像他们那么沉默，他直接就大声地问出来了："您为什么这么说？是谁找上他了而不是您？"

"小声点。"老人低声地说，他的声音虚幻而空茫，"太大的声音，会影响到这里的壁画。别忘了，这里有着世界上最古老也是最美丽的水月观音。"

杜润秋激灵灵地打了一个寒战。他再次把视线投向了水月观音像。他

· 147 ·

想，这水月观音一定是依着当时的女子模样描绘出来的，因为她的脸庞是圆润的，身材是丰满的——就跟唐朝的女子一样。她是美丽的，细眉凤目，双唇娇艳。跟杜润秋印象里的观音像有些不同的是，这壁画里的水月观音的服饰打扮相当华丽，跟平日里想象的白衣飘飘出尘脱俗大相径庭。头戴七宝琉璃，颈佩五色缨络，肩批天青半臂，臂绕青绿画帛，腰系象牙丝绦，墨绿杏黄罗裙层层相衬，发间暗红织带盘结——如此华美的服饰，如果不是一圈淡淡光华笼罩着她，谁又会想到这是一幅菩萨图？

"她一定是有蓝本的，是吧？"杜润秋情不自禁地问了出来，"她不像是个救苦救难普度众生的菩萨，她就像个美丽而自得其乐的人间女子，在竹林里赏月。"

老所长震动了一下。他回过头，留意地看着杜润秋的脸："何以见得？"

"哦……我不知道，感觉而已。"杜润秋习惯性地抓着后脑勺的头发，因为他常常做这个动作，后脑勺的头发都比其他地方要稀少，"我平时看的观音像，大都是一副慈眉善目的样子，这个……这个……怎么说呢，总觉得像笑又没笑，眉眼间含情脉脉的样子。她就像是在看着你呢……"

老所长看着他，看了很久："小伙子，你的直觉非常准确。"

杜润秋愣了一下，才明白他的意思："这么说，我说对了？这水月观音，真的有蓝本可循？可是……你是怎么知道的？这可是千年以前的事情了啊！杨翰本来也说，要给我们讲水月观音的故事，难道不仅仅是传说？"

"我们在千佛峡发现了一个藏经洞，里面除了大量的经卷，还有数量巨大的当时的各类文书典籍。"老所长静静地说，他的表情也十分沉静，"我们在里面找到一份十分珍贵的资料，里面提到了关于水月观音的成画。她的绘者，是一位叫许玄清的画师。许玄清是以自己的妻子为摹本，绘出这幅水月观音像的。"

杜润秋又愣了一下。他再次细细地打量水月观音像，相当惊叹地说："他的妻子可真是漂亮，真是有艳福啊！"

龙勇皱了皱眉，回头看了他一眼。杜润秋回了他一个白眼："怎么？我说错了？这女人就算放在现在，也是个大美人啊！谁敢否认？啊？啊？"

"你想看她的画像吗？"老所长说。杜润秋隔了半天才确认，老所长确实是在对他说话。自己像一个对历史和文物感兴趣的人吗？

"跟我来。"老所长做了个手势。杜润秋迟疑了一下，朝丹朱看了一眼。丹朱和晓霜不知什么时候也溜进来了，一直站在旁边听他们说话，没有开口。这时候，丹朱朝他使了个眼色，意思是叫他赶快跟上去。杜润秋虽然对那个千年以前的美女并不那么感兴趣，但出于礼貌也不能拒绝，只得跟了出去。

老所长把杜润秋带进了平房中的一间。这是一间资料室，满满的都是柜子。虽说家具十分陈旧，但打扫得还算干净，看样子是常常有人进出，而不是长期废置。这些柜子并没有上锁，老所长打开了左边第二个，从中间的一格里面拿出了一个资料夹。

他在一张老旧的椅子上坐了下来，手里仍然拿着那个资料夹。他坐的样子，像是疲累得再也不想起来似的。他就坐在那里，头仰在椅背上，合上了双眼。

杜润秋耐着性子在那里等着。他虽然是个急脾气，但也不好意思去催一个迟暮之年的老人。尤其是，面前的这个老人像是全部的生命力都已经枯竭了。就像绕着梦城流过的那一弯河流，如今已接近干涸，沉默地被无边的戈壁黄沙缓缓吞噬。

寸草不生的茫茫戈壁。除了那株仿佛记载着绿洲的消失的观音柳。

老所长终于睁开了双眼。他打开了手里的资料夹，从里面拿出了一份拓本，递给了杜润秋。

杜润秋接在手里一看，是一份古代文书，不少古体字，而且没有断句。他做了个苦脸："所长爷爷，我没那么高的文化修养，这……我真的不是谦虚，我真的……看不懂啊。"

老所长愣了一下。这老人一辈子打交道的都是些"文化人"，哪里见过杜润秋这种一身俗气又"直爽"得出奇的人？不懂装懂的人，他倒是见了一辈子。他居然笑了一下，似乎还有点赞许的意思。

"那你尽量看吧，尽量就好。这是汉字不是梵文，你猜也能猜个大概。不懂的，你可以问我。"

杜润秋知道是躲不过去了，无可奈何地叹了一口气，铺平了那文书。他原本只是想随便看两眼，不让老人面子上过不去，但看了片刻，他的注意力全部就在这页文书上了。他聚精会神地看了很久，总算是看出了一个大概。坐在这潮湿而阴暗的屋子里，他觉得地底的凉气在一阵阵地往上冒，一直扩散到他的全身。

这页文书，用平铺直叙、毫无修饰的语调，记载了许玄清的一生。他少年的时候，因为贫穷曾经当过道士，后来成了千佛峡的一位画匠。在他的生命里，只拥有一样东西，那就是他的画。他投身于千佛峡的洞窟壁画创作，以他的妻子为蓝本，绘出了水月观音的线描初稿。虽然只是一幅线稿，但已能看出观音的美丽和灵动。

"你看懂了。"老所长在杜润秋的身后说，"我看到你在发抖。没看懂里面写的什么，是不会发抖的。"

杜润秋扬起了那页文书："我不相信这是真的！我不相信有人会这么发疯，为了一幅画而那么对自己的妻子！"

他的声音是底气不足的。尤其是在面对老所长那双历经了人世沧桑的眼睛的时候。老所长的声音，低沉而衰弱：

"那只是你没有见到过所谓真正'入魔'了的人，小伙子。"

杜润秋不说话了。他再次低下了头，看着自己手里的那页文书。

那是个让人战栗的故事。许玄清完成了线稿，对于花了自己数年心血的作品非常满意。对于这些画匠而言，并不是一到千佛峡的洞窟就可以投入壁画创作工作的，他们必须经过相当一段时间的练习和熟悉，技艺到达了某种程度，才能够绘制重要的壁画。因此，许玄清对于这幅壁画倾注了自己的全部心力。

在这种黑暗的洞窟里，没有任何的自然光源，仅凭油灯照明，日复一日夜复一夜地画，对于画匠而言，结果只有一个。

他们的视力会迅速地下降，直到变盲。对于许玄清而言，他的视力退化很快，加上画匠的酬劳很低，吃得都很差，许玄清甚至出现了夜盲的症状。

千佛峡地处荒漠，风沙茫茫，条件艰苦，绝不是一个好风好水可以养人的地方。这些处在生活底层的画匠，虽然有着精湛的技艺，却生活艰难。

他们甚至没有权力在壁画上署上自己作为画师的姓名。

因此，对于许玄清而言，这幅水月观音或许是他一生唯一的一幅可能流传千年不朽的壁画。

对于壁画而言，最令人担忧的一点就是它会风化褪色。杜润秋已经见识到这一点了。千佛峡大多数洞窟里的壁画，都有不同程度的氧化，尤其是肉粉色的皮肤，大多褪成了砖红色甚至黑色。

除了那仿佛是上天造化一般的水月观音像。

"对于画匠而言，上色是最最重要的一个步骤。颜料的好坏，直接决定了壁画的鲜艳程度和保存时间的长短。"老所长的声音更衰弱了，但这种衰弱里却有种在杜润秋听起来相当病态的热情，一种接近回光返照的热情，"许玄清的了不起之处在于，他不仅拥有高超的画技，他还在绘画的颜料上下了不少功夫。可以说，他不仅是一位技艺精湛的画师，也是一位化学家。"

"不……"杜润秋的声音也像是生了病一样，"这不是真的。这不合实际。人血，跟动物的血没什么区别，人血不会让壁画鲜艳和不褪色！"

"当然没有任何作用。"老所长突然笑了，奇怪地笑了，"这是常识，谁都知道的。我从来都没有说过，他是把人血加在颜料里，才让水月观音永葆青春的啊？我说过，他是一位优秀的化学家，他找到了一种石材，以此为原料研制了一种颜料，这种颜色可以长久地保持鲜艳。记住，他曾经是一个道士，擅长炼制丹药的道士自然更可能成为一个化学家。"

杜润秋举着那页文件，大声地说："那他为什么要那么做？为什么要用他妻子的血加在颜料里来画水月观音？"

"为什么要用纯洁无瑕的少女背上的皮来做成法事用的鼓？"老所长盯着他，慢慢地说，"小伙子，别把千年前的那个时代和现在画上等号。那时的人，虔诚而迷信。在很多国家，不管是东方还是西方，都有一个十分残忍的习俗，就是在某些重要的建筑动工之时，杀死一个或者更多的人作祭祀，然后把他埋在地基里，据说这么做可以让那座建筑物永远牢固不倒。通常，那个被用作牺牲的祭品会是个少女，不管在哪个时代，哪个国家，女人都是当作祭品的第一人选。在我国的民间传说里，献祭给河神的，不也是民间的少女吗?"

杜润秋手里那页纸,轻飘飘地落到了地上。他的脑中一片混乱。

许玄清,用自己妻子的血,和在他特别研制的颜料里,完成了这幅水月观音。文书里并没有记载,这个女人是心甘情愿,还是被迫;也没有记载过程。只简略地提到,许玄清因为这幅壁画得到相当的殊荣之后,面对着妻子亲手种下的观音柳,心有戚戚,于是终年在水月观音像前供奉观音柳,以慰爱妻。

"爱妻"两个字,只让杜润秋觉得恶心。

"那个女人还活在画里。"老所长的声音还在他耳边回荡,"那是她的肌肤,她的眼睛,她的嘴唇。她的血已经溶进了壁画里,每一分每一寸……她跟这千佛峡一起活着,直到今天,她仍然活着……就在那里。"

杜润秋身不由己地顺着老所长所指的方向望了过去。

第三窟紧闭的铁门赫然在目。

老所长又从资料夹里取出了一页纸:"这就是她的画像,跟记载着许玄清身世的那份文书一起找到的。"

那是一个极美丽的年轻女子,容貌神韵都跟水月观音十分相似。帔带飘飘,手持琵琶,正在舞蹈,姿态十分美妙,杜润秋仿佛听得到她手腕脚踝上钏环的叮当之声。

有意思的是,她弹琵琶的姿势与众不同,是双臂反持,斜举在脑后的。

在画像上,题着两个小字。

"仙芝"。

5

杜润秋望着那画像,正在神往,忽然,他听到有人在发狂一般地大叫:"鬼啊!有鬼呀!有鬼啊!"

杜润秋倏地跳了起来。老所长也震了一震，瞪大了那双衰老而疲倦的眼睛。

他冲出了平房，看到那个姓徐的警察，正从第三窟里面跌跌撞撞地奔了出来。他对面前的石阶视而不见，骨碌碌地从高高的石梯上滚了下来，半天爬不起来。

马爱莲和彭怀安从办公室里奔了过来。彭怀安把小徐拉了起来，马爱莲问："没有事吧？怀安，你扶他去我办公室，把医药箱拿出来，我一会儿来给他看看，应该没摔断骨头。"

杜润秋已经跑到了第三窟前面，他抬头看了一眼那半开半掩的铁门，里面黑洞洞的，一咬牙，拼着一股狠劲冲了上去，想都不想地一头撞进了洞去。

他已经做好心理准备迎接一切了。但是，洞窟里却安静得出奇，他只听得见自己怦怦的心跳。除了杨翰的尸体仍然躺在水月观音像下，洞窟里的所有一切都跟他第一次进去的时候一样，看不出任何异状。

杜润秋给自己鼓了一把劲，颤颤地小步小步往洞窟深处挪，一直挪到了杨翰的尸体旁。直到这时，他还是没遇到任何情况。杜润秋深深吸了一口气，摸出口袋里的手电，按下了开关。

电筒光投射到杨翰脸上的时候，杜润秋险些失声叫了出来，他用另外一只空着的手紧紧地捂住了自己的嘴，才算是把大叫声硬生生地咽进了喉咙里。

杨翰的额头上，有一个鲜艳的唇印。小小的唇印，颜色嫣红，仿佛是刚刚吻上去的一样！

砰的一声，杜润秋的手电掉到了地上。杜润秋颤抖着想去捡，不小心又一脚踩到了手电上，他一个站不稳，滑了一跤，扑通一下，面朝下狠狠跌在地上。按理说，他不至于这么迟钝，虽然不像晓霜一样练过武，但他好歹也是常常去锻炼健身的人，也练过搏击，算得上身手灵活，可这时候，杜润秋只觉得手脚酸软，根本使不上劲了。

杜润秋摔得昏头昏脑，正准备爬起来，他忽然觉得额头下硌着了什么东西。他顺手抓过来，另一手捡起手电一照，顿时呆住了。

那是一束观音柳。但是这束却跟他之前找到的不一样，碧色青翠，娇软轻盈，就像是刚从柳树上摘下来的一般。

杜润秋本能地扭过头，用手电朝墙上的水月观音照去。这一照，他张大了嘴，完全合不拢了。

水月观音净瓶里的观音柳，只剩下了断枝！

杜润秋这一次再也忍不住了，他把手电一抛，狂喊着发疯一样地跑了出去。他跑得太快太急，当发现面前是石阶的时候，已经刹不住脚了。眼看自己也要从石阶上滚上去，重蹈小徐的覆辙，杜润秋吓得双手在空中乱抓，嘴里哇啦哇啦地怪叫着，突然觉得整个人一轻，脑子里一昏，然后就是浑身一痛，扑通一声，他像个沙包一样，人脸朝下重重地被摔在了地上，下巴和鼻梁撞得一阵剧痛。但痛归痛，杜润秋心里面那个高兴劲儿简直是不用提了，就算把鼻梁摔断了，总比摔断脖子好吧？

难怪小徐也吓成那样，摔了下来。

杜润秋终于翻过身，慢吞吞地忍着痛爬起来的时候，第一件要做的事就是看看究竟是谁救了他。在他身后，晓霜正用力地甩着右臂，有点嗔怪地说："秋哥，你应该减肥了，刚才那一摔，差点把我的手弄伤。都怪你，太重了！"

杜润秋惊魂未定地看着那相当陡峭的石阶，拍了拍胸口。

"出什么事了？"老所长这时候才拄着拐杖赶来了，他气喘吁吁，脸色青紫。

杜润秋做了个无可奈何的手势："我不知道……我不知道怎么说才好。"

老所长虽然眼神已经变得不那么好，但他也看到了杜润秋脸上掩饰不住的惊惧表情。他突然扔掉了拐杖，以一种回光返照般的步伐走进了第三窟。

龙勇叫了一声："爸！"他跟着老所长，进了洞窟。

过了片刻，龙勇在里面叫道："还有谁在外面？进来帮个忙！"

外面只有三个女人，晓霜、丹朱和马爱莲。三个女人面面相觑，最后晓霜说："我进去帮忙。"

马爱莲一瞬间却像是恢复了常态，像丹朱和晓霜初见她时那热心和乐的神态。"不不,我进去。你刚才把那个小伙子拉了上来,手肯定受伤了,可别再用力了,不然会伤得更厉害的。我进去,啊,我进去帮忙,我力气大,以前还当过护士。你们留在这里,留在这里!"她说。

这一次,她和龙勇一人抬头,一人抬脚,把老所长给抬了出来。老所长十分瘦弱,马爱莲又长得结实粗壮,所以两个人也抬得轻轻松松的。晓霜吃惊地跑了过去,看到老所长脸色像个死人,正在不停地喘气,问道:"他怎么了?"

"倒在地上了。"龙勇简单地说,"林小姐,麻烦你找找他的口袋,肯定有带着他的药。他有高血压、动脉硬化、冠心病……老人有的毛病,他都有。"

晓霜听话地把手伸进了老所长的上衣口袋,摸了左边的,又去找右边的。最后她胜利地举起了一个小小的药瓶:"是这个!"

"快,先把爸抬下去,给他吃药。"龙勇接过了晓霜手里的药瓶,继续和马爱莲一起抬着老所长下去了。

"唉,我们才来的时候,还花了不小的一笔钱,去看这个第三窟。现在可好,爱进就进,爱出就出,早知道那笔钱就能省下了。"杜润秋唠唠叨叨地说着。他把小徐放好回来找晓霜和丹朱,在她俩的鼓动下,不得不陪她们再一次进洞窟去。趁着龙勇还在忙着小徐和老所长的事儿,这洞窟没人警戒,进去易如反掌。

杜润秋不停地胡说八道,这是用来打破黑暗和恐惧的最简单直接的方法。

那个娇艳欲滴的唇印,仍然留在杨翰的额头上,诡异而妖艳。

丹朱和晓霜站在那里,注视了半晌。

"那是女人的唇印。"

丹朱低声地说。杜润秋耸了耸肩,说:"当然,这点用不着你说,我也看得出来。一定是一个女人,而且是个有很漂亮的樱桃小嘴的女人!"

他说到"樱桃小嘴"四个字的时候,本能地抬起了头,看了一眼壁画里的水月观音。水月观音圆润而秀美的面庞上,娇艳的两点红唇,在一片淡雅柔和的色彩里，尤其醒目。

"你认为……那是她的嘴唇？"丹朱的眼神追随着杜润秋的视线，她的声音轻柔而动人，"你认为，是画里的水月观音吻了杨翰的额头，留下了这个美丽的、属于一个年轻女人的唇印？"

晓霜神经质地摇了一下头："不，丹朱，如果她那么残忍地杀死了杨博士，她为什么还要吻他？"

"哦，如果她真的像所长说的那样，在里面活了上千年，她为什么不出来见见我们？她为什么要杀死杨翰？杨翰跟老所长一样，他们从来没有伤害过这个洞窟，他们都是在竭尽全力地保护这些东西啊！"杜润秋直着嗓子说，他挥动着手，指着墙上的水月观音，"她应该报复的只是她那个丧心病狂的丈夫，她为什么要迁怒到无辜的人？"

他突然一转身，面对着丹朱："你们找的就是她吗？"

这个问题问得太过单刀直入，让丹朱和晓霜都怔了一下。丹朱扬了一下下巴，说："是的，我们到千佛峡，为的就是她。她就是被记载在《录鬼簿》里面的那个怨灵。这里的传说是真的，她是真实存在的。"

"是因为我们的到来，才导致了杨翰的死吗？"杜润秋紧追不舍。

晓霜发出了一声尖叫："不，当然不是！我很尊敬他，我从来没有想过他死！我们只是因为好奇才来的，我们没有任何不好的动机，我们更不会害任何人！杨博士的死……我也想知道为什么！"

"是吗？"一瞬间，杜润秋觉得自己也出奇地疲倦，红珠山上发生的一切如昨日重现，涌上心头，"上一次，你们去了红珠山，接踵而来的就是死亡，一连串的死亡。我的朋友无辜地死在那里，杜欣也死在我面前……你们知道我的感受吗？你们以为我只是个愚蠢的傻瓜、笨蛋，你们觉得我没有感觉，没有感情吗？"

丹朱和晓霜面对他的爆发，都沉默了。过了很久，晓霜走上了一步，她双手拉着杜润秋的手臂，近乎哀求地对他说："别这样，秋哥。我没有恶意，真的，我从来都没有。我很伤心，对杨博士……我不知道为什么会发生这样的事，真的……"

"你们怎么又进来了！"龙勇满是愤怒的声音响在洞窟门口。虽然背着光，看不清他的表情，但杜润秋已经可以想象他的脸色。龙勇似乎情绪极端不好，恶狠狠地说："这里是现场，不允许闲杂人随便进出，你们懂不懂？啊？"

杜润秋吃软不吃硬，一听龙勇这语气，他也来了气。本来吗，他的心情也不好，这一来他也找着了对骂的对象。

"你们警方是吃闲饭的吗？没有警示，没有标志，保护现场不是你们警方的事难道还是我的事？你连自己的手下都照顾不好，居然还找我出气？这杨翰的尸体在这里放了一天了，既没有法医来，也没有黑箱车，我还以为你是等着我来验尸的呢！怎么着，你以为这洞窟是个冷藏库，尸体放在这里都不坏的？"

杜润秋说得一气呵成，扬扬自得，龙勇却气得喘气，拳头都扬了起来。杜润秋一看，嚷得更大声了："搞对没有，想打人啊？还有没有人权啊？当心我告你！"

晓霜火上浇油地在他身后帮腔："秋哥，别怕，他要打你的话，我来帮你。"

丹朱翻了个白眼："得了，别再哪壶不开提哪壶了。"她笑得又是温柔又是甜美，对着龙勇柔声地说，"龙警官，你看，我们一点儿坏心眼儿都没有，说到底，我们也是跟这件谋杀案相关的人，我们很希望尽快抓到凶手。我们大家都没见过这么诡异的事情，心里都害怕，所以有些事做得不对，请你一定多多包涵。事实上，我们来这里，也是为了证明我们得到的一些信息。你有没有兴趣听一下呢？"

龙勇被她轻言细语地说了一通，也不好意思再发脾气，只得说："你们得到了些什么信息？"

杜润秋朝洞壁深处的水月观音像一指，说："杨翰就是她杀的，说出来，你信不信？"

他原本以为龙勇会大骂自己一顿"神经病""胡说八道"，但阴影里，只见龙勇的双肩猛烈地抖动了一下。龙勇也不在乎杜润秋不怎么好的口气了，急切地问："你们说什么？你们为什么会这么说？"

丹朱已经听杜润秋把从老所长那里听来的关于仙芝的事都讲过一遍

了，她这时又简要地对龙勇重复了一遍。她又说："你看，龙警官，这种事，要信真的很难，不过……"

她猛地停住了。因为她发现龙勇颤抖得越来越厉害，这么一个高大威猛的警官，居然会如此恐惧。

杜润秋也察觉到了。他把声音压得很低很低，对丹朱说："我明白了，他们本地人，一定知道一些东西，比所长说的还要多。这件谋杀案，一定是触到了他们的某个软肋，也许对于他们的意义，比杨翰的死要大得多。"

丹朱点点头，表示赞同。"我们迟早都会知道其中的原因的。"她唇边露出了一丝淡淡的笑意，"一个人越害怕，越可能把自己知道的一切和盘托出。"她又眨了一下眼睛，声音却又扬高了些，"听龙警官的口音，是当地人，他知道得一定很多。"

龙勇果然听到了，丹朱这话原本就是有意要让他听到的。他脸上愤怒的神色已经消失了，代之以一种无奈而凄凉的表情。

"是呀，我知道得很多……也许太多了一点。"

"千佛峡并不是从一开始就保护得这么好的。"马爱莲给他们一人倒了一杯热茶，她这时候又"正常"回来了，完全就是一个普通而琐碎的中年妇女。彭怀安一个人坐在墙角的一张椅子里，仍然裹着他那件厚厚的军大衣，戴着一顶大得有点离谱的暖帽，脸几乎快埋到了胸口，也不知道是睡着了还是醒着。

丹朱、晓霜、杜润秋，还有龙勇，围着火炉坐成了一个圈。老所长还在休息，所以他们决定到马爱莲的办公室去。

"我以前在县医院当护士，后来调到这里来了，因为我丈夫退伍后，分到这里来当保安主任。我们在这里待了十几年了。可是，他也死了，唉……这里待着，真是难受啊，孤零零的，每天都只有发呆……"马爱莲一脸伤感，想想也是情理之中，如果不是夫妻相伴，谁愿意孤孤单单地在这里，一待就是十年八年的？除了像老所长，或者是杨翰这种对自己的爱好几近疯狂的人。

"小杨是前几年才来的，这里就我们三个人，所长本来经常来，可是这两年他的身体越来越差,想常来都不行了。"马爱莲叹着气说,"我记得很久以前,这里还没有修栈道,我们爬上爬下都很危险,所长还摔了一跤。你们注意到他的腿是跛的吗?正因为这个他才不得不拄拐杖的。"

晓霜低声地说:"他们真的很值得人尊敬。"

马爱莲又给自己的茶杯加了一点水,叹着气说:"前些年,这里保护没那么周到,常常都有人来偷彩塑和壁画。他们又怎么懂这些东西的珍贵!"

晓霜说:"我知道,有一年,千佛峡的第二十八窟被盗了。犯人仓皇逃跑,那些无比贵重的壁画却从此流失在了茫茫戈壁里,后来专家们花了六年工夫,像筛筛子一样,把那些壁画的碎片从黄沙里找了出来,又花了好几年的时间慢慢修复。这一回,我本来就是想来看那个窟的。"

杜润秋听得目驰神摇,他无法想象这么多年的寻找和修复具有什么意义。把青春和生命耗费在这个黄沙漫漫、气候干燥得让人窒息的地方,靠的是满腔的热忱,爱和信仰。

杜润秋喃喃地说:"比起盲目地对宗教的信仰付出的崇拜和牺牲,这才是值得崇敬的东西。"

晓霜听到了他的自言自语,回过头来说:"秋哥,你总算说了一句像样的话了。"

这时候的龙勇,脸上只有失意和伤感:"我都过了四十了,在小的时候,我们这里,发生的水月观音杀人的事并不少。"

这一句话,石破天惊。杜润秋被彻底地打倒了。手里的茶杯失手落到了地上,他也没有察觉。

"你是说,杨翰并不是死在水月观音死亡之吻下的第一个人!你们这里发生过不少类似的事件,而且还……不少!"

"不不不。"龙勇用力摇头,"死在水月观音前的人不止一个,但是,我也是第一次见到死亡之吻。我甚至从来没有听说过会有这样的鲜血之吻。"

丹朱若有所思地说:"所以,你在看到杨翰的尸体的时候,你相当镇定,你甚至有些失职的表现。我们都以为你是个不负责任的警官,事实上,你知道,不管你如何追查,都是没有结果的。"

"是啊。"龙勇笑得很苦,很酸,"这类的案子,困扰这个地方几十年了。想想,过几年就给你来个破不了的杀人案,每次都是'查无凶手',就算领导'体谅'你,想升职,也是不可能的事。所以我们局里的人,也都只能'无所作为'。"

丹朱柔声地说:"龙警官,讲讲好吗?关于水月观音曾经发生的那些杀人案?"

龙勇居然笑了,说了一句:"小姑娘,还想听这些,你就不怕晚上做噩梦睡不着觉?旁边又是才发生过凶杀案的地方!"他朝杜润秋一指,"你们就指望他保护啊?"

杜润秋哪里受得了龙勇声音里淡淡的鄙夷之意,朝晓霜凑近了一点,小声问:"哎,我说,你是跟谁练的武啊?引见引见,我也拜个师,好不?"

晓霜睨了他一眼:"你?秋哥,你?就凭你这好吃懒做四体不勤的个性,也想练武?得,你别笑掉我的大牙了!"

杜润秋被她这一噎,默默地不说话了,一脸受伤的表情。丹朱却对他们的对答一点不感兴趣,催着龙勇说:"龙警官,别理他们,你说,我听着呢。"

龙勇沉沉地叹了一口气。他对马爱莲说:"嫂子,如果我说得有错的地方,你提醒提醒。"

这一句"嫂子",连正在黯然神伤的杜润秋都抬起了头,错愕地看看龙勇,又看看马爱莲。马爱莲察觉到了他们的诧异,忙解释说:"我的前夫,是阿勇的远方表哥,他一直这么叫我,没改口啦!我们这些小地方,大家都沾亲带故的啦!"

丹朱不易觉察地瞟了一眼坐在角落里、几乎像是缩进了阴影里的彭怀安。杜润秋也本能地看了彭怀安一眼。不知为什么,他心里隐隐有种不太妥当的感觉,虽然他也很清楚,马爱莲说得是真的,在小地方,尤其是这种乡镇农村,一堆人论起来可能都是有亲戚关系的。

龙勇从小在安平县长大,安平县虽只是个县,但因为地广人稀，所以安平县占地很广，远远超过了一个普通的县应有的面积。县里的居民最集中的镇子，从古代起就是商旅的必经之路，直到如今也仍有定期的集市。这是真正的边塞苦寒之地，黄沙朔风，冬天严寒，夏天酷热，也不长什么粮食菜蔬。

如此艰苦的自然环境造成的结果就是，在很多城市已经高楼林立、纸醉金迷的时候，这里仍然保持着贫穷落后的状况。不少人自然会不满于现状，想方设法地为自己找出路。有到大城市去打工的，但是那些工厂同样地苛刻，在外面辛辛苦苦工作一年，能积攒下来的也所剩无几。可是留在安平县，不管是多么勤劳，也不过如此，人是对抗不了严酷的自然条件的。生活也仅仅是够温饱而已，想要富裕，无异于痴人说梦。

于是有人就开始打起了歪主意。一锅汤里面有颗老鼠屎是常见的事，虽然这里的人大多数是勤劳、淳朴而善良的。

他们所在的这一方土地，虽然在栽种农作物方面无比贫瘠，但这方土地却拥有一个无与伦比的宝库，那就是千佛峡。20世纪70年代，对于处在西北荒漠里的千佛峡的保护严重不到位，可以说，根本谈不上什么保护。几乎所有的洞窟都只有一扇破旧的木门和一把破锁，看守的只有一个上了年纪的老人。

人们是出于对神明的敬畏（这种敬畏很大程度上是来自文明的蒙昧）才会战战兢兢，不敢触动这些沉睡了千年的壁画和彩塑。虽然他们并不知道这些文物的价值，他们不可能确切地知道它们拥有哪些意义上的价值，但他们知道一点，那就是：它们可以卖很多钱。

最终，当对金钱的渴望、对富裕生活的向往突破了信仰的桎梏的时候，对于千佛峡的偷盗行动，也开始了。这种渴求的根苗一旦破土而出，就再也没有什么可以阻拦了。

甚至对于神明的惩罚的恐惧也无法阻挡。

第一次大规模的偷盗出现在1974年，引起了极大的震动。之前的偷盗，都是一些小偷小摸，比如搬走了一尊小塑像，或者在壁画的角落割下不起眼的一块……虽然这也是令人痛心的损失，但比起1974年的这次盗窃，只能说是小巫见大巫。

也就是在这一次，水月观音第一次显灵了。至少是活生生地出现在当地居民的记忆里而不是代代流传的传说里。

龙勇那时候还是个小孩子。他听见父亲、伯父……所有人都在议论，大声地、愤怒地讨论，骂着邻村的那个叫彭大发的人。龙勇认识那个人，獐头鼠目其貌不扬，家里穷得一直没娶上老婆。听着大人们用最恶毒的语言咒骂他，龙勇小小的心里也觉得很奇怪。他悄悄地躲在门背后，听着大人们的议论，想弄清楚究竟是怎么一回事。

最后，由村长带头，一群青壮年带着锄头、砍刀等，准备去四处搜索彭大发。小小的龙勇也偷偷地跟在后面，想看个究竟。

还没有走多远，一个村民就狂奔着跑了回来，嘴里嚷着："观音娘娘活了！观音娘娘把彭大发杀啦！"

他就一直这么嚷着，直到为首的村长重重地在他头上打了一下："叫什么叫？徐老三！观音娘娘怎么会杀人？你在胡说八道些什么？"

"水月观音……水月观音！"徐老三狂叫着，"我找到彭大发啦！他死了！死了！死在洞窟里了！就在娘娘脚下！"

所有人都错愕地盯着他，以为他真发疯了。最后，村长一挥手，说："别叫了！我们去看看！"

对于研究壁画的专家们而言，水月观音是稀世奇珍，不论是学术价值还是艺术价值都是极其难得的；对于附近的村民而言，他们并不知道水月观音的价值，他们只是单纯地认为水月观音是位美丽慈祥的菩萨，是千佛峡百余个洞窟里最美丽的一个，所以他们不时地带上观音柳来供奉她。

他们只知道千百年流传下来的要求就是给水月观音供奉观音柳，也虔诚地照做，别的一概不知。他们跋涉很远很远到梦城去采摘观音柳——徒步，或者骑一头瘦骡，顶着烈日在茫茫戈壁里跋涉。

村长带着十来个人，赶到了千佛峡。事实上，离千佛峡最近的村子，也要走很久。徐老三来回这样的跑，已经快要虚脱了，喝了半瓶烧酒，醉醺醺地跟着他们的队伍跑，嘴里还在不时地吆喝着："观音娘娘显灵喽！观音娘娘显灵喽！"

他们赶到千佛峡的时候，已经很晚了。因为附近都是一望无际的戈壁，所以太阳说下山就下山，连一点儿缓冲都没有。天一暗，周围一点儿亮光都没有，只有老鸹不祥的叫声。

"老孙头！老孙头！"村长用力砸着千佛峡入口处一间小木屋的门。看守人老孙头平时就住在这里，他无妻无子，每周村长会给他送一次粮食。老孙头腿脚不便，这十年来从未离开过千佛峡。但这时，木屋里完全没有灯光，门也反锁上了。

"他不在这里……不在这里！"徐老三满口酒气地叫嚷着，"他在里面……也在里面！也在里面……他也死啦！"

众人面面相觑。村长点亮了火把："走，大家跟我进去看看！"

水月观音的洞窟有扇木门，也有把大锁，平时会象征性地锁起来。但这时候，锁被撬开了，木门虚掩着。

虽然村民们都对这个洞窟再熟悉不过了，但这时候，都不由自主地往后退缩。村长也害怕，但他壮着胆，举着火把，带头走了进去。

徐老三并不是喝醉了在说胡话。洞窟里，水月观音像的下面，倒着两具尸体。火把的光摇晃不定，映得洞窟里鬼影幢幢——那是人们满是恐惧的身影。

老孙头的头上有一道骇人的血口，几乎劈开了他的脑袋。而凶器正握在另一个死者——也就是彭大发的手里——一把磨得雪亮的杀猪刀。血糊了他一脸，已经干了，但依稀看得到他脸上惊愕的表情。他压根儿都没有想到彭大发会给他致命的一刀。

彭大发仰面躺在地上，他的表情就像是见到了鬼似的，瞳孔放大，面容扭曲狰狞。他右手紧紧抓着那把杀猪刀，左手却握着一个打开了盖子的木瓶。奇怪的是，他身体早已僵硬了，但身上却完全没有血迹，只是在喉咙上有一个深深的圆洞。

"他……他没流血！"另一个眼尖的村民叫了起来，"他一滴血也没有！他的血被……吸干了！"

村长回头低声怒吼："胡说八道什么！"他虽然竭力做出不害怕的样子，但心里也瘆得发慌。他把火把举高了些，低着头看了半天，喃喃地说："真是怪事……"

忽然，那个眼尖的村民又叫了起来："看！看观音娘娘的净瓶！"

水月观音面前的净瓶，里面观音柳已全部枯萎！

"彭大发一定是来偷观音娘娘的壁画的。"村长强自按捺着满心的不安，对众人说，"看他手里拿的那瓶黏胶，不就是小偷常用来粘掉壁画的？看样子，老孙头发现了他，他反而给了老孙头一刀！这彭大发真是太狠毒了，一定是观音娘娘惩罚他，把他杀死了！我们赶快出去，不要惊扰了娘娘，明天我们赶快去梦城采观音柳回来，敬奉她！快，快，快把尸首都抬出去，可不要熏着了观音娘娘！"

他这么一说，众人也觉得心安了些，一群人七手八脚，把两具尸首抬出了洞窟。村长亲手把木门关好了，跟几个人合力搬过了一块大石头把门抵住，说："明天让锁匠重新打把锁来，好好锁上。"

村长又转过身去，盯着彭大发的尸首看。对于彭大发手里那个木瓶，众人并不陌生。多年以来，盗贼想要偷盗洞窟里的壁画，这种胶就是最常用的工具，只要一粘就会把完整的壁画从墙上给粘下来了。他并不怀疑彭大发的动机。

"走吧，走吧，我们去找公安。"

6

最近的公安局也要走四五个小时。去报了案，终于回到村子，众人都纷纷回家，只有村长，却匆匆忙忙地赶到一间又小又破的屋子，敲了敲门。

"九叔？睡了吗？"

烛火立即亮了起来，里面的人显然并没睡着。一个苍老的声音，颤巍巍地响了起来："是小强子吗？没睡，正等着你呢。门没关，你自己进来，我懒得下床了。"

村长推门走了进去，一个白头发的老头儿正坐在炕上发呆。村长在他旁边坐了下来，发了半天呆，才说："你都知道了，九叔？"

"我脚不方便，耳朵又没聋。"九叔没好气地说，"当然听到了。这事儿啊……不稀奇，不稀奇，到今天出事，我才奇怪呢！"

村长沉重地叹了一口气，说："九叔，我还记得我小的时候，你给我讲的那个故事。"

"你说的是许玄清和仙芝？"九叔也跟着叹气，"真是冤孽啊！仙芝是个可怜姑娘啊，年纪轻轻的，按说应该好好地过下去，以后和和美美的一大家子，你说，被生生地那么折腾死，唉……"

他又叹了口气，眨了眨一双昏花的老眼："不过，这事儿也不好说。至少仙芝死的时候，她可什么都不知道，这也算是件好事。若是让她知道那许玄清……"

村长在这老人面前，就像是个好奇的小孩儿："九叔，我一直奇怪来着，你怎么知道这些？"

九叔一瞪眼睛："我怎么知道？你忘了我姓什么？我姓许啊！"

村长一拍脑瓜，懊悔地说："我真是，我真傻！九叔，那都是真的吗？"

"仙芝一直对她丈夫那么相信，她丈夫说什么，她就信什么。"九叔叹着气说，"她丈夫说要她的血来让自己画的水月观音万古流芳，她就甘心去死。这傻丫头，她却不知道，许玄清早就研制出了一种颜料，说什么要她的血，根本就是胡话。他是为了奉承当地的大户，开凿洞窟的何家，给他的赏赐可是百两黄金。这对一个小时候因为家穷而出家当道士，后来又成了十分辛苦的画匠的人，是多大的诱惑！百两黄金！你看，彭大发不也一样吗，他明知道这事儿不能干，不该干，他还是去了！果然是人为财死，鸟为食亡啊！"

村长仍是一脸茫然，道："九叔，这我可就不明白了。他既然研制出来了那什么颜料，何必还要仙芝的血呢？"

"你这孩子真是蠢。"九叔用烟杆在村长头上敲了一下，"凡是开凿洞窟，绘制壁画，如果真的是要流芳百世，一定是要用人祭的。人祭不难，关键的是要心甘情愿，只有仙芝这种傻姑娘，才会听信她丈夫的话啊！她在天有灵，看到她丈夫在她死后，娶了别的女人，整日过得挺乐和，也不知道有多难受呢！"

"那许玄清可真不是人。"村长听得十分恼怒，拳头都握紧了，"观音娘娘怎么就不显灵，把他也像彭大发那样杀掉呢？"

九叔的脸上，突然地出现了十分恐惧的表情："你知不知道，为什么观音娘娘今天要显灵？"

村长紧张地问道："为什么？"

"因为彭大发偷的是水月观音像。"九叔的声音颤抖着，"他是想毁掉仙芝的栖身之地啊！仙芝直到今天，仍然不愿离开许玄清，她一直痴恋着他。所以，她可以容忍别的一切，但却不能容忍有人要带自己走！所以，她今天把彭大发给杀了！如果还有别的人敢去偷水月观音像，也只会有这么一个下场！强子，你可一定得警告乡亲们，千万别起这贪心，否则，会跟彭大发一样死得很惨哪！"

村长却连九叔的后半截话都没听进去，只是在那里发愣。直到九叔又用烟杆敲了一下他的头，他才讷讷地说："九叔，今天的事……你不用担心。我现在担心的是……一村子的人都想着要发大财，他们什么都不会害怕了。连对仙芝，都不会怕不会敬了。"

九叔怔了一怔。他的目光，落在了桌子上的一本旧书上。那是一本《论语》。还有一沓等着他批改的作业。九叔受人尊敬，不仅因为他年纪大，辈分高，也是因为他是附近唯一受过教育的人，常常免费给孩子们讲课。

九叔枯瘦的手指，缓缓地摸着他那本心爱的《论语》："是啊……是啊，小强子，你说得没错。圣人的言论，又有几个人能做得到呢？道德高尚的人尚且做不到，会有私心，更何况是普通的人……这些书，都是空话啊，空话……饭都吃不饱，衣服都穿不暖，还谈什么道德？"

村长认得的字也有限，九叔咬文嚼字说的话，他听得似懂非懂。但九叔声音里那强烈的凄凉悲愤的意味，他听出来了，忙安慰道："九叔，瞧你说的，强子会不照顾你？今年一直不下雨，日子难过，但九叔你放心，强子就算是自己饿死，也不会少了你那一口的！"

九叔又好气又好笑，砰的一声，烟杆又朝村长头上砸了过去。"你这强子，听不懂就听不懂，胡说些什么？"他突然咳嗽了起来，咳得非常厉害，就像是要把心啊肺啊都咳出来的那种咳法，村长连忙上去帮他捶背。等这一阵发作过了，九叔才抬起头来，说："我这病，也就这样了，早去早好，何必浪费粮食？"

九叔摊开手，手里赫然一摊鲜血。他自己知道这毛病，长年积弱累积下来的肺病，已经转成了肺癌。村长哇一声，就哭了起来："九叔，九叔，都是我穷啊！穷得没钱给你治病啊！要是……要是真能卖到大钱的话，我……我也愿意去偷那些壁画啊！我……"

"你……你在说什么？"九叔的脸色顿时变得铁青，手指颤抖地指着村长，"小强子！你想都不能想！听到没有？啊？这种事叫卖国，你懂不懂，啊？绝对不行！你想都不能去想，念头都不能动一下！那些脏钱，九叔是绝对不要的，九叔死也要死得清清白白！你懂不懂？"

村长满面泪光，正要说话，忽然窗外一道闪电划过，紧接着就轰隆隆地响起了闷雷。不过片刻，瓢泼大雨就遮天盖地地下了起来。

九叔和村长你看我，我看你，村长终于像如梦初醒般，发出了一声喜悦至极的大叫，冲了出去："下雨了！下雨了！终于下雨了！"

对于安平县而言，这场雨真的是天降甘霖。村民们都纷纷跑出来，用各种盆啊缸地接雨水。

"下雨了！观音娘娘显灵啦！"

"恶人的血祭了观音娘娘，观音娘娘就显灵了，给我们降甘霖了！"

"多出几个这样的恶人也好，观音娘娘开心了，就给我们降雨了啊！"

九叔正扶着房门，颤巍巍地往外走。他本来满脸喜色，听到村民们这此起彼伏的叫声，脸色变得僵硬苍白，站在那里不动了。

杜润秋手里的热茶，已经冰冷了。他紧紧地握着那个茶杯，握得手心里都是汗。龙勇讲述的这个惊心魂魄的故事，终于让他能一窥嗜血的水月观音的真容。他脑海里忽然掠过了老所长说过的一句话，那是他坐在那里仔细研读那文书的时候，老所长说的。

他还记得老所长那带着嘲弄的表情和语气。

"历史？什么是历史？历史不过就是些被人发掘出来的破铜烂铁，竹简纸札，加上一群无聊的'专家'的捕风捉影罢了。我们知道什么，我们了解什么？我们什么都不明白！我们只是在猜测！永远不会知道真相！"

龙勇坐在椅子上，他的表情几乎是颓丧的。他的胡子没有刮干净，显得疲倦而沮丧，还有一股深深的茫然。他仍然沉浸在自己的情绪，自己的记忆里。直到丹朱问了一句："然后呢？"才把他从这种回忆里拉了出来。

"后来九叔公死了，肺癌。他走的时候，很痛苦。"龙勇闭着眼睛，似乎不愿再回顾这段记忆，"随着靠倒卖壁画文物发财的人越来越多，就像九叔公说的一样，人们的道德观念越来越淡薄。偷盗千佛峡壁画彩塑的案件，越来越多……在彭大发死之后的十年里，是偷盗案最高发的一段时间。直到二十世纪八十年代末，正式成立了保护千佛峡的机构，拨款修缮，专人保卫，这种现象才有所好转。"

他做了一个手势："千佛峡上百个洞窟的每一道铁门上的锁，都是德国进口，钥匙唯一，而且知道密码的人和拥有钥匙的人决不能是一个人。研究人员两年一换，杨翰算是在这里待得最久的了，因为他确实出色，是个人才，所以老所长也舍不得放他走。像杨翰这种真正做学问的人，不多了……没想到他……"

说到这里的时候，龙勇突然哽咽了起来。接下来的话卡在了他咽喉，这个高大的男人此时竟然掩着脸泣不成声，再也说不下去。

房间里一片寂静，只有木柴在火炉里毕毕剥剥的响声，和窗外飒飒的风声。一只被熏得漆黑的茶壶正热在火炉中，里面的水已经烧滚了，发出咝咝的响声。

马爱莲像是突然睡醒了，她拎起了那个茶壶，给每个人的茶杯里添茶。杜润秋喝了两口，这茶叶倒是很不错，不仅是当年的新茶，也是好茶。只可惜在这时候，热茶最大的作用也就是暖暖身子醒醒神。

"天又黑了。"丹朱望着窗外，低声地说，"为什么黑箱车还没有来？"

"路上一座桥断了，正在抢修。"龙勇回答，他的两眼仍然黯淡无光，"法医，黑箱车，我的手下，过不来。这里只有一条路，没办法。"

晓霜犹犹豫豫地说："都一两天了，放在洞里……没问题吧？"

"没问题。"马爱莲插嘴说，"你们不知道，冬天这里非常冷，又非常干燥，以前还在这里发掘过几具几百上千年的尸体，挖出来都是木乃伊一样的干尸模样……"说到这里，她才发现这话说得极其不妥，涨红着脸住了口。

大家都对她这"不妥当"的话装作没听见，丹朱岔开了话题，说道："我还是觉得挺奇怪的，如果说自彭大发开始，那些盗文物的贼，被水月观音壁画里面的怨灵给杀了，这很合理。可是，杨翰呢？他是个醉心于研究的人，可以说他的生命价值都在这些壁画上面，我决不怀疑这一点。任何人都可能去偷，他永远不可能去偷。如果说他要用生命去保护这些文物，我完全相信！既然如此，他为什么会被杀？"

对于她这番话，所有人都是无言以对。马爱莲把茶壶重新放在火炉上，勉强地笑着，说："如果真的是神神鬼鬼的事，我们又怎么能知道他们的想法呢？"

这话算是一种解释，却也是一种托辞。丹朱微笑了一下，她的这缕笑容很茫然。杜润秋重重地叹了一口气，说："我要睡觉了。"

丹朱和晓霜跟着他站了起来。丹朱说："龙警官，我们得一直待在这里吗？"

龙勇看了她一眼，想了片刻："你们的口供，我都听过了。这样吧，明天你们在笔录上签个字，留下联系方式，就可以走了，没理由把你们一直留在这里。"

杜润秋正想说话，却被丹朱使了个眼色，不得不吞了回去。只听丹朱笑着说："谢谢龙警官，我们这次出来旅游，还要去很多地方呢。假期不长，我们不能再耽误时间了。"

回到房间，杜润秋把门一关，就压低了声音说："你们在打什么主意？难道你们真的想走吗？我到现在还没见到那个叫仙芝的女鬼长什么样子呢！"

丹朱坐到床上，无意识地捻弄着围巾的穗子："秋哥，你着什么急。有句话叫以退为进，你不明白吗？这里的气氛很奇怪，样样事都很奇怪。我们现在等于是与世隔绝，你记得杨翰说过的话吗？我们是他这一个月来见过的唯一一批游客！这里有多荒凉你难道没看到？就算你到大路上去拦车，能不能见到车的影子都是未知数！"

杜润秋被她古怪而带着某种暗示的语调吓了一跳："你这是什么意思，丹朱？你是说我们在这里会有危险？这么多人，会有什么危险？"

丹朱摇摇头："我不知道。我只是本能地觉得这里气氛很奇怪，让人毛骨悚然。我觉得，还会发生什么事，真的。"

"你真要走啊？"晓霜噘着嘴说，"不要，我们还没弄清楚水月观音的真相呢！"

"我没说要走。"丹朱说，她似乎想解释，但话到嘴边又咽了回去，"算了，我们睡吧，明天再说。"

杜润秋已经觉得眼皮打架了。他伸了个懒腰，把羽绒服一脱，被子一拉，就倒在了床上。晓霜和丹朱还没收拾好，他就已经在呼呼地打呼噜了。

他这一觉睡得很沉，连梦都没做。直到他迷迷糊糊地觉得有人在用力推他，还有人在很远很远的地方叫他，他才十分勉强地抬起了眼皮。他觉得眼皮又酸又涨，喉咙也又干又苦，连手和脚都睡得发麻。

晓霜和丹朱正在拼命摇他，摇得一张床都在左右摇晃。杜润秋头疼得要命，气急败坏地想叫，丹朱眼疾手快地一下按在了他的嘴上，用力地向他摇头，示意他不要说话。

她凑在杜润秋耳边，很轻很轻地说："秋哥，快起来，我们出去。"

说实话，杜润秋现在头痛得快要死掉了，浑身乏力还发麻，就算外面在放烟花，他也不想起来，何况这天气还这么冷，暖暖的被窝可舒服多了。但晓霜和丹朱锲而不舍地一直催他，他不得不披上衣服爬了起来。

三个人一人拿了一个手电，也不敢打开，悄悄地摸黑往外走。杜润秋压低了声音，问："出什么事了？"

晓霜也把声音压低了，在他耳边说："秋哥，外面有人在打着手电走呢。"

杜润秋看了一眼天色，又看了一看手表。这时候是凌晨三点，四周一团漆黑，两排小平房里的灯都熄掉了。只有天边一弯淡淡的新月，在云层中半隐半现。毫不费力地，他看到不远处有手电的亮光，在缓慢地移动。

晓霜悄声说："那个人在往哪里走啊？"

杜润秋想了一想。这时候他足可以自豪了，男人的方向感总比女人要好很多。"他是在往千佛峡外面走。就是我们进来的那个方向。"被夜里的寒风一吹，他的头也没那么痛了，人也清醒些了，好奇心也大了起来，"走，我们跟上去看看。"

那手电的光亮，仍然在移动。杜润秋走在前面，一手拉着晓霜，晓霜一手又拉着丹朱，三个人尽量小心地跟在后面。

走了大概五分钟，那道在黑夜里十分显眼的手电光突然间消失了，消失得毫无征兆。杜润秋以为是自己的眼睛出了毛病，揉了揉又仔细去看，还是没看到。他还不相信自己的眼睛，回过头问晓霜和丹朱："你们还看得到那手电光吗？"

晓霜和丹朱一起摇头。她们的眼睛里也露出明显的惊异。杜润秋轻轻地叹了一口气："还好，我还以为我得了夜盲症呢。"

两个女孩想笑，又不敢笑，都使劲地抿着嘴唇。杜润秋搔着后脑说："怪事，怪事，难道他发现我们了，把手电给关了？管他的，我们上去看看。"他又拉着晓霜，郑重其事地说，"晓霜啊，如果等会儿真的有什么危险，可全都靠你了啊！"

丹朱嘘了一声，不满地说："都什么时候了，还开这种玩笑。"

就在这时候，那手电光又出现了，三个人你看我，我看你，都觉得奇怪。他们躲得太远，那个人远远地就走了开去，是走向那排平房的。

很显然，这个人就是住在千佛峡里面的。

一直等到手电光消失，千佛峡又沉浸在黑暗的寂静里面，三个人才又开始往前走。

杜润秋对方向感距离感一向都是很敏感的，他走到了刚才手电光消失的地方，停了下来。"就是这里。"他说。

看起来，这里跟千佛峡别的地方并没什么不同，都是如刀削一样的高高石壁。杜润秋拿着手电照了半天，抓耳挠腮地说："那个人难道会茅山道术不成？穿墙过去了？怎么不见人影了？这不就一堵石壁啊？"

丹朱绕着石壁走了一圈，突然笑了："秋哥，你来看，有趣的在这里噢。"

杜润秋随着她走了过去，顿时也笑："真是的，我也太傻了。什么穿墙？不就有个洞嘛！"

原来在这山崖上，居然有一条裂缝。这裂缝很窄，像杜润秋这样的身材，得侧着身子才能硬挤进去。但这裂缝长得可说是鬼斧神工，如果不是贴近了站在某个特定的角度，是绝不会看到有这条缝的。杜润秋在第一次进千佛峡的时候，曾经很认真地观察过周围，居然完全没看到。

他发出了啧啧的几声，对晓霜和丹朱说："走，进去看看。"

晓霜调皮地说："你不怕啦，秋哥？"

杜润秋嘿嘿笑："有你这个高手在，我怕什么？"

以晓霜和丹朱的身材，进去是毫不困难的。但杜润秋身高一米八几，人高马大，卡在崖缝里面，进不去也出不来，急得他满头大汗。晓霜和丹朱两个一个推，一个拉，花了不少力气，才把他给硬挤了过去。

杜润秋抹着额头上的汗，喃喃地说："进是进来了，又怎么出去？"

他以为晓霜和丹朱会好好地笑话自己一番，但一回头，她两个却呆呆地站在原处。杜润秋顺着两个女孩的目光看去，啊了一声，完全怔住。

这里居然有个碧幽幽的小池塘，池塘里大半结了冰，映着天边一弯新月。月色凄迷，湖边全长着竹子，这竹子倒不畏寒，一株株娇柔婀娜，青翠欲滴。

过了很久，丹朱才轻轻地说："真不敢想象，这里居然有这么个地方，完全像是……像另一个世界。"

晓霜瞪大了眼睛，说："好漂亮的地方，简直像梦境一样。"

杜润秋满腹疑问地站在那里，喃喃地说："你们不觉得这地方很眼熟吗？看看那石头，那水，那些竹子……"

晓霜突然低叫一声，伸手指着前方："看！看！看！"

她一连说了三个看，语调惊心动魄，杜润秋和丹朱也顺着她的眼光看去。只有竹叶掩映之下，一块山石上面，放着一只洁白如玉的瓶子。刚才竹叶遮着，这时候风一吹，才露出了那只瓶子。

丹朱轻轻地念道："观音菩萨妙难酬，清净庄严累劫修。三十二应周尘刹，百千万劫化阎浮。瓶中甘露常遍洒，手内杨枝不计秋。千处祈求千处应，苦海常做渡人舟。"

她的声音低低幽幽，余音不绝。杜润秋呆呆地问："你这念的是什么？"

丹朱说："观音偈。"

杜润秋指着那瓶子，结结巴巴地说道："那真的就是观音的净瓶？"

丹朱朝山石走去，她伸出一只手，拿起了那净瓶。她的皮肤极白，晶莹光洁，在月光下跟净瓶一般莹然生辉，杜润秋都忘了去看瓶子，只顾着看丹朱的手了。

丹朱拿起那净瓶，上上下下地仔细看了半天。她的嘴角略带惊异和赞叹的微笑，转过头说："没想到在这里，能见到这么好的东西。"

杜润秋一听，来了精神，从丹朱手里抢过那净瓶，左看右看："真的？是不是古董？是不是值很多钱？"

丹朱笑着说："可别摔了，这东西当然值钱。只不过……"她脸上的赞叹之意变成了深思，"它为什么会在这里？"

她又仰起了头："为什么在这里会有这个地方？"

竹林的尽头，仍是石壁，陡峭如削，高达十数米。

一阵风刮了过来，这里半夜的气温原本就是零下几度，丹朱瑟缩了一下："我们回去吧，好冷。"

晓霜伸手搂住丹朱的肩膀："好啦好啦，比起找人，丹朱冻病了问题更多，她身体不好，可别真生病了。"

杜润秋啧啧地说："哎哟哟，你们两个感情真好，看得我都嫉妒了！"

他脱了大衣，披在丹朱身上，说："好了好了，走吧走吧。贼抓不住也算了，别真把人冻病了。这里的医疗条件，不怎么好啊。"

丹朱却说："贼？贼到这里来干什么？不但没偷东西，还留下这个东西？"她摇着手里那个净瓶。"这贼可真奇怪，是不？"她说。

他们沿着来的路，一路走了出去。凌晨时的雾气浮动，寒气逼人，三个人都哆哆嗦嗦的。杜润秋脱了衣服给丹朱，现在那冷可不是假的，上下的牙齿都在打架。晓霜和丹朱搂在一起，也在不停地倒吸冷气。

"这里连只鸟……都没有。"杜润秋抖抖索索地说，"地方太差了……冷啊……冷——阿嚏！"他打了个大的喷嚏，"咱们天一亮就走人吧，我实在是待不下去了。我是南方人，只爱吃白米饭，他们天天吃面食，我受不了啦！"

晓霜叽叽咕咕地说："是啊，鸟没见，豆子也没看见了。"

杜润秋呆了一下，才想起豆子就是那只黄猫。这天冷得都快把他的脑子冻得结冰了。一转念间，他脑子里也浮起了一团疑云。是啊，豆子呢？最后一次见到豆子，是杨翰抱着。接下来……杨翰死了，他就再也没见过豆子了。

丹朱和晓霜也停下了脚步。很显然，三个人都想到了同样的事情。晓霜声音发颤，也不知道是冻的，还是怕的："豆子……你们谁后来见过豆子？"

这是一句废话，当然没有人见过那只黄猫。杜润秋已经仔细把自己的记忆筛了一遍，确实，就跟那天晚上他是最后一次见到杨翰一样，他也是最后一次见到豆子。

"……对了，我想起了一件事。"丹朱的声音也在抖，她跟晓霜两个挤得更紧，"下午的时候，我的手链掉到草丛里了，我过去捡，我好像……好像看到了什么……"

她的声音抖得更厉害，看样子冻得不轻："我只是扫了一眼，不过……我好像还闻到了什么味道……现在想起来……"

她不用说完，杜润秋也明白了。他反而镇定下来了，只是声音因为冷，仍然控制不住的发抖："在哪里？你还记得地方吗？"

"大概……还记得吧。"丹朱迟疑地说，"现在去？我……快冷死了。"

"反正就在平房后面，去了马上回去睡觉。"杜润秋决心速战速决，"你冷我更冷，女人身上的脂肪天生就比男人厚。"

丹朱想笑，却笑不出来。三个人拿着手电，深一脚浅一脚地往回走。丹朱站在小平房前面，皱着眉头想了想，指了指说："这边。"

小平房后边都是半米深的枯草，白天看起来黄黄的一片，感觉除了破败就是萧瑟。杜润秋在地上捡了根木棍，用手电照着，在枯草里拨弄着。很快，木棍就碰着了什么东西，软绵绵的，像是一团猪肉。

杜润秋背上顿时出了一身冷汗。他已经冻得跟冰棍差不多，背上却又发烫，那感觉说多奇怪就有多奇怪。再被夜风一吹，浑身的寒毛都立了起来。

他把手电递给丹朱:"拿着。"

杜润秋扔掉了木棍,弯下腰,伸出右手,摸到那团软绵绵的东西,一狠心,拎了起来。丹朱手里的手电,正好照在他的手上,顿时,晓霜发出了一声撕心裂肺的尖叫,这叫声把千佛峡的黑夜都给震破了。

手电的光在抖动,因为丹朱的手在一直抖。杜润秋看清了手里拎着的东西,那是一只皮毛很漂亮的黄猫——果然是失踪的豆子。

豆子死得很惨。它是被人活活掐死的,小爪子上的指甲都掉了几个,应该是在挣扎的时候折断的。杜润秋简直不敢相信自己眼睛,豆子的一对眼珠竟然被抠掉了,只剩了两个干了的血洞,让豆子的小黄脸血迹斑斑。

活生生的一幅恐怖剧的场景,猝不及防地出现在了面前。

晓霜不再叫,却开始哭了。丹朱朝小平房那边瞟了一眼,平房里有几间已经有了灯光,大概是里面的人听到了晓霜的叫声,打算出来探个究竟。

马爱莲第一个跑了过来。她披着件军大衣,穿着条肥棉裤,头发蓬乱,一脸慌慌张张的表情。当她看到杜润秋手里拎着的豆子时,腿一软就坐到了地上,张着嘴只会喘粗气,却说不出一个字来。

过了两分钟,彭怀安也奔来了。他一看到豆子就愣住了,似乎有点不敢相信自己的眼睛。他的声音很低沉,有些嘶哑。

"豆子死了?怎么会?"

他这话问得很古怪。杜润秋不知道怎么回答,他只是觉得自己也不能一直拎着一只可怜的死猫不放。这时候,龙勇来了,他没穿警服,只穿了件厚毛衣,却没看到他有冷的表示,杜润秋只得在心里感叹一声,还是警察训练有素,身体也棒。

龙勇总算把杜润秋手里的豆子接了过来。他把软绵绵的豆子翻来覆去地看了半天,杜润秋很是佩服他的勇气。杜润秋认为自己宁愿看人的尸体也不会愿意看豆子的尸体。

"可怜的小东西。谁干的?"龙勇的声音里带着愤怒,"豆子只是一只猫!怎么会有人如此恶毒?把它弄死了,还把它的眼睛挖出来?为什么?"

没有人回答他,所有人都沉默着。只有穿过千佛峡的夜风,飒飒地响着。

7

杜润秋突然发现，自从他来到千佛峡以来，就没看到过一个阳光灿烂的好天气。每天都是阴沉的，灰茫茫的一片天，灰蒙蒙的石壁……唯一的亮色就是河流两边红黄相间的红柳。不，更绚丽多彩的颜色是有的，但都深藏在那些黑暗的洞窟里，被描绘在石壁上，远离阳光。

杜润秋坐在千佛峡洞窟入口处的石阶上，百无聊赖地抓着一把枯草在那里玩。黑箱车终于在这天早上姗姗来迟，龙勇也有事可做了，一切似乎终于进入了正轨。可怜的豆子被埋掉了，晓霜还在坟上放了一束不知什么野草。毕竟，总不能让法医来帮一只猫验尸吧？

马爱莲和彭怀安都坐在办公室里。两个人都跟泥塑木雕一样。马爱莲曾经一度恢复过的热情和好心情，好像又完全不见踪影了。

晓霜的脸出现在门后，她朝杜润秋招了招手："秋哥，坐那儿干吗，我冲了三杯奶茶，过来喝杯，暖暖身子。"

对于早上只吃了一个冷大饼的杜润秋，这话爱听。他跳起来，急急地跑了回去。

房间里很暖和，还弥漫着一股奶茶的香气。晓霜和丹朱正一人捧着一杯在喝（她们带了充足的零食！），桌子上除了给杜润秋留着的一杯，还有一样东西。

昨天在那个美丽的池塘边上找到的"净瓶"。

杜润秋端起杯子喝了一口。滚烫喷香的奶茶。他的两眼却紧紧地盯着那个净瓶。他并不怀疑丹朱说的——那是观音菩萨的净瓶。他在足够多的图画和塑像里见过同样的东西，属于观世音的"标志"的羊脂白玉净瓶。

瓶插柳枝，抛洒甘露，不就是观音菩萨最常见的人间形象吗？

"丹朱，这净瓶真是个宝贝吗？"

杜润秋自认这句话问得并没有问题,但丹朱却一下子笑了出来,掩着嘴咯咯咯地笑个不停。她笑够了,才说:"秋哥,你这话真像是孙悟空说的。"

杜润秋呆住:"这话跟孙悟空有什么关系?"

"你没看过《西游记》吗?"丹朱笑盈盈地说,"孙悟空被红孩儿的三昧真火弄得没办法,只好去南海找观音菩萨帮忙。观音对他怎么说来着?她说,我这净瓶里的水可以灭他那三昧真火,只是你又拿不动瓶儿。若是派善财龙女跟你一同前去,你见我这龙女貌美,净瓶又是个宝贝,你倘若骗了去,又到哪里去寻你?"

她讲起来婉转玲珑,巧笑嫣然,杜润秋听得只是傻笑。丹朱话头一转,又说道:"我家里有几位长辈,对古董非常内行,我也懂点皮毛。你看这瓶子,高有半尺,是用一整块的羊脂白玉雕出来的,先不说上面的雕花有多精致,光这块玉已经是价值非凡了。看看这块和田白玉,几乎看不出什么瑕疵……这净瓶,可真应了你那句话——真是个宝贝!"

杜润秋舔着嘴唇,搓着双手,小声地问:"那……值多少钱?"

"羊脂白玉,白玉之最。"丹朱轻轻地叹了口气,"上千万吧!"

杜润秋差点把杯子里的奶茶都洒了出来:"多少?多少?你再说一遍?不会是冥币吧?"

"去你的。"丹朱笑着说,"我是认真的。"

杜润秋吞了一口口水:"那……我们把这宝贝怎么办?"

晓霜捧着杯子,一直笑:"秋哥,你跟孙猴子一样,存心不良。怎么着,是不是想昧下来给自己了?"

杜润秋正了正脸色,一脸严肃地说:"当然了,人为财死,鸟为食亡啊!"

丹朱摇了摇头:"秋哥,这净瓶来得实在是太蹊跷,我们先放着吧。有些东西很邪门的,别为了钱丢了命,那可不值呢。"

她说得很是认真,杜润秋也无从反驳,只得闭嘴。"我们要不要告诉龙警官他们那个崖缝里面的事?"晓霜问。

丹朱摇摇头:"说什么呢?告诉他们,那里有个小湖,有个竹林,有几块石头?"

杜润秋忍不住笑了:"说得是,只要没发现尸体,警察才不会管呢!"说完这句话,他忽然又有点什么模糊的念头在脑海里闪过。这个念头并不清晰,却让他不安。他不明白这不安来自何处。

晓霜注意到杜润秋有点木然的表情:"秋哥,你怎么了?"

杜润秋茫然地看了她一眼:"我不知道。我觉得我好像知道些什么,但却串不到一起。其实,我觉得事情还没完。我有种感觉……杨翰的死应该只是个序幕,真正发生的事我们并没有看到。还有豆子,它死得很惨,也很莫名其妙,谁这么恶毒要去杀只小猫,还要挖它的眼睛?"

他突然兴奋了起来:"对了,对了,我想到了,豆子的死,是不是因为什么邪术,要用它来害人的?"

晓霜跟丹朱对望了一眼,两个人脸上都是又好气又好笑的表情。晓霜拉长了声音,说道:"秋哥,胡说八道。没有人害人用猫的!一个不小心,你的邪术恐怕就会害着你自己!不过……"

她的声音放轻了:"如果有只猫在护着你,我又想要害你,那我肯定会先设法把那只猫给弄死的。"

杜润秋被她那冷森森的腔调吓得不轻。他记得以前也听到过类似的说法,说的是黑猫能镇邪:"你是认真的?你真的认为豆子是因为这个原因才死的?"

丹朱和晓霜又互相看了一眼。丹朱说:"秋哥,你想想,这个地方这么荒凉,这两天路又不通,肯定不可能是外人来干的。就算有个虐猫恶魔,这地方这时间也太不合了。所以,杀死豆子的人,肯定就是住在千佛峡的这几个人。水月观音总不会跟一只猫过不去吧?难道这豆子会发神经,去壁画抓她的脸?"

杜润秋嗨了一声。他的丰富想象力又开始发挥作用了:"这也不是没有可能啊!这猫最喜欢杨翰了,说不定在水月观音杀死杨翰的时候,豆子也在!它说不定就对着水月观音的脸用爪子抓了过去……所以它也死了!"

丹朱反驳道:"那豆子也该死在第三窟啊,怎么死在外面了?还有,豆子能跳多高?它能蹿到水月观音的脸上?壁画在墙上的高度,要够到她的脸,那都快有一个成年人那么高了!"

杜润秋对她的反驳，没话可说。想了半天，他总算想出了一句话："也不是不可能，你想，也许水月观音真的从上面走下来了呢？"

正在这时，有人在嘭嘭嘭地敲门。杜润秋一个激灵，朝丹朱和晓霜做了个"别作声"的手势，才去开门。

站在门口的是龙勇。龙勇脸色发黑，眼圈也是青的，像是经过了一个不眠之夜。

"你们都起来了？到那边来再录个口供吧，然后你们就可以走了。"

杜润秋"啊啊"地答应了两声，说："好好，马上来，马上来。"他突然想到那个瓶子还在桌子上，本能地不愿意让龙勇看见，也不想让他进来，用自己的身子把门给遮住了。

龙勇也并没怎么在意，只是淡淡地说："好，我在那边等你。"

杜润秋等他一走，就把门关上了。他一回头，看到那个净瓶早不见踪影了，嘿了一声，说："你们两个手脚还真快，我是白做小人了。"

丹朱柔声地说："我倒不是在意它值多少钱，只是它来得实在奇怪，我们还是先留下来吧，看看情况再说。"

杜润秋听着她的话，忍不住笑了："什么事让你说，就合情合理；放在我嘴里，就变成了特庸俗的人了。"

这次龙勇的手下来了不少，又是法医，又是警察。办公室临时让出来给龙勇用，这时不但龙勇在里面，还有一个做笔录的警察。桌子上放着一盏台灯，龙勇坐在桌子后面，一张脸深深地藏在了阴影里。

杜润秋大摇大摆地走了进去，拉过一张椅子坐了下来："龙警官，有什么快问吧。"

龙勇嗯了一声："那边，你那天的笔录，你签个字，就可以走了。那两个女孩子呢？叫她们也过来签个名。这地方不是小姑娘可以久待的，快走吧。"

杜润秋完全呆滞。他已经准备了满腹的话来应对，但龙勇这番话让他彻底没了作为。旁边那个警察把笔录拿了过来，杜润秋匆匆扫了两眼，随手签下了大名。他想了想，试探地问："你就不问问，我们昨天晚上为什么要出去？"

龙勇眼里闪过了一丝精光，但脸上却一点表情也不变，只是淡漠地说道："你们三个，整天想看这想看那的，是不是半夜跑出去想玩侦探游戏？"

"我们是看到有手电的光，所以出去看看的。"杜润秋一边说，一边紧紧地盯着龙勇的脸，想从他的表情上看出点端倪来。他当然也早想到了，那个莫名其妙消失在崖壁里的神秘人，很可能就是马爱莲、彭怀安、龙勇这三个人中的一个。丹朱和晓霜跟他在一起，自然不会是她们。三选一，这个单选题已经是非常好选的了。"但是很奇怪，那个人走了一段路，就突然地消失了。"他说。

龙勇的神情依然没有变化，只是眼睛里的光芒闪动了几下："竟然有这样的事？那你们找到他了吗？"

杜润秋有些失望，当然这也在情理之中。龙勇是个有经验的警官，如果这么轻易就被他给试出来了，人家还当什么警察？

龙勇对那个做笔录的警察说："小林，你去把笔录给两位小姐，让她们看过后签字。"

小林答应了一声，拿着本子出去了。龙勇等小林走得不见了，才说："你们昨天除了找到豆子的尸体，还干了些什么？"

杜润秋没提防他问得这么直接，嘿嘿一笑，说："敢情你是把你的下属给打发出去了，就是想和我私下讨论啊。"

"我不想吓着这些年轻孩子。"龙勇简洁地说，"说说看，昨天晚上我就想问你了。"

杜润秋笑了笑，说："真的没什么，什么人也没看到。"

"哦？"龙勇相当敏锐，"没看到人，那看到了什么别的？"

杜润秋把崖缝后面的那个相当特异的地方，向龙勇描述了一番。他本来就是干导游的，那口才简直是不得了，把那地方描述得天花乱坠，说得活脱脱一个世外桃源。可是任凭他怎么说，龙勇却是毫不动容。

最后，龙勇问："说完了？还有什么遗漏的没？"

杜润秋见他这反应，实在失望："说完了，没了。"

龙勇这次稍微有了一点反应，又问了一句："没有遗漏的了？"

杜润秋心里一动。确实，他有意"遗漏"了一点，那就是在山石上发现的净瓶。他瞟了龙勇一眼，心里暗自思忖起来。龙勇毫不动容，也不惊讶，一定是知道那里有那么个地方。这不奇怪，龙勇是当地的警官，与千佛峡里面的人关系那么深，他没理由不知道的。不过，看这样子，龙勇连净瓶的事情也知道？

这个千佛峡里藏着的秘密，是不是就跟不见天日的洞窟一样黑暗？

龙勇盯着杜润秋的眼睛看，似乎想看出他心里藏着的事。杜润秋不仅说谎不脸红，装傻充愣的本领也是一流的，咧着嘴回盯着龙勇看。龙勇盯着他看了一会儿，见杜润秋一点怯场的表示也没有，只得挥了挥手，说："好了好了，你带那两个女孩子走吧。这世界这么大，有的是好地方，为什么要到这里来？这地方……"

他说了半截，又不说下去了。杜润秋哪肯放过，揪着问道："这地方怎么了？说啊，说啊。"

龙勇对杜润秋的这种厚脸皮和穷追不舍的勇气实在是没有办法，问道："你说你叫杜润秋？"

杜润秋莫名其妙地抓了抓头："做笔录的时候不是写了吗？你要干吗？"

龙勇白了他一眼："查一下你的案底！"

杜润秋啊了一声："我可是良民，良民啊！龙警官，你可别冤枉人，冤枉人不太好吧！我可是身家清白……你为什么这么说？"

"你太油了，整一个老油条。说吧，是不是以前因为招摇撞骗进去过？"龙勇一本正经地说。

杜润秋哈哈大笑："这玩笑可开大了，龙警官。"他发现话题已经被龙勇岔开了，想再拉回去，龙勇哪里还给他这个机会？

"走吧走吧，跟你那两个漂亮小姑娘一起走吧。我还忙着呢。"

杜润秋无可奈何地叹了一口气，走出了办公室。回到房间，看到晓霜和丹朱正在收拾行李。他哎呀一声："怎么？你们两个真的打算走？不想把这件事弄清楚了？"

丹朱叹了一口气："当然想，但是我们留在这里，已经没有意义了。

要我们离开，才可能有变化，明白吗？而且……"她又叹了一口气，这口气叹得更重了，"其实，还有一个更重要的原因。我已经在这里住了好几天了，要再不洗澡，我会疯掉的。"

杜润秋差点昏倒。"这……就这个原因？"他咂了咂嘴，"女人啊，女人！"

"好啦好啦。"晓霜关上了她的旅行箱，"我们先去市里住几天，找个好点的酒店，这地方我实在住不下去了。"

杜润秋这才想起，上次晓霜和丹朱去红珠山，也就是住那里最高档的一家红珠山宾馆（如果不是住在那里，也许之后的一切都不会发生）。千佛峡的住宿条件实在是太简陋，连热水都要省着用，更不要说洗澡什么的了，也难怪这两个娇生惯养的女孩子住不下去了。

"我上次留下了那个出租车司机的电话，跟他说好了，他已经开车往这边走了。"晓霜说，"中午就可以到了。"

杜润秋又咂了咂嘴："这来来回回，可得不少钱啊。"

晓霜用力瞪他："放心，不要你出钱！"

杜润秋耸了耸肩："你两个家里面究竟是干什么的？瞧你们花钱那个洒脱劲！"

他自己的行李倒是很简单，一个大背包就了事了。他原本想去跟龙勇、马爱莲道个别，晓霜和丹朱却一再催他。杜润秋有点不乐意地说："住了几天，总得说一声吧。我们又不是不付出租车司机钱了，这么着急做什么？"

丹朱淡淡地说："他们巴不得我们走呢。"说了这句话，她停了一停，又说，"其实，是我还想去一个别的地方。"

上次那辆出租车，果然停在上面等他们。司机见到他们，十分惊奇："我的天，你们几个在这里待了这么久？"

杜润秋把所有的行李都扔进了后备厢，自己坐进了副驾驶座："是啊，我们太喜欢那里的壁画了，所以待了这么久啊！"

司机哦哦哦地点头。"我就说呢，你们一看就不是一般人啊！"他又转过头问晓霜和丹朱，"刚才电话里，是不是说先去一趟梦城？"

杜润秋吃了一惊，也回头去看丹朱。丹朱却是一脸平静，只是回答："是啊，麻烦你车开快一点儿，我们想在梦城多逛一会儿。今天晚上，还要赶到市里住呢。"

"好的，好的！"司机一边说，一边发动了车，"我开快点，你们可以看两三个小时！其实，梦城真的很没什么看的，不就是那个人头鼓，人头碗，怪吓人的！今天风沙那么大，唉，又会听到鼓声的！"

司机果然把车开得很快，杜润秋望着车窗外的漫天黄沙，只感叹这戈壁的壮阔苍凉。忽然听丹朱问道："师傅，你知不知道现在梦城里面除了那人头鼓，人头碗，还有什么值得一看的东西？"

司机想了一会儿："这个啊，我上一次去，已经很久了，我得想想啊。好像有个什么拐杖，雕着八仙，挺值钱的。嗯，还有个珍贵的象牙佛，不过是复制品。对了对了，还有个很吓人的东西，一具千年的干尸！"

丹朱轻轻地哦了一声："干尸？谁的？"

"都是干尸了，又上千年了，谁知道呢？"司机嘿嘿地笑，"看起来怪吓人的，我都不敢多看！你们两位小姐，保证看一眼就吓跑了！"

丹朱只是微笑，杜润秋盯了她一眼，也不知道她心里在打什么主意。丹朱这时候想去梦城，一定不只是因为兴趣，而是有更重要的事。对他们现在而言，还有什么更重要的事？除了在千佛峡发生的事之外。

杜润秋不是个喜欢动脑筋的人，认认真真地思考了一会儿，就开始头疼了，然后就昏昏沉沉地睡了过去。也不知过了多久，听到晓霜叫他，杜润秋才不情愿地揉了揉眼睛：

"到了？"

确实是到了。梦城就在对面，那弯快要干涸的河流，那幢灰色的建筑。杜润秋侧耳听了一听，风声之中，依稀又听到了鼓点之声。他确实不知道，究竟鼓点的声音是他的幻觉，抑或是真实存在。那沉闷而密集的鼓声，忽疾忽徐，忽远忽近，像从天边滚滚而来。

"走吧。"丹朱轻轻地说，"我们进去看看。"

到了梦城的门口，三个人都不由自主地站住了。有个卖门票的小屋，卖票的大叔正眼巴巴地等着他们，满脸渴望，生怕他们不进去。

那株观音柳，让三个人都移不开视线。

在水月观音像上看了那么多次，这次总算是那么近地接触到了实物。

那本来是一株极美丽的植物。柳树本来便是娉婷多姿，态如美女，这观音柳尤其纤柔多姿。只是本来碧绿青翠的一株观音柳，因为缺水而变得枯黄。杜润秋看着这观音柳，又想起第一次在千佛峡看水月观音像，净瓶中的观音柳就在几分钟之内由绿变黄。

就在他们的眼皮子底下。

如果不是神鬼之事，又怎么解释？

"你们在看观音柳？"卖门票的那个大叔终于忍不住，主动走过来跟他们搭讪了，看来也是个在这里孤单得要命的人。

晓霜已经摆出一副甜得要死的笑脸，跟大叔搭话了："是啊是啊！好漂亮的观音柳啊！大叔，它为什么要叫观音柳呢？"

"哦，我们这里传说，观音菩萨曾经用它的叶子熬汤来救人，又因为它长得像柳树，所以就叫观音柳啦！"那大叔很热心地介绍，然后就问，"你们是来旅游的吗？唉，来我们这里的人实在太少了，我也一个月没见到游客啦！"

这跟杨翰的开场白几乎一模一样，杜润秋觉得又是好笑又是伤感。晓霜忙说："是啊是啊，我们就是来旅游的，刚从千佛峡回来。大叔，在你这儿买票吗？"

杜润秋掏出钱包，买了三张门票，咕哝着："这里门票居然这么贵！"

大叔连忙说："没办法，没办法，这是规定的，也不是我定的啦！"

丹朱笑了，说："门票当然是应该买的，走，进去吧。"

那梦城的外表已经让他们很失望了，就一幢极其普通的灰色砖房。进去了，更失望，就只有几个玻璃的陈列柜，放着不多的一些陈列品。杜润秋对什么文物的从来不感兴趣，叹了口气，说："又是这些。"

晓霜和丹朱走到了陈列在正中的人头鼓和人头碗前面。那人头鼓呈褐黄色，颜色已经变得暗淡，鼓面还有些污脏。如果不说，倒是看不出是个什么东西，也不觉得有多骇人。反而是那个人头碗，是用一整块人的头盖骨雕成的，"碗"里已略微地发黑了。杜润秋看了一会儿，只觉得毛发直竖，于是把眼光移开了。

这一移不得了，他刚把眼光转到了右边，哇的一声叫，跳了起来。

在陈列厅的最右边，果然如那个司机所说，一个玻璃罩里面，放着一具干尸。杜润秋猛然看到，真是吓了一大跳。他定了定神，才慢慢了走了过去。

这干尸保存得十分完好。杜润秋记起了马爱莲所说的，在这个地方，气候干燥又少雨，尸体不仅不容易腐坏，保存时间也可能会很长。

那是具男尸，中等身材，看面部骨骼，当年活着的时候应该是个长得不错的男子。但奇怪的是，这干尸就那么放着，连个介绍都没看到。杜润秋跑去问那大叔："这干尸是哪儿来的？"

"你们不是说你们去过千佛峡吗？就是在那里挖出来的。"大叔笑嘻嘻地说，对自己的展品十分得意，"因为千佛峡以壁画为主，没地方放这干尸，梦城又是相隔最近的一个景点，就放在这里了。"

杜润秋哦了一声。他总算是开始弄明白丹朱的用意了。他贴近丹朱，压低声音问道："你认为这是谁？"

丹朱绕着玻璃罩走了一圈。她看起来并不害怕，研究得相当专心。她的视线，停留在干尸的右手上："注意看他的手指。"

杜润秋朝干尸的右手看去。本来应该是修长的手，如今已经风干得不像话，手也成了鸡爪样。这干尸的好几根手指上，都有着不小的鼓起的包。

丹朱伸出了她自己的右手。杜润秋看到她的中指，吃了一惊。丹朱有双极漂亮的手，但她的右手中指，也有一个隆起来的小包。没那么突出，但也能看得出来。

他抓住了丹朱的手，翻过来翻过去地看："这是怎么回事？"他发现丹朱的手指近看可不是完美无瑕的，指尖上茧子很厚。

丹朱轻轻挣脱了他的手。"练字的结果。长期握笔，都是那样。"她瞟了一眼杜润秋的手，似笑非笑地说，"秋哥,看样子你小时候都不练字的。"

杜润秋理直气壮地说："现在都用电脑，还有几个人写字的？签名我倒是会！"他又着重地看了一眼丹朱的指尖，"那你的茧子是怎么回事？你不会是用指尖握笔吧？"

"当然不是。"丹朱不屑地说，"那是练琴练的。"

杜润秋好奇心顿时上来了："弹琴？你弹什么琴？"

丹朱却不回答了。她轻轻松松地把话题继续带回到了"干尸"上。"秋哥，你看看，这个人一定是常常握笔的，就算是过了千年，成了干尸，手指上凡握笔的地方隆起的包都能看清楚，而且手指也因为握笔的时间太长而变形了。"

杜润秋笑了，说："你真行，观察力这么仔细，恐怕你会抢了龙勇的饭碗吧！"

"你太夸奖我啦，"丹朱眨了眨眼睛，"我是想到了这一点，才会刻意来观察他的手指的。你说，秋哥，在千佛峡，常常拿笔的人，会是什么样的人？"

大叔一直在背后听着他们说话，这时候插了一句："抄经的！"

丹朱和杜润秋都回过头来看他。大叔见他们的注意力都转了过来，很是高兴，忙不迭地解释道："在古代，这一带的洞窟修建都很繁荣，寺庙间的交流也很多。他们的交流方式，就是把经文互相传抄。在雕版印刷术发明之前，抄经是个很费时间很费人力的事，所以有点经济实力的寺庙，都会花钱请人来抄，不光是僧人来抄，因为太多了，抄不完！"

杜润秋哇一声："大叔，你真是渊博！哎哎哎，这里碰上的人，怎么个个都这么有学问，比起来我真是文盲！"

大叔被他表扬得很不好意思，笑着说："哎呀，这些都是常识，我们这里的人都知道的。毕竟，壁画是我们最大的财富，是我们的宝藏啊！"

丹朱蹙着眉头，正在思索。她轻声细语地问道："大叔，是不是还有一种可能，那就是这干尸本来的身份，嗯，会是一个画师？"

大叔愣了一下。"哦，画师，这个，也有可能。画师也是在千佛峡可能出现的、会长期执笔的人。"他又回头看了一眼那具干尸，"这我倒没想过，哦，因为以前来过的专家也说，应该是抄经的人，他们也没说过会是画师。不过，真的，真是有这个可能的。"

丹朱嗯了一声，突然，她扬起了头，眼里有种新的光芒："专家？哪位专家？是不是……千佛峡研究所的那位所长？"

大叔忙说:"是啊是啊,就是他!他每年都会到梦城来,我见过好多次了!"

"真是奇怪。"丹朱低声对杜润秋说,"连我这种外行都看得出这具干尸一定是个画师,所长居然会看不出来?"

杜润秋已经留意到,干尸的手上有些深深浸进去的彩色的痕迹,虽然年久日深,这色泽也早已褪得不成样子,但他可以想象得到,必然是这个人生前每天都在接触各种颜料,日濡月染,才会留下这经千年不褪的色泽。

抄经的人不符合这一点,因为经书都只会用黑色的墨汁抄写,所以这具干尸的本来身份,是位画师无疑。

老所长绝不是不学无术,他怎么可能连这一点都留意不到?

杜润秋突然记起好一阵没听到晓霜的声音了,他一看,晓霜正坐在台阶上,手里拿着个速写本,正在对着那人头鼓人头碗画速写。杜润秋凑过去一看,画得十分细致逼真。他忍不住说:"又不是没带相机,拍两张照就得了,你画什么画啊!"

"秋哥,你不懂。"晓霜简单地撂下了一句,又埋着头继续画她的速写,弄得杜润秋好没意思。

丹朱也走了过来,望着悬挂起来的那人皮鼓。她幽幽地说:"没人敲它,怎么会有鼓点的声音?⋯⋯"她又轻轻地笑了一下,说,"做个鼓警示后人也就罢了,做个人头碗,难道还有人敢用它来吃饭?"

杜润秋也注视着那个用人的头盖骨雕成的"碗",想着这碗可是得等着把人杀了,然后用利器把头骨小心地切开(还得是个对人体构造很有研究的人),剥掉人皮,生生地把一整块头盖骨剥离出来⋯⋯想到这里,杜润秋的喉咙发出了很响的咯的一声,引得晓霜丹朱都盯着他看。

晓霜停了笔,问:"秋哥,怎么了?"

"呃⋯⋯不舒服,有点想吐。"杜润秋匆匆地说,"我到门口去透透气。"

杜润秋走出了那幢房子,深深地吸了一口气。这一吸又吸进了几粒沙子,杜润秋"咳咳"地想把沙子咳出来,直咳得面红耳赤。

他正闭着眼睛一阵狂咳,忽然间,他又听到了鼓声。站在这里,鼓声只觉得更近了,就像是在耳边敲击的一样。这次的鼓点声,更大,更急促了，杜润秋一瞬间又回忆起了几年以前，他在某个属于天边的所在听到的鼓声。那种奇异的古老和深沉，某种无法复制的神秘苍凉的韵味……

杜润秋猛地睁开了眼睛。风很大，比刚才更大，夹着黄沙扑面而来，吹得他睁不开眼睛。杜润秋用手遮在额头上，勉强地睁开了半只眼，他以为自己是看到了幻景。

漫天黄沙中，那株观音柳被吹得弯下了腰。一个女人，就站在观音柳的旁边。

从杜润秋的角度，只看得见那个女人的侧影。云髻高挽，肩披绿色帔带，橘红襦裙，一束乌黑的秀发垂在背上。她微微地垂着头，露出了一截白皙的后颈。风沙里她的衣袂狂舞，飘带也随风而舞，宛然是壁画上走下来的飞天。

杜润秋瞠目结舌地站在那里，像被施了定身法似的，一动不动地注视着那个女人。他虽然没看见那女人的脸，但他相信，那是个极其美丽的女人，身段轻盈，肌肤丰泽，肤色如雪。在这样的风沙里，她的衣裙依然是一尘不染。

那女人轻轻地伸出了一只手。指如春葱，腕上还戴着两只白玉的镯子。她葱根样的手指一触到观音柳的柳枝上，那株濒死的柳树便发生了奇迹般的变化。

枯萎的柳枝柳叶就像是吸饱了水分一样，骤然地青翠了，饱满了。杜润秋突然地想到了一个成语。

"枯木逢春"。

"你是谁？！"杜润秋终于叫出了声，也不管一把把的沙子是不是在往嘴里钻。他倒也并不觉得害怕，只是觉得惊奇，非常非常惊奇。这个像幻影一样出现在戈壁之中的古装女子，就跟水月观音的装扮一模一样，就连那丰润而不见肉的手臂都那么相像。

"让我看看你的脸！"

杜润秋大叫了起来。他听到背后有脚步声，知道是晓霜和丹朱听到他的叫声赶了过来，但他并没有回头。他仍然牢牢地盯着那女人，生怕自己一移开目光她就会消失了。

"我的天。"他听到丹朱在他身后,发出了惊讶的低呼声。晓霜的呼吸也变得急促了起来。

古装的女人折下了一段柳枝,缓缓地回过了头。杜润秋连呼吸都屏住了,正当她转过脸来的一瞬,风沙大作,大得他不由自主地闭上了眼睛。

当杜润秋揉着流泪的眼睛睁开的时候,除了漫漫风沙和一株色泽枯黄、被风沙打得垂头丧气的观音柳,哪里还有刚才那个女人的影子?

他只记得她转身的一刹那,胸前戴着的璎珞闪着晶莹的光彩。

"我……是不是看花眼了?"卖票的大叔拼命地揉着眼睛,怀疑地问道,"我刚才好像看到了一个穿古装的女人……"

杜润秋相当坚定地说:"不,你没有看花眼。刚才在风沙里,确实有个女人,她折了一束观音柳!而且,在她的手放到观音柳上面的时候,原本枯了的观音柳也变绿了,活了!"

说完这番话,他自己都觉得有点可笑,但是,丹朱和晓霜却没有一点笑的意思。

丹朱的脸色相当苍白。杜润秋留意到她的右手似乎在紧紧地抓着什么,往下一看,丹朱紧抓在手里的,居然是那个从千佛峡得来的羊脂白玉净瓶,也不知道她是什么时候取出来拿在手里的。这一刹那,杜润秋又想起了什么,而且不是第一次有这种感觉了。一定是有人提醒过他要留意什么,但是,是什么呢?

晓霜在台阶上坐了下来,又拿起笔开始画。过了几分钟,她把速写本递给了杜润秋:"你看到的是她吗?"

杜润秋接过速写本,上面画的就是刚才那个折柳的古装女子。虽然只是寥寥几笔白描,但形神兼备。大叔也凑过来看,连连点头说:"就是!就是她!她……她就像是从壁画上走下来的啊!"

丹朱出了一会儿神,抬起头来对杜润秋说:"走吧,我们该去市里了,天快黑了。"

杜润秋张大嘴:"现在就走?"

丹朱奇怪地问:"不走干吗?难道留在这里?"她又说,"秋哥,不管我们刚才看到的是什么,短时间内肯定不会再看到了。走吧,我们现在最需要的是吃一顿好的，还有就是找个地方睡一觉。"

卖票的大叔看他们要走了，有点失落。丹朱笑着说："秋哥，你去叫那个司机，让他把车开过来点，风沙太大，刮得我脸疼。"

杜润秋答应了一声。他走远的时候，回了一次头，见着丹朱正在跟卖票的大叔说着什么。

看样子，丹朱是想跟那个大叔打听什么事。

8

"刚才我们看到的，是不是就是你们想找的？"杜润秋问。

三个小时后，他们总算在市里最好的一家酒店住了下来。温暖的灯光，软软的地毯，雪白的床单，洁白的浴缸……杜润秋简直眼泪都要流下来了，也不管自己身上有多脏，一下就扑到了床上。

原来自己也不真的是个愿意吃苦的人。

晓霜在超市补充了一大堆零食，现在正在拼命地吃巧克力，美其名曰"补充热量"。她也不怕长胖，吃了一块又一块，吃得牙齿缝都黑了。丹朱泡了杯茶却不喝，只是捧在手里，时不时地轻轻抿一口。

"秋哥，你什么意思？"

杜润秋笑着说："你们到千佛峡，不就是为了找出栖身在水月观音壁画里面的那个……怎么称呼？灵体？还是什么？刚才在梦城看到的，我想就是她了吧。她叫什么名字来着？……仙芝，对了，是叫仙芝。她真的就是那个被自己丈夫的虚情假意害死还痴情不改的女人吗？"

"应该是吧。"丹朱的眼里，有明显的兴奋之色，"总算是看到她了，没白花我们这么多时间。"

杜润秋看着她，心里却有些疑惑："我说丹朱，你们是不是太有钱有闲了？看到又怎么样？说给别人听，也没人会相信。运气不好，碰到个厉鬼，还会害到自己。你们究竟是为了什么？肯定不会仅仅是因为兴趣那么简单吧。"

丹朱瞅了他一眼，笑了："秋哥，你就别问那么多了。让你开开眼界不好吗？总有一天我们会告诉你为什么的。"

如果是丹朱不愿意说的事，那是怎么也撬不开她的嘴的。杜润秋沮丧地想着，决定先不在这个问题上纠缠了。

"那，我们接下来该怎么做？"

丹朱望向了晓霜："哎，晓霜，你别光顾着吃。事情办得怎样了？"

晓霜抹着嘴："联系好啦，明天我们直接过去找他就是了。"

杜润秋越来越觉得她两个做事太有效率了："你们又干了什么？"

"我联系了市研究院的一位专家。"晓霜又拆开了一块巧克力，"明天我们去找他，有些问题得请教他。"

杜润秋警觉地问道："是不是又是研究壁画的专家？奇怪，为什么不问那位老所长？他是这方面的权威啊。"

"秋哥，"丹朱温柔地说，"你不能太相信别人了。千佛峡里面的人——跟千佛峡有关的那些人，不管是马爱莲、彭怀安、龙勇，甚至是老所长，他们都可能对我们说了谎。他们都或多或少，在某些方面对我们有所隐瞒。你应该也有所感觉，是不是？"

"……那倒是。"杜润秋犹豫地说，"我想得没有你这么明确，但是，我确实觉得他们每个人都有点说不出的古怪……"

"因为我们是外人啊。"丹朱说，"而且，他们肯定有不想我们知道的事。"

说完这话，她就站了起来："我去洗澡，洗完了一起出去吃饭。"

杜润秋等她一进浴室，就对晓霜说："我回房间睡一会儿觉。"

晓霜正含了满满一嘴巧克力，含含糊糊地说："好，一会儿洗完了我来叫你，我们一起出去吃晚饭。"

杜润秋答应了一声。他的房间就在隔壁，有一扇很大的落地窗。。

他们住的酒店坐落在市中心。一个大型的绿化花坛中央，有一座十分显眼的雕像。

一个身段婀娜、肩披飘带的女子，手持琵琶正在弹奏。她持琵琶的姿势是反的，就跟杜润秋在老所长那里看到的仙芝的画像一样。

杜润秋知道，这座雕像是市里的标志性雕像，也是千佛峡壁画里著名的一个艺术形象——反弹琵琶的飞天。

第二天，却只有晓霜和他两个人去见那位专家。丹朱说有些不舒服，留在酒店休息，杜润秋也不知道她这话是真是假。不过，不管怎么说，他还是蛮喜欢和晓霜两个人单独相处的。三人和两个人，毕竟是两回事。

他们去的是市里最有名的研究院，见的是一位副院长。杜润秋也不明白晓霜的面子怎么会有那么大，那李副院长对晓霜又热情又亲切，拉着手问长问短。居然还看着杜润秋问："晓霜啊，这位是不是你男朋友啊？长得真是一表人才啊……"

杜润秋差点笑出来了，勉强装着一本正经的样子，说道："不是不是，您误会了，我只是跟她一道出来玩的，是同伴……嘿嘿，当然以后，也有可能……"

他这两句话，又占了晓霜一道便宜。晓霜甩了他一个白眼，又娇声娇气地对李副院长说："李伯伯，我有点东西，想问您的意见噢。您是这方面的专家，不是吗？"

李副院长是个五十来岁的胖男人，被晓霜这种漂亮女孩子一捧，几乎飞上了天："晓霜你说，我是知无不言啊！哈哈！"

晓霜从她的背包里，取出了她的速写本。她翻到一页，放到了桌子上："李伯伯，你能不能告诉我，这个……"

杜润秋一看，吃了一惊。晓霜画的竟然就是他昨天在市中心看到的那标志性的塑像——反弹琵琶的飞天。晓霜问道："李伯伯，劳驾您看一看，我画的这个反弹琵琶的飞天，跟普通的有没有不同的地方？"

她这个问题，倒问得李副院长有些意外。李副院长拿了眼镜戴上，仔细地看了半天，嘴里发出了啧啧的声音。

"晓霜，你是在哪里画的？我的意思是说……你是照着哪里的壁画画的？我可没见过这样的。"

这话的分量可不是一般的重。李副院长绝对是研究洞窟壁画的最有名的专家之一，杜润秋在查资料的时候，也看到了他的名字，他的学术成就很高。如果对于这个专家而言，他有没见过的飞天，那就证明确实是没有。

李副院长不知道，但是杜润秋看出来了，晓霜大体动作是照着他昨天看的那雕像画的，但细节方面——服装、饰物——都是照着仙芝的画像画的，还加上了昨天在梦城见到的女人服饰的细节。仙芝反弹琵琶的画像，杜润秋当时用手机拍了张照，晓霜和丹朱都很好奇，把那照片要去了。

"我也记不起来了，李伯伯。"晓霜说谎顺溜得很，一点儿也不比杜润秋差，"那么多洞窟，那么多壁画，我哪里记得起来呢？"

李副院长满脸的疑惑："这不可能啊，晓霜。洞窟里的反弹琵琶的飞天，也就那么些个，我都认得，你这个……哪个都不是啊！"

"哎呀，李伯伯，您就先别管这是哪个洞窟里面的飞天了，您就先告诉我，究竟有哪里不同？"晓霜撒娇地说。

李副院长指点着说："看，最明显的就是这里。反弹琵琶的是伎乐天——天宫奏乐的乐伎。我们这里的石窟壁画中，伎乐天都是赤裸上身的，但这个却穿了上衣。而且……伎乐天服饰打扮，跟中原的大相径庭，可你这个……完全是唐代女子的造型，不管是衣服还是首饰。这个啊，很像是人们后来画的那些改良版的反弹琵琶了。"

杜润秋插嘴道："改良版的反弹琵琶？您这是什么意思？"

"哦，你们等等。"李副院长在书架上取下了一本很厚的画册，翻到一页摊开了，"你们看这个。"

那是一幅极精致的工笔画，画中女子的服装倒是很像杜润秋在市内看到的那个塑像，完全是中国古代的女子装束，窄袖宽裙，肩挽帔带，头梳高髻，飘逸难言。如果说姿态，跟壁画上几乎完全相同，但给人的感觉却全然不同——是人，而不是神，并不高高在上，充满的是世俗的美丽气息。

杜润秋默默地看了半天，晓霜也没说话。李副院长又旧话重提，问道："晓霜，你究竟在哪里画的？我看了一辈子，还真没看到这一个。"

只听晓霜娇滴滴地笑着说："李伯伯，你肯定知道，千佛峡的水月观音的原型吧？"

李副院长愣了一下，接着恍然大悟道："对，你说她啊。是啊，千佛峡找到的藏经洞，里面有她的资料。你画的，不完全像啊。据文书释读，她原本是个舞伎，最擅长的就是反弹琵琶。"

杜润秋不由自主地哦了一声。他好像有点明白了，为什么许玄清会这么对待自己如花似玉的妻子。

许玄清大概从来没看得起过这个女人，虽然仙芝对他是痴心一片。

"仙芝又是怎么跟这个许玄清走到一起的？"

杜润秋忍不住朝李副院长提出了这个问题。李副院长想了一想，摇了摇头："这个，好像没着见记载。"

只听晓霜又说道："李伯伯，我去千佛峡的时候，有位姓杨的博士出了意外，您知道吗？"

"杨翰是吧？"李副院长叹了口气，"是啊，当然知道。真不知道怎么会出这样的事！杨翰那小伙子真是不错啊，是千佛峡研究所所长的得意门生。老所长得多伤心啊？唉……他就指望着这个弟子了，他自己是病得太重了，你们见过他了？说是已经拖不过今年了……千佛峡这些年，真是怪事不断，也不知道是撞了什么邪！"

这话让杜润秋浑身一凛。晓霜已抢着问了："事情不断？什么事啊？我们去千佛峡的时候，并没有听到什么啊！"

"你们是游客，谁会给你们说不好听的事呢？"李副院长脸上带着些迷惑的神色，"大概十年前，千佛峡也死了人，死的是那里的保安主任。死得也很奇怪，我虽然没去看过尸体，但看过警方那边的照片，跟这次听说的杨翰的样子很像，一身的血都没有了。虽然千佛峡那边的事，我也不能多插话，可是……真的挺奇怪的。"

晓霜问道："保安主任？是上一任的保安主任？那不就是现在这个马爱莲马大姐的前夫吗？她自己说的。"

李副院长嗯了一声："对，是这样。马爱莲啊，我还以为她在丈夫出事死后，会要求调离千佛峡的，没想到，她还真继续待下来了，而且一待就是这么多年，也算难得了。"

晓霜说："她说自己以前是护士，现在在千佛峡工作，好像有点风马牛不相及吧?"

"哦,她爸是县里中学的英语老师,她英文很好。"李副院长说,"千佛峡偶尔会有外宾来参观,她就能应付。当时安排她丈夫在那里当保安主任,顺便把她调过去,这也是原因之一。还有一个原因……"

李副院长说到这里,却住口不说了。晓霜忙问:"还有一个原因是什么,李伯伯?"

"没什么,没什么。"李副院长连连摇头,看样子,是肯定不愿意说了。但即便如此,杜润秋的心也在一阵阵地狂跳。他总算找到了一根线,把那些零零碎碎的事都能够串起来的线。虽然有些事他还是想不通,但至少他已经想通了一部分。

晓霜还不死心,继续问道:"李伯伯,您说这些年好多事,还有别的吗?"

"别的?那可多了。"李副院长苦笑着说,"总有那么些人,想来打千佛峡万佛洞的主意。保安再严密,抓得再厉害,还是拦不住,一年总要抓那么些个。你说他们偷吧,关键是他们完全不懂得这些壁画彩塑的珍贵性,还记得上次千佛峡失窃的那个洞窟里面的壁画,他们哪里知道那有多珍贵!那是藏传密宗传世的唯一一个洞窟,它拥有无与伦比的史料价值,除了这个洞窟,我们没有任何别的渠道可以得到相关的资料了!好啦,偷就偷了,他们又到处乱扔,扔在戈壁里面,那几天又刮大风沙,被埋住了。你想想,要找出来,那真是大海捞针啊!"

他说得椎心泣血,杜润秋对他说的这件事有点印象,晓霜也曾经提过。如果看到那几个"蠡贼"在面前,估计他们这些专家真会拎着把刀冲上去砍几刀。晓霜听得十分专注,问道:"后来还是找到了,对吗?"

"也真是太不容易了。"李副院长又叹气,"大海捞针啊,又不能聘请当地人去找,一来是都成了碎片了,他们可能认不出来;二来也是防患于未然,怕被他们昧下了。我们这些专家……唉,什么专家啊,完全是干苦工的,不管春夏秋冬,顶着大太阳在沙里翻啊翻的,换着班去,这一找就找了六年啊,还不算后来修复的时间。"

杜润秋一方面对这些专家们的精神实在是深表赞叹,自叹弗如;另一方面他又觉得这些人真有点傻有点笨,只有叹气的份。晓霜似乎也问完了,甜甜蜜蜜地向李副院长表示了谢意，打算走了。

李副院长却又像想起了什么，说道："千佛峡以前，一直流传着那个传说，只要水月观音得了鲜血做祭品，就会满意，用她的净瓶降下甘霖。那附近，以前，为了这个，死的人，不少啊！但是……但是……唉！"

他欲言又止的样子，实在是引得杜润秋和晓霜好奇。晓霜问道："李伯伯，但是什么？您不要话只说半句嘛！这是让我们着急啊！"

李副院长望了他们俩一眼，慢慢地说："你们觉得，如果真的存在一个壁画里面的怨灵，她能够有呼风唤雨的能力吗？"

杜润秋和晓霜都听不太明白他的意思，但是李副院长看样子是再不肯多说了，东拉西扯，送他们走的时候，还很八卦地朝晓霜挤了挤眼睛，说："晓霜，等结婚办酒席的时候，别忘了请我啊！"

晓霜脸顿时通红了，话也说不出来，哼哼唧唧地也不知道咕哝了些什么。走了出去，晓霜狠命地一跺脚，说："这李伯伯，胡说八道些什么？"

她脸上红晕还没褪，看起来比平时还要好看几分。杜润秋是从来不知道羞的人，嘻嘻地说："说不定呢，晓霜！就看你给不给我机会了。呵呵，晓霜，人家会不会说我找到了有钱人家的千金小姐，是我高攀？"

他原以为会被晓霜大骂一顿，但他看晓霜的时候，却发现她的脸色突然由红转白了，眼神也变得有些迷茫。

"秋哥，你想得太多了。"

第二天，他们再次出发。

这次的目的地，是安平县。这一回，他们没有找司机包车了，而是租了辆车，杜润秋自己开。

县城里面有个显眼的小学校，正好是周末，并没有学生。有个戴眼镜的年轻人，走出来招呼他们。在这里，陌生人是太显眼了。

"你们几位，找谁啊？"

晓霜出马，甜甜一笑，说："我想打听一下，有一位，嗯，叫许力的，住在哪里啊？"

年轻人愣了一下，说："他已经死了好些年了啊。"

晓霜脸上露出了失望的神色，虽然是装的，却也装得很逼真："哎呀，他死了？是怎么死的呢？我一位伯伯以前跟他是朋友，我这次来千佛峡，就顺路过来，想探望他一下，带点土特产给他。没想到……他年纪不大啊，怎么会死了呢？"

年轻人忙说："进来吧，外面风大，喝点热水。"

这年轻人叫彭伟，是这里的老师。他给几个人烧了水，泡了茶："唉，许力叔啊，他本来在千佛峡当保安主任，后来把嫂子也接过去了，嫂子本来在医院当护士。可是，那一年，他死了……一身的血都没有了……你们不知道，我们这里的传说，水月观音需要人的鲜血作为祭品……"

他讲得跟杜润秋他们听来的，一个模子。但是，彭伟讲到这里，伸手托了托自己的镜架，脸上露出了相当古怪的神色："可是，我总觉得有些奇怪。"

杜润秋忙问："为什么？"

"就算需要人的鲜血，也不会要到自己后世子孙的身上吧？无论如何，仙芝也不会害她自己的后人，是不是？"彭伟似乎也觉得有些疑惑，也皱着眉，"反正，这种事也多了去了，但是，最后一桩也是好些年前了，怎么突然又发生了许力大哥的事！"

他说得很认真，但杜润秋和丹朱晓霜都怔住了。过了一会儿，丹朱小心翼翼地问："后世子孙？什么意思？"

"哦，许力姓许啊。"彭伟这才意识到自己讲得太简单，"我们这里啊，本来就几个姓的人，都是在这里住了很多年的，有族谱的。你们也看到了，这种苦寒之地，谁会愿意迁居到这里呢？这姓许的，据传说就是那个画师许玄清的后人，也是仙芝的后人。"

他说到"仙芝"，说得十分自然。杜润秋和两个女孩面面相觑，丹朱皱着眉，又问道："可是，仙芝死得那么早，不是说许玄清后来成了名，得了重金，另娶了妻子吗？"

彭伟摇着头，说："是，但是他并没有好下场。仙芝的故事，本来就是世代口口相传下来的。他后来在洞窟里面作画的时候，洞窟塌了，把他砸成了残疾，不久就死了。连墓都没修，草草地就埋在千佛峡了！"

晓霜十分解恨地一拍手，说："对！就应该这样！"

丹朱仍然蹙着眉，问道："仅仅凭传说，或者族谱，就能认定，他就是许玄清和仙芝的后人啊？不太科学吧？"

彭伟啊了一声，说："你们等等。"

他去了里屋，过了一会儿，拿出了一张照片，递给他们："你们看，这个东西。"

三个人一看，同时失声叫了出来。

那个羊脂白玉的净瓶！

丹朱忙问："这是哪里来的？"

"就是许力大哥一直宝贝一样地藏着的，说是祖传的东西。"彭伟说，"我虽然不懂这些，但也看得出来，跟水月观音画上面的一模一样。"

杜润秋问："那现在，这净瓶在哪里？"

"自然是在嫂子那里。许力大哥死，我们都觉得很突然。还有，嫂子她……"彭伟脸上突然出现了鄙夷的神色，摇了摇头，不再说下去了。

他不愿意背后说人闲话，但杜润秋现在就想听这闲话，忙问道："你说的嫂子，就是马爱莲吧？我们在千佛峡见过她。"

"她可是贪财得很，虚荣得很。"彭伟终于忍不住，还是说了，"许力大哥死了，她一点儿都不伤心。哼，大家都议论说，许力大哥还没死的时候，她就跟彭怀安好上了！你们别看她，看起来不怎么样，本来学习很好，家里不让她继续念大学，让她去读护士，英语说得挺好的，才能安排到千佛峡去。那地方，偶尔会有外国人去参观，她能负责接待嘛！最近，她老是拿些特别贵的东西回来，得意扬扬的，真是！"

从彭伟的口里，看来是再问不出什么了，三个人就起身准备告辞。晓霜想把带的一些土特产留下来，彭伟哪里肯收，一再推辞。丹朱笑着说："给小朋友们，他们一定喜欢吃的。"

彭伟听了这话，才收下了。杜润秋却有点好奇，问他："你就在这个地方待着？不出去吗？"

"我走了，更没人肯来教了。"彭伟笑着说，"总得有人做这种事，是不是？我呢，既没什么本事，也没什么志气，就在这里待着，挺好的。"

回到车上，一时间三个人都没有说话。

杜润秋终于说了一句："为什么就在同一个地方，有的人那么高尚，而有的人……却那么卑劣呢？"

丹朱两眼望着前方，一望无际的戈壁。她缓缓地摇了摇头，发出了一声长长的叹息。

晓霜却在那里拧着眉头努力思索，过了一会儿，说："这么说起来，马爱莲的动机，我们是清楚了，是不是？我们现在应该怎么做？"

"回千佛峡。"丹朱说，"一切都该有个了结。死者已矣，但总应该死得其所。"

她说得清清楚楚，听在杜润秋的耳中，总觉得说不出的怪异。他又想起了谭栋那语焉不详的话。

生者不朽。死者往生。按丹朱所说，这就是人所能追求的最高境界？

杜润秋不懂禅。丹朱说的也并无禅意。佛家讲究的是四大皆空，如果有所追求，那便背离佛家的原意了。

但这两句话，却在杜润秋脑海里久久萦绕不散。

"我们就这么去？"杜润秋犹豫地说，"安全吗？他们可是……"

丹朱侧过头，朝他微微一笑。她的脸颊，当真如同羊脂白玉一般，外面那刺骨的风，漫天的黄沙，似乎全然与她无关。

"你放心，秋哥。水月观音会保佑我们的。不会有任何事，相信我。"

虽然她这个保证，好像是一点儿依据都没有，但不知道为什么，杜润秋却觉得，她说的是可以相信的。

9

千佛峡仍然是苍凉而孤寂，仿佛在另外一个时空，与世隔绝。杜润秋从石阶下去的时候，看着千佛峡深处那两排平房，杜润秋真有种恍若隔世的感觉。其实，他离开这里不过一两天。

千佛峡依然没有游客。这几天，估计也不会再开放了。因为杨翰死了。最优秀的讲解员已经不在了。

平房里出来了一个人，是马爱莲。一看到他们，马爱莲就呆住了。过了好一会儿，她才勉强打起笑脸，招呼他们："啊，是你们。你们怎么又回来了？有什么事吗？"

丹朱向前走了几步："马大姐，我们是有些事想跟龙警官说。他现在还在这里吗？"

"他……啊，他……在……啊……不在。"马爱莲说得结结巴巴，"他刚走了，他办事去了，事情很多……你们，你们有什么事情找他？"

"有很重要的事。关于杨翰的事。"丹朱说得很温柔，很平静；"马大姐，麻烦你把龙警官找来吧，我们今天一定要见到他。"

她说得很淡然，但十分坚定。马爱莲脸上的神色阴晴不定，过了好一会儿，才说："来来，你们先进来坐一会儿，我就去打电话找他。"

她出去了，走得慌慌张张的。杜润秋找了张椅子坐下，丹朱和晓霜也坐了下来。杜润秋压低了声音说："你们觉得这样好吗？我们应该找点更妥当的办法……这样，我觉得不太踏实，真的。"

"别担心，秋哥。"晓霜说得很是镇定，"我保证，我们可以平平安安走出这里的。"

杜润秋正想说话，马爱莲就急匆匆地走进来了："我给龙勇打了电话了，他一会儿就来。你们先等一下吧？要不要喝点茶？"

"马大姐，"丹朱说，"今天千佛峡还开放吗？"

马爱莲明显地怔住了。她结结巴巴地说："怎么……你们还想看？你们上次……是不是已经去看过了？你们还想看……水月观音？"

突然，一个男人的声音响了起来，相当不礼貌的声音："今天不行，今天千佛峡不开放。"

杜润秋一抬头，看见是彭怀安。杜润秋一向是遇弱则弱，遇强则强，笑嘻嘻地说："哎呀，平时你这个保安主任不哼不哈的，不管来的是小偷还是杀人犯，都不管。今天，我们这货真价实的游客来了，反而不给开门？

这算哪门子的道理？"

马爱莲吓住了，她完全没想到彭怀安会这么说话，也没想到杜润秋会毫不给面子地跟他针锋相对。她连忙打圆场说："没有，没有，没这回事。你们想看哪个窟？我带你们去就是。"

她朝彭怀安猛递眼色，彭怀安没有再说话，大踏步地走开了。马爱莲笑着说："你们说，想看哪个窟？"

丹朱眼珠一转，说："我们想看的是第二十八窟和第四窟。"

马爱莲这次是真的变了脸色："二十八窟？第四窟？为什么？"

丹朱微笑。"我们从市研究院的李副院长那里听说，二十八窟可是拥有藏传密宗唯一的珍贵资料的洞窟，全世界也就它这里才有资料了。所以，我们想看一下，因为秋哥……"她朝杜润秋指了指，"他是专门研究藏传密宗的，上次没来得及看就发生了……"

杜润秋下巴都差点掉了下来。丹朱这谎说得才真是淡定至极，硬是把杜润秋这个半文盲给形容成了一个"专家"！只听丹朱还在解释："秋哥一直都对二十八窟很是向往，而晓霜呢，她是专攻青绿山水的，她非常想看看第四窟里面的普贤变。这次，我们带来了李副院长的介绍信，希望能够看一下这两个窟。我们当然也知道，这几天是特别时期，不该提这种要求，不过，请马大姐看李副院长的面子……"

"哦，好，好，行。"马爱莲也没看信，自顾自地说，"不过，阿勇说他马上就到，你们不是要见他吗？要不，我们先等他到了，再去看？"

丹朱和晓霜对望了一眼。晓霜说："马大姐，我看见那里有明信片，你能给我看看吗？既然第三窟有明信片，二十八窟和第四窟也该有吧？"

马爱莲这次再找不出理由拒绝，只得去拿了一沓明信片过来。丹朱和晓霜一人拿了两张，杜润秋也随手拿了一张。

他拿到的正好就是第二十八窟的明信片。杜润秋仔细看了看，是个拱廊型的洞窟，四壁满满的都是壁画。

事实上，丹朱虽然说得夸张，但杜润秋比起一般人，绝对是要懂得多得多——对于藏传密宗。李院长并没有夸大其词，这个教派在长年的争斗之中，已经接近消亡，各种资料也极少存世。所以在千佛峡发现的这个二十八窟，实在是个绝大的宝窟。它不仅是艺术的宝库，也是极其难得的历史和宗教资料的宝库。杜润秋对密宗了解些皮毛，现在看到这明信片，确实是很有感慨。曾经在书里看过的一些零星的资料，如今有这些极其直观和精美的图案对照，杜润秋的感受也是言语无法形容的。他也可以理解，为什么那些专家，会对这些东西如此执着了。

十年前那一回，壁画散落在戈壁，虽然穷数年之功找回来了并尽力修复，但终究也不能完全复原。

这不能不说是一个无法弥补的巨大损失。

门口的光线一暗，龙勇走了进来。背着光，看不到他脸上的表情，杜润秋只模糊地觉得，龙勇本来挺直的肩头，现在竟然有些佝偻。

这两天，他像是突然老了很多。当龙勇走到灯光下面的时候，杜润秋发现，他眼角的皱纹似乎更多了。

虽然是在白天，但房间里仍然开着灯。因为天色灰暗而阴沉，一盏满是灰尘的白炽灯，吊在天花板上，摇摇晃晃。在这样的光线下，每个人的脸色都不会显得多么好看，即使是丹朱和晓霜这样年轻而美丽的女孩子。

马爱莲忙起来给龙勇端茶倒水，又把热在火炉上的几块烤饼递给他："阿勇，怎么样？拿到了吗？"

"哦……拿到了。"龙勇的声音里透着疲倦，他甚至没有多看杜润秋他们一眼，只是坐在火炉前，两眼直盯着火，"我刚才在门外看了看，爸还在睡午觉，别打扰他，让他再多睡会儿吧。"

他从衣袋里摸出了几瓶药，放在桌子上："一会儿我再给他送过去。"

杜润秋瞟了一眼药瓶上贴的标签。那是进口药，"Gleevec"。他的心里动了一下。他回头看了丹朱一眼，丹朱的两眼也盯着那瓶药，眼里有种若有所悟的表情。

龙勇终于打起了一点精神，问杜润秋："怎么又回来了？嫂子说你们找我，有什么事吗？"

杜润秋顾左右而言他："马大姐，保安主任呢？让他来一下行不？"

马爱莲愣住了，她看了一眼龙勇。龙勇的嘴角扭了一下，像是笑，又像是在哭："杜润秋，你想干什么？我觉得你小子，来者不善啊，是吧？

哈哈……"

"来者不善，善者也不来了。"杜润秋笑着说，"你不会以为我们花钱租个车，然后辛辛苦苦这么远跑来是为了聊天的吧？"

一个黑影再次遮住了门。这次是彭怀安。他直直地走了进来，走到墙角他的老位置坐了下来。那个角落，永远都是被笼罩在阴影里，他只要坐在那里，别人就永远看不清他的脸，他的表情，而且他还戴着一顶很不合适的暖帽。

"原来他一直没走开啊，就在旁边？也许，窗外？"杜润秋有点嘲弄地说。他还想说点什么，丹朱淡淡地打断了他，说道："秋哥，别说些没用的废话了。"

"要我马上转入正题？"杜润秋说，"那我应该从什么地方讲起？我还真不知道呢。"

丹朱微微一笑："你不是一向口才很好吗？你自己拿主意吧。"

杜润秋端详着手里的明信片。马爱莲拿过来的一沓，除了第二十八窟和第四窟之外，也有水月观音的。他怔怔地望着明信片上的水月观音满月般的脸庞，几乎是情不自禁地，深深叹了一口气。

"你们都给我讲了水月观音的原型——或者是蓝本，随便你们怎么说。所长讲了一个，那是有史可鉴，有资料可查的；龙警官，你也讲了一个。你讲的，跟所长说的不一样，但是很奇怪，你讲的更可信，所以我们都认为你讲的是真的，但我后来在想，为什么你会知道……应该说，为什么你的九叔公会知道得这么详细？"

龙勇并没有看杜润秋。他拿着一根拨火棍，拨动着火炉里燃烧的木柴，想让木柴烧得更旺一些："继续说。"

杜润秋点了点头："好，我先是想，也许是你们村子里流传下来的传说。但是，如果是这样，为什么只有你九叔公知道，别的人都不知道？是吧，龙警官？后来我又想，如果你九叔公没有编造的话（我想不出来他有必要说谎的理由），那就说明这个故事一定是真实的。老所长有从藏经洞找出来的文书做凭据，而你九叔公是怎么知道的？这时候我恍然大悟了，那只有一个途径可以知道，就是口头代代相传！"

丹朱轻轻地说："在古代，没有我们现代的各种设备，比如摄像机、照相机、录音机，可以留下影像和声音。因为，实际上，如果想让某些东西——比如，一个故事——流传下去，就只有两个方法：第一个方法，就是用书面的，文字、绘画；第二个方法，也是更简单的，那就是语言。语言是不能凝固不能保留的，因此，保留下来的可能性更小，只能靠口头相传。没有第三种可能性了，绝对没有。"

杜润秋接着她的话头，说道："那凭什么是九叔公知道，而不是其他人呢？他居然连那个女人的名字都知道。一个很美丽的名字——仙芝。"

龙勇仍然连眼皮都没抬一下："那你现在明白了吗？"

"明白了。"杜润秋耸耸肩，"这连推理都不用推理，我也没那本事。这根本就是一加一等于二的道理，一加一不等于二是哥德巴赫猜想，是个异数，跟我们的日常生活格格不入。所以，常理是怎么样，结论就是怎么样。你的九叔公，一定跟仙芝有关系，或者说，是跟仙芝跟许玄清的后代有关系。我们只知道仙芝死了，可没人告诉我们，仙芝有没有孩子。我记得那份文书上说，仙芝嫁了许玄清五年，在古代，五年没有小孩儿，可能性不太大。"

杜润秋伸出手在空气里画了一个圆圈："好了，到这时候，我就想搞清楚这群人的亲戚关系了。九叔，当年的村长，龙警官、马大姐，还有彭主任、老所长。九叔是村长的九叔，是龙警官的九叔公，马大姐是龙警官的表哥的老婆……说起来，他们都算是有亲戚关系的，不远不近的亲戚，都算是这个仙芝的后代亲戚。要我理清楚，谁是谁的什么，谁应该称呼谁什么，我真是办不到。这个圈圈太复杂了，我弄不清楚。我就问我自己，不管这些复杂的关系，谁是仙芝的最直系的后代？"

马爱莲的脸色一直很不好看，这时候，她勉强地挤出了一个笑容，虽然这笑容比哭还要难看："你肯定想到了，是不是？"

"我不是想到的，是去问到的。我刚去了一次安平县，在那里，有谁不知道你马大姐，和你那位前夫呢？"杜润秋说，"你的前夫，许力，马大姐，就是这个所谓'血缘最近的直系亲属'。"

"他已经死啦。"马爱莲的脸色发灰，笑得更僵硬，"他死了好多年了，我不是告诉过你们了吗？"

"可你并没有告诉我们他是谁。"杜润秋回答。

"哎呀，就算我说了，你们也不认得的啊。"马爱莲还在笑，"既然如此，我又为什么要说呢？"

丹朱轻轻柔柔地开了口："是呀，这个叫许力的人，你的前夫，就是以前在千佛峡遇害的那一位保安主任。也是除了杨翰之外，最近的一桩死亡事件。"

马爱莲这次连嘴唇都发灰了："你……你什么意思？"

丹朱看着她，扬起了长长的睫毛："我的意思很清楚啊，在你的前夫死之前，已经好久没有发生'水月观音'要求祭品的事件了。"

"你们……你们究竟是从哪里听来这些事的？"马爱莲颤抖着，问。

丹朱蹙了蹙眉心："马大姐，你这个问题问得可没意思。这又不是什么很秘密的事，稍微朝附近的人打听一下，不就知道了？这附近住得人少，千佛峡的工作人员更少，一问就问出来了。"她又轻轻地笑了一笑，"尤其是离千佛峡最近的那个景点，梦城，那里还陈列着千佛峡挖出来的干尸呢。那儿的工作人员，又怎么可能不知道千佛峡发生的大事？"

梦城卖门票的大叔，生活那么枯燥无聊的人，他确实不可能不知道，也确实不可能不多嘴。杜润秋想着。丹朱那天问那个大叔的，应该就是这些问题。

马爱莲哆嗦着嘴唇，结结巴巴地说："那……那又怎么样？"

龙勇打断了她，他的语气很奇怪，居然带着相当地不耐烦："你就听他们说呗，说那么多废话做什么？"

杜润秋拍了大腿一下："好，还是龙警官爽快，那我就继续说了。我也不拐弯抹角了。是，仙芝的故事是真的，水月观音确实是以她为原型画出来的。许玄清的确不是个人，是个禽兽，他画技再好，天资再高，也一样是个禽兽，因为他毫无人性，竟然为了名利这么对自己的妻子。仙芝死的时候，应该没什么不甘心，她是心甘情愿的，因为她以为自己的牺牲是值得的。但这世界上，确实存在着很多不可思议的东西，这个女人的灵魂，并没有……怎么说来着，好吧，按照我们中国传统的说法……转世投胎？

也许因为水月观音是照着她画的,也许因为她的鲜血已经深深渗入到了水月观音像里面,也许按照迷信的说法,她就是这幅壁画的基石,祭品……总之,她一直活着,活在千佛峡的第三窟。"

说到这里的时候,杜润秋觉得有股阴森森的寒气,在房间里流动。一刹那,他似乎又听到了那早已熟悉的鼓点声,沉沉地在天边响起。

他甩了甩头。他不知道这是幻觉,还是真实。

马爱莲的表情像是凝固了,她半张着嘴,几乎像个傻子。彭怀安一如既往地藏在阴影里。龙勇还在用拨火棒拨着木柴,拨得火星滋滋地直冒。

"正因为如此,水月观音像才创造了壁画史上的一个不可能出现的奇迹——永葆青春,永远美丽。"晓霜低声地说,"这本来是不可能的事,时间可以让一切褪色。这个世界上没有那么完美的东西,历经千年而丝毫无损。因为她的灵魂在里面……她的生命,她的鲜血,她的一切……已经跟水月观音像合二为一,不可分开……是许玄清绘出了水月观音像,而仙芝,她给了水月观音生命。永恒的生命……"

"所以她会永远保护水月观音像。"杜润秋提高了声音,他的声音在空寂的风声中显得十分响亮,像刻意吹响的号角,"任何企图伤害水月观音的人,她都不会放过。她的血,让水月观音拥有生命,青春永驻,所以她也相信,别人的血会让水月观音更美丽鲜艳!"

马爱莲终于发出了声音:"你们……你们的意思是,杨翰也……他也……"

杜润秋笑了,他控制不住地想冷笑:"杨翰?他不一样,他完全不一样。他是个学者,真正的学者。虽然我跟他接触得时间不长,但是我完全肯定,他绝不会做出有损于文物的事,绝不会。要了他的命,也不会。他会去偷水月观音?简直是本世纪最大的笑话!也亏得某些人想得出来,说得出口!"

他的语气十分激烈尖锐,让马爱莲浑身都抖了一下。彭怀安也更深地向阴影里挪了挪,只有龙勇,还是没有任何反应。

"我真的是很愚蠢,蠢得要死。"杜润秋说,"其实道理是再简单不过了。杨翰在遇害那天晚上,他来找我——丹朱和晓霜也跟我在一起——

他有事要跟我们说。他说是很重要的事,那当然就是跟他的工作有关的事,跟千佛峡息息相关的事。他干吗要跟我们说?有马爱莲,有彭怀安,还有他的恩师,千佛峡的所长。他都不说,他偏偏找到我们,要跟我们这些外人说。原因太简单了,他已经不信任这些人,一个都不信任,但是时间太仓促,他没有办法出去求援,所以他来找我们,是来寻求我们帮助的。只可惜,我们的反应都太慢了……"

杜润秋停下了,神色黯然。丹朱垂下了睫毛,晓霜却瞪大了眼睛,恶狠狠地瞪着面前的几个人,眼睛里都快要喷出火来了。

"而杨翰,他的死却在于他的反应太快了,他保护文物的心太急切了。还有,他把某些人想得太善良了。"

杜润秋冷冷地说,他没办法掩饰自己脸上鄙夷和痛恨的表情:"我绞尽脑汁在想为什么杨翰那天突然跑走了。我只说过一句话啊,那句话也并没有什么奇怪的地方啊?我说,今天晚上是新月,水月观音望着的就是一弯新月。其实,杨翰注意的不是这句话,而是之前晓霜说的另一句话。他的突然的反应,是针对晓霜说的那句话,他其实根本没有注意我说的是什么。"

他望向了晓霜:"晓霜,你还记得你说了什么吗?"

"当然记得。"晓霜狠狠地说,"我说,我对千佛峡里面的壁画非常仰慕,明天如果他有时间的话,希望他带我们参观第四窟的青绿山水普贤变,还有第二十八窟的藏传密宗洞窟!这两窟都是跟水月观音齐名的,千佛峡最有名的几个洞窟!"

"杨翰当时就明白了,嗜血的水月观音只是一个烟幕弹——不对,应该说,她实际上是无害的,只要不伤害到她。其实,也没有人敢再去伤害她,这里的人都非常害怕她的力量。没有人会拿自己的性命去打赌。所以,他们放弃了水月观音,他们转向了别的洞窟!"杜润秋咬着牙说,"真正会受到伤害的,是第四窟的青绿山水普贤文殊变,和二十八窟的藏传密宗欢喜佛!"

他忽然抬起了头,瞪视着面前的几个人,冷笑着说:"你们现在敢把这两个洞窟打开,给我们看一看吗?你们敢吗?你们这群监守自盗、贪婪冷血的杀人犯！"

他最后这一句话，像是鞭子一样，抽在了龙勇的身上。龙勇的背在不断地抖动，拨火棒也当的一声落到了地上。

晓霜的眼泪已经夺眶而出："你们不是人！禽兽不如！仙芝应该把你们杀了，把你们的血统统吸干！"

马爱莲颤抖着，脸色灰白："你们在说什么？我……我不明白，什么都不明白！"

杜润秋大声地说："不明白？你比谁都明白吧！你是故伎重施啊！十年以前，你就谋划着要偷千佛峡的壁画，因为你前夫跟千佛峡千丝万缕的关系，他在这里当保安主任，而你也因为这个关系在这里工作。你前夫是杨翰之前，最后一个死于水月观音之手的人，至少周围的人都是这么想的！但是，他肯定是死在你手里的——你和彭怀安的手里！"

一直缩在阴影里的彭怀安，突然发出了一声笑，阴森森的笑："我真不明白，你们怎么会这么蠢，跑到这里来送死？你们以为，我们会让你们活着走去吗？连杨翰我们都杀了，还会在乎多杀你们几个？"

晓霜慢慢地站了起来。她的眼睛在燃烧："你这话说反了。"

彭怀安终于抬起了头。他的脸，终于暴露在了灯光下。这时候，杜润秋才看清楚，他的脸上接近下巴的地方，有一块重重的瘀伤，显然是人的拳头打出来的。难怪他一直躲在阴影里，难怪他不肯抬起头来。

一定是他跟杨翰在搏斗的时候受了伤。杨翰虽然是个博士，但个子很高，彭怀安要杀死杨翰，也并不那么容易。

厚重的铁门里，不管发生了什么，外面也听不到动静。杨翰跑去的时候，也不会想到，会是自己最后一次踏进千佛峡的洞窟。

他所深爱的地方。

10

"哦？我说反了？哪里说反了？"

晓霜仰起了脸："活着走不出这里的，是你们。"

彭怀安几乎是错愕了，他盯着晓霜，忽然爆发出了一阵大笑："你们听，你们听听，这么个小丫头，居然说出这种话？是我疯了，还是她疯了？"

丹朱把晓霜拉回来坐下了。她柔声地问："那天晚上，杨翰死的那一晚，究竟发生了什么事？你们原本没想到要杀他的，是吧？"

马爱莲抬起了头。她的眼神恐惧而狂乱："没有，没有，我从来没有想过要杀小杨。我从来都没想过杀人……"

"得了吧！你现在来撇清什么？"彭怀安再次狂笑了起来，笑得前仰后合，连椅子都在咯咯作响，"最毒妇人心，许力不就是你害死的？当时，我就跟你说，你那个死脑筋的前夫是仙芝的直系后代，他根本不可能答应你去偷走壁画的！仙芝就在那里面，这等于挖他的祖坟，他怎么可能会去干这种事？好吧，你偏要去干，你说成了事实他也就认了，老子也就听了你的！结果，哈哈哈，结果怎么样？他发现我们偷了二十八窟的壁画，发疯一样地来追我们，在戈壁里面跟我扭打起来，结果把那些壁画都搞得支离破碎，风吹得到处都是，你跟我偷鸡不成倒蚀了一把米，费了心机，杀了人，结果还一无所得！"

"你这个蠢货，你在胡说八道些什么啊！"马爱莲挥舞着双手，抓着自己的头发，"你现在把什么都推到我身上了？你当时怎么愿意去干啊？我拿着枪逼你了？还不是你自己贪心，而且，那个死家伙，他发现你跟我的事了，不杀了他，他会让我们好过吗？"

晓霜狠狠地说："狗咬狗，咬得真好啊！不用我们问，你们自己就招了，说得可真是详细啊！"

彭怀安并不理她，只是脸色狰狞地瞪着马爱莲，狂叫道："贪！就是你贪！不是你那么贪的话，我们怎么会搞到骑虎难下的境地，怎么会一个又一个地杀下去？杀了人，就得想办法掩饰，上一次，我想到了水月观音吸血的那些事，把你那死男人的尸体抬回来，放在第三窟，还好你以前当过护士，懂点这方面的事，好不容易算是蒙混过去了！隔了这么多年，算是平静了下来，你还不甘心，你说上次费了大力又没弄到手，这次再来一次，不会有人发现的，还说龙勇也会帮忙。好呀，我答应了，我干了，结果，这次又被杨翰发现了！"

"我不想杀他啊！我真的没想过杀他啊！我已经找好买家了，上次那个英国人，他对这个馋得不得了，定金都给了。等钱一到手，我们马上走，没有人会知道的！"马爱莲尖叫着，"谁叫杨翰看到了？他发现了我们藏在屋子后面的黏胶，准备装壁画的那些东西，他还发现了我抄下来的开门的密码啊！他一想，就想到了，我之前找借口想把他支出去，他估计就觉得有点奇怪。我不能在他也在千佛峡的情况下，去干这事啊！他什么都明白了，我是不得已，不得已啊……"

杜润秋听着他们的对话，最后的一点疑虑也消除了。原来杨翰那天晚上来找他们的时候，手那么冷，就是因为他在外面找到了马爱莲和彭怀安准备用来撕下壁画的黏胶那些东西。杨翰原本怀疑他们会对水月观音下手，因为那天水月观音净瓶里的观音柳起了变化。但是，晓霜无心的话提醒了他，他知道了马爱莲真正想下手的目标。而当他从马爱莲的笔记本里看到密码的时候，他甚至连自己的恩师、千佛峡研究所的所长都不敢再相信了。

因为除了杨翰，知道密码的只有所长一个人。

彭怀安指着马爱莲，狞笑着问道："我还真不明白了，你怎么会连豆子都不放过？豆子是我捡回来的，养了这么些年，它得罪你什么了？我真想不明白，豆子碍着你什么了？"

晓霜刚被丹朱拉着坐下，这时候，又站了起来。她的声音都在颤抖："你……是你把豆子杀了？为什么？"

马爱莲看看晓霜，又看了看彭怀安。她的眼神更恐惧和畏缩了："杨翰死的时候,豆子就在旁边啊!它……它都看到了啊!你们都没看到豆子的眼睛吗?那么亮的一双绿眼睛……它什么都看到啦!"

"看到了又怎么样?难道它还会对人说出去?"彭怀安直着嗓子吼了起来,"你这个蠢女人,你他妈的有毛病啊?豆子只是一只猫!猫!它不是人!你疯了吗?"

"喵呜——"忽然,一声轻轻的、细细的猫叫,从半敞着的房门外飘了过来。马爱莲发出了凄惨至极的一声尖叫,从椅子上直跳了起来。

杜润秋也是一个寒战,迅速地转头一看,只见门缝下方,果然有双碧油油的眼睛在幽幽的闪光。一刹那,他也觉得从头凉到了脚。

晓霜轻轻地朝门口走了过去,嘴里轻轻地唤着:"豆子?是你吗,豆子?"

门缝里又"喵呜"了一声,像是在回答她。晓霜脸上出现了喜悦的表情,弯下腰,伸出了一只手:"豆子,别害怕,过来,是我……"

突然间一道黑影一闪,从晓霜的头上蹿了过去,几乎是与此同时,就听到了马爱莲撕心裂肺的凄厉叫声。她的叫声,让在场的每一个人都毛发直竖。

两道鲜血,从马爱莲的眼眶里流了下来。她的两个眼眶里,已经空空如也——两颗眼珠子已经不见了!

她双手在空中盲目地乱抓,凄厉地狂喊着:"不、不、不,别来找我!杨翰,你别来找我!我本来不想杀你的,我本来是想把你支开啊……谁叫你不肯加入我们?偷盗国宝是死罪,我也是没有办法啊……啊!豆子最喜欢的是你,我怕豆子啊……它看到了,狠狠地瞪着我,它的眼睛……我只能那么做啊……我使劲地掐着豆子的脖子……它乱抓,爪子拼命乱抓,挣扎了半天,终于死了……没人知道了!没人知道了!豆子的眼睛被我挖了,它没看到,谁都没有看到,没有看到……我……我的眼睛?我……我怎么看不到了?我的眼睛呢?我的眼睛……眼睛!"

晓霜冷冷地地说:"你的眼珠子被豆子挖出来了。就在你的脚下面,你自己到地上去摸吧。"

她这话残忍得让杜润秋都吃了一惊。马爱莲扑通一声跪了下来,疯狂地在面前乱摸着:"我的眼睛……我的眼睛在哪里?在哪里?还给我啊……我的眼睛……"

她满脸是血,眼眶成了两个血洞,跪在地上发疯一样地摸着,一直摸到了门边,还是没有找到她的眼珠。只听晓霜在她身后,声音更冷地说:"你的眼珠子,刚才被豆子给抢走了啊,它跑了,你看到没有?豆子跑啦,往洞窟的方向去了。赶快去找啊,去晚了,就不知道豆子把你的眼珠子弄到哪儿去啦!"

马爱莲一头撞在了门上,大概是撞上了一颗钉子之类的东西,额头上立刻鲜血直冒。她就像是没有感觉似的,挣扎着爬出了门,继续朝外半爬半走,嘴里还在凄惨地叫着:"我的眼睛……还给我,豆子,把我的眼睛还给我……"

杜润秋突然觉得胸口一阵翻腾,恶心得想吐。他干呕了两声,但却什么都吐不出来。丹朱瞟了他一眼,说:"秋哥,你还好吧?"

"……还好。"杜润秋把眼光投到了彭怀安身上。彭怀安那件一直披在身上的军大衣,已经滑到了地上。他一只手紧紧抓着椅背,手背上青筋毕露。他的脸也在痉挛,狰狞而恐怖。

杜润秋问:"你为什么不去追她?你们不是同谋吗?"

"……我知道,我们都会不得好死的。"彭怀安又笑了起来,笑得浑身都在抖动,"从我杀死杨翰的那天开始,我就知道,我们都会不得好死。他冲了进来,说他什么都知道了!他指着我们,咬牙切齿地骂我们,说我们干出这种丧心病狂事情的人,会不得好死!是的,我们会不得好死,但是他,比我们死得更早,死得更快。爱莲在背后抱住他,我一刀下去,对准他的脖子,他就很快地死了……"

丹朱转向了龙勇。一直到这时候,龙勇都没说过一个字,脸上木然的表情也没有变化。"龙警官,我想,你很快就看出来,第一现场并不是第三窟吧?并不是在水月观音像下面?我们是外行,我们不懂,但是你,你是知道这一点的,对吧?"丹朱问。

龙勇两眼盯着火炉,没有回答,没有反应。丹朱淡淡地接了下去:"水月观音——不,应该是仙芝,她一直在保护她自己,所以她会杀死危及她的人。但是,她没有杀杨翰,她没有理由去害这个一直全心全意保护和爱护千佛峡的男人。你们也害怕她,所以并没有对最珍贵的水月观音像下手,而是转向了第四窟的普贤文殊变和第二十八窟的密宗欢喜佛。那一年,你们已经失手过一次,当时跟你们起冲突的就是马爱莲的前夫,也就是仙芝的后代——许力。他也是坚决不允许你们做出这种事,被你们杀害的。你们已经有了经验,怎样把一个人身体里面的血尽量吸出来,造成被吸血的假象。你们擦净了现场的血迹,然后把杨翰的尸体移到了水月观音面前。你们再次制造了同样的假象——杨翰颈部的伤口非常可怕,事实上你们就是为了掩饰一点——他并不是被吸血而是被你们砍死的!而且,你们还有一个重要的帮手,那就是龙警官。龙警官找了些借口,让法医来得慢一点,他就有机会销毁某些证据。不过,我觉得挺奇怪的,龙警官,你为什么要纵容他们呢?你为什么要包庇这些杀人凶手?我看得出来,你来的时候,并不知道发生了什么事,但是你在发现了之后,你很快就决定要包庇他们。为什么?"

"让我来回答你吧。"一个衰老而虚弱的声音,颤巍巍地传了过来。老所长站在门口,他看起来比任何时候都老,像是一株马上要枯死的老树。

龙勇终于动容了。他跳了起来,向老所长伸出了双手,嘴唇颤抖着,却说不出话来。

老所长没有理他,一瘸一拐地走了进来,在椅子上坐了下来。他踩在了马爱莲的血上,可他完全没有理会。

"阿勇是为了我的病。"

杜润秋的视线落到了刚才龙勇带来的那几瓶药上。Gleevec,那是目前最有效的抗癌靶向药物之一,价格非常昂贵。他一看到这药,就已经明白了龙勇的动机。

不管怎么说,这个动机,总比贪财的动机要能让人原谅一点,即使只是一点点。

"这就是村长和九叔的故事的翻版。"杜润秋低声地说,"是吧,所长?你也得了癌症,癌症是太花钱的病,需要一大笔钱才能救你。你没有这笔钱，龙勇也没有。但是，龙勇想救你，不顾一切地想救你，哪怕是忘记自己的良心，出卖自己的灵魂。他不是始作俑者，他也没有杀人，但是他视而不见，有意纵容。事后，他可以在倒卖壁画的那笔巨款里分得一部分，作为你的治疗费，那是绰绰有余的。"

丹朱轻轻地叹了一口气。她望着龙勇，眼里有同情，也有怜悯："所以，你默许了。但是，你的良心，一直在极度不安中，不是吗？"

老所长望着龙勇，那双眼睛是疲倦而伤痛的："阿勇，你怎么可以做这种事？你要我用这样的钱来活下去？你觉得……我能做得到吗？"

"……爸，我只是想你活下去。我不想再发生九叔公那样的事。我不想我的人生再有同样的遗憾。"

老所长的眼神，更绝望了："阿勇，你怎么能这么做？你知道我有多爱这个地方，你比谁都清楚。你怎么能纵容这样的事？你知道这比杀了我还让我难受吗？"

龙勇的声音里，已带着哽咽："我知道，我什么都知道。爸，我只是想救你，我只是不想你死！这是唯一的机会……我不可能再有这样的机会了！"

老所长笑了，他笑得十分平静："人活着，有很多种活法。从小，我就是这么教你的。阿勇，到此为止了。你理智一点儿，我的病，已经是晚期。就算治疗，也是活受罪。你想让你的父亲去受那份活罪吧？我只想安安静静地在这里……千佛峡，每天在这里看着……日出和日落的时候，那线光洒在洞窟里，所有的菩萨都在对我微笑……那时候，就是我觉得最幸福的时候。"

龙勇突然叫了起来，他的眼泪也飞溅了出来。"是的，你这一辈子，就只有这些壁画，这些塑像，这些黑洞洞的洞窟！可是我呢？你想过我没有？想过你的儿子没有？你从没关心过我，你心里永远都只有那些壁画！"他指了一下杜润秋，"你是想要他们发现真相，是吧？你是想有人把事情揭穿，是吧？"

"……我不希望你一错再错。"老所长倦怠地说，"我本来不愿意当面揭穿，毕竟，你是我的儿子。我这几天，一直留在这里，天天守着，不让他们有机会去碰壁画。但是,不能一直这样下去。今天这几个孩子来了,很好,我希望,你能自己把做错的事,做一个了结。"

他站了起来。他的腿脚已经不灵便,但却有种无法形容的坚决:"你们几个,跟我出来。我有话对你们说。"

龙勇对着他佝偻的背影,发狂一样地大喊:"你是为了杨翰,才一定要我死的,是吧?我是你的儿子,这是事实,可是,你却更喜欢杨翰,比起我,他更像是你的儿子,是不是?你宁愿要他,也不愿意要我这个亲生儿子,就因为我不像他一样,懂得那些见鬼的壁画,不能跟你高谈阔论!你看不上我,甚至看不上我为你做的一切努力,是不是?是不是?哈哈,哈哈……"

老所长站住了。他颤抖地、低声地说:"我只有你一个儿子。知道你做了这样的事,我的心有多痛,你明白吗?"

龙勇的狂笑声,骤然地停止了。片刻之后,屋里再响起的,是他崩溃的痛哭声。

"所长,马爱莲是从你那里知道密码的,对吧?"丹朱问道。

老所长点了点头:"我老了,记性不好,都是记在本子上,马爱莲要翻到是很容易的。她常常到我那里来,我有时候也会过来。都是我的错,太大意了。"

杜润秋望着他,低声地说:"所长,你大可不必对你儿子那么残忍的,他都是为了你。"

"于情,于理,我都应该这么做。"老所长说,他的眼里又有了那种炽热的光芒,像日落时最后的光照,"有些东西,是决不能被伤害的。无论谁都没有权力去伤害它们。还有,杨翰,他是我最得意的一个学生,他就跟我的亲人一样。阿勇是我的儿子,是我唯一的骨肉,但是,我不能让我的学生死得这么不明不白。"

丹朱轻声说:"我能问您几个问题吗?"

老所长点了点头:"你说。"

"那究竟是个什么地方?那个跟壁画上一样的地方?"丹朱问。

老所长看了她一眼:"你们没发现那个地方就跟水月观音像上面的一样吗?当年的许玄清,不只是以仙芝为蓝本,甚至连实景都有蓝本。那个地方之所以能一直保存到现在,大概也是因为仙芝的希望,她喜欢那个地方。马爱莲她害怕……害怕仙芝……所以那么珍贵的净瓶在她手里,她也不敢卖掉。那是仙芝的东西。水月观音的壁画,她更是想都不敢去想。仙芝的传说,在这里流传得太久了,已经深入人心了。所以,她偷偷把净瓶供奉在那里,希望仙芝不要为此而怪责自己……"

丹朱喃喃地说:"原来如此。我就奇怪,她为什么要在我们的茶里面下安眠药。她怕我们碍事……"

杜润秋记起了有一天马爱莲在第三窟的表情。确实,马爱莲对水月观音,应该是相当害怕的,害怕到了迷信的地步。

净瓶里的观音柳,绿了又黄,枯了又活。

仙芝的心情,就是观音柳的变化吗?

晓霜咬着下唇,眼眶红红的,相当愤怒地说:"仙芝既然有法力,为什么不把这些恶人都杀死?她不是一直都在惩罚偷盗壁画的恶人吗,可是,这一回她为什么不管了?"

老所长看了他一眼,眼神意味深长:"你们真的认为那些人,都是死在仙芝手里的吗?"

丹朱吃了一惊,杜润秋也怔住了。老所长冷冷地笑了一下:"你们太天真了,也太高估人性了。彭大发究竟是怎么死的,现在已经无从查证。他的血是不是被人放光了,我们也无从知道。但是之后呢?自从彭大发死后,下了一场大雨解了旱情,这里的人们就相信,只有给水月观音上供,才能多下几场雨,让他们的生活好过一点。但是,事实上,并不真有那么多人有胆量去动水月观音的脑筋的!迷信有时候比法律还有威慑力!"

晓霜颤声地说:"是不是……其中的某些人……并不是盗贼……而是被……当地的人联手……联手……"

"那些被杀掉的人,都是些最被看不起的人。"老所长苦涩地说,"也都是没有人关心的人。大家认为,因为仙芝自己的血留在壁画里面,所以水月观音也需要人的鲜血。割开那个人的咽喉,像杀猪一样,把那个人的血给放出来，恭恭敬敬地盛在瓶子里，供奉给她……"

杜润秋只觉得自己的舌头都僵掉了，任他平时巧舌如簧，这时候是一个字都说不出来。

丹朱虽然脸色苍白，仍然问道："所长，您是怎么知道这些事的？"

"其实，聪明一些、有点见识的人，都已经觉察到这一点了，像九叔。只是，无力去阻止，只能默默地看着，任凭自己的良心受尽谴责……他从彭大发死的时候，就怀疑了。阿勇听到的故事，又有多少真实度？"老所长的声音，越发悲哀，"那些年头，那么混乱，加上迷信的作用，没有人去管。直到这十几二十年，人们的生活是好多了，至少衣食无忧，又成立了研究所，专门管理千佛峡，这种事情才慢慢消失了。我们能去追查吗？会有结果吗？"

晓霜尖叫了起来："那些人，他们就没有受到惩罚吗？这太可怕了！"

老所长深深地看了她一眼："贫穷和愚昧，就是造成悲剧的根源。当然，贪婪，也会让一个人完全变样……像马爱莲……"

晓霜喃喃地说："仙芝真是可怜，给她的，根本不是她想要的。"

老所长长长地叹息了一声："是啊，她从来要的都不是这些。知道为什么许玄清会嫌弃那么一个美丽的妻子吗？就因为仙芝是个有名的舞伎，在唐末战乱的时候流亡到千佛峡一带的，她最擅长的就是反弹琵琶。许玄清是个懦夫，他根本不敢面对自己的良心——如果他还有良心的话。"

他又笑了一下："其实，我也是个很软弱的人，我看不起我自己。我应该马上就把真相说出来，可是，我一直摇摆不定。毕竟，那是我唯一的儿子，而他，完全是为了我……"

三个人都望着老所长，实在找不出任何安慰的话。

老所长沉默了好一会儿，突然说："刚才……我听你们在叫豆子……你们真的看到豆子了吗？豆子……它不是已经死了吗？"

晓霜忽然发出了一声惊呼，一下子抓住了丹朱的手。杜润秋也随着她指的方向望去，他啊的一声低叫，顿时觉得头晕目眩。

这时候，夕阳西斜，千佛峡被笼罩在落日的光里，凄艳如血。河流里的冰块已经都化了，水流奔涌，冲击着两岸的沙石。那两行红柳，似乎也红得更艳了，枝叶仿佛都是在血里浸过一样。傍晚的冷风穿过峡谷，发出飒飒的声音。

第三窟的铁门是开着的。有两个人站在洞窟的门口。夕阳的光洒在他们身上，给他们笼上了一层金红的光晕，似真似幻。

一个是杨翰。他仍然跟杜润秋他们第一次见到的时候一样，一身黑衣，镜片下的那双眼睛，热情又聪慧。

另一个是女人。一个一身轻纱衣裙，头挽云髻的女人。极美丽的一个年轻女子，脸如银盆，双眉如画，眼角含情，嘴唇如花瓣绽放。

杜润秋揉了揉眼睛。他再睁开眼睛的时候，杨翰和那个绝色的女子仍然站在一起。他们两个人的手，握在一起，杨翰的怀里，还多了一只黄猫。

"丹朱！！！"晓霜忽然尖叫了一声，她死死拽住了丹朱的手臂。杜润秋惊异地看着她们俩，不知道这两个女孩又在搞什么花样。只听见晓霜抓着丹朱，一迭连声地说："这是最好的结局了，他们会永远活在这里，杨翰会活在他最爱的地方，永远……让他们去吧，还有什么比这更接近永恒？这个世界上，不是没有永远的东西，丹朱，你真的就不觉得感动？丹朱……放过她吧……"

啪的一声，不知道什么东西从丹朱的手里滑了下来，落到了地上，碎了。杜润秋低头一看，是那个羊脂白玉的净瓶，他们在竹林拿到的。

晓霜的眼泪已经沿着脸颊滑了下来。阳光里，杨翰对着他们挥了挥手。豆子也仰起头，对着他们喵呜了一声。

杨翰的笑容，在沉落的光线里，慢慢变得透明，最后消逝。

老所长一个趔趄，像是双腿已经支持不住身体的重量一样。杜润秋虽然晕眩得厉害，但仍然眼疾手快地扶住了他。他看到，老人的脸上，已经老泪纵横。

"这会是他的希望。他会永远活在他所爱的地方，永远守护着千佛峡。"

说完这句话，老所长推开了杜润秋，向他之前休息的那间小平房走了过去。

"走吧,你们也该走了。"

轻轻的吧嗒一声,门关上了;与此同时,杜润秋听到了从另一排的平房里传来的两声枪响。

一前一后的两声。

杜润秋转过头。千佛峡已经沉入了一片暮色里。那盏昏昏欲睡的灯,终于熄了。

一切都结束了。只有傍晚的风声,依然穿林渡水而去,不肯停步。

尾声

三个月后。

杜润秋站在省博物馆的一间特别展室里,怔怔地望着墙上的一幅画。

这就是杨翰曾经提到过的、当年在千佛峡由张大千所绘的水月观音像的摹本真品。画中的水月观音,似笑非笑,眉目传情,秀丽绝伦。当杜润秋知道它正好在省博物馆巡展的时候,他一改往日的禀性,居然跑去参观了。

在他们离开千佛峡后,晓霜从李副院长那里得知,极其离奇的,存放在梦城的那具千年干尸,突然间成了尘土。梦城前的那株观音柳,也完全枯萎,残枝败叶永远地埋在了黄沙里。

当然,这些也许都是自然现象。

那个叫仙芝的痴心女子,在苦苦守候了千年之后,终于找到了她的另一个所爱。想到这里,一瞬间,杜润秋有些恍惚。这就是所谓的缘分?就算是穿越千年,有缘的人也会相逢,相知,相恋,即使原本是人鬼殊途?

这一切,是真是幻?

她留在死去的杨翰额上的那一吻,象征的并不是恐怖和死亡,而是这个痴情女子从此不会再为悲伤的过去所困。

杨翰曾经说过，他在看着水月观音的时候，总觉得她也在看着自己。

杜润秋现在，确实是相信了。

他对着墙上挂着的水月观音摹本凝视了很久很久，终于慢吞吞地挪开了。

这位著名的画家，留下了不少墨宝，都是有关千佛峡的。杜润秋又在另一幅反弹琵琶的飞天前停住了。

许玄清为什么对如花似玉的妻子如此残忍？老所长说得有道理，仙芝本来是个舞伎，那反弹琵琶就是最好的例证。反弹琵琶的技艺，在历史上是不是真的存在，或者仅仅是画师笔下的一个美丽的形象，一直是个谜，但杜润秋完全相信，仙芝就拥有这样的技艺。她向往平淡又真切的夫妻生活，即使是再贫穷，她也会深深满足。

可是，许玄清不一样。他更想要的，是实实在在的金钱，地位，名誉，这跟杨翰正好相反——杨翰的梦想，就在那千百个洞窟里，那些记载着历史沧桑的壁画里。那是他的生命，他的挚爱。

老所长也一样。他跟龙勇是骨肉至亲，这份血浓于水的亲情仍然无法击穿他这份挚爱，来自灵魂的爱。

那一天，两声枪响后，杜润秋冲过去一看，彭怀安和龙勇都倒在了血泊里。龙勇一枪打死了彭怀安，另一枪留给了自己。

这是他的选择。

马爱莲死在了第三窟的水月观音像下面。她是心脏衰竭而死——这是法医的说法，事实上，杜润秋相信，她是因为恐惧而死的。两颗血淋淋的眼珠，就在她脚边。马爱莲到死也没能找到她的眼珠子。

豆子也有自己的报复方式。

当然，挖掉马爱莲眼珠子的，也许并不是豆子，只是一只野猫。

老所长扔掉了他随身的药，也就是晓霜曾经在他身上找出来的那瓶药。他的病，随时都需要那瓶药。在警察到达千佛峡之前，他已经躺在床上，静静地走了。杜润秋不知道,他是不是也跟杨翰和仙芝在一起？还有豆子？他们在一起……在他们自己的世界里，一个俗世中的人永远走不进，看不见也摸不着的世界。

就像千佛峡的第四窟，晓霜一直向往的那幅普贤文殊变，里面描绘了一个无比美好的极乐世界，香烟缭绕，歌舞升平。对于那个世界，尘世的人，只能仰望，永远无法企及。

杜润秋吸了吸鼻子。他的眼睛发酸，鼻子也酸得难受。

离开展厅之前，杜润秋回了一次头。明亮的展厅灯光之下，摹本里的水月观音正在对他微笑。

她也是不朽的。

如果说杜润秋还有什么不解的话，那就是梦城的人头鼓和人头碗，晓霜和丹朱为什么如此在意。他相信她们是有些眉目的，否则晓霜不会特地去画素描。但她们不说，杜润秋也懒得再问了。

出了博物馆，外面有不少摆摊的小商小贩，卖的都是些假古董。杜润秋走到一个卖旧连环画的小贩那里，从一套《西游记》当中，随手拿了一本翻了起来。

他拿到的是一本《计收红孩儿》。

红孩儿是牛魔王的儿子，会使三昧真火，熏得孙悟空受不住，无计可施，只得到南海找观世音菩萨求援。杜润秋的脑子里，电光火石般地闪过了丹朱讲过的那段话："我这净瓶里的水，可以灭三昧真火，只是净瓶给了你，又怕被你骗走……"

不、不、不。净瓶，不只是盛了甘露可以灭火的。一瞬间，《西游记》里那些光陆迷离的故事，在杜润秋脑子里乱撞。

金角大王和银角大王有一件宝贝——羊脂玉净瓶，连孙悟空这么神通广大的都能收进瓶子里。

还有个阴阳二气瓶，一样的也能把人收进去，只须叫一声名字，便能把人的神魂一起收进去。

康源郑重的警告，终于清晰地响在了杜润秋耳边。

"……别问我是什么，我也不确定，但是如果你见到你会反应过来的——那么你就立即逃开，越远越好。"

那个珍贵的羊脂白玉净瓶，就在丹朱的脚下，摔成碎片。

正在这时，手机响了起来。杜润秋晕头转向地按下了接听键，立刻又听到了晓霜娇滴滴的声音。

"喂？秋哥啊？你有没有空？我有个计划噢，这次你也一定要来啊……"

手机从杜润秋的手里滑了下来，摔到了地上。

——千年之吻·完

千年之吻·后记

世人都知道有个敦煌莫高窟，里面的壁画精美绝伦，令人叹为观止，是真正的稀世珍品。其实在莫高窟附近，还有一个名气不那么大的榆林窟，虽然规模较小，但同样是个宝库。《千年之吻》这个故事，就是以这个叫榆林窟的地方为背景的。

那是一条美丽而孤独的峡谷。我现在闭上眼睛，仍然能清晰地回想起峡谷两边大大小小的石窟，高而劲削的榆树，从峡谷间穿过的夹着碎冰的溪流。

榆林窟里最著名的壁画之一，是一幅水月观音。当我站在某省博物馆里她的复原图前的时候，我就呆在那里，想象着千年以前，这幅水月观音是多么的色泽鲜亮，栩栩如生。

我们不可能再看到那幅水月观音的原貌了。但我真的，真的希望能够看到它最初被画出来的样子。

于是我写了这篇《千年之吻》，把我的梦想也寄托在其中。

在一座以壁画闻名于世的峡谷里，一幅水月观音像历经千年，毫不褪色，光彩如昔。这是违背客观规律的——即使是隐藏在黑暗的深深的洞窟的，千年转辗，又怎会一如昨日？在水月观音像里，一定隐藏着某个不为人知的秘密。

男主角和女主角们来到了这里。他们惊骇地看到，白天带领他们参观的解说员死在了水月观音像下。他的额头上，留下了一个小小的、鲜红的唇印。

这是个偏僻的地方，荒无人烟。除了身为游客的他们，只有几位工作人员。

凶手是谁？是这些工作人员中的一个，还是冥冥中窥视着他们的幽魂？

　　这篇小说完稿的时候，我再次站在水月观音的复原图前，想象着千年之前她的美丽。哦，一定要站在她的面前，才能感受到她的魔力。她——似乎就真的在壁画里，巧笑倩兮，一直看过了千年的风霜。

隔世

侦缉档案 1

古城魅影

序 章

杜润秋突然从梦中惊醒了。他听到了激越的风声。像是一曲暴烈的音乐，鼓点、锣、钹……各种打击乐器混合在一起的乐声。四周触目所及，是一片没有止境的黑暗。他伸出手去，触到的是某种具有弹性的织物。

杜润秋定了定神。大约半分钟之后，他才明白自己置身于何处。

借着腕表发出的光，他看到睡在旁边的两个女孩。她们并没有睡在睡袋里，只是紧紧地裹着毛毯，缩在小小的帐篷里。那两张脸庞，年轻而动人，即使是在黑暗里，也充满了青春的气息。

丹朱和晓霜。

杜润秋的生活原本是丰富多彩的——至少他自己是这么认为。他是个十分乐观的人，说好听点是乐观，说难听点就是过了今天不管明天。他从来不攒钱，有多少花多少，没了就再去挣。他的职业是导游，虽然年纪不算大，但该见过的都见过了，所以反而养出了一副无所谓的脾气，典型的今朝有酒今朝醉。

也正因为如此，他才能够到处跑，去那些稀奇古怪的景点。

他现在所在的这个地方，甚至不能算是个景区，只有个简直不能算"门"的门，象征性地收一点门票费。里面的路还是没有修整过的土路，汽车是开不进来的。只有少数的几个木牌，上面用小学生般的字体标注着方向，而且即使是这样的方向牌都少得可怜。

但是这里的景观极其奇特。

仿佛是一座石头堆砌的城市。杜润秋从踏进来的那一刻，就想起了《一千零一夜》里面一个脍炙人口的故事。

一个国王无意中闯进了一座富丽堂皇的黑石建造的宫殿。可是，这所宫殿所在的城市却没有人迹。那是因为一个女巫的憎恨所致，她的愤怒让这个原本繁华的国家化成了华美的废墟。她把宫里的人变成了四种颜色的鱼，被渔夫打捞起来做成菜肴。

而黑石宫殿里那位年轻英俊的主人，下半身被他的妻子变成了石头，每天必须忍受她的毒打。

杜润秋睡下去的时候，这个故事，一直在他的脑海里面反复。

他在辗转反侧中最终醒来的时候，听到天边不断地有炸雷声响起。一个接着一个，闪电照得黑夜亮如白昼。

杜润秋把厚外套穿上，轻手轻脚地走了出去。两个女孩仍然睡得很熟，姣好的脸庞红扑扑的就像是苹果。

他刚走出去，就看到一道紫色的闪电劈了下来，跟着就是一连串爆炸一样的雷声。这时候已经入秋了，有这样的雷电是比较奇怪的，尤其是在这一带——如此干旱，如此荒芜，终年难得下几场大雨。

杜润秋瞪大了眼睛。在闪电的亮光下，他看到了一个人影。离他大约有几十米远，映在山崖上。那是个十分高大的人——不过，也有可能是因为影子的关系，映出来的影子往往会比真人要高大。从杜润秋的角度，他能看到这是个穿着古代盔甲的男子，右手高举一根两米有余的兵器，正在一下一下地戳着什么。那人用力很猛，每一下似乎都是用尽了全身的力气，发出令人胆寒的钝响。

杜润秋揉了揉眼睛，又用力眨了几下。他怀疑自己是不是还没有睡醒。

"秋哥……你怎么起来了？出什么事了？"

晓霜睡意蒙眬的声音，在杜润秋身后响了起来。杜润秋一回头，看见她想要起身，本能地退了一步，把她推了回去。

"……不，别起来。没事，没什么事。只是外面在打雷闪电而已。快下雨了。没什么事。"

晓霜哦了一声，又昏昏沉沉地倒了回去，抱着毛毯闭上了眼睛。

杜润秋也缩回了睡袋里。

他听到外面开始下雨了，暴雨落下来的声音，像是炒黄豆一样。他对自己说，一定是睡迷糊了，看到的都是幻觉。

丹朱翻了一个身，蒙蒙眬眬地睁开了眼睛："我听到你跟晓霜说话了。"

秋哥，你看到什么了，对吗？"

杜润秋说："你知道？"

"是的，我知道。你看到的是古代的武将，对吧？其实，这里根本就是一座古战场，或者说是一座曾经是古战场的城池。是你自己没有做好功课，秋哥，你难道不知道，这里生长的一种有名的药材叫什么名字吗？"

杜润秋脱口而出："锁阳？"

"你果然不是文盲，秋哥。"丹朱微笑。杜润秋有种莫名的感觉，在这座城池里面见到的丹朱，跟平时好像不太一样。她的笑容遥远而空茫，而且常常听不到别人对她说话，不管是自己还是晓霜。她好像一直沉浸在自己的某个记忆里，而她看着这里——这个石头城池的时候，眼神里总带着某种无法形容的情绪，复杂得让杜润秋分辨不出她究竟在想些什么。

这个石头城池只长一种灌木，一团一团，盘旋在各色各样的石堆旁边。杜润秋认得那种灌木，是一种叫"白刺"的植物，现在正是结果的时候，白色的灌木枝条中，长着一簇簇非常美丽的晶莹的红色果子，很像樱桃。每一片白刺生长的地方，都隆起一个小土丘，因为白刺的根会牢牢地抓住底下的沙丘，然后向上长出越来越多的枝叶。

这是植物面对恶劣的大自然的一种生存的方式。而锁阳，就寄生在白刺的根上面，也只能寄生在白刺上面。

它们无法独立生存。

这座城的名字也是因此而生——"锁阳城"。

"丹朱，你们来这里，是为了什么？"杜润秋问道。

丹朱没有立刻回答。过了好一会儿，她才轻轻地说："一个被施过魔法的城市，会在夜里露出它的真面目。而在白天，只是一个虚幻的影子而已。"

1

蓝天白云艳阳高照的一天，杜润秋带着一群人，到了锁阳城。

杜润秋是个资深导游，现在也偶尔做一些自由行领队的工作。这种领队赚不了几个钱，但是很有趣，能够去各种人迹罕至的地方。

不过，他这一次接的路线，确实从来没有走过，对"锁阳古城"这个名字，杜润秋只是有所耳闻而已。

他之所以答应，还是因为夏月一再拜托他。

夏月原本跟他是同行，很久以前就认识了。后来夏月不知道跑去干什么了，杜润秋也好几年没见她。这回再见面，杜润秋觉得她还是没怎么变，只是晒得更黑了些，两颊上的雀斑也变得更多了，大概是长年在户外的原因。

不过，夏月确实是个漂亮女孩，瓜子脸，大眼睛，虽然瘦，但挺结实，一看就是常常在健身房锻炼的。杜润秋对她印象很好，夏月是个非常爽朗的人，跟她来往，不需要费什么心思。

夏月告诉他，这个小团队是某著名摄影杂志的工作人员，跟L电视台合作，来锁阳城做一个专题节目。她跟这个小团队不是第一次合作了，连沙漠都去过，可是，这个锁阳城在崇山峻岭之中，她甚至都没听说过，有些犹豫，所以约杜润秋一起来。

杜润秋着实有点后悔。他觉得自己的五脏六腑都要被颠出来了。这一路上，他实在是受够了。他当了十年的导游，也很少走过这么烂的路。尤其是在雨后，越野车一次又一次地陷在烂泥里，又铆足了劲地开出来，车身糊得全是泥巴。

一路上，除了山，还是山。对于见惯了美景的杜润秋，这里的山光秃秃的，实在是没有什么特色可言。要到这个锁阳城，得走好多天，山里面偶尔会有个村子，要找宾馆那简直是痴人说梦，有时候导航都找不到路，也难怪这个小团队要找个经验丰富的领队跟他们一道了。

杜润秋在来之前，找几个同行打听了一下，只有一个听说过这地方，但也只是听过，从没去过。这是座很不出名的古城，藏在深山里面，据说是个古战场的遗迹。所谓遗迹嘛，杜润秋也懂，意思就是"什么都没有了"的地方。

他把车停在了景区门口。这是部性能很好的越野车，最适合自驾游，但也实在没办法进景区。路况不好也罢了，但路两侧的山崖有时候相隔只有一米宽，估计只有自行车能挤过去，再好的越野车也没用武之地。

而且，杜润秋不但要充当司机，还得充当搬运工。夏月看他背着那个快有一人高的野营背包，走得呼哧呼哧，在那里掩着嘴偷笑。

"唉，难怪要找我，又要当司机，又要当搬运工，哪有这么好的事……"杜润秋一向身体很好，但他也不是个愿意吃苦的人，平时是绝不会玩什么极限运动的，攀岩登山，一律不玩。现在叫他背着这么沉重的东西爬来爬去，他还真是不愿意。这里的路实在是很糟糕，高高低低遍地石笋，一不小心就踩着一条尖利得像刀一样的石笋，虽然他穿的运动鞋鞋底很厚，还是被戳得蛮疼的，一路上就听见杜润秋在"哎哟哎哟"地直叫。

这是一座石头之城。几乎没有什么植物，沙砾满地，只有极少的枯黄的野草。那些石头，千奇百怪，有的像动物，有的像建筑，有的像人，有的像个天外飞来的大蘑菇或者UFO，孤独地立在山顶，俯视着他们这几个闯入者。

杜润秋以前也去过一些以石头造型奇特而闻名的景区，但没一个比得上这里的规模。他们现在走到了一条山沟里，四面都是峭壁，那路几乎没修过，而那些令人惊叹的石头景观，两侧的峭壁上处处可见。

有一块像"骆驼"一样的石头引起了杜润秋的注意。那算是一块巨石，跟一头真正的骆驼几乎相同的大小。这"骆驼"虽说瘦了一点，但还是够高的，眉眼口鼻都惟妙惟肖，睁着一双铜铃样的眼睛，神气十足，杜润秋盯着看久了，简直觉得这骆驼马上就要转一下头，动一下眼睛，发出一声叫。

杜润秋上前拍了拍那骆驼的腿："这骆驼真是太太太像真的了！是不

是应该骑上去拍张照?"

"当心骆驼把你掀下来呢,它大概不高兴你骑它。"孙浩哈哈地笑着说,他是记者,一脸的聪明相,还能说会道。

杜润秋自然比他更能说会道:"这骆驼是个石头玩意儿,怎么可能会高兴或者不高兴呢?"

摄影师丁城,脖子上挂着不离身的单反相机,这时候说道:"这不算什么,赶紧往前面走吧,好看的在里面呢。"

丁城个子不高,挺瘦弱的,一路上也不太说话,跟爱说爱笑的孙浩完全是鲜明的对比。杜润秋听他这么说,就问:"怎么,你来过?"

"来过一次。"丁城似乎不太愿意提起,说了四个字又闭嘴了。杜润秋不满地说:"你既然来过,那路上我们找不到路的时候,你怎么不指路?"

"……我上次不是一个人来的,我也不记得路。"丁城回答得相当勉强。杜润秋叹了口气,不再问了。

在山谷里又转了一个弯,这时路变成了两条,也没了指路的标志。杜润秋犯了难:"这这这……我们应该往哪边走?"

"走左边。"丁城说,"这我还是记得的,好看的景点都集中在左边了。"

左边的路更糟了,坑洼不平,不时地还从两旁的山壁上掉几块碎石下来。杜润秋向上看了几眼,心里犯了嘀咕。这石壁质地是比较疏松的那种,又一棵草都不长,要是碰上大雨,那还不得一大片一大片地垮下来?在这一米来宽的峡谷里,那真是连躲都没地方躲啊。

又转了一个弯,杜润秋啊地叫了一声,停在了那里。

眼前的景观,让杜润秋一时间转不开眼睛。

半山腰上,有一块像被刀削出来的平地,上面有几十个"蒙古包"。这些"蒙古包"实在是太逼真了,简直就像是实物被石化了。其实,与其说是蒙古包,不如说是古代行军打仗的帐篷,大大小小足有几十个,分散在山腰上。

"太壮观了。"杜润秋喃喃地说,"比石林啊什么的都壮观多了。这里简直像……哦,简直像是一座被魔法点化出来的城市。是不是到了某个时候,某个特定的时候……它们就会……"

"会怎样？"夏月在他身边问。

杜润秋耸了耸肩："没什么，我只是在胡说八道而已，别在意，别在意！"

又爬了一段路，面前豁然开朗的时候，杜润秋又发出了哦的一声惊叫。他把登山包往地上一扔，人也一屁股坐了下去。他咂着嘴说："好地方，真是好地方。这样的地方，居然没被开发出来？那些搞旅游的，都瞎眼了？"

这次他面前的山腰上，有一片奇异的建筑，就像是希腊式的神庙。相当大的一片，有大有小，柱子简直就跟科林斯式柱一模一样（科林斯式柱是希腊神庙里一种装饰性很强的柱子）。看起来，就像大大小小的孤独的一群神庙，有些已经破败不堪，仅余几根立柱——连柱子的涡卷和顶上的毛茛叶都如此细腻真实！有些神庙还相当完整，有门廊，有柱子，有顶棚。只是，希腊的神庙都是沐浴在阳光之下的，而眼前的这片石头的神庙既没有供奉的神灵，也没有葱葱郁郁的植物。四周都是干燥的沙石，寸草不生，一眼望去满眼都是暗淡的灰和令人焦灼的褐红色。

"太不可思议了。"杜润秋继续感叹，"唉，如果它们有颜色，那跟真的神庙就真没区别了！"

"哦……说不定呢。"齐维的眼睛，怔怔地凝视着眼前奇特至极的景色。他是编辑，学的是历史，具体哪方面的历史杜润秋没问，一说话就掉书袋的齐维实在让他腻味。"也许，在我们一眨眼的时候，它们就会迅速地披上带着美丽色彩的外衣……变成一座座金碧辉煌的神庙，每根柱子都是青铜镀金的，雕刻着莲花的花纹……"他说。

杜润秋看看那些灰白色的柱子，笑了起来。"那你还是去希腊吧！这个地方，我看就是座魔法之城，它不会变成你梦想的样子的。看看这四周……"他朝周围瞟了一眼，心里隐隐地浮现出了某种不祥的感觉，"我简直觉得，这个山谷，好像连阳光都射不进来。在外面，我们停车的大门口，我明明记得还是阳光灿烂的，怎么一走进来……这天色就变得阴沉沉灰惨惨了……我有点冷！"

"只是天阴下来而已啦，秋哥。"夏月瞟着他，"我们也就四五年不见吧，你怎么年纪越大，反而越变越胆小了？"

杜润秋叹了口气:"胆小?劳驾,我说的是实话!"

夏月摇头,叹气:"我看,是你老了!"

杜润秋差点没气得跳起来,孙浩在旁边打圆场:"这地方很不错啊!今天晚上,我们就在这些神庙里面住吧。杜导,你看呢?你觉得这里合适不?"

杜润秋不得不承认,这是个好主意。那些"希腊神庙",不仅外表像,就连里面也像,有顶棚有墙的那种根本就是一座座石头房子,遮风挡雨。不过,虽然如此,他们还是把帐篷支在了"神庙"里面。

几个人坐了下来,吃了点干粮和水果。孙浩狼吞虎咽地吃完了,抹了抹嘴,说:"我们走吧!"

杜润秋莫名其妙地问:"走?走哪去?"

"我们要开始工作了啊!"孙浩说,"我们到这里来,又不是玩的!"

丁城看了看表,说:"罗军他们还没到?他们户外经验丰富,按理说,应该比我们先到才对啊。"

杜润秋问:"罗军?"

"L电视台的人。"夏月咯咯地笑着说,"编导和摄像。人家是在外面惯了的人,不需要跟着我们这个慢腾腾的小团队走,应该早就到了吧。"

高德地图,百度地图……全部在这里失效了,一进古城,就完全找不到方向了。齐维手里拿着一张地图,正在跟孙浩低声商量。杜润秋探头过去一看,用手点着上面标注的大红点说:"要找这里,是吧?应该很近,我看,就在这些神庙背后!走走走,我带你们去,看你们这一个个路痴的!"他忍不住看了一眼正在换镜头的丁城,问道,"你刚才找得到路,现在怎么又找不到了?"

"哦,上次我们没怎么到这边来。"丁城说,"我们在古战场拍得比较多。"

杜润秋问:"古战场?在哪里?"

"进来的时候,我们不是往左边走的吗?"丁城回答,"往右边走,就能到。不过,那边特别容易迷路,最好别一个人去。"

对丁城的说法,杜润秋不以为然,说得好像人人都是路痴一样!

绕到"希腊神庙"背后，再爬上一小段路，竟然又是一番天地。

杜润秋睁圆了眼睛，紧接着张大了嘴。他从来没见过如此奇特的景象。

那是一块开阔的平地，长满高大的红松树，还有大量的低矮的白刺。这些红松，差不多是这里除了锁阳之外仅余的植物了，看起来是如此沉默，如此孤独。

这里的白刺长得出奇地茂密，在渐渐沉落的暮色中呈现出苍白的颜色。风吹过来，簌簌地响，四面八方连个鬼影子都没有，阴寒透骨。

一道高达两米的铁丝网，把这片红松林围了整整一圈。铁丝网里面，横七竖八地躺着数以百计的石俑。

有大有小，有坐有卧。

杜润秋的眼睛都直了。这些石俑，大都并不精致，粗制滥造，跟兵马俑之类的完全不能相提并论。但却真是出奇地多，在地上堆得密密麻麻，像是被人随意地扔在地上就不管了一样。大多数都是古代武士装束，有不少是持兵刃的。

"我的天！"孙浩叫了起来，"这就是祭祀用的石俑！比我想的还要壮观！"

丁城又开始猛按快门，杜润秋在旁边说："你就这么拍吗？呵呵，这地方阴气这么重，你就不怕拍到些什么……不干净的东西？"

齐维慢条斯理地说："这些石俑，应该年代久远吧，居然就这样子放着了，连遮都不遮一下。文物保护的那些人，究竟是怎么想的？……"

他的声音渐渐轻了下去。

确实，如他所言，那道围着红松林的铁丝网，早已经锈迹斑斑，有些地方还破掉了，一眼看过去，就是年久失修的模样。

在红松林旁边，有一口井。事实上，杜润秋都不知道，这能不能算是一口井，因为它特别大，直径至少有五米，但是周围又粗粗地用石头砌了一圈，就跟寻常的井口无异。

他走到边上，向井下面看。居然还有水，墨绿色的，深不见底。

杜润秋突然打了个冷战。

夜幕降临。这一带，安静得令人毛骨悚然，只能听到呜呜的风声。

孙浩跟齐维正忙着弄饭，忽然看到杜润秋拿着香烛和纸钱，蹲在一边点火，都吓了一跳。孙浩叫了起来："你这是要干什么？"

杜润秋无精打采地蹲在那里，一张一张地烧纸钱："还能干什么，烧香啊。这地方奇怪得很，我还是烧烧吧，求个安心。"

夏月哧哧地笑："一段时间不见，你还真变了。没想到你这样的人，还这么迷信！"

齐维也附和地说："我们走了不知道多少地方了，个个地方都这样，那还得了？你居然还随身带这个？"

"路上买的。又不是鬼节，村子里面居然有卖这些的，我觉得奇怪，就买了些。"

杜润秋把三支香点燃了，插进土里。他几乎可以肯定，那些石俑，都是祭祀用的。古城本身是由石头组成的，都是天然生成的石头。而那些石俑，自然是人造的。

他突然觉得一阵没来由地烦躁和不安，猛地站起身来，大声说："我告诉你们，别以为走过几个地方，就觉得什么都见过了。有点敬畏之心吧，不然，到时候死都不知道怎么死的！"

他突如其来的发作，让几个人都呆住了。杜润秋一向笑嘻嘻地十分好脾气，从来没见他这个样子。

夏月有点慌张，悄悄走到他身边，低声地问："你怎么了？"

"……没什么。"杜润秋平稳了一下情绪，又一屁股坐了下去，"只是，心情不太好。"

夏月在他身边坐了下来，看着他的脸。她的声音很低："秋哥，你答应一起来，我……我觉得很安心。这个地方，我有些……害怕。"

杜润秋咧开嘴，拍了拍夏月的肩膀："放心啦，放心，有我在这里，你有什么好担心的！我什么没经过没见过！"

夏月的瓜子脸，也露出了一抹甜甜的笑："我弄吃的去。"

杜润秋虽然嘴上说得信心十足，那天晚上，他却连吃东西的胃口都没有，咬了两块面包就算是饱了。

这个地方有种说不出来的阴森气氛，带着股深入骨髓的幽凉之意，仿佛是从井底最深的黑暗之处升起来的。杜润秋自从踏进这里的那一刻，就感受到了这种气氛，某种强烈的压迫感，让他极为不适。

丹朱曾经说过，他的感受力很好，可以听到或者感觉到某些东西。

"喂，杜导，你跟夏月……以前很熟啊？"不知道什么时候，孙浩悄无声息地坐到了他身边。杜润秋扭过头，把孙浩上上下下地打量了一遍。

"呵呵呵，熟啊，熟得很啊！老熟人了！"

孙浩被他看得有点不自在，干笑着说："那个，你不会，不会，是她……是她前男友吧？"

"当然不是！"杜润秋甩了他一个白眼，"我一向不找同行的！"

孙浩松了一口气，笑得也真诚自然了："好，好，好，那就好！"

杜润秋反倒好奇地盯着他，嘿嘿地笑着说："想追她？你也算优质男了，嘿嘿，怎么，还追不到？"

孙浩做了个苦脸，说："我从认识她开始……哦，那一次，她当我们的领队……我就想追她了。她又开朗，又不娇气，热情善良，真是样样都好。可是，我想方设法找理由想跟她接近，老是……唉！无功而返！我现在都怀疑，我是不是优质男了！"

杜润秋看他说得可怜巴巴的，也禁不住同情起他来了，拍了拍他肩膀："这次她既然同意跟你们一起来，肯定是对你还是有点意思吧！不用这么自我否定，啊？"

"这回啊，这回她倒是一口答应了！"孙浩有点沮丧地说，"我看，她不是对我有意思，是对这个锁阳城感兴趣吧！一听我说来这里，问都没多问就答应了！"

杜润秋觉得他更可怜了，继续拍着他肩膀安慰："这回有我在呢！看我的，我一定帮你！"

孙浩双手握住了杜润秋的手，几乎都感激得要流泪了："杜导！兄弟！！"

只可惜，那天晚上杜润秋觉得头痛，这帮忙的事，暂时是做不了了。他把睡袋的拉链一拉，整个人都藏在了睡袋里面。

睡袋也不完全隔音，他仍然能听到齐维的声音，低而清晰，从帐篷外传过来。杜润秋记得，齐维一直借着手电的光，在那里看一本破旧的书。这时候，齐维正在一字一字地念着："……有奇石土中出，俱类人形。高者不满三尺，小者若在数寸……此阴兵也。"

本来在睡袋中昏昏欲睡的杜润秋，突然地睁大了眼睛。地下的潮气，冰冷地，向着他的皮肤里钻去，像是要把他的血液也结成冰。

那天晚上，杜润秋睡得极不安稳。无孔不入的湿冷之气，钻进他皮肤的每一个毛孔，全身的关节都是僵冷的。

睡觉之前，夏月煮了一种安神茶，把每个人的保温杯都灌满了。杜润秋这时候口干舌燥，就在睡袋里摸到了保温杯，喝了一口。那茶带着一点茉莉花香，非常好闻，杜润秋忍不住多喝了几口。

他真的睡得很不好。过上一两小时，他就会突然惊醒一次，都数不清醒过来多少次了。嘴里发苦，脑子发木，四肢发僵，全身发冷，手跟脚都像是灌了铅。

他做了很多奇怪的梦。他梦见了杜欣，披着一袭薄薄的红纱，尸体浮在水面上，一头长长的黑发像水草一样漂浮着。

还有梁喜，他的尸体全被窗外飘进的雨水淋湿了，一个破掉的碗，摔在地毯上。

有一回，迷迷糊糊中，他听到了丁城刻意压低的声音：

"我拿好相机了，走吧。"

这么早，就要去拍照，等着拍日出吗？杜润秋又把眼睛一闭，继续睡了。

这一次，他睡得沉多了。

"啊——啊——啊——"

他真正清醒的时候，是被持续不断的女人尖叫声给吓醒的。他拉开睡袋，直直地坐了起来，只觉得自己额头上的冷汗，沿着脸颊一滴一滴往下面淌。

杜润秋定了定神。叫声是从神庙后面的方向传过来的。

他左右看了一眼，帐篷里只有他一个人。丁城的摄影背包立在角落，却没见着人。杜润秋来不及多想，冲了出去。

外面在下大雨。透过雨帘，他看到，齐维，孙浩，还有夏月，都站在铁丝网的边上。

每个人都像变成了石像，木木的，一动不动。

在一人高的铁丝网里面，一堆大大小小的石俑前面，是丁城趴着的尸体。他的头上全部是血，后脑挨了重重的一击，都被砸凹了。

天已经亮了。灰白的天色，像每一个人的脸色。

死一般的寂静里，杜润秋听到身旁的齐维，喃喃地说了一句话：

"……夜从山下经过，闻鸡鸣，而成化石。"

杜润秋浑身上下淋得透湿，头发都在滴着水。他沉默地看着趴在石俑前面的尸体，一言不发。

孙浩在愣了很久很久之后，突然跑到了铁丝网之前，手脚并用地想攀过去。

杜润秋一把拽住了他："你干什么？"

"……当然是把他拉出来啊！"孙浩的头发全贴在额头上，歇斯底里地冲着杜润秋大叫，"难道要让他一直淋雨？就算他死了，也不能一直淋雨啊！"

杜润秋仍然拽着他不放。杜润秋注视着他，一字一顿地说："不能破坏现场。"

孙浩愣愣地盯着杜润秋。杜润秋抬头看了一看天，黑沉沉的天，几乎分不清是白天还是夜晚。浓云重重地压下来，压得人的胸口像是堵着一块大石。

杜润秋沉沉地说了一句："凶手拣了一个好时机杀人。再有什么痕迹和线索，都会被这场大雨冲得一干二净。都别进去，知道了吗？等我打电话报了警再说。"

他拿着手机，一个人去拨电话了。这个地方的信号十分差，必须走到崖边上，没有遮挡的一片开阔地，才勉强能有一点信号。

天是灰黑色的，光线非常阴暗。杜润秋的所有注意力都在手机那若有若无的信号上面，他一抬头的时候，是真的呆住了。

一个穿黑色衣服的少女，站在井边。她黑色的长发，被风吹得在脑后狂舞，缠在她的脸上。她那么美，一张白玉似的精致的脸，几乎是在黑暗里发光。

杜润秋的感觉，实在是奇怪极了，奇怪得到了极点。他觉得自己好像是中了魔法，就那么呆呆地，看着那个黑衣长发的少女，一动不动。

最先可以动的，还是他的舌头。

"丹朱？！"

丹朱震动了一下，慢慢地回过了头来，杜润秋的叫声，似乎是吓了她一跳。她好像根本没注意到周围的一切的存在，只是沉浸在她自己的世界。

"……秋哥，你怎么在这里？"

听到丹朱这么问他，杜润秋总算是长出了一口气。他刚才居然莫名地觉得害怕——害怕丹朱会用看陌生人的眼光看他！

因为丹朱刚才的样子，实在不像他记忆里面的丹朱，而更像是一个遥远的陌生人。

"哦，是一个朋友约我来的。不过……死人了……我正打电话报警呢……"

杜润秋看到，一丝隐约的微笑，浮现在了丹朱花瓣一样的嘴唇上："唉，秋哥，你还真是，走到哪里，哪里就死人呢。"

2

"你们怎么想到来这里？"杜润秋问，"这么难走的地方……就你们两个？"

丹朱和晓霜住在"蒙古包"里面。昨天杜润秋他们来的时候，并没有见到她们两个。这两个女孩，安安静静的，不像杜润秋这群人闹得厉害，杜润秋根本不知道，"蒙古包"还住着人。

但是，丹朱和晓霜，应该知道"希腊神庙"住着人啊，她们却并没有上来看一眼。

"来看风景啊。"晓霜答得很顺溜,"你们不也是吗?啊,方便面好了!快来吃,秋哥!"

在这种条件艰苦的地方,即使是方便面也是很受欢迎的,煮出来也香得很。晓霜和丹朱还带了些苹果香蕉。杜润秋膝盖上盖着一条毛毯,捧着一碗热腾腾的方便面狼吞虎咽地吃,还有餐后水果。听着两个女孩清脆的笑语声,他开始觉得这次旅程是愉快的了,居然能在这里碰到她们,简直是奇迹!至于夏月,孙浩还是多加把油吧!

"哎,我不跟他们一起住了,我来保护你们,怎么样?你们两个,多不安全啊,有我在,不就放心了?"

晓霜白了他一眼,杜润秋说:"上次你还主动找我陪你们一起呢,这次,怎么不找了?"

他本来也只是随口一说,可是这一说,却让两个女孩,好像一时间都没了话,都低着头在那里吃东西。

杜润秋苦笑了一下,说:"这下,我们真得好多天都待在一起了。进来的路,被堵住了。我们就得待在这鬼地方,没有电,没有热水,没有舒服的床,还上不了网……"

他从进来的时候对那条窄窄的通道就相当不乐观了。昨天晚上那场暴雨,确实很容易就会把山崖两边的石头给冲下去,把路全部塞住。那条仅容一人通过的山间通道,经过昨晚那一场暴雨的冲刷,已经被山上滚落的碎石给完全堵住了。

丹朱最先吃完,拿了一本书在那里看。杜润秋瞟了一眼,是本相当古老的《天方夜谭》,纸页都泛黄了,还是线装的。他就说:"哎,你这么大,还看这种童话书?"

"秋哥,你真是的。"晓霜咪咪笑,杜润秋已经十分熟悉她这种甜腻腻的笑声,"谁告诉你《天方夜谭》是童话了?你看的是改编过的儿童版本吧?"

"哦……呃?什么意思?"杜润秋呆住。丹朱把下巴搁在膝盖上,她的下巴尖尖的,长发纷纷地披下来,秀丽得像一幅工笔画。

"秋哥，《天方夜谭》，或者叫《一千零一夜》，从最开始就是个血腥的故事。"丹朱幽幽地说，"一个国王因为自己的妻子背叛了他，所以每天晚上都要杀一个处女。直到宰相的女儿开始给他讲没有结尾的故事，成功地吸引了他的注意力，一直讲了一千零一夜，国王才停止了屠杀的暴行。虽然这只是个引子，但是，却奠定了故事阴暗的基调。"

"……这跟你们来这里，有什么关系？"杜润秋问。

"你明知故问啊，秋哥。"晓霜插嘴说，"当然是因为《录鬼簿》上的记载了，不然，我们跑到这里来做什么？"

"我奇怪的是，你们为什么这么执着？"杜润秋说。这个问题，已经困扰了他很久了。"你们并不仅仅是因为兴趣，不是吗？"他接着说。

前几次，丹朱和晓霜的旅程，都是跟《录鬼簿》息息相关的。那是一本古旧的册子，据说根据里面的时辰和方位，就能找到特定的灵体。杜润秋也曾经加入她们的旅程里，可是他觉得，在这个过程里，与其说是"见鬼"，他遇到更多的是不祥的死亡。

丹朱和晓霜对视了一眼。晓霜笑着说："你怎么又开始跟我们纠结这个问题了呢，秋哥？总有一天，我们会告诉你的，我不是说过了吗？"

杜润秋在心里叹了一口气。他一头栽进了毛毯里："好吧好吧，我不跟你们说了，反正你们也是不会对我说实话的。"

晓霜还在那里啃她的苹果，啃得咯吱咯吱的："秋哥，和你一起的那些人，是来干什么的啊？"

"说是来做什么节目的！"杜润秋说，"说以前就来拍过纪录片，我还找丁城要了，准备再仔细看一下……"

"喂！——喂！"远远的，有人在大叫，杜润秋一抬头，竟然看到对面的山头上出现了几个人影。他脚底下就像装了弹簧一样，跳了起来，对着那边猛挥起了手。

"哎！——哎——呀！你们是……"

对面的人高叫道："我们是L电视台的人，来录节目的！但是路塌了，我们被困住了！你们有没有见到几个摄影杂志的人？"

"有啊有啊！我就是带他们来的领队！"杜润秋叫，"我们也发现出不去了！正在这里想办法呢！你们过来吧，我们看看能不能一起想想办法！"

"我们马上过来！"对方回答，又叫道，"你们有没有看到一个穿将军衣服的人啊？"

"将军衣服？"杜润秋莫名其妙，叫道，"没有啊！什么将军衣服？你们先过来，再说吧！"

对方答应了一声，跑走了。杜润秋接过了晓霜削好了递过来的一个苹果，咬了一口："丹朱，你怎么吃得这么少？我看你连牛奶都没怎么喝。"

丹朱垂着头："我没胃口。"

"怎么样都要吃一点儿。"杜润秋说，"保持体力是很重要的。我不知道在这里，接下来会发生什么。我早说了，从走进来的时候，我就觉得这里不对劲了，就像是阳光照不进这个山谷来一样，阴沉沉的。这个地方……这个锁阳城，也是属于拥有'气氛'的地方。有人告诉过我，人越多的地方，阳气就越重。而这个地方，可以说是人迹罕至，那岂不是……阴气特别重？"

"理论上是这样的。"晓霜说，"不过，这锁阳城，是个有意思的地方。"她转过头望着丹朱："是吧，丹朱？"

丹朱淡淡一笑："秋哥，你的直觉一向非常敏锐，不过，对于锁阳城，有一点你没有观察到。"

"哦？"

丹朱说："这是个非常容易迷路的地方。"

杜润秋怔住："什么意思？"他记得，丁城好像也说过类似的话。

丹朱又是一笑："你如果不相信的话，可以自己再去走走试试。在某些特定的时候，你一定会迷路的，相信我。这个地方，就像是一个天然的迷阵，在古代，真是个完美的战场。"

杜润秋的脑子还没转过来："阵？什么阵？你指的是……"

"诸葛亮的八阵图，或者黄药师桃花岛上的五行阵。"丹朱说，"通俗点讲，就是这个意思。"

她看到杜润秋像吞了一个鸡蛋一样的表情，笑了："别这样，秋哥。

我说的是真的。风水跟五行八卦是不分家的，所以，在这方面我算是行家。这个地方，锁阳城，它的秘密不仅在于那些怪模怪样的石头，还来自那些长在沙丘上的白刺，和寄生在白刺上的锁阳，它们都是布阵的道具。这是个天然的阵，只要守城的将领稍加利用，就能大有作为。所以自古以来，能攻下这里的绝无仅有。除了……"

谈到军事战争，杜润秋自然感兴趣。他追问道："除了谁？"

"除了一支西域军队。"丹朱微笑地说，"他们几乎成功了。不过，最后，仍然是功亏一篑。"她的眼神忽然变了，又是那种遥远而茫然的眼神，"你可以去问那些来做节目的人。他们所拍摄的节目，一定就是我说的那个将军的传奇。守城的那个将军……是个传奇的人物……薛大将军。"

她最后几个字，说得一字一顿，仿佛是从齿缝里面挤出来的一样。而她的笑，让杜润秋不解。

大约过了半个小时，两个男人终于跑了过来。他们刚才在正对着杜润秋他们的"蒙古包"的山头上，那里的石群另有一番特色，像一座座哥特式的塔楼，估计他们头天晚上就是在那些"塔楼"里过的夜。下山又上山，路又难走，而且扛着沉重的摄影器材，这么快能爬上来也算厉害了。

这两个男人都是中年大汉，身形剽悍满脸风霜，一看就是长年在户外活动的，身手十分敏捷，跑起来就像豹子。杜润秋以前见过些酷爱登山探险这类极限运动的，就是这副模样。看起来不是顶天立地，但是结实强壮，杜润秋深深地觉得跟他们相比自己就相当"孱弱"了。本来也是，如果说杜润秋看起来是业余运动员，人家就是职业泰拳选手，这能比吗？

他们两个都穿着黑红相间的防水外套，背后印着几个英文字母，杜润秋觉得那几个字母有点眼熟，应该是个什么的缩写，但一时也想不起来了。

"你好，我们是L电视台的摄制组，专门到这里来做节目的。"前面那个男人剃了个光头，脑门发亮，笑着朝杜润秋伸出手，"我叫罗军，是编导。"他又指着身后一个扛着摄像机、身材相对比较矮小、戴着副墨镜的男人说，"这是我们的摄像师，汪猛。"

汪猛想跟杜润秋握手，但他还抱着摄像装备，只得笑了笑："不好意思，这东西太沉了。"

"我的天，老罗，汪哥，你们从哪里钻出来的？！"

话虽如此说，真正像"钻"出来的，应该是孙浩。他喘着粗气，抹着汗说："一看到你们，我就下来了！昨天你们跑到哪儿去了？打手机，都关机！"

"我还问你呢！"汪猛说，"等了你们两天了，你们不来，我们就先开工了，都拍了好几段了。这里信号差，当然关机了。"

罗军却注意到，孙浩的脸色相当难看："怎么了？出什么事了吗？丁城呢？"

"他……他……"孙浩连说了几个"他"，终于迸出了一句，"他死了！"

罗军和汪猛都注视着他，这个消息，谁听到都应该会吓一大跳。

几个人都在"蒙古包"坐了下来，杜润秋最会说，于是把事情从头到尾地讲了一遍。罗军狼吞虎咽地吃着晓霜递过来的三明治和牛奶，不时地问上几个问题。

他镇静得让杜润秋都觉得十分奇怪，甚至偷偷地把他打量了好几遍，心里想：不会他就是凶手吧？

"我们那边，昨天晚上也发生了一件事。"罗军最后说，"我也不知道怎么说……哦，任贵不见了。我本来是想叫你们一起来帮忙找的……"

孙浩皱着眉说："任贵？"

"就是那个演薛大将军的。"罗军说，"你记得吗？上次那个节目里面的。"

孙浩"啊"了一声，说道："我想起来了。听丁城说过，他还给我看了几张照片，是他拍的，穿唐朝将军盔甲，特别高大的一个人，是不是？演得倒是挺好的。"

罗军看杜润秋一脸不解，就对他解释道："我们说的是上回做的锁阳城的一辑节目。丁城以前也是L电视台的，是录音师，跟我们一起的，几年前辞职了，自己出去干摄影了。现在跟孙浩他们混在一起呢，哈哈。"

"齐维不知道在哪里扒出来的文献，说这里的石俑很古老，值得做个专题。"孙浩说，"丁城来过，也觉得不错，这回才约着老罗他们一起，想做个有点特色的节目。没想到……没想到丁城他……"

杜润秋忽然听到，丹朱娇柔的声音，在旁边问道："我想问一下，上次你们做的节目是关于什么的？"

"就是关于锁阳城的。它确实是个带着某种神秘色彩的城池。"罗军长相普通，但声音却十分动人，低沉而富有磁性，带着种很特别的沧桑感，听着他的讲述，就好像看见了长满锈斑的铜器，戈壁上黄昏的日落，或者是在时间里渐渐风化的古老的城墙。杜润秋自己是个导游，讲解本来也是他的强项，他也见过不少讲解十分高明的同行，但这个罗军，确实出类拔萃，不同寻常，估计在电视台本来就做过主播。

他讲的，杜润秋知道一些，但是从来都没有人向他讲得如此生动而详细，几乎是身临其境。

不，自己本来就在这里，不是吗？就置身于那个古战场，只是转眼间已经是千年之后。城墙早已灰飞烟灭，只剩下那些矗立了千年的石头，静默地注视着前来的人们。

"在唐朝，锁阳城并不像现在这样荒芜。那时候，锁阳城是繁荣的，也是一个咽喉要塞，历来的兵家必争之地。"

杜润秋说："我听说这里从来都没被攻下来过。除了一个西域将军，他几乎成功了，是吧？"从丹朱那里听来的，他现学现卖。

罗军有点吃惊地抬起眼睛看了他一眼。汪猛说："是啊，你居然知道这个？这里虽然有保存得最完美的古代军事防御系统，但是实在是太冷门了，知道的人太少了。这也是我们做上一期节目的原因。"

听罗军这么一说，杜润秋倒是想起来了，自己某些隐隐约约对锁阳城的记忆来自何处。"等等，等等，我想起来了！我看到你们穿的衣服，上面那个 L，就是电视台的台标吧？你们拍的那个纪录片，我看过！你们对锁阳城，还真的是……真的是很执着啊！"杜润秋说。

他这一打岔，让罗军的叙述也中断了。汪猛哈哈地干笑了一声，说："你看过？啊，其实，那个纪录片做得不够好，有些细节都不对。"

杜润秋却来劲了，说："不不不，好，好得很！我平时也不怎么看这些纪录片，但是那个我还有印象！哎哎，主要是因为里面有个美女，大美女,跳的那舞,像仙女一样。是不是霓裳羽衣舞?真是跳得好看,只可惜,她被杀啦!"

他见罗军和汪猛同时变了脸色,抓了抓自己的头发,说道:"怎么了?我是说,纪录片里面的情节啊!我也没看得很仔细……为什么那个大美人会被杀?"

晓霜在旁边说:"秋哥,你要是能闭嘴,马上就会听到了!"

杜润秋只得乖乖地闭嘴了。

"那时候,是寒冬腊月。边塞苦寒之地的冬天,在古代有多么艰苦,那是可以想见的事。"罗军继续缓缓地说,"春风不度玉门关——就连春风也到不了这里!薛大将军虽然打败了西域的联军,可是,他们又有一支援军来了,这支援军包围了正在锁阳城里举城欢庆的薛大将军。是的,这是一座拥有魔力的城池,但是,如果在天寒地冻的时候围城不撤呢?"

杜润秋说:"那么结局只有一个。如果城中的人无法突围的话,只会粮草耗尽,最后城也会不攻自破。"

"对了,就是这样。"罗军说道,"来自西域的军队,比薛大将军更习惯于这边塞的气候。他们又有粮草补充,能够撑得住。可是城里的人,却撑不住了。"

他脸上突然现出了一个奇怪的微笑,望着杜润秋说:"你猜猜,薛大将军最后是如何摆脱这样的困境的呢?"

"哦……呃。"杜润秋迟疑着,他在思考。他平时也很爱看类似《三国演义》的书,毕竟男人大都喜欢军事方面的东西。"我实在是想不出来。天时地利人和,薛大将军一样都不占。除非是他们也有救兵来,否则,我觉得他们没有任何突围的可能性。要打仗嘛,就得先把肚子填饱,都快饿死了,想突围简直是不可能的事。"他说。

"你说得对。"罗军随手从身旁沙丘上的一大簇白刺底下扯下了一大块锁阳,递给杜润秋,"这就是所谓的奇迹。"

杜润秋"啊"地发出了一声叫:"锁阳?!"

锁阳是一种黑褐色的块茎状植物,往往寄生在白刺上。它既能入药,也能充饥,还有个名字叫"沙漠人参"。

"薛大将军那时候已经无计可施。为了鼓舞军心，他甚至杀死了自己最宠爱的小妾，煮熟了让军士们食用她的肉……"

罗军说到这里，只见丹朱的脸色一变，一手掩住了嘴，站起身就往旁边走。晓霜急忙跟了过去，只见丹朱一直走到了山壁一个背阴的角落里。这次她不只是在干呕了，她是真的吐了，把刚才吃过的东西都吐了出来。

"唉，小姑娘不应该听这些。"汪猛对罗军说，"你讲故事就讲故事，讲这些干什么？"

"事实上不管怎么做，都于事无补。一个女人身上的肉，又够那些如狼似虎的军士们吃多久呢？一人能分到一口吗？"罗军微微叹息，但他说出来的这话，连杜润秋听着都很不舒服，忍不住嘿嘿地笑了两声，说："其实这薛大将军，做得一点都不地道。"

罗军愣了一下："不地道？哪里不地道了？他把心爱的女人杀了，给军士们吃，这又哪里不地道了？"

"佛祖有舍身割肉喂鹰之说，萨埵王子有杀身饲虎之说。"杜润秋笑着说，"萨埵王子怕老虎吃不到自己，还特地跑到老虎前面，弄伤自己让老虎吃。佛祖割肉喂鹰，还生怕老鹰吃不饱呢。他们都是用自己的血肉来给别人，这薛大将军，可是杀的自己女人给人吃，他自己可没少一根头发！要我说，这就是虚伪！他要把自己的肉割下来给手下吃，我倒还佩服他呢！"

罗军呆住，一时间说不出话来。丹朱不知道什么时候已经走回来了，她脸色苍白，但双眼发亮，轻轻地拍了两下手。

"说得好，秋哥。我实在是太赞成你这话了，那个薛大将军，根本就是虚伪到了极点。"

罗军有些尴尬，汪猛就来帮腔了："啊，反正，都是古人的事，我们只是讲故事而已。总之呢，然后，薛大将军找到了救星，那就是锁阳。锁阳可吃，还相当有营养，这对于已经快饿死的人，实在是天降的救命稻草。"

"说起来，这锁阳也真是十分神奇，"罗军接着说，"那时候，天寒地冻，只有生长锁阳的地方，既不结冻，也无积雪。也正因为只有长锁阳的地方无冻无雪，薛大将军才会发现锁阳能够充饥，才能救了全城将士的命。现在嘛，锁阳都是用来入药的，沙漠人参，这话绝不是浪得虚名。"

他叹了口气，说："任贵扮演的角色，就是这位薛大将军。你们知道，这几年很时兴这种探秘探索类的节目，都爱到当地去来个情景重现，角色扮演。上次的行头都还在，这一回，我们打算再拍一拍，但是没想到……会发生这样的意外。"

他这一句话，把杜润秋的思古之幽情一下子全冲没了，满脑子又只有丁城的尸体在打转了。

这种感觉实在是不怎么好。

不过，有个问题，他还是要问的："那，上次你们纪录片里面那个跳舞的大美女，怎么没来？"

汪猛哈哈大笑，朝杜润秋肩膀上捶了一拳，打得杜润秋龇牙咧嘴："你小子，就知道美女美女的！都说了是大美女了，现在不知道到什么地方演戏去了，我们这小节目组，请不动了！"

杜润秋叹了口气，说道："有道理。唉，我为什么不是几年前你们做节目的时候来的呢？现在来，真是有点晚了！"

"今天，大家一定要小心。"罗军却说，他的表情十分认真，"昨天晚上，丁城已经出事了。任贵也不见了。接下来，说不定会发生什么事呢。"

杜润秋被他那神秘兮兮的语气说得全身寒毛直竖："什么事？还会发生什么事？"

"这座锁阳城，是个神秘的地方。"罗军的眼神，也变得恍惚了，"我们在做节目之前，采访过附近山里面的居民。他们都说，锁阳城是个容易迷路的地方，每年都有人在里面失踪，怎么找都找不到。虽然这个地方就那么大，也就一个山谷，但是那些失踪的人就像是凭空消失了一样。"

"你是说真的,还是在开玩笑？"杜润秋只觉得寒毛竖得更厉害了，"不可能，怎么可能失踪了，不见了？难道就没找吗？这根本就不可能啊！"

"是啊，但是这是事实。"罗军慢慢地说，"据说，因为锁阳城曾经是个古战场，杀戮无数，血腥杀伐之气非常之重。因此，就有无数的战场上的冤魂仍然滞留在锁阳城内。你们……难道就没有觉得这个地方阴气很重吗？"

杜润秋立即接口了:"当然!自从进来以后,我就没看到阳光了!只有风,刮得呼呼的,还闪电打雷!这里完全像是与外面隔绝的另一个世界!"

"就是这个意思。"罗军十分赞同地点头,"所以说,我们来的时候,也还是有些担心的,但是……说实话,真的也没有想到确实会发生不幸的事。早知道,这趟就不来了。"

"你们的意思是说,"杜润秋审慎地挑选着字眼,"你们认为,或者是附近的居民认为,这里有鬼?古战场上的鬼魂?而且,这些鬼魂还不是什么善男信女,他们生前是骁勇善战的士兵,杀人无数,死后他们仍然阴魂不散,还要作恶?"

汪猛发出了一声干涩又古怪的笑。罗军也笑了:"是啊,也许就是你说的这样。可能是因为他们生前杀人太多,血债太多,死后就困在这废弃的锁阳城里。嗜血的人,就算变成了鬼,一样的嗜血……"

"好了,早餐也吃完了,接下来怎么办?"孙浩似乎不太爱听这些胡言乱语,打断了他们的对话,"丁城出事了,任贵也不见了,我看,我们这趟,实在是不太顺利。"

杜润秋苦笑,说:"我报警了。警方说,会尽快……嗯,尽快想办法进来。我们,就只能在这里等着了。没路可出去的。不过不用担心,井里有水,我们带的食物也不少,完全可以等到他们来的时候。"

罗军站了起来:"确实不顺利。孙浩,你要是没什么事,来帮着一起找任贵吧,一个大活人就这么不见了,招呼也不打一声,我有点担心。这里的那些传说……"

他没有再说下去。孙浩看起来,也十分同意他的话:"行,我叫上齐维,我们一起去找。杜导,你就留下来,陪着夏月,还有你这两个朋友吧。"

一听这建议,杜润秋真是举双手双脚赞成,他才懒得去爬这里的石山:"好好好!好好好!你们尽管放心地去吧!我跟这几个美女,留下来准备晚饭!有些香肠腊肉,生个火还可以煮饭。今天晚上,一起吃晚饭怎么样?"

"好。"罗军看了看表,"五点,五点之前我们一定回来。再晚就天黑了。"

杜润秋心里想，哪怕你们一晚不回来，也没关系啊。自己单独陪着几个美女，真是想都想不来的艳福。当然，嘴里上还是客气了两句："是是是！一定啊！等你们吃饭啊！"

3

孙浩临走的时候，还把杜润秋拖到一旁，嘱咐道："你可别尽陪着你这俩美女朋友了，多照顾一下夏月，啊？"

"知道，知道！"杜润秋不耐烦地说，"看你说的，我是重色轻友的人吗？"

看孙浩的表情，他明显是这么认为的，不过，也没有再多说了，跟着罗军他们就下去了。等这几个人一走，晓霜就跳了起来，提出了建议："我们去看看那个凶案现场吧。"

杜润秋实在不想去，老实说，他已经看得够了。但是，他拗不过晓霜，只得带着她和丹朱一起去了。

经过"希腊神庙"的时候，杜润秋招呼了一声坐在那里发呆的夏月："我要去现场！你去不去？"

夏月迟疑了片刻，才慢慢地站了起来。"……去吧，我一个人在这里，怪吓人的……"她又朝丹朱和晓霜看了两眼，"这两位是……"

杜润秋嘿嘿地笑："迟丹朱，林晓霜！我朋友！这是夏月，我同行，比我还混得好呢！"

夏月嗔怪地瞪了他一眼。"什么介绍啊！"她朝丹朱和晓霜笑了笑，压低了声音，说，"你们俩啊，可要小心他，他啊……"

杜润秋大叫，扑过去想捂她的嘴："夏月！你胡说什么！"

丹朱只是微笑，晓霜却笑得弯下了腰。

可是，一走到红松林，就没有一个人有开玩笑的心思了。

那漫山遍野的石俑，实在是令人称奇。杜润秋也算得上见多识广的人，但从未见过这样巨大的石俑群。他不太相信这里是个墓葬群，如果是墓葬，这些石俑就应该是同一年代的产物，可是很明显，连杜润秋这种外行都能看出来，石俑的年代相距很远。

如果不是墓葬群，那又是什么？

杜润秋一瞬间，有某种恍惚的感觉，不知道自己是否还在人世间。沉沉的浓云之下，红松林那厚重的墨绿色甚至是阴冷的。

他回头看了一眼那口"井"。

他从来没见过这样"死"的水。真是很静很静，静得连一点儿涟漪都没有，简直就是一潭死水。可是，却十分清澈，只是深不见底。

杜润秋找了两块石头垫脚，双手抓在铁丝网上，用力一撑，翻了过去。不知道是不是错觉，双脚一踏在湿润的草皮上，杜润秋就觉得一股寒气从脚下袭了过来。晓霜也跟着翻进来了，夏月手刚一碰到铁丝网，就被刮出了一道血口，低叫了一声。

杜润秋回过头，忙问："没事吧？"

丹朱拉过夏月的手，说："挺深的，一会儿拿点酒精消消毒吧，我那里有。啊，你虎口也磨破皮了，磨得不轻啊，还是包扎一下的好。秋哥，你让人家自己拿重东西了吗？"

"没有啊！"杜润秋不服气地说，"我都是搬运工了，还要怎么样啊！"他还不忘叮嘱夏月和丹朱，"在旁边看着，离远点！当心铁丝网！晓霜会武功，要在古代就是女侠，夏月，你可不要跟她比！"

夏月微微咧开了嘴，想笑，但是这笑到了一半又僵在那里了。她实在是笑不出来。

丁城的头朝下，深深地陷在烂泥里。近距离看，杜润秋更觉得惊骇不已。他自己个子很高大，差不多一米九，也很壮实，但他自忖也没法把一个男人的后脑勺砸成这样。

左顾右盼，也没有看到凶器。杜润秋强忍着恶心，把丁城的头发拨开。他忽然咦了一声，一旁的晓霜凑了过来。

"你发现什么了？"

杜润秋把手指举在了面前，仔细地看。他的手本来是很干净的，这时却染上了铜绿色。杜润秋诧异地望着自己的手，他心中一动，把手指放到了鼻端。

铁锈味。

杜润秋激灵灵地打了个冷战。

站在铁丝网外面的丹朱，声音相当冷静地说："是青铜器。一定是某件非常沉重的青铜器。才能把这个人的后脑，砸成这样子……"

在场的没有一个人学过医，杜润秋只能看出丁城身体冰凉僵硬，但实在是没办法推断他的死亡时间。看了片刻，杜润秋只得一脸失望地站了起来。

"多拍点照片，我们就回帐篷吧。这是警方说的，下雨会把什么都冲掉，让我们尽量多拍照片。"

晓霜在旁边，小声地说了一句："可是，秋哥，你跑进来，不就是在破坏现场了？"

"谁说的！"杜润秋大声地嚷道，"我要不进来，怎么能拍现场照片呢？啊？外面这么多灌木，我怎么拍得清楚呢？"

没有人反驳他。杜润秋看晓霜还在旁边转来转去地看，一把拉住她，把她推到了铁丝网旁边。

"好了好了，有什么好看的，我们走吧！"

离开的时候，杜润秋无意间看到，丹朱和晓霜交换了一个眼色。那个眼色，好像是"松了一口气"的样子。

杜润秋实在不明白，她们两个怎么看到死人，反而有这样的表情。

雨又下大了。杜润秋决定先回"希腊神庙"，把自己的东西收拾好，然后搬去"蒙古包"。

夏月直接回帐篷睡觉了，从"现场"回来之后，她的脸色更难看了。

杜润秋在收拾东西的时候，依稀觉得，好像哪里不太对。从刚才看到丁城的尸体开始，他就有这个感觉。

是什么？

杜润秋的眼神，在帐篷里面无意识地来回扫视。他突然一个鲤鱼打挺，跳了起来，一头撞上了帐篷顶。

他想起来了。丁城的照相机不见了！

从杜润秋见到丁城这个人开始，丁城的照相机，就从来没离过身。这种人杜润秋是见多了，对拍照近于狂热，碰见什么都会拍个不停。可是，丁城的尸体旁边没有照相机，帐篷里也没见着照相机的影子。

杜润秋扑过去，抓起了丁城的摄影背包。这个背包，从今天早上，就一直在帐篷里。里面除了各种镜头，还有三脚架。但是，就没见着相机的影子。

"秋哥，你在找什么？"

夏月的声音，突然响了起来，吓了杜润秋一跳。他拎着丁城的背包，摇来摇去，若有所思地说："没什么。就是……他的照相机……不见了。手机在他的身上，那么大的单反相机……却不见了。"

夏月脸色苍白地盯着他，就像没听明白他的话一样。

杜润秋背着背包到了蒙古包，看到晓霜和丹朱两个默默无语，有点奇怪，问道："你们怎么了？不会真被丁城的尸体或者古战场的鬼魂吓着了吧？"

"秋哥，你一下子问这么多问题，叫我们回答哪一个呢？"晓霜有点无精打采地说，"我也没料到这地方比想的还邪门啊，谁知道呢？"

杜润秋埋怨地说："你不是很懂行吗？这里肯定不会有黑狗血，你有没有别的宝贝啊？"

晓霜还没搭话，丹朱就发出了嗤的一声笑："我说，你就真相信他们说的啊？这里是古战场没错，阴魂不散，你信啊？"

杜润秋有点茫然："为什么不信？合情合理啊。"

"做节目来同样的地方做第二次，合情合理？"丹朱冷淡地说，"我看，他们来这里，另有目的吧？"

杜润秋仔细想了想，觉得丹朱的话也不无道理："那你觉得，他们……他们另有目的，是什么目的？"

"谁知道？"丹朱说，"想想，如果他们是骗我们，就是想把我们的思路引到阴兵杀人这上面去。那又有什么目的呢？自然是想隐藏真正的凶手了。那就只能说明，杀那个丁城的，根本不是什么鬼魂，是人啊。"

杜润秋打了个寒噤："问题是，这锁阳城，除了我们三个，就只有他们几个人。凶手就在他们中间？"

"这个结论真是不怎么乐观。"丹朱低低地说，"所以，我们一定要小心。在这里，不仅要防着鬼，还要防着人呢！做人可真是累……"

"那晚上我们要和他们一起吃饭吗？"晓霜问道。

"要啊。"丹朱说，"当然要。看看他们，究竟想弄什么鬼！"

杜润秋咕哝着："他们四个，我一个，我打不过他们啊，如果他们真的想干什么的话……"

晓霜推了他一把："我不是人啊？"

杜润秋斜着眼睛看她："你，你能以一敌四？你以为你是黄蓉啊？"他站起来，伸展了一下手臂，"吃得太撑了，我出去走走。你们有没有人要一起去？"

"我跟你去。"晓霜很快地站了起来。她脸上有种奇怪的表情。杜润秋过了好一会儿，才反应过来。

"你，晓霜，你不会真是怕我在外面迷路了吧！哈哈，开玩笑吧，我杜润秋认路的本领是第一流的，绝对比蚂蚁还强，不对，比信鸽还强，我怎么会迷路呢！"

"没人说你会迷路啊。"晓霜恶狠狠地说，"我也吃饱了，我也想出去走走，不行吗？不行吗？有意见吗？有意见吗？"

"……没有。没意见。"杜润秋无可奈何地说，"你也用不着每句话都要重复两遍啊，你累不累啊！"

晓霜说要跟他一起出去，但过了足足十分钟，都还没有走出来。她又是洗脸，又是抹防晒霜，还要换衣服。杜润秋在里面待着不方便，索性走出来，坐在一座"蒙古包"前面看风景。

这时候的风，大得吓人，简直快要把人给吹走。杜润秋终于在这里见识到了真正的"飞沙走石"，地上那些沙子和碎石打在脸上，生疼生疼，满眼浑浊，几乎睁不开眼睛。

只有那些用根紧紧抓住地皮的白刺，任凭风有多大，依旧撼之不动。那些白刺，一团团，一簇簇，左一团，右一簇，随处可见。晶莹的樱桃一样的果子，十分美丽，但杜润秋也知道，那些果子只是好看，并不好吃，只有寄生在白刺上面的锁阳，才是真正的好东西。

他听到有脚步响，回过头一看，却是丹朱。

丹朱在他身边坐了下来。她的黑发被风吹得凌乱不堪，半覆在脸上，但却给她平添了一分凄艳的美。她穿着件黑色的衬衣，黑色的外套，更显得皮肤如雪，十分纤弱。杜润秋突然想起来，这还是他第一次看见丹朱穿黑衣服。

"晓霜还没好？"

丹朱说："还在里面换衣服，马上就出来了。她说沙子打在脸上会让皮肤变粗，得找顶帽子戴上。"

杜润秋忍不住想笑。他还没笑出来，就听到丹朱娇柔的声音，慢慢地念着一首他耳熟能详的唐诗。

青海长云暗雪山，孤城遥望玉门关。黄沙百战穿金甲，不破楼兰终不还。

杜润秋若有所思："刚才罗军说，在这里是——春风不度玉门关……"

"你知道吗？秋哥，"丹朱微笑着说，"传说，这首诗里的孤城，就指的是锁阳城。这是个充满故事和历史典故的地方噢……"

"真的？"杜润秋好奇地问，"真的是指锁阳城？我从来没听说过。"

"我说过了，只是传说。"丹朱那朵微笑，停留在她的唇角。一瞬间，杜润秋居然恍惚地有些觉得，她的微笑里有股无法形容的悲凉。"谁知道呢？"

杜润秋其实并没听清她接下来说的什么。他只是觉得丹朱脸上那股悲凉太令他心颤了，他几乎是不由自主地伸出手去触她的嘴唇，想抚平她嘴唇那悲哀的曲线。

丹朱震动了一下，本能地向后退缩了一步。她抬起了睫毛，乌黑晶亮的眼珠凝视着杜润秋，像两颗水里的星星。

"秋哥，你在干吗？走啦！"

晓霜在他背后大叫，杜润秋也不确定，她的声音里面是不是带着点压抑的气恼。

他站了起来："来了，来了，叫什么叫！"

晓霜在杜润秋前面走，走得连蹦带跳的。她在这些自然生成的石梯上上下下，十分灵活敏捷，杜润秋也是爬山爬惯了的人，仍然赶不上她。她一直在杜润秋的前面一米左右的地方，但杜润秋就是追不上她。他在后面叫，晓霜也不回答，只是一个劲地往前走。

"晓霜，你干什么，跑这么快，我们又不是赛跑！好吧好吧，就算是赛跑，我是乌龟，你是兔子，行了吧？歇歇吧，我真的跑不动了……"

杜润秋一屁股在一块石头上坐了下来，哭丧着脸。

晓霜总算是停了下来。她回过了头，嘴噘得高高的："干吗呢，不是你说要出来逛？坐在那里干什么？装死啊？"

"我说你今天怎么这么大火药味啊？"杜润秋苦着脸说，"唉，刚才我没有别的意思啊，我真的没有别的意思啊！"

"你在说什么？"晓霜把脸一扭，"我听不懂！"

杜润秋站了起来，笑嘻嘻地走到了晓霜面前，低头看着那张红扑扑的俏丽的脸蛋："别装不懂了，晓霜。刚才你看到了，是吧？"

"你在胡说什么，我说了我听不懂！"晓霜脸更红了，她的卷发被风吹得乱七八糟地挂在脸上，十分娇美，"我不理你了，我走啦！"

她果真说走就走，一溜烟地就跑掉了。杜润秋眼看追是追不上她了，只得叹了一口气，叉着腰站在原地，深深地叹了一口气。

"女人哪，女人！"

休息了一阵，杜润秋觉得风实在是太大了，他坐在石头上都感觉会被风刮跑，就准备回去。他一站起身，四周一看，才发觉出问题了。

他已经找不到回来的路了。杜润秋一向为自己认路的本领自豪，绝对不可能是路痴，但是这个地方的环境实在是太过相似了，都是大大小小奇形怪状的石头，偶尔看得见几大丛寄生着锁阳的白刺。

杜润秋看不到他们的"蒙古包"了。刚才跟着晓霜左右前后地一阵乱跑，他只顾要跟上她，压根儿没有留意方向，更没有记路。

一阵冷风刮过，杜润秋反而发现自己的背心都湿透了。

他突然想起了《射雕英雄传》里面，郭靖第一次跟黄蓉上桃花岛，黄蓉左转右转，几下就不见影了，把郭靖一个人扔在桃花岛里，怎么也走不出去。

可是，桃花岛是武侠小说里面典型的五行大阵，而黄蓉是桃花岛的主人。

晓霜并不是锁阳城的主人。

杜润秋想到这一点的时候，他又觉得可笑，又隐隐地觉得有些害怕。他大叫了几声："晓霜！晓霜！"除了风声，没有人回应他。

晓霜跑到哪里去了？

杜润秋叹了一口气，决定自力更生。他还真不相信这锁阳城就是桃花岛，能难倒他。他在旁边的一株白刺上摘了一大把红红晶莹的果子，把两边的衣袋都塞得满满的，准备开始找回去的路。

他对于走迷宫相当有心得，一般来说，应该找一个参照物，或者往同一个方向走。对于他这种记忆力和方向感特别好的人，自然能够记得自己走过的路，并找到回去的路。但现在比迷宫更糟糕的是，他陷在一片低洼的谷地里，除了高高低低的石头和一大丛一大丛长在沙丘上的白刺以外，哪有什么参照物可言？

于是杜润秋只有用笨法子，沿着一个方向走，然后一路走，一路把摘下的红果子扔在地上，这样他就不至于走回头路。

他走得十分艰难，因为这时候的风大得超乎想象，又因为他现在是在一片十分开阔的洼地上，洼地上又有不少又窄又滑的石梁。每次往石梁上爬的时候，他都摇摇晃晃，生怕一不小心会掉到地上。刚才他跟着晓霜跑，晓霜跑得很快，简直是如履平地，杜润秋一心只想追上她，完全没有注意到脚下，可是现在，他才发现脚下实在是很危险。从四五米高的石梁落下去，至少也会摔个骨折。

"晓霜！晓霜！你在哪里？"杜润秋又叫了几声，他已经走得浑身是汗，心惊胆战。遗憾的是，除了风声，还是没有任何回应。

杜润秋向脚下看了一眼。一颗红色的果子，正静静地躺在他的脚下。

杜润秋看着那颗果子，背心更觉得凉飕飕的。

他曾经走过这里。

他以为他一直是在沿着一个方向走,事实上,他一直在原地打转转。就在那块洼地里,一道一道的石梁上爬上爬下,在高高低低的石块间走了又走。最后,他又走回了原地。

满地珊瑚珠子一样的红果子可以证明这一点。

丹朱并没有言过其实,这个地方,是个天生的战场,而且是个可以迷惑敌人的战场。

杜润秋抹了一把额头上的汗。他发了狠——一定要走出这个鬼地方。他决不相信,在这个现代社会,还真会有武侠小说里的桃花岛存在。他不相信自己就真的走不出去。

这时又是一阵狂风刮过,掀得沙石满天,杜润秋只得把眼睛紧紧闭上了。眼睛实在是个脆弱的东西,哪怕是一粒沙也容不下。

他还没来得及睁眼,耳边的风声就变了。原本,只是狂风刮过山洼的声音,但风声突然间夹杂了大量的其他的声音。

人的喊杀声,马嘶鸣的声音,马蹄响过的声音,兵器相交时的响声。

杜润秋一颗心怦怦直跳。他想,自己是不是在做梦,现在闭着眼就是睡着了,而眼睛一睁,他就醒来了?

他的周围,沙尘飞舞,遮天蔽日。数不清的人马从他的身边掠过,全副铠甲的士兵骑在马上,正在向前疯狂地冲杀。

可是,他们冲杀的对象却是空气,或者说是漫天飞舞的沙石。他们只是在往前冲,不顾一切地往前冲,挥舞着长枪、大刀、长矛、盾牌……但是并没有和他们交战的对象,他们只是在对着空气中乱砍乱杀。

杜润秋站在那里,呆住了。他就愣在一丛白刺的旁边,眼睁睁地看着一匹又一匹的战马从他身边飞奔而过。

有一把雪亮的大刀对他当头砍了下来,杜润秋想躲,但是已经来不及躲。他几乎能想象自己被劈成两半的样子,但是,令他吃惊的是,几秒钟之后,他仍然好好地站在原地,从上到下都是完完整整的,连一点儿血光也不见。

杜润秋摸了摸自己的头顶。那把大刀明明是当头砍下,可他就连一根头发丝也没掉。

他开始有点明白了。杜润秋伸出一只手，战战兢兢地朝一匹从自己身边像闪电一样狂掠过的骏马摸去。

他什么都没摸到。他的手指，直接地穿进了空气里。

杜润秋突然哈哈大笑起来，笑得前仰后合，眼泪都笑出来了。他笑得接近疯狂，却没有一匹马一个人留意到他，所有的马和人，仍然往前疾冲，像天边的乌云一样，滚滚而来，马不停蹄地往前砍杀。

但是不管怎么往前冲，这里虽然宽阔，总是有限的一块地方。他们最后总是会碰壁的。杜润秋竭尽全力想看清这些人马最终跑到了哪里去，但是他失望了。风沙太大，他根本看不清两米开外的东西。

"秋哥，你在哪里？"晓霜的声音，从来没有让杜润秋觉得这么好听过，他简直觉得是天籁之音了，赶紧扯着喉咙回应道："在这里！在这里！我在这里呢！"

"你在那里等着我别动，我们马上过来。"这次听到的居然是丹朱的声音，杜润秋心里又动了一下。看来，丹朱是很仔细的，她自己也跟过来找杜润秋了，说明她认为晓霜一个人可能还不行。

又是一阵狂风袭来，杜润秋这次双手都抱着头了，因为沙子拼命地往他的鼻孔里和嘴里钻，他实在是受不了满嘴的沙子了。他再睁开眼睛的时候，惊奇地发现晓霜和丹朱都已经站在他旁边了，她们都戴着帽子和口罩，帽檐几乎压到了眼睛上。

"走啦，秋哥，趁这阵子风小了一点，我们回去啦！"晓霜拖着杜润秋就走，杜润秋被风吹得七荤八素的，哪里还说得出话来，被两个女孩又拖又架地拉走了。

这次他是在记路了，但是，他发现这是徒劳的。丹朱拉着他的手臂在前面走，她左一弯，右一拐，这道石梁翻上去，那个石笋绕过去，完全没有一点儿要考虑的样子，走得简直是"熟极而流"。杜润秋被她绕得头晕，开始还勉强能记住是怎么走的，到后来，转到大约第二十个弯时，他不得不放弃了。

终于，他被两个女孩拖出了那片洼地。一出洼地，风也不刮了，虽然天色仍然阴沉得像是阳光都照不进来，但好歹没有出现刚才那近似于沙尘暴的天气了，杜润秋瞪大眼睛四面一看，上面不就是他们的露营地——"蒙古包"群？

杜润秋呆滞地站在那里，满脸迷惑。两个女孩都摘下了帽子和口罩，在那里抖着帽子上的沙。晓霜见杜润秋满脸是土，连鼻孔里都是，笑了起来，拿了一张湿巾帮他擦。

"秋哥，瞧你这样，活像从土里挖出来的，真好玩！"

杜润秋转过头看着她们："你们……你们没看到吗？"

"什么？"晓霜扔掉一块擦得全是灰土的湿巾，又换了一块，"看到什么？"

杜润秋唾沫四溅地说了起来："哎呀呀，你们来晚了，刚才没看到，简直是千军万马啊！十八般武器什么都有，有大刀，有银枪，有长矛，对了对了，还有狼牙棒！那些马都钉着铁掌，披着甲胄，啧啧啧，完全就像电影里拍的战争场景啊！还有还有，有个人举着刀就对我砍下来了，我当时眼睛都闭上等死了，结果，哈哈，你们猜，怎么着？"

晓霜还在帮杜润秋擦鼻子上的灰。她没精打采地说："这还用猜，当然是砍空了，是吧？"

杜润秋大吃一惊："你怎么知道？"

"开山大砍刀砍着了你，你现在还能站在这里？"晓霜说，"好啦，别动啦！你动我怎么擦？"

杜润秋满腹狐疑地盯着她，过了半天，说："你怎么觉得一点儿不吃惊？难道你一直就知道？"

丹朱在一旁说："告诉过你了，秋哥，这里是个天然的迷阵，也是个完美的古战场。你不相信，你偏要乱走，那一刀没砍死你，算你运气！你没听他们说吗，这里面有时候会有人失踪？可不是空穴来风的。"

"谁说我乱走了！"杜润秋开始叫苦，"明明是晓霜把我扔在那里，一个人跑了，害得我像个没头苍蝇一样在这里转了半天，一直走圈圈路，像走迷宫一样走不出去！"

晓霜一撇嘴："谁扔下你了？是你自己跟不上我的！"

杜润秋叹了口气。他早就知道一点——跟女人争执是永远没有结果的。这一点无论在何时何地都是正确的。

"好好好，都是你对，行了吧？现在你们能不能告诉我，究竟是怎么一回事？"

丹朱朝洼地的方向望了一眼，她的眼神就跟天空一样，灰暗而空茫："你应该已经看出来了啊，秋哥，你所看到的，只是些幻象罢了。在锁阳城，有太多的幻象了，让人恐惧，让人迷惑……"

"可是，罗军他们，说他们也在古战场待过啊。"杜润秋相当困惑地说，"他们为什么没有迷路？"

"日子、时辰、天气，都有关系的。"丹朱耐心地解释，"这几天，确实不是来锁阳城的好时候。"

杜润秋笑了，说："所以，你们就特意选了这几天来锁阳城？"

丹朱的回答十分平静："对。"

4

而那个夜晚，杜润秋就纠缠在噩梦和幻觉里面，一直到天色放亮。他穿好衣服鞋子，伸着懒腰走了出去，呼吸着早晨的新鲜空气。

一转脸，他忽然看到离他们的"蒙古包"不远处的另一座"蒙古包"的门口，好像一动不动地躺着一个人。杜润秋记得很清楚，昨天这里是绝对没有这样的东西的。他睡之前，曾经好好地把附近都检查了一遍。

杜润秋心里一紧，一步一步地走了过去。

他啊地叫了一声，站在那里不动了。

杜润秋没少见过死人，但是这一个死人，还是让他吃惊得几乎忘了呼吸。

那是一个全副铠甲，头戴头盔的男人。一个个子很大的男人。杜润秋已经有一米八八了，这个男人比他还高一点儿，而且十分强壮，胸膛厚实，肩膀宽阔。他头盔里露出的脸，是张方方的国字脸，眉毛粗而杂乱，眼睛圆睁如铜铃，一边脸颊上有道深红色的、蚯蚓一样弯弯曲曲的刀疤。

杜润秋曾经见过这样打扮和这样身材的男人。可是，那都是在影视剧里，在古代小说描述的场景里。战场上，骑着高头大马，一身铠甲银光闪闪，手持大刀或者长矛或者长枪，威风凛凛的将军。

他从未想到自己会在现实里见到这样的男人。

尤其是，男人死后僵硬的手里，还紧紧地握着一支长矛，一支雪亮的长矛。

杜润秋突然有点忍不住想笑。丈八长矛，在古典小说里看了无数次的，这次总算是看到真家伙了吗？

他听到身后有脚步声。他没回头，听到了丹朱温柔而宁静的声音："这个人，一定就是他们所说的任贵吧？"

杜润秋望着面前那具像是穿越而来的尸体，十分沮丧地说："我真不该答应夏月来这里的。我看，我是不是应该去另外找条路，逃出去？"

"……秋哥，你胡说什么？"晓霜不高兴地埋怨着，"哪里有路？你去搬石头？反正我是搬不动的。"

"我知道，你们就是喜欢这地儿，哪怕旁边有一堆尸体，你们也要待下去的，是吧？"杜润秋怒气冲冲地嚷道，"反正我就一炮灰，以后再不跟你们待在一起了！总有一天，我会被你们俩给炮灰掉的！"

晓霜撇了一下嘴，一脸要哭的表情："秋哥，你怎么可以这么说呢？你这么说，我会伤心的，你知不知道？"

谁也不知道她那副楚楚可怜的表情是真的还是假的。至少杜润秋是没有抵抗力的，何况他也仅仅是想抱怨一下。本来吗，这回又不是晓霜和丹朱叫他来的。

"好了好了！我们过去仔细看看吧！"

晓霜瞪着他："你胆子这么大？那也许是个古代的鬼呢！"

杜润秋大声说："别跟我说这里有什么鬼不鬼的，鬼会躺在那里等我们去看？那是个人！本来是个活人，现在变成了死人，总之，是个人，不是鬼！就算他现在变鬼了，也留了具尸体在这里给我们看！别跟我说你们害怕，我看，就没有你们真正害怕的事！"

"有的。"丹朱轻轻地说，杜润秋没想到她会对自己那句本来只是发泄的话做出反应，"谁都有害怕的事，我们也有的。"

杜润秋看了她一眼，没有再说什么。

更大的惊骇还在后面。杜润秋只轻轻地用手碰了一下那具全副武装的死尸，就吓得哇的一声大叫，像被烫着的青蛙一样往后跳，一直撞到了晓霜身上。这尸体虽然全身套在厚重的金属盔甲里，其实是早已被分尸了的。他碰了一碰，戴着头盔的一个头就"骨碌碌"地滚到了一旁，像个足球一样，杜润秋胆子再大，也受不了这个刺激，而且他这一跳，把尸体也震动到了，顿时四分五裂，只是因为套在铁桶一样的盔甲里，还勉强没被抖散掉。

"天哪，我的天哪！"杜润秋再也不敢去碰一下，在那里叫个不停，"这可糟了，不是我的错啊，不是我的错！"

"别叫了，秋哥。"丹朱皱着眉说，"又不是你把这人分尸的。你看，他头被割下来的创口，割得那么平平整整的，一定是有人用很快的刀切下来的！"

"又出了什么事了？听你在那里叫得惊天动地的！"

从上面跑下来的，是齐维和孙浩，后面还跟着夏月。杜润秋刚才确实叫得太大声，还回声不绝，听不到的估计就是死人了。

杜润秋叹了一口气。他往旁边让了一步，露出了地上的尸体。

孙浩本来脸上在笑，但一看到那具头滚到了一边的尸体，笑容马上就僵了。齐维连着后退了几步，脚一软，坐了下来。夏月更是惊呼一声，双手蒙住了脸："这……怎么会这样？这应该就是那个……任贵吧？他怎么会……变成……这样？还……"

杜润秋舔了舔嘴唇，考虑着怎么样才能把这个问题讲清楚。"这个……我也不知道是怎么回事。昨天晚上我们睡觉的时候，这里绝对没有尸体的，我还到处看了一眼……"他略微迟疑了一下，决定还是暂时不要把昨天电闪雷鸣时候自己看到的景象说出来，"我第一眼看到的时候，还以为……呵，说出来你们不要好笑，我还以为这是个从古代穿越过来的将军呢！"

就在这时候，罗军和汪猛也出现了。他们两个的反应十分怪异，反而没有那种看到同事死去的难过的自然反应。在杜润秋看来，他们应该是觉得"发现尸体十分正常"，却没有一点儿作为同僚应该有的痛惜。

"让我检查一下吧。"孙浩这时候已经冷静了下来，自告奋勇地说，"我看过很多推理小说，还是懂一些基本常识的。"

所有人都不说话。杜润秋自然不好发表意见，抱定了看看再说的心态。看到罗军也没有反对的表示，孙浩走上前了一步，把那个人头捧了起来。

"没有血。"

孙浩说了一句。汪猛问："什么意思？"

"我的意思是说，把他的头割下来的时候，没有出血。"孙浩说，"也就是说在他死后一段时间以后，他的头才被割下的。而不是……"他吞了一口口水，斟酌着措辞，"而不是被人斩首而死的……"

"肯定不是。"杜润秋说，"你看看，他盔甲里面的尸体，不仅是头被割了，他整个人都被分尸了！"

孙浩手抖了一下，险些把那颗人头摔到地上。杜润秋和他相距很近，这时候，他屏住呼吸，刻意地多看了几眼那张死人的脸。他们选择这个人来扮演一个古代将领的角色，确实是选对人了。这个死者几乎没有化妆，天生的高大身材，天生的一脸剽悍。

"谁来帮个忙，我得把他的铠甲解开。"孙浩正在费力地解着死者的铠甲，那是一套十分沉重的盔甲，大概是从什么影视城弄来的，制作工艺相当精良。

罗军和汪猛都对拆卸这件盔甲相当熟练，孙浩反而靠边站了。不出五分钟，盔甲就被卸下了，一块一块地放在了地上。每拆几部分盔甲下来，就会有一截断肢滚出来。双臂、双腿、上半身，加上头部，一共是六部分。切割面都跟头部一样平整，而且也没有一滴血。

丹朱忽然快步地走进了"蒙古包"。她掠过杜润秋身边的时候，杜润秋依稀地看到她的肩头在微微发抖。

他觉得非常奇怪。丹朱一向是个镇静的人，她也不是没有见过死人，倒是晓霜一向大惊小怪的。丹朱今天的反应，十分反常。

事实上，在从锁阳城见到丹朱开始，她就反常得厉害。

"女人不应该看这种场面。"汪猛说，"她应该进去休息一下。"

这个男人似乎对丹朱特别感兴趣，他自从过来之后，一直有意无意地在打量丹朱。这让杜润秋有些不高兴，但是人家并没有进一步更明显的表示，他也没办法表示自己的不满，只能对晓霜说："你去陪陪丹朱啊，晓霜，怎么这时候，你对好姐妹就这么不体贴了呢？"

"她大概是吃得太少了。"晓霜说，也跟进了"蒙古包"，"我去弄点早饭，秋哥，你一会儿也来吃点吧。"

"现在应该怎么办？"孙浩有点手足无措地站起了身，双手摊开，"我只能大概地说说，任贵他死了至少一天一夜了。具体的死因我不清楚，不过，看他的嘴唇有点发黑，我怀疑是中了毒。但是中了什么毒，我这业余侦探就不知道了……"

齐维在旁边说："那需要解剖吧？"

夏月听着"解剖"两个字，打了个冷战。孙浩在旁边安慰她，说："别害怕，这是法医才能做的事了。我们……我们哪有这本事！"

"把尸体搬到最远的那个'蒙古包'里吧，"杜润秋建议，"等警察来，他们会验尸的。我们业余侦探，就不要再折腾了！"

他的建议被接受了。几个人分了好几趟，才把碎尸和铠甲都搬了进去。杜润秋灵机一动，问道："你们有没有塑料薄膜？还有透明胶带？"

罗军愣了一下，看了看汪猛。汪猛说："有，我带了的，怕淋湿设备，肯定要准备的。"

杜润秋喜出望外："好，好，太好了。听着，我们用塑料薄膜，把'蒙古包'这个门封上，然后用透明胶带密密麻麻地缠上，这样不就好了？"

罗军不易觉察地皱了一下眉："这个……你，杜润秋，你为什么会提这么个建议呢？"

杜润秋打了个哈哈："这个啊，这里虽然没人，但也许会有老鼠啊，蟑螂啊什么的。万一把尸体损坏了，以后法医怎么鉴定呢？我们还是小心谨慎一点儿比较好，你们不觉得吗？"

"看样子，杜导还对这种情况很有研究啊，呵呵！哦，你不会是个警察吧?"罗军笑了两声,但杜润秋听起来,觉得他笑得实在是很勉强。

杜润秋也跟着勉强地笑了两声:"不不不,怎么可能啊?我是导游,呵呵,绝对货真价实啊!……呵呵,绝对跟警察没关系!"

罗军的眼光,还在杜润秋面上打转。汪猛已经从背包里把一大卷塑料薄膜和透明胶带找了出来,杜润秋把塑料薄膜叠了三层,像门帘一样紧紧贴在"蒙古包"的"大门"上,然后用透明胶带牢牢地在周围粘了几圈。这样一来,就算是下大雨,也浇不进这层防雨的薄膜。

杜润秋又灵机一动,扯了一张笔记本纸,在上面潦潦草草地写了几个鬼画符一样的字,把这张纸贴在了塑料薄膜跟"门"之间。这样的话,不管是谁,只要想要扯开这层"门帘",就必然得破坏杜润秋写的这页纸。

杜润秋满意地看着自己的"杰作",又看了看那几个男人。他们一个个都带着种说不出来的奇怪表情,在阴沉的天色下看来,甚至有些诡异。杜润秋心里有些寒渗渗的,但是脸上却笑得一如既往的阳光灿烂,嘴都快咧得豁开了,朝他们挥了挥手。

"好了,我去吃早饭。虽然我现在,是真的完全……都没胃口了。"

他看到孙浩扶着夏月,慢慢地走在最后,心里不由自主地嘿嘿了两声。看起来,孙浩这一回,总该能追到夏月了。

只可惜,丹朱和晓霜,都不是那种看到尸体就怕得发抖的女孩子,这让杜润秋觉得相当遗憾。

她们现在就像没事人一样地在做早饭,连丹朱都"恢复正常"了。

地上铺着一块小毯子,放着面包、奶酪和黄油。丹朱正把小炉子架在中间煮牛奶,晓霜在那里削苹果,杜润秋一进去就闻到一股牛奶香气。

"哎呀呀,真是天堂啊,还有美女帮我做早饭噢,就差有个荷包蛋了!"杜润秋完全忘记自己没胃口这件事了,接过晓霜递给他的一片夹好了火腿肠的三明治,又接过丹朱递给他的一杯热牛奶,感觉简直是爽呆了。

丹朱捧着热牛奶,喝了一口,大概嫌烫嘴,皱了皱眉:"看样子,秋哥,我们还得跟他们一起在这里待下去啊。"

"是啊。"杜润秋咬了两大口三明治,含糊不清地说,"来的时候我就在担心那路,没想到居然成真了,真是倒霉。唉,其实我倒并不真的在乎路被堵了，反正总会有人来找我们，我们吃的喝的又带得那么多，吃上十天半个月都够了。我担心的是……"

他把嘴里的食物好不容易才咽了下去，压低了声音，说："实在是太可怕了。想想，一个丁城，一个任贵。山路已经塌了，没有人可以离开这个山谷。也就是说……"

"也就是说我们现在就跟杀人凶手待在一起。"晓霜的声音更低了，她几乎跟丹朱挤在了一起，"这山谷里，除了我们，和……那个节目组的人，不就没有别人了吗？……杀人凶手就在他们四个人中间？"

罗军，编导。汪猛，摄像师。孙浩，记者。齐维，编辑。

丹朱似笑非笑地说："你漏掉了一个人，晓霜。"

杜润秋忙说："不会是夏月啦，绝对不会。她哪里有本事杀死那个任贵！"

"如果要面对面地打架，恐怕这里的人都不会有本事杀死任贵。"丹朱淡淡地说，"但是，没有人要你去跟他打架，对不对？"

杜润秋仍然摇头："不会的。夏月是个很善良的人。还有，丁城脑后的伤，肯定是很重的东西砸的，女人不会有那个力气。"

晓霜对着他的肩膀，重重地捶了一下："为了帮你那个女朋友开脱，你都变成侦探了，秋哥，真不简单！"

"谁说她是我女朋友！"杜润秋叫了起来，"要是女朋友，我会巴巴地搬到这里来，陪你们一起吗？"

"也是。"晓霜撇了撇嘴，"如果是的话，你还不得抓紧这个机会，跟她套近乎？看来，嗯，不是女朋友。"

"你还有心情想这个！你看不出来吗，孙浩在追她！"杜润秋说。这小小的空间里很温暖，但他这时候仍然觉得背心发凉。现在，他们三个人，必须跟凶手待在一起，才能够等到救兵。

这期间谁又知道会发生什么事？

"秋哥，你刚才做得太明显了。"丹朱微微带着埋怨说。杜润秋愣了一下："什么？你说什么？"

"我是说，你刚才执意要把尸体给封起来，做得实在是太明显了。"

丹朱说，"他们也都发现了，肯定会对我们起防范之心。我们真的要小心一点儿了，说不定，他们真的也会对我们不利呢！"

"开玩笑吧？"杜润秋被她说得越来越冷，"没这么夸张吧，丹朱？可是我打电话报警的，他们难道还能毁尸灭迹不成？"

他又想起了死者，那张方形的、轮廓鲜明的脸，那强壮的身材。"以他的身高体形，要杀他很不容易吧？"他不知不觉地把心里想的话吐出来了。听到这话，丹朱震了一震，追问道："秋哥，你在说什么？"

"哦，我是说那个任贵。"杜润秋说，"我看，业余侦探孙浩说的可能是真的吧，应该是中毒死的。"

晓霜说："如果是熟人的话，当然可以偷袭啦，他也不会有戒备。"

"他身上没有外伤。"杜润秋说，"刚才取下铠甲的时候，我仔细看了一下，他身上并没有可以致命的伤口。如果是毒药的话，那就确实是没办法了，随便什么瓶瓶罐罐都可以装，很难找到证据的。但是，丁城就不一样。杀他的凶器，一定是个很大的东西。"

晓霜叫了起来："难道你想去找？"

杜润秋叹了口气，无精打采地说："闲着也是闲着啊。再在这里蹲下去，旁边就是个死人，我觉得，我要发疯的！"

5

"寻找凶器行动"只有孙浩和齐维响应，罗军和汪猛都不知道跑到什么地方去了。夏月也不想去，跟晓霜和丹朱做伴去了，晓霜信誓旦旦地表示，如果真有凶手胆敢现身，她一定把他揍得落花流水！

孙浩走在杜润秋背后，肩上扛着一根粗木棍。齐维看来平时缺乏运动，落在了最后面。

"喂，杜导，你真的相信这里有鬼吗？"

杜润秋低着头左看右看，头也不抬地说："当然不信。不然，我为什么要拖着你出来到处找？亏你还是记者呢！我才不信那些胡话。撇开任贵不说，肯定是有人把丁城给砸死了，凶手一定是个活生生的人，绝对不是什么'阴兵'。"

"我是摄影记者，又不是新闻记者！"孙浩指着他说，"你不会认为凶手就躲在这些灌木里面，让我们来找吧？"

杜润秋说："当然不。他长着脚，自然会跑。可是，那件凶器，他可不好带走。不管是什么东西把丁城杀死的，一定是一个非常沉重的物件。凶手不可能带着这样的东西，四处乱跑，一定就会遗留在尸体不远处。"

孙浩兴奋地一拍手："比如……大石头什么的！"

杜润秋无精打采地说："可是我到现在还没找到一块合适的石头。丁城后脑上那么多血，我就不相信凶器上会不留下血迹。而且，石头上不会有铁锈吧？"

孙浩忽然一把抓住了他的手臂。杜润秋用力一甩，说："你干什么！"

"看，看那边！"

杜润秋顺着孙浩所指的方向看过去，大吃一惊。

红松林是相当大的一片，铁丝网也绕着红松林围了一圈。他们已经走到了红松林的背面，周围已经没有大树了，身旁都是低矮茂密的白刺。

仰头向上看，有一座破旧的小庙，简直像是突然冒出来的一般。

三个人你看我，我看你，杜润秋最后冒出了一句："孙悟空变的庙吗？"

"我们……爬上去看看吧。"孙浩说，"我看……我看不是孙悟空变的。"

爬上去一看，真是一座特别破烂的小庙，其实就是个泥屋子。庙门一侧，还立着一块碑。碑上刻着"栎头源坛神记"，损毁得非常严重，长满青苔，杜润秋只能模糊地看出来，是清道光年间所立的，是什么"县志"。

齐维蹲下了身，把青苔剥开了些，仔细辨读上面的文字："啊，这个，我知道。我听说的那些阴兵的传说，就是从县志上来的。"

杜润秋听他这么一说，松了一口气："那这庙，就是当地人以前修的了。那就没什么了。吓我一跳！县志上还说什么？"

"跟罗军他们听说的差不多，就是说这锁阳城很古怪，里面有阴兵，晚上，或者黄昏的时候会出来。"齐维的声音压得很低，几乎听不清了，"那些石俑，就是千百年来，周围的人陆陆续续替锁阳城里面的……那些……鬼魂……做的……这庙，也是修来祭祀他们的……所以，连神像都没有，因为拜祭的本来就是……就是……"

确实如齐维所言，庙里面只有一张破旧得快要散架的黑色案几，不仅没有神像，甚至连个牌位都没有。房梁很矮，杜润秋使劲跳跳都能够着，用的是非常结实的松木，好歹把这破庙给撑住了没塌。案几上放着一束带着红色果子的白刺，还有几个红褐色的锁阳，都十分新鲜，果子上甚至还沾着露水。

杜润秋慢慢地伸出手，想去碰那些锁阳。孙浩突然大叫了一声："看！"

杜润秋被他这一声大吼，吓得浑身一个激灵。他回过头，恶狠狠地瞪着孙浩："干什么！叫什么！没被鬼吓死，倒被你吓死了！"

孙浩的嘴唇有点发青，指着一旁，却说不出话来了。

杜润秋顺着他的目光看去，顿时，他也像是石化了。

右手边一个高高的石台上，供着一面青铜的大鼓，还勉强能看清鼓上雕刻的花纹图样。

从铜绿的色泽和氧化的程度看来，杜润秋觉得，还真是个非常有年代的古董，跟他在西安省博物馆里看过的商代青铜器很相像，有两个很大的环形"耳朵"。在这么个小破地方，居然有这样的青铜器，如果是真品，也真够让人讶异了。

杜润秋走到了青铜大鼓前面。他身高接近一米九，这么站着，鼓也跟他头的位置齐平。他的眼睛都要碰上大鼓了，忽然啊了一声，连着退了好几步。

青铜大鼓靠边缘处，有一个相当新的凹痕，沾着少量的血迹，还有几丝头发。

"这一定……就是杀死丁城的凶器了。"杜润秋喃喃地说，他的脸色青白，惊疑不定，"可是，这凶器是怎么跑到那里去的？"

从这小庙到红松林，以他们的脚程，也走了二十分钟。尤其要命的是，还有一个上坡，爬了整整十分钟。没有路，都是斜坡，相当难走。

"我们把它拿下来试试。"

杜润秋把背包扔在地上，搓了搓手。他双手扶住青铜大鼓的边，想把它从平台上拿下来。这一拿，他真是吃了一惊，这玩意儿真比他想的还要重得多。他全身力气都用出来了，才勉强地把它举了起来。孙浩看他举得摇摇晃晃的，忙向后一退，嚷着说："别，别，小心点，你别砸在我头上了！"

"还愣着干什么！"杜润秋叫，"过来帮忙，弄回去！"

三个人合力，才勉强把青铜大鼓放回了原处。杜润秋满身大汗，喘了几口气才说："这凶手是什么怪物啊？居然能够把这么重的凶器，从庙里抱到红松林，然后又抱回来，放上去？真有这么力气大的人？"

杜润秋拿了自己的相机，把大鼓上的血迹和凹痕都拍了下来。他嫌单反重，刚好买了个微单，正在试玩阶段。

"你拍这个干什么？"孙浩问道。

杜润秋斜了他一眼。"你这记者真不敏锐！当然是拍下来，回去跟丁城的伤做对比！看这个究竟是不是打死他的凶器！不过……"杜润秋的脸，一下子垮了下来，"我看起来，肯定是这个了。真奇怪……"

三个人同时沉默了下来。庙里光线昏暗，只听见远远的风吹过松林的声音。

齐维低声地说："也许，县志的记录是真的。真有阴兵在这里，晚上就现出了原形，把误入他们领地的闯入者杀死。到鸡鸣之时，又恢复成了石俑，我们哪里还能找到凶手呢？……"

他的声音，越来越远，越来越缥缈。

杜润秋只觉得寒气越来越重。不知何时，又开始下雨了，这座小庙，也被茫茫的一片雨雾包裹在其中，一眼望出去，连不远处的红松林，都朦朦胧胧看不分明了。

那雨感觉就一直没停过似的，忽大忽小，落豆子一样。

那口超大的"井"，仍然墨绿幽深，看不见底。杜润秋随手捡了根树枝，去拨动水面。他心里突然生起了一个想法。

照相机那种东西，尤其是丁城那种专业级的单反，那么结实，要想处理掉很难。不过，如果旁边有这么口井，那么只要顺手一抛，就可以把相机扔到水底了。

翻遍了也没见着丁城的相机。丁城究竟拍到了什么,让凶手一定要把他的相机处理掉?

回到"希腊神庙",晓霜和夏月架着小炉子在做简便的饭食,杜润秋还在努力打电话,想催警方再快一点儿来。要命的是,不知道是不是因为下雨的影响,现在手机不管是电信还是移动或是联通,都一点儿信号都没有了。杜润秋气得把手机狠狠地掼在地上,骂了一句:"见鬼!"

他们真的就被困在这个鬼地方了。

"喂,你在想什么?"

孙浩端着碗热气腾腾的方便面,走了过来。杜润秋接过面碗,笑嘻嘻地说:"不管怎么样,一个阴兵,也不会把一个相机扔进水里吧。你说,如果用相机来拍鬼魂,会拍出什么来?一个鬼影子吗?"

"我的老天爷!已经够吓人了,求求你,别说了!"孙浩大声说,杜润秋做了个鬼脸,说:"胆小鬼!"

他回过头,问夏月:"你怕不怕?你要怕,就跟着我和她们两个去住蒙古包!你看,孙浩这家伙,这么胆小,哪里保护得了你!"

夏月勉强挤出一个笑容,她的笑,真是比哭还难看:"不,不用了。我累得很,不想走来走去了。反正……都在这古城里面,到哪里住……都一样……"

杜润秋愣了一下。他不得不承认,夏月这话的正确性。

本来,吃完饭就应该回去睡觉了,走过"蒙古包",晓霜和丹朱却一点儿停下来的意思都没有。

"你们要上哪儿去?"杜润秋跟在两个女孩后面,跌跌撞撞地走着。丹朱没有说话,晓霜说了一句:"秋哥,你不是一直问我们为什么来这里吗?现在我们就去看看这个锁阳城里到底有什么。你要知道,锁阳城也是《录鬼簿》里记载的地方,地点就在那个古战场。走吧,我们今天去看看。说是要上弦月的时候,你看,今天有月亮噢。"

杜润秋震动了一下。他抬起头往天上一看,果然有一弯月亮。那月亮极细，细得就只有那么一丝，嵌在灰黑色的天幕里，像是一只眯缝着的人眼。杜润秋有点茫然，他是第一次在这里看到月亮。

更没有看到过阳光。

他突然兴起了一个怪异的想法，连自己都觉得好笑。锁阳锁阳，暂且不管它本来的含义是什么，不管它本来的名字从何而来，难道不可以解释成为锁住阳光吗？因为在这里，阳光从来就进不来！

什么地方没有阳光？杜润秋又立即想到了这个问题。答案来得很快，快到他连回避这个答案都没有时间。

阴间。只有阴间才会没有阳光。

"秋哥，你怎么了？"晓霜温暖的手，搭在了他的手臂上，杜润秋一反手紧紧地抓住了她的手，让晓霜有点惊讶，但是并没有挣脱，"怎么了？我看你魂不守舍的。"

"没什么，我们走吧。"杜润秋努力鼓起了勇气，怎么着，也不能在两个女孩子面前露怯呀。

黑夜里，他对于这里的路更加无从分辨，只看见一堆一堆在黑暗中更显得怪异的石头，和一丛一丛长着红色果子寄生着褐色锁阳的白刺。这是个属于夜晚的世界，杜润秋在一次又一次地爬上石梁，夜风冷冷地吹过脸的时候，这么想着。

这里的确是那些古代阴灵们栖息最好的地方。

晓霜和丹朱都站住了。她们站在洼地的正中央。丹朱正在扳着手指头数着什么，然后杜润秋就看着她在那片洼地里一大步一大步地走着。杜润秋想起了小的时候，孩子们玩的一种走田字格的游戏，现在丹朱就很像是在玩这种游戏。当然，很显然，她是很认真的，她的表情非常专注，绝不是在玩游戏。

丹朱来回地走了至少十次，杜润秋也看出来，她一定是按照某种规律在走的，但孤陋寡闻的他，实在不知道这个规律是什么。丹朱脸上忽然露出了一抹谜一样的笑容，朝杜润秋招了招手说："秋哥，这边来。"

杜润秋满腹狐疑地走了过去。他走到丹朱的面前，低头看了看，还是不明白。那块地跟别的地方的地，并没有任何区别。

丹朱说:"我们试试把这里挖开。"

杜润秋吓了一跳:"什么?挖开?用手吗?不会吧?"

晓霜慢腾腾地从背后拿出了一个一尺长左右的东西,不知道她怎么摆弄了几下,那一尺就变成了一米。杜润秋傻眼了——晓霜拿的是一个折叠的铲子!

"看来,我又得下苦力喽。"杜润秋叹了口气,"好吧,我就知道你们没安好心。好啦……我就牺牲一下吧……唉!"

这是一副相当诡异的景象。一个男人的影子,在细细的一丝柳叶一样的月亮下,正在不停地舞动着一把铁铲。沙石被不断地撬起,又飞开。

杜润秋已经满头大汗。虽然这里的土质十分疏松,但要挖出一个半米深,两米长的大坑,实在不轻松。他并不知道自己究竟会挖到什么,但他可以确定的是,他不是在挖宝藏。

忽然,他听到了一声脆响,应该是挖到了某种松脆的东西。杜润秋用铲子把土刨开,立即,那"东西"裸露在了他的眼前,裸露在了惨白的月光下。

那是一条人的腿骨。

铲子从杜润秋的手里落了下来。他没有勇气再继续挖下去了。

丹朱迅速地半跪了下来,晓霜也一样。两个女孩简直像是两个对白骨特别感兴趣的妖精,急切地在大坑里翻寻着。一段一段残骨被她们翻得七零八落。杜润秋几乎是瞠目结舌地看着她们,想发问,哪里还说得出一个字。

他这次是真的被吓着了。这样貌美如花的两个年轻女孩,就跟两个食尸鬼无异,尤其是在这样的月光下,连她们的脸都是惨白如死人的!一瞬间,杜润秋确实有想拔腿就跑的冲动!

晓霜总算抬起头,看了看他:"秋哥,你怎么了?"

杜润秋还是说不出话,晓霜咏咏地清脆地笑了起来:"怎么啦,秋哥,你是不是在害怕呀?有什么好怕的?不就是些死人的骨头?"

她说得如此轻描淡写,只能让杜润秋更恐惧。他甚至怀疑,接下来的一秒,这两个美丽的女孩子是不是会在月光下,变成怪物?

"秋哥，这些都只是白骨。"丹朱柔声地说，"他们其实就是你那天看到的那些士兵。"

这句话，总算让杜润秋找回了一点儿神："你说……什么？丹朱？"

"我是说，这一片洼地，也就是锁阳古城的战场下面，其实就埋着当年的那些士兵。他们的骨骸被埋在这里，而他们死后更是阴魂不散。你看到的那些，就是他们曾经在这里留下的影像，这一点儿也不奇怪。"

杜润秋瞠视着丹朱。他觉得丹朱说得虽然合情合理，但总有那么一点不通，只是现在他僵化的脑子一下子想不出来。丹朱也回视着他，似乎在等待着他问问题。

"不对！"杜润秋终于叫了出来，"罗军讲的故事，我记得很清楚！薛大将军所带领的军队，最终挖到了锁阳充饥，打垮了围城的军队。他们胜利了，这是不争的事实。如果这样，这里为什么还有那么多士兵的白骨？他们应该离开这里了啊！"他再瞟了一眼那些被挖出来的白骨，都是残臂断腿的，有的骨头的缝隙里还插着生锈的兵刃，这再明显不过了，这些人绝不是自然死亡的。

"秋哥，你反应真快。"丹朱的语气，说不清楚是赞扬，还是嘲弄，"是啊，按理说，他们是应该衣锦荣归，打了胜仗的士兵都能领到银子回家。可是，他们没有呢，他们最终埋骨在了锁阳城的战场之下，不得善终。秋哥，你觉得，会是什么原因呢？"

杜润秋继续瞠视她。他是真的不知道，也想不出。完全想不出。

"那，丹朱，你肯定是知道为什么了？"

晓霜忽然发出了一声又惊又喜的呼声。她把一个骷髅头像是扔球一样地抛开了，双手从沙土里小心翼翼地捧起了一样东西："丹朱，你看！"

丹朱的注意力立即移了过去。她也伸出双手，从晓霜手里接过了那样东西，轻轻掸去了上面的沙。

杜润秋也瞠大了眼睛。那是一个不知道是什么金属做成的扁扁的瓶子，也许是铜，也许是铁，也许还混了什么合金，虽然历经千年（杜润秋猜想是跟那些士兵一起埋进去的，这么算，从唐朝过来，怎么着也有千年了），原来的色泽已然不在，却仍然暗涔涔地发亮。杜润秋对这种扁形的方瓶子并不陌生——这是一种酒瓶,一种现代已经比较少见的酒瓶,虽然体积小,但容量却不小。

他看到丹朱的脸上,也露出了十分特异的表情。看样子,这就是她们一心要找的东西了。他实在忍不住,问道:"这不过是个酒瓶,你们这么欢天喜地做什么?"他灵机一动,"是不是……又是个值钱的古董?"

"古董倒是古董。"晓霜说,"只不过,也值不了多少钱吧,毕竟材质和做工都摆在那里,算不上什么精品。"

丹朱把那个酒壶递给杜润秋:"秋哥,你要看看吗?"

这还用说。杜润秋在心里咕哝了一句。他接过了那个酒瓶,翻来覆去地看。确实,这个酒瓶没有什么特色,只能看出来曾经是某个人珍爱的东西,因为十分光滑,一看就是当年被人反复摩弄过的。他忽然看到,瓶底上刻了一个字。

只有一个字。

"薛"。

杜润秋脱口而出:"这是那个薛大将军的酒壶?!"

"对。"晓霜说,"这是他随身的东西。你别看这东西不起眼,但是是西域进贡的东西,又是御赐的,所以,他喜欢也是应该的事。"

杜润秋满腹狐疑地看看丹朱,又看看晓霜:"你们怎么知道这些?说起来好像你们亲眼看到了一样!"

"只要是御赐的东西,往往在史籍上都有所记载。"丹朱说得很理所当然,"去查查就知道了,这不是难事。而且对于御赐之物,一般都有很详细的描述。按图索骥,这不是很难的事吧?"

月亮在悄悄地移动,突然,一束惨白的光正好射在了杜润秋的手上。杜润秋看着瓶底上那个凸出的"薛"字,手抖了一下。他觉得那个字简直像只眼睛,在看着他。

"哎,小心小心,别砸了。"晓霜从他手上又把酒瓶拿了过去,递回给了丹朱,"好了,秋哥,劳驾你老人家把这里的土埋回去吧。"

杜润秋已经没了脾气,默默地拿起铲子,就把那些挖出来的沙土又重新掩回去。他只觉得自己像一个正在毁尸灭迹的人,虽然他在掩埋的是些千年之前的尸首。

他只挖出了一小部分，但这里的白骨残肢之多，令他咋舌。看样子，在这个古战场之下所掩埋的士兵尸体，恐怕要以千人计。在古代，能够这样大规模地死人，一般来说只有两种情况，要么就是战争，要么就是瘟疫。

他把铲子拄在地上，喘了几口气，回头问道："他们是不是因为瘟疫死的？"

丹朱和晓霜正拿着那个酒壶咬耳朵说悄悄话，听到杜润秋这么问，晓霜吃惊地说："为什么会这么说？瘟疫……你是说，这些士兵都是因为瘟疫死的？"说完这句话，她似乎觉得很好笑似的，瞅了一眼丹朱。她好像想忍住不笑，但忍了半天，还是没有忍住，捂住嘴咯咯咯地笑了起来。

丹朱也跟着笑，只是笑得没晓霜那么夸张。看在杜润秋眼里，这是一幅诡异而恐怖的景象。两个年轻美丽的女孩，脚边埋着数以千计的白骨，残碎的骨骸正在月光下发着森森的白光，而她们捧着一个从尸骨里扒出来的酒壶，笑得如同春风拂面。

"瘟疫？秋哥，你想象力真丰富。"丹朱笑完了，拖着声音说，"不过，某种意义上说，也可以说是瘟疫吧……人的疯狂难道不比瘟疫更可怕？"她最后一句话说得十分轻细，但杜润秋仍然听到了。

晓霜催促他："秋哥，快埋，快埋，埋好了我们走啦。"

"我还以为你们待在这里很欢乐呢。"杜润秋咕叽了一声，继续抡起铲子干他的苦力活，"那酒壶，你们又说不是什么值钱的古董，又在那里乐得像中了彩票，这是为什么啊？"

"哎呀秋哥，你怎么三句话都离不开钱字啊！"晓霜嚷嚷，"别那么俗好不好，一说话就是铜臭气！虽然这酒壶不是特别值钱，但是，有别的意义啊！"

"我就看不出来，有啥意义。"杜润秋把最后一铲土铲了上去，然后用脚踏平，又来回地拂平了，"这样子就行了吧？应该没人看得出来。"

"行了啦。"丹朱笑着说，"谁来看这里？谁疯了来看这里？这里就是个没人来的地方，注定了永远都要被遗忘的地方。"

她说这话的时候，语气很怪，让杜润秋不由自主地抬起头看着她。丹丹朱却说:"我们走吧,这里没什么意思了。"

"哎,丹朱,你教教我那什么奇门五行好不?"杜润秋一边跟在她们身后走,一边嚷,"这个实在是太有意思了,我看武侠小说的时候就觉得奇怪,难道真的一堆乱石几条藤就能把人给困住?我怎么想都想不通,现在,亲身来经验一下,居然发现是真的,真是……不可思议啊!"

"学这个并不容易。"丹朱回答,"而且,也不是一朝一夕的工夫,还要看天分的。你太浮躁了,秋哥,就算我教你,你也静不下心来学的。何况,在现在,这些东西只能作为奇谈,几乎没有实际作用的。"

杜润秋不得不承认她说得完全正确,但是忍不住还是想反驳两句:"可是,风水还是很有用的,现在人们还是信这个。"

"那倒没错。"丹朱表示同意,"风水属于玄学,不管哪个时代,也不管科技多么进步,人们骨子里对于神秘的东西都仍然是抱着某种信仰和敬畏的。"说到这里的时候,她的脸上露出了一种奇怪的谜样的笑容。杜润秋看到月光下她的笑容,第一反应就是"斯芬克斯的微笑"。他猜不出丹朱笑里的含义。

好不容易爬回了"蒙古包",杜润秋一抬头,却看到月光下面,有个人影极快地一闪而过。杜润秋跳了起来,大叫:"谁?"

丹朱和晓霜都被他这一声大叫吓了一大跳。丹朱问:"你看到什么了?"

"我看到有个人,很高的人,肯定是个男人。"杜润秋说,"但是太远了,又太暗了,我没看清他的脸。"

丹朱不着意地说:"哦,也许是有人睡不着,跟我们一样,出来走走?"

"不对!"杜润秋继续大叫,"那个人……那个人……像是穿着武将的盔甲啊!"

丹朱的眼睛闪耀了一下:"你没看错?"

"没有!"杜润秋指着头顶上,"刚才月光正好映在上面,我就看到他了,那么长的一个人影,我怎么可能看错?我的眼神可是出名地好!"他又想了一想,喃喃地说:"难道这里面还有别的人?除了我们跟他们之外?"

"我们上去看看吧。"晓霜提议,"问问'希腊神庙'里面的人,有没有看到什么。"

她已经拉着丹朱往上走了,杜润秋也只得跟上。他只能相信,只有跟着她们走,才不会有危险的,他也只能这么安慰自己了。

这一阵子,似乎天上的乌云散开了些,但露出头来的月亮仍然只有柳叶那么细的一弯,怎么看都像一只眯缝着的不怀好意的眼睛,还是只独眼。但至少有个好处,那就是光照更明亮了些,当他们走到"希腊神庙"的时候,一切都能看得清清楚楚,尽收眼底。

"什么都没有,也没人。"杜润秋有点失望地说,但心里更多的是高兴,"好啦好啦,我不想再探险了,我们赶快回去吧。"

他话还没话音,就又看到了刚才的那个人影,这次他是真的看清楚了,这一清楚可不得了,吓得他脚一滑,坐到了地上。

6

那是个穿着古代铠甲,头戴头盔,手持长矛,腰挎佩刀的男人!杜润秋已经不是第一次见到他了,他被大卸八块的尸体,还躺在"蒙古包"里面呢!而现在,他居然又在到处走动了!

"他……他……"杜润秋伸手指着前方正在有些僵硬地走动着的那个男人,上下牙齿都在咯咯打架,"他怎么……又活了……"

就在这时候,像鬼一样的,齐维,还有孙浩,两个人突然地从"神庙"里面钻了出来。说实话,他们的出场,简直比那个死去的任贵更可怕。两个人铁青着面孔,站在那里,盯着全身铠甲的任贵看。

"你……你们也看到了?"杜润秋声音都在抖,"我,我没看错吧?他……他……他是鬼吗?"

孙浩和齐维都机械地点着头,简直像两个扯线木偶。

"鬼啊!"杜润秋怪叫了一声,拔腿就往来的方向跑。晓霜眼疾手快,一把揪住了他，"秋哥，你干什么？你要去哪儿？"

"这里有鬼，我不跑还怎么办啊！"杜润秋怪叫，"你们不怕，那是你们的事，我是第一次面对面地看到一个鬼，我现在牙齿都在打架啊！走啦！"他一手去扯丹朱，一手去扯晓霜，"你们还在这里干什么？走啊！"

"往哪里走？"丹朱轻轻挣脱了他的手，"秋哥，你还没闹明白？如果要说安全，这锁阳城里面，就没有一个地方是安全的！如果说有鬼的话，这里面到处都是鬼！"

杜润秋又发出了怪叫，双手抱住了自己头："我不要也变成鬼啊！"

晓霜把他的手从头上拉下来："别叫啦！没事的啦！我保证！走吧，我们悄悄地跟过去看看！"

杜润秋都快要坐到地上了："什么什么？还要过去看看？不要啊……姑奶奶们，你们就饶了我吧，再跟你们这么折腾下去，我看我迟早要死于非命的！"

"嘘！"晓霜把手指放在嘴唇上，拼命地朝他摇头，"你叫这么大声，当心鬼会过来找你啊！"

杜润秋立刻用手捂住了嘴。丹朱低声说："别担心，我们跟过去看看。不会有危险的，如果有危险，我们早就死了，哪里等得到现在？"

她说得也不是没有道理。杜润秋只能选择相信她。他看见丹朱一只手正在自己脖子里摸索着，他猜想，丹朱肯定是在摸她那个古董八卦钱。那是个真正的镇邪的古物，但杜润秋并不认为，丹朱和晓霜如此镇定自若，单单是因为八卦钱的缘故。

就在他们在这里争执的时候，那个叫任贵的男人——不，应该是男鬼——已经消失了。他在往"神庙"后面走去，一直走过去，就是红松林了。

杜润秋壮着胆子跟过去，却傻了眼。除了被风吹得呼呼响的红松，哪里有人？只有那口井，水面正在晃荡，倒像是有人刚跳进去了一样。

杜润秋压低声音说："他不见了！一定是跳水自杀了！"

"拜托，都是死人了，都被大卸八块了，还跳水自杀呢！一个人能死两次吗？"晓霜嗔怪道，"拜托你，不要成天说些稀奇古怪异想天开的话，真是受不了你！智商都要被你拖低了！"

"好啦！"杜润秋壮着胆子一挺胸，"我去看看！"

他回头看了一直像两根木桩一样站在那里的齐维和孙浩："一起去吧？我们……互相也壮壮胆子吧？"

他们像几个鬼影子一样，蹑手蹑脚地摸到了刚才任贵消失的井面。向下一看，水里面黑漆漆的，哪里看得清楚。

"我们下去看看吧。"丹朱下定决心似的说。杜润秋一听，跳了起来："下去看看？下去看看？有没有搞错？"

"有办法的。"晓霜很得意地说，"找绳子，我们把人吊下去！"

杜润秋险些晕倒："哪里有那么长那么结实的绳子？"

事实上，真的有。孙浩跑回了"蒙古包"，没过多久，真的拿着一圈绳子回来了，还是货真价实的登山绳，十分结实牢固。杜润秋虽然哭笑不得，但是也不得不承认这是个很实在的法子，没有什么不可行的。

这种活自然还是杜润秋来干。杜润秋找了一大堆看起来很牢实很粗壮的石块，用手使劲摇了几下，又用脚踢了几下，认为它可以承担得起一个人的重量，才把绳子在石块上牢牢地扎了好几圈，打了个结捆牢了，又用手拽了几下。

"应该没问题了，我们下去吧。"

晓霜斜着眼睛看他："是不是真的没问题了？万一绳子没捆牢什么的，我们可就惨了，叫天天不应，叫地地不灵的。"

"我捆得很牢了，除非拿把刀子来割。"杜润秋拍拍手，"谁先下？"

齐维说道："还是女孩子下吧，你……你太重了。我，我和孙浩，都是旱鸭子……下面全是水，我……我不会闭气啊……"

杜润秋看了看绳子，又看了看自己，叹了一口气：

"晓霜，有问题吗？"

晓霜把绳子在腰上打了个结，跳到了井旁边。看她灵活得像只猫，轻盈得像只燕子，杜润秋就觉得，自己是多此一问了。她还拿出了一把匕首，与其说那是匕首，不如说那是短剑，剑鞘出奇地华丽，就跟武侠小说里描述的一样，墨绿剑鞘，镶金嵌宝，杜润秋十分好奇那短剑拔出来会是什么样子。

晓霜下去不到一会儿，就用力拉绳子了。杜润秋和孙浩合力，很轻松就把晓霜给拉了上来。晓霜的头发上，沾了不少水草，她正在一脸恶心地擦。

杜润秋这时候也不害怕了，迫不及待地问："下面没有人？奇怪了，明明看到他掉下去的啊！"

"没人啦！虽然很黑，但是有人我还是摸得到的！"晓霜解开了系在腰上的绳子，"不要说人了，连个鬼影子都没有！全是水草，差点缠着我的脚了！啊，冷死了，我要赶紧去换衣服烤火！"

"真是奇怪，他人呢？"齐维喃喃地说。孙浩摇了摇头，说道："除非，他根本就不是人，是……"

杜润秋看着晓霜那把短剑，有点眼馋："好漂亮的剑啊，一定是宝贝吧？"

"我爷爷留给我的。你没说错，真是宝贝，可以克制厉鬼的噢！就算下面真有鬼，我也不怕呢！"晓霜很神气地说。杜润秋叹了一口气，心想这个"爷爷"，就跟丹朱的"叔公"一样，简直就是挡箭牌，让他想探听什么也被挡回来了。

"别当这是好玩的事，秋哥。"丹朱淡淡地说，"那把剑根本不是拿来对付普通的小鬼的。实际上，只有那些真正特别，真正有能力的鬼，才会动用到这种宝物级的法器。"

听到"法器"两个字，杜润秋怔了一怔。他望着丹朱，问道："什么样的鬼才是特别的？"

晓霜插了进来："有一种啊，你一定也听过！就是说人穿了红衣死掉，选好时辰，就会变成厉鬼。"

杜润秋叹了口气："你适合去当导演，专拍鬼片。或者，写写灵异小说骗人，也可以。"

晓霜气得不轻："我认认真真地给你讲，你不信，不信算了！"

丹朱却笑了："秋哥，你别不当一回事。我告诉你，那些鬼片取材往往都是民间的灵异事件，很大程度上都是真的。你说，人怎么会想象出那么些怪诞离奇的事呢？当然是因为原本就有些影子。我再给你补充一点，关于红衣厉鬼，不仅要选对时辰，而且最好是上吊——这些都不用说了，鬼片里这么演的一把一把——还有很重要的一点,得杀死七七四十九个男人,吸尽他们的阳气才能成功。所以说,这很难,非常难,而且都是倒行逆施违逆天意的事,很难会真有一个修炼成的。"

杜润秋听她说得像煞有介事,也只是半信半疑。对于这种只存在于传说里的红衣鬼,他实在没办法完全相信:"好吧,就算是真的有,只要这里没有就行了!"

丹朱和晓霜对望了一眼,晓霜笑嘻嘻地说:"那可说不定,你大概不知道吧,秋哥,鬼真的修炼到了很厉害的时候,是可以吸人灵气化成人身的,甚至可以在白天现身,说不定,你面前的谁谁就是红衣厉鬼呢!"

她说得清脆动听,杜润秋听得却是一背冷汗。他看看丹朱,又看看晓霜,连话都说不出来了。晓霜偏偏还走上前一步,仰起脸嘻嘻地笑着看他。"怎么,我看你真的害怕了呢,秋哥?你是不是……嘻嘻,怕我们两个也是鬼啊?嘻嘻……"

"别……别开这种玩笑。"杜润秋舌头都有点打结了,"这个玩笑一点儿也不好玩!"

孙浩一直在旁边瞠目结舌地听着他们对话,这时候绝望地叫了起来:"求求你们,别说了,行不行?本来就快吓死人了!"

杜润秋突然想起,一直没看见夏月:"夏月呢?她没事吧?"

"没事,她晚上说头痛,吃了什么安神的药,估计睡得比较沉,没听到我们的声响。"孙浩回答,"我们……我们还是回去吧。不能把她一个人放在那里……"

齐维也附和说:"我看,真的……真的是鬼吧。任贵已经死了……尸体还放着……我们……还是……还是……回去睡觉吧……"

杜润秋打了个冷战,喃喃地接着说:"对,我得回去看看,尸体……是不是还在里面……如果还在的话……"

任贵的尸体还在"蒙古包"里面好好地躺着,完全就是一具大卸八块的尸首,一点儿移动过的迹象也没有。

杜润秋回过头,话都说不出来了,就那么瞪着丹朱和晓霜看。

"哎呀，秋哥，就算是鬼，你怕什么呢？"晓霜拍了拍杜润秋，"有我保护你呢！好啦！睡觉吧！我去换衣服了，你别进来啊！"

她说得轻描淡写，杜润秋裹着毛毯翻来覆去了几个小时，仍然睡不着，最后他决定起来到外面走一走。

外面比"蒙古包"里面凉多了。杜润秋只穿了件衬衣，一出来就冷得打战。这地方，昼夜温差实在太大了。

他刚走出"蒙古包"，就扭头往回走了。不管怎么说，失眠总比冻感冒了的好。但正在这时，他听到了一种奇怪的钝响声。

昨天晚上，他也听到过同样的声音。当他看到一个人影在"蒙古包"旁边，一下一下，在用尽全力地砍着什么，发出钝响。

杜润秋站在原地，脑子里一片混乱。他好奇心很重，自然想出去看看，但是，他本能地觉得，出去是危险的。而且这种危险的感觉十分强烈，强烈到让他不敢迈步出门。他觉得有危险，而危险就在外面。

"秋哥，你在那里干什么？"丹朱从帐篷里探出了头来。杜润秋出去，大约是惊醒了她。杜润秋立即回过头，把手指放在嘴上，一个劲地对她猛摇头。

丹朱把头缩了回去。半分钟后，她也轻手轻脚地钻了出来，晓霜也跟在她后面，手里握着那把短剑。晓霜朝杜润秋做了个手势，意思是一起出去。杜润秋犹豫了一下，耳边那刮肉剔骨一样刺耳的响声让他极其难受。晓霜又肯定地向他点了点头，杜润秋只得咬了咬牙，深深吸了一口长气，视死如归地向外走去。

他刚踏出去的那一瞬间，只听头顶上轰隆隆一阵响，几道紫色的电光唰唰唰地闪过，倾盆大雨顷刻间就落了下来，浇得他马上成了落汤鸡。杜润秋被淋得猝不及防，哪里还管得了外面是不是危险，一张嘴就骂出来了："搞什么啊，这什么鬼天气啊，说下雨就下雨！"

晓霜手里拿着那把短剑，直直地站在大雨里。她的头发也已经全湿透了，一绺绺地纠缠着，但透过雨帘，杜润秋看得到她的表情。

她脸上的神情，就跟她手里那把出了鞘的短剑一样，冷冽得到了极点。这还是杜润秋第一次见到她这样的表情。她的脸在雨帘里，就像是戴了一个水晶的面具，十分美丽，十分冰冷。

杜润秋顺着她的视线，猛地扭过了头去，扭得脖子都咔地响了一声。

那个放置尸体的"蒙古包"的"门"，虽然被杜润秋用胶带和薄膜封住了，但仍是透光的。黑色天幕上不断划过的闪电，就像是背景灯一样照亮了"蒙古包"的"门"里面，能清清楚楚地看到一群人影。

对，一群。影影绰绰的黑影，看不清面貌。

杜润秋依稀觉得，这样的场景，相当熟悉。对了，就是他看过的，L电视台录制的纪录片。

一群身披甲胄的军士，有的拿刀，有的拿枪，有的拿长矛，都对着那个女人砍去。

而他眼前的那些影子，砍的不是东西，是一个人。一个一动不动的人，也许，是一具尸体。一具被砍得支离破碎的尸体。

杜润秋像是被钉在了原地。他很想走近几步，但是脚却像灌了铅似的动弹不得。他只能凝神注意去看地上的那个人。因为毕竟隔着一层塑料布，杜润秋眼神再好，也不能看清楚那个人的具体面貌。他只能看出来，那是体格比较纤细的人，可能是个女人，因为有一头长长的头发。

"丹朱！"晓霜一声惊呼，杜润秋也吓了一跳，他急忙转过了头。只见丹朱已经晕了过去。她软软地倒在晓霜身上，长发飘散，脸色惨白，像个没有生气的布娃娃。杜润秋奔了过去，把丹朱从晓霜手里接了过来。

他把丹朱抱进了蒙古包。丹朱浑身也湿透了，两眼紧闭，嘴唇发紫。杜润秋埋怨道："晓霜，你干吗让她在外面淋雨啊，你让她进去啊！瞧瞧，这怎么办，这儿又没医生！她平时有会突然昏过去的毛病吗？"

"……她只是受了刺激而已。"晓霜慢腾腾地说了一句，"没事的，她一会儿就会醒的。秋哥，你别在这里危言耸听了。你也淋湿了，我跟丹朱去帐篷里面换衣服，你就在这里换吧。不然，真的会感冒了。"

"你也太淡定了吧！"杜润秋叫了起来，"刺激？刺激？你还真轻描淡写呀，晓霜！那些人是拎着大刀在砍啊，在砍另一个人啊，就像砍排骨一样，把一个人砍成一小块一小块的啊！"

"别说了！"晓霜突然沉下了脸，几乎是愤怒地低叫了一声。她狠狠地瞪了杜润秋一眼："秋哥，别再说下去了！别让丹朱再听到这些，你听清楚我说的没有？"

杜润秋呆住了。他看着晓霜因为愠怒而发红的脸，和一脸苍白的昏迷的丹朱，一瞬间觉得自己是完完全全地迷惑了。

暴雨后的锁阳城，仍然是一方干裂的土地。杜润秋早上醒来看到的，仍然是阴沉沉的天；鼻子里吸到的，仍然是干燥的空气。昨天晚上那场暴雨，就像是白下了似的，对于这里干燥的气候一点儿影响也没有。

杜润秋已经不记得自己是什么时候睡着的。他只记得晓霜扶着还昏昏沉沉的丹朱，进了帐篷就没再出来。他也只得把湿衣服换了，裹着毛毯就在帐篷门口睡了，虽然辗转了很久，但最后总算是睡着了，而且一觉睡到了天亮。

他出了"蒙古包"，看了看旁边那个被自己用塑料薄膜里三层外三层封得结结实实的"门"。他又想起了昨天晚上那群黑影，不停地把另一具尸体砍成一块一块。当时，因为丹朱昏过去了，因为晓霜出乎意料的愤怒，他没有时间去多想。这时候，他才开始觉得发寒。

他已经亲眼在古战场上看到了骑马的古代士兵，仍然挥舞着兵器，朝着虚空呼喊着疯狂地砍杀。他无法再怀疑自己的眼睛——在锁阳城里，的确存在着不可思议的东西。

两个女孩还在梳洗，杜润秋在石壁边上生了一堆火。他采了不少白刺，那灌木倒是挺适合生火的，杜润秋看着从泥土里露出来的锁阳，犹豫了一会儿。他有一点想摘点锁阳下来尝尝，但最终为了某些他自己也不清楚的理由，放弃了。

晓霜在泡她带来的速食米饭，煮了三盒，一人一盒，把牛奶也加热了："早饭连着中饭，一起吃了啊，中午就不弄了，大家吃饱点！"

杜润秋大口大口地吃完了那盒速食米饭，含糊地说："我们还真像野营，是不是？"

"今天他们那边好像没有动静啊。"晓霜望着对面的山头上那些安静的灰色"塔楼"，"也没人出来，也没人生火。他们也会睡过头？"

她说这话的时候很轻描淡写，但杜润秋刚吞下去的一口饭，就那么卡在了喉咙。他一向是个想象力丰富的人，晓霜这话，让他迅速地想到了某个场景：塔楼的角落里，依然堆着行李，但是行李的主人们，却一个个暴死在地上。他们的头，也被砍了下来，滚落在身体的一侧……

"喂，秋哥，你怎么了？饭有什么不对吗？是不是还没泡熟？"晓霜用胳膊肘撞了撞他，问道。

杜润秋这才从自己那恐怖的想象里回过神来。"不不不，没有没有，熟了熟了，味道很好。我只是……"他也朝对面山头瞅了一眼，压低了声音说，"会不会他们真的出什么事了？那两个人，都不像是会睡懒觉的人呀！"

"吃完饭，我们要不要去看看？"晓霜提议。丹朱却说："我倦得很，不想走，你们俩去吧，我在这里休息一下，昨天晚上没睡好。"

她又进帐篷去了，杜润秋跟晓霜往对面的山头上走去。杜润秋看到晓霜又连蹦带跳地往下跑，在后面撕心裂肺地叫："晓霜啊！你别乱跑啊！可别又像昨天那样，把我一个人给扔下啊！我真的不想看到阴兵显灵了啊！怪瘆人的！"

"我没跑远啊！"晓霜站住了，双手叉腰地站在一块石头上。她的头发用发绳扎了起来，仍然被风吹得乱乱的，脸色红润得像只苹果，说不出的娇美可人。杜润秋盯着她，忽然又想到了之前就已经出现在心底但没有认真去想的问题。

晓霜到了这锁阳城，上蹿下跳的非常活跃；但是丹朱，自从到了这里，就怪怪的，不仅精神不佳，状态不好，还会莫名其妙地晕倒。

她是不是来过这里？

这个念头在杜润秋脑海里闪过了一瞬，他又马上否定了。不对，就算是来过，丹朱也不至于会晕倒吧？她一向是个非常镇定的人。

"哎，秋哥，你到底要不要去啦？"晓霜又在喊了，"你再不走，我就扔下你，一个人去了噢！"

"来了来了！"杜润秋现在是真的很怕被她抛下，他已经见识了这座锁阳城的"神异"，实在是不想再迷路了。

·287·

到了那排"塔楼"前，杜润秋觉得不祥的预感更浓了。他就没听到一点儿声音，一点儿动静。他拽了晓霜一把，示意她不要作声，自己悄悄地走了过去，朝罗军住的那间"塔楼"里面看了一眼。

他立即松了一口气。他已经做好最坏的打算了，哪怕里面躺的是死人，他也认了。但是一看之下，里面除了行李之外，一个人影也没有。

晓霜已经跑到附近的几间塔楼里都看过了，回来对着杜润秋摇摇头说："一个人都没有，东西都还在。"

"这还真是奇怪了，一大早的，跑哪儿去了？"杜润秋喃喃地说，"别是扔下我们，找到路自己跑了吧？"

"这里是条死路！"晓霜又好气又好笑地说，"他们能找到什么路？你就别异想天开了，秋哥，如果这里还有路能出去的话，当年的薛大将军还用得着被困了足足一个月，粮食都吃光准备等死了？你以为还有地道啊？开玩笑吧！"

杜润秋不得不同意她的话，晓霜说得有道理。"好吧，那怎么办？去找他们？"他问。

"有什么好找的，他们又不是第一次来。"晓霜说得更轻描淡写，"难道他们还会失踪不成？"

杜润秋继续跟着晓霜下山，他有意无意地问道："晓霜，你好像也对那位薛大将军的事情挺熟悉的？你之前怎么一点儿不说呢？"

晓霜没有回头，仍然一个劲地在往下跑："是啊，我是很熟悉。怎么着，秋哥，你想问什么，你就尽管问吧，不用拐弯抹角的！"

杜润秋脸一红，不过他的脸皮也够厚，碰了钉子也不在乎："好吧，那我问你，你为什么对这里的路这么熟悉？"

晓霜好像就没听到他的话似的，还在跑。杜润秋发现她并没有往回走，而是往另一个方向。这个方向又跟那天他迷路的洼地不在同一边（至少杜润秋凭感觉是这么判断的），如果把山谷比喻成一个"十"字形，古战场那片洼地在"十"字那一竖的下面，而现在晓霜的方向就是跟洼地相反的方向，"十"那一竖的顶端。

晓霜又跳到了一块大石头上。她站在那里，一动不动，俯视着下面。

杜润秋喘着气，奔到了她的身旁。

这里还是一块洼地，但是没有石头，只有少量的白刺和锁阳。一片灰黄色的沙土，没有任何风景可言。绕着洼地，是一圈人工挖出来的深壕，杜润秋估计了一下，大约有四米深。这种壕，在古代，既可以充当灌溉的作用，也可以充当护城河的作用。

他把一只手放在了晓霜的肩头上："怎么了？发什么呆？"

晓霜扭过头，朝他一笑，这一笑十分明艳，宛如花朵盛放，在周围的一片灰暗里看起来很是鲜丽："没什么，走，秋哥，我们下去看看。"

她朝杜润秋伸出了手，杜润秋也就势握住了她的手。晓霜的手，温暖柔软，杜润秋拽着就不想放手了。

走到那片沙地上，杜润秋依依不舍地放开了晓霜，说道："哎，这里没什么好看的，我们还是回去吧。"

"等等，我们去那边看看。"晓霜指了指沙地边上的那条壕沟。杜润秋并不明白她为什么特意要去察看那里，但他已经看出来了，晓霜来这里，肯定是有原因的，而原因就肯定在那条壕沟里。

他拉着晓霜，慢慢地走到了壕沟旁边。往下一看，杜润秋就觉得有点头晕，那条壕沟很高，跟他估计的差不多，十分陡，几乎是呈直角的。

"你看，那里像有什么东西。"晓霜指着下面说。杜润秋眯缝着眼睛，仔细看了一看，是有件黑红相间的衣服摊在那里。

晓霜咬着下唇："我想下去看看。"

杜润秋看了看那几近于直角的壕沟："你会轻功的话可以跳下去试试。"

晓霜无语，用脚重重地踢了他一下："我有绳子！"

杜润秋险些晕倒："你在哪里找的绳子？"

"就是昨天晚上用过的啦。"晓霜说，"我觉得挺结实的，就自己拿着了！"

这一来，不下去也不成了。杜润秋自认为自己还是身手敏捷的。他两手抓着绳子，慢慢地往下滑，先滑得比较慢，没过两下就觉得有意思，速度也加快了，要不是怕绳子磨伤虎口，他真想体验一下登山的感觉，虽然这只是一条沟。

杜润秋捡起了地上那件衣服。那是一件黑红相间的防水外套，背心处印着几个熟悉的英文字母。

杜润秋曾经见过这样的衣服。他第一次看到罗军和汪猛的时候，他们就穿着这种衣服。那英文字母是 L 电视台的标志，是特别定做的衣服。

"这是谁的？"杜润秋奇怪地说，"他们两个人，怎么会把衣服扔在这里？"

晓霜低下了头，在土里翻着什么。忽然，她扬起了头，手里抓着一块小小的刻着花纹的铜片。杜润秋一时没有反应过来，问："这是什么？"

"是铠甲上的装饰物！"晓霜大声说，"我想，任贵不是失踪了，而是在我们来之前就死了，尸体一直被藏在这里！"

杜润秋呆呆地问："谁把他藏在这里的？"

晓霜责难地看了他一眼："谁比你们到得早？"

杜润秋又愣了一下。当他想到结论的时候，发出了一声大叫，抓着绳子，就拼命往上爬，嘴里还嚷着："晓霜，赶紧放回去，千万别让人看出来我们来过！如果他们发现了，我们的小命，可就玩完了！"

晓霜跟在他后面往上爬，比他还爬得快："知道了！知道了！你当我傻的吗？"

两个人上气不接下气地跑回了"蒙古包"，杜润秋还在抱怨："我说你也真是，晓霜，当什么侦探啊？等警察来了，告诉他们，让他们去找啊！我们两个去……刚才你知不知道多危险啊？万一他们看到我们了……天哪！我简直不敢想象会发生什么事！我们两个的尸体，恐怕了也要躺在那里了！"

丹朱已经换过了衣服，从黑换成了白。她的长发在脑后挽了一挽，插了一根钗子。她手里捧着一杯牛奶，牛奶是热过的，热气缓缓地上升，让她的脸也变得模糊了，只是一双眼睛在闪烁。

"好啦，秋哥，别嚷了。"她的声音，柔和而宁静，听不出情绪，"这不是没人发现吗？你怕什么呀？"

杜润秋果然不嚷了，注视着她："你们……你们两个早就想到了？"

晓霜伸出脚，在地上画了一个十字："一般游客会到的，就是这个十字的横线部分，最集中的景观就是在我们住的这里，希腊神庙群，蒙古包群。竖线的部分，是很难走到的……除非，有些特别有猎奇探险心态的游客……古战场都很不容易找到了，更何况，是更里面的壕沟……把尸体藏在那里，自然是最好的……所以，我想……"

丹朱接着说："我不相信任贵会死而复生到处走。所以，我猜，昨天晚上出现的，一定是罗军和汪猛中的一个。他们既然有一套铠甲，也可能有第二套，是不是？"

杜润秋点了点头："对，昨天晚上，他们两个都没有出现过。我看，是罗军，汪猛矮得多。不过，他是从哪里消失的？"

丹朱叹了一口气："大家都怕得那么厉害，根本没有人去认真搜。等到我们都走了，他们再偷偷绕路回去，不经过我们住的地方，谁会发觉啊？"

杜润秋再回味了一下她们的推测，更觉得毛骨悚然："可是……为什么？为什么他们要杀任贵？他们不是同事吗？"

晓霜没有说话。丹朱的眼光，仍然停留在那本旧的《天方夜谭》上。杜润秋只听见她在很低很低地说着什么，他竖起了耳朵，却仍然只听到了最后两句。

你若抛弃誓言，
我们也奉陪着……

这话，杜润秋有点印象，可他确实是不爱读书的人，记忆力再好也只是不知道在哪里瞟到过一眼，要他一下子想起来，怎么可能？他看到，丹朱在说这两句话的时候，脸上像是戴了一个面具，嘴角紧紧地抿着，抿成了一个冷酷的弧度。

"看，他们回来了！"杜润秋突然跳了起来。他看到对面的山头上那个露营地，开始有人影晃动了。"怎么办？我们是装成什么都不知道吗？"他问道。

晓霜瞪了他一眼："难道你要冲过去揭穿他们？说，你们是凶手，再把他们作案的过程讲上一遍?当然是装不知道了!"

杜润秋深深吸了一口气,让自己的面容和声音都镇定下来。他走了出去,对着山对面大叫:"喂!你们到哪儿去了?刚才我还来找过你们,你们都不见了,一个人都没有!"

回答他的是罗军,杜润秋虽然看不清他的脸,却能分辨出他的声音。罗军的声音实在是太有辨识度了,像敲打厚重的青铜器时发出的回响:"我们到附近拍摄去了!实在是不知道干什么,在这里等得心慌,一直都没有人进来救我们,真是无聊得不行,干脆就去继续工作了!要不要过来一起吃饭?"

杜润秋吃了一惊。他看了看晓霜,眼神里写着问号:难不成他们发现了?想杀人灭口?

晓霜也给他使眼色。不怕!不怕!他们不会发现的!装!继续装!我们要装得若无其事!

于是,杜润秋只得叫道:"好!等会儿就过来!"

他们走回了蒙古包里,抹了一把额头上渗出来的汗。丹朱看他脸色阴晴不定,微微一笑,淡淡地说了句:"秋哥,看起来,你很紧张呢。"

"能不紧张吗?他们是杀人凶手呢!"说了这句话,杜润秋又忧心忡忡地加了一句,"警察不会不来吧?"

"怎么可能!"晓霜说,"你越来越像个老头子了,秋哥,唠唠叨叨的!放心,我们很快就可以出去了,离开这个——鬼地方!"她把"鬼地方"三个字吐得特别重。

杜润秋却没有她这么乐观。他对于这里那灰沉沉的天气,已经起了一种本能的恐惧感,就好像天永远都是灰的,那条进来的路永远都是被碎石堵住,自己永远没有办法走出去一样。

丹朱又捧起了她那本《天方夜谭》。杜润秋忍不住问:"你究竟在看什么啊?看得这么入神?"

"没什么。"丹朱笑了一下,"只是某一个故事,或者是一个故事中的几句诗,让我有点感触罢了。"

7

汪猛在靠近崖壁的地方生了一堆火，正用一只小锅在那里煮饭。他对于在野外做饭很有经验，不像杜润秋，才在那里拨了几下火，就被熏得灰头土脸的，只好灰溜溜地走开了，去帮忙切西红柿和黄瓜了。

"旁边有水，洗一洗。"汪猛指着旁边的一只木桶，里面盛了半桶清水。杜润秋吃惊地问道："这里哪里来的水？你们不会用矿泉水来洗黄瓜这么奢侈吧？"

"当然不是。"汪猛说，"上面不是有井吗？据说是薛大将军当年守城的时候发现的，到现在一直都有水，而且是清水。"

杜润秋喃喃地说："那里的水，我真有点不敢喝。"

汪猛愣了一下，哈哈哈地笑了起来："你，你还真胆小！"

杜润秋问："你们什么时候上去打的水啊？我没见你们上去啊？"

"后面有条路啊，可以不经过你们的'蒙古包'，虽然有点难走，但是近得多。"汪猛不经意地回答，并没有意识到杜润秋这么问的目的。

也就是说，"任贵"确实可以从自己这帮人的面前消失。杜润秋心里想着，刀一歪，差点把自己的手指切到。

"哎呀呀呀！"杜润秋大叫，"我的手啊！"

"你笨死了！"晓霜把他一把掀开，"我来！我来切！"

这顿晚饭总算是摆上来了。大家都席地而坐，中间铺了一块毡子，大块大块的香肠腊肉，切成片的生西红柿和生黄瓜，香喷喷的白米饭，相当丰富。

"今天你们都在干些什么啊？"罗军吃肉简直是一吞一大块，嚼都不嚼，还一面吃一面问，杜润秋看着他吃，觉得自己都饱了。说实话，他挺佩服这两个人的心理素质，杀了人，还若无其事。

不过，他也挺佩服自己的，居然还能跟两个杀人凶手坐在一起吃饭，这心理素质也不是吹的啊。

"去逛了逛。"杜润秋看丹朱和晓霜都不说话，只有自己说话，"哎，你们知道吗，这里真的有那些士兵的鬼魂啊！锁阳城真是很有感觉，很有气氛。就像一个时间凝固了的城池……"

两个男人都忙着吃饭吃肉，居然没一个对杜润秋的话做出反应，让杜润秋好生没趣，紧接着就开始深刻地反省自己了：难道当今这个世界上真的是鬼怪泛滥，所有人都见怪不怪，倒是自己少见多怪？

"这里一直都有这个说法啊。"罗军已经吃完了一大碗饭，又在添饭，"据说到了下午未时，或者晚上有月亮的时候，在洼地——其实那里就是古时候的战场——就会出现古代军队的幻影。看到的人多了，所以，那里是不对旅游者开放的地方，指路牌的标志绝不会把人引领到那个地方。你是怎么走过去的？有些时辰是不能去那里的，会迷路。我们是做过功课的，所以还好，迷了路的话，就等着过一阵子再走回来。"

杜润秋怔了一下："不对游客开放？"

"是啊，开放的就只有从外面走进来、一直到这里为止的这一片。"汪猛比画着说，"进来不是有两条路吗？只有左边的路是开放的，右边的不开放，拦着绳子的！就是怕进来的游客万一有什么意外，不是一次两次了！这也是这个景区不怎么宣传的原因，按理说，以这里的鬼斧神工，应该来很多人才对！"

杜润秋不自觉地看了一眼丹朱，又看了一眼晓霜。他很不愿意多想，但是自己那么会认路的人，一样的迷路没商量，丹朱和晓霜却能很顺利地把自己带出去，也能轻轻松松地进来。他满肚子的疑问，但当着那两个男人的面，又不好多问。

"这两位小姐，怎么不开口说话呢？"汪猛笑着说，拿了一小瓶白酒在那里喝，他喝白酒像是在喝水。他虽然是在对丹朱和晓霜两个人说话，但眼光一直在丹朱身上打转。

丹朱仍然没有说话，晓霜笑了笑说："我们在听你们说呢。"

"是吗？这位小姐……你说你姓迟？"汪猛还在笑，但看在杜润秋的眼里，怎么都觉得他的笑有点色眯眯的，"多少见的姓啊，百家姓里面，本来就没有迟这个姓。"

丹朱抬起了眼睛。她的脸色冰冷，眼神森然："是吗？你还真是博学多闻！"

汪猛吞了一口口水。丹朱冷冰冰的脸色似乎把他原来想说的话堵了回去，讪讪地笑了一声。

罗军吃完了饭，拿起了一小瓶白酒，在那里一大口一大口地喝着。瞧他的喝法，就像是在喝啤酒一样。他的酒量也真好，一瓶白酒下去，脸都没红一下。

"你们想不想继续听那个故事？"

杜润秋相当喜欢听他说话。罗军的声音非常适合去讲历史故事，比如《三国演义》什么的。"当然，上次不是还没讲完吗？"杜润秋说。

罗军又喝了一大口白酒。他的眼神有点茫然了，不知道是酒精的作用，还是他的思绪的的确确地飘远了。

"我给你们讲过，这个地方之所以会被称为锁阳城，就是因为锁阳救过他们的命。"罗军酒下了肚，似乎更爱说话了，"但是，之后呢？你们知道之后怎样呢？"

杜润秋怔了一怔："之后？还有之后吗？"是啊，自然有的。如果没有，薛大将军的军队，就该衣锦还乡了，而不是在这里尸骨不全，不是吗？

"有啊，不但有下文，还有内情。"汪猛在旁边说，"我们既然是来做正经节目的，自然收集了充分的资料。关于薛大将军的记载，还是挺多的。"

罗军盯着自己喝干的酒瓶，慢条斯理地说："你们都知道，薛大将军和他手下的将领已经陷入了绝境，天寒地冻，粮食耗尽。薛大将军尽管杀了他的爱妾煮熟给手下分食，但那也只是杯水车薪。薛大将军作为一个经验丰富的将军，他当然明白，这样下去，恐怕还等不到敌军攻城，城内的军士便会发生暴动，互相残杀。那时候，就是强者生存，弱者被蚕食——这个'食'字就不再是比喻了，是真的会噬其肉，喝其血。"

丹朱坐在杜润秋的身边。杜润秋无意中碰到了她的手，丹朱的手冷得吓人。

"这时候，薛大将军发现了锁阳。锁阳所生之处，不积雪，不结冰，甚至也不生长别的植物。他吃了一口，觉得这东西味道不错，没毒，还可以充饥，真是大喜过望，赶快叫手下们都去挖着吃。这锁阳吃了，相当耐饥。就跟人参可以吊命是一样的道理，所以，锁阳也被称为沙漠人参。当然，这个'沙漠'只是一个俗称，其实锁阳是长在戈壁上的。"

杜润秋无精打采地说："哎呀，老大，就算你说书说得很精彩，可是我这听书的，都已经至少听过一遍了啊。"

"我马上就会讲到之后的事了。"罗军脸上露出了一个古怪的表情，"人们知道的，都到此为止了。薛大将军找到锁阳，有了食物，精神倍增。这就等于是吃了人参一样，就算是快死的人，喝几口上好的参汤都能再回光返照，这些士兵只是饿了，吃了大量的像老山人参一样的东西，当然是精神倍增，自然就会杀得敌军落花流水，逃窜回了西域。"

杜润秋问："然后呢？"

"然后……"罗军像是要卖关子似的，故意停顿了一会儿，"然后，他们在锁阳城里，大开宴席。他们从逃跑的西域军队那里找到了大批的粮食，因为对方准备十分充足，对于这些多日没见过荤腥的人，山珍海味也比不上牛羊肉。当然，还有酒，大坛大坛的酒，军队里的酒不会多好，但是足够这些人解馋了。"

杜润秋笑着说："这么说，他们就是在锁阳城里面开庆功宴，也许就像我们现在这样，在帐篷旁边，生一堆火，然后大碗喝酒，大块吃肉，等待着朝廷的赏赐下来。他们肯定能得到不少银子回乡，而且一定在西域军队那里掠夺了不少好东西。看起来，这是一个很圆满的结局啊，没什么不对的呀，看不出来有任何发生悲剧的可能性。"

"就在他们狂欢的时候，异变就悄悄开始了。"罗军的声音忽然变得诡异起来，脸上的神色也随着变了，变得朦胧而阴森，"最开始，有些士兵以为，是自己喝多了酒，兴奋过度。但是很快，他们就发现没这么简单。他们觉得头像是快要炸裂一样，眼睛充血，狂躁无比，而且力气也变得比平时更大。他们发现，眼前已经不是一派歌舞升平的狂欢景象，不远处，西域的军队又回来了，而且人数更多，装备更精良，像乌云一样铺天盖地，一直向他们冲了过来……"

"等等等等！"杜润秋叫道，"据我所说，锁阳城的古战场就是天生的阵地，我也在里面迷路过，敌方的军队怎么可能会长驱直入？"

"秋哥，你还没有听懂啊。"丹朱悠悠地说，"西域的军队已经闻风丧胆，怎么可能再回来？他们逃都来不及呢。这位罗军先生已经讲得很清楚，他们头像要炸开，眼睛充血，力气变大，暴躁无比，所以，当年这里的士兵们，是产生了某种幻觉。他们看到了他们的敌人，因为几乎所有人心中都是把围城的西域军队当作是头号的敌人，是最大的魔鬼。这时候，他们当然会扔下酒碗，拿起兵器抵抗。"

夜已深，杜润秋只觉得身上一阵阵寒意："也就是说，根本就没有敌人，他们只是在对着空气作战？"

"当然不是。"罗军说，"在这块地方，这个战场，大家坐得如此密集，站起来也是彼此相靠，怎么可能是对着空气砍杀？"

杜润秋跳了起来："那就是……他们互相残杀了？因为产生了幻觉，所以他们在这片古战场上互相残杀？"

"结果就自然是尸横遍野，血流成河。"罗军脸上依然是那种像罩了一阵雾气的朦胧表情，"当然不可能有别的结果了！本来这一群士兵，就已经杀红了眼，现在更在药物的作用下发狂了，力大无穷……"

杜润秋的眼光落在脚下平整的沙土上。他这时候，才算是明白了，为什么地下那些白骨大都是些残肢断骨，甚至还有兵器紧紧卡在骨头的缝隙里，死状十分可怖。这些人都是经历了一场疯狂的恶战之后死的，他无法想象，数以千计的人在自己现在所站的这块土地上，像发了狂一样互相砍杀，是如何惨烈的景象。鲜血如涌泉，不断有断肢或头颅在半空中飞起，一个又一个满身浴血的活人倒下变成一具具尸体……这些阴魂又怎么可能会轻易散去？更何况这些人至死都是糊里糊涂的，他们甚至不知道自己的对手是谁，自己因何而死！这比战争更可怕！

"他们为什么会发疯？"杜润秋突然像是从梦里醒来一样，问道，"你刚才说……药物？什么药物？他们吃了什么？"

晓霜插了一句嘴："他们只吃了一样东西，其实，他们也只有这样东西可吃。"

"锁阳？！"杜润秋脱口而出，然后用力摇头，"不，不可能，锁阳是一种药，绝对是可以吃的，怎么可能有毒？如果锁阳有毒，那现在每年中毒的人得有多少？"

"锁阳是没毒，而且确实是救命的东西，"罗军说，"但是，他们吃下去的锁阳，却跟普通的有一点不一样。——他们吃的锁阳有毒，而且是慢性的毒。他们吃了很多，积累到一定的时候，就发作了，然后他们就出现幻觉，上千的士兵，自相残杀到死为止。到那个时候，就算还有清醒的人，也无济于事，他们甚至还会死得更快，因为他们没有发疯的人那么力大无穷！"

"为什么？"杜润秋实在是困惑得不行了，"为什么偏偏他们吃的锁阳不一样？难道是锁阳城里长的比较不一样？"

"锁阳城长的锁阳，跟别的地方长的，没有任何不同。"罗军说，"如果说它们有毒，那也是在特殊情况下造成的。"

"谁？！"杜润秋这一次紧张得全身都绷紧了。

罗军却没有正面回答他。他说得一字一顿，相当缓慢而仔细："这还是得从薛大将军说起。他在挖到锁阳之前，曾经做过一件在我们现在的人看起来极端恶劣的事。他把他的爱妾杀了，煮熟了，给他的部下们吃。"

杜润秋听到这事就犯恶心，皱着眉说："不管这薛大将军打仗有多厉害，我都觉得他是个畜生。他的部下是人，他的女人就不是人了？不过，这件事又有什么关系？那个女人总归是死了，我只希望他是把她杀了后再……"他说不下去了。

"问题就出在那个女人身上。"罗军说，"小杜，你不是问我们，之前的纪录片里面，为什么要找一个大美女来？"

杜润秋啊了一声，叫了起来："你们就是找她来扮演……扮演……那个……吗？"

"是啊，我们找了一个会跳舞的女孩子。"汪猛嘿嘿地笑着说，"就是你在纪录片里面看到的那个。她的名字，是尉迟重华。"

杜润秋疑惑地问："你们能知道她的名字？"

"都是考据过的，薛大将军当时那么有名，还算是好查的。尉迟重华，据说那个女人出身于一个术数大家，精通阴阳历法之数，因为家族触犯龙颜，沦为官妓，十八岁的时候就被赏给了这个薛大将军。没有人知道，薛大将军究竟心里在想什么，会这么对她。也许在那年头，他会觉得，女人就是件衣裳，杀了就杀了。"

杜润秋突然想起了，他在夜里不止一次见到的影子，就正拿着兵器，在那里拼命地剁、剁、剁。现在他总算是明白了，原来在一千多年前，薛大将军确实就是这样做的，而且是亲手所为。

他觉得更恶心了，恶心得几乎忍不住要吐。

"我们无法去追溯千年以前，这个薛大将军的想法，也不会知道尉迟重华的心情。"罗军慢慢地说，"但是，我们在找资料的时候，看到了一些非常奇怪的记录，在我们看起来，几乎是不可思议的。记录里面说，薛大将军之所以杀她，有一个最大的原因，是他的手下都认为这个女子是不祥的，甚至认为她是给这个军队带来不幸的源头。"

杜润秋嘿了一声："又是把一切都推到一个无辜的女人的头上？"

"阴阳术数，是我们现在完全失落的一个领域。究竟能做到哪一步，我们现在完全不知道。接下来，我说的是记录里面的……是一些非正式的记载……说这个尉迟重华，是个真正的大行家，她并没有死，只能说，她被迫放弃了自己的肉身。如果你们常常看些奇怪的书的话，那你们就肯定知道，把自己的魂魄转移到另一个人的身上，或者，甚至不是人，是某些特殊的物件，然后再找一个合适的肉身附身，那么，她就可以复活。"

杜润秋一脸不可思议地说："你们相信这些胡说八道？好吧，后来呢？还记载了什么？是不是她怎么活过来了？"

"没有。记录的最后很简单，说薛大将军在极度的后悔和绝望中，他拔出腰刀，自刎而死。"罗军说，"而他的魂魄，恐怕，至今都跟他的军队一样，仍然困在这个锁阳城里面。没有阳光的城池……周围如此荒凉，杳无人迹……他们像是从亘古以来就在这里，而且，永远走不出去……而后人，给他们雕刻了很多石俑，甚至还修了一座小庙，供养他们。就像秦始皇的兵马俑一样……因为他们死的时候，都是尸骨不全的，也无法完整下葬。那些石俑放在那里，等于是一个……巨大的……衣冠冢……"

"你这个故事，没有讲清楚。"杜润秋说，"为什么薛大将军的军队会发起狂来，自相残杀？"

"记录里面说，是尉迟重华的报复。"罗军说，不过，他在说的时候，对于自己的话，似乎都不怎么相信，"说她的怨恨，让锁阳城里面的锁阳都变成了毒药，让所有的人陷于疯狂之中，也逼得薛大将军自杀。"

杜润秋摇头："不，我不相信。不要说这记载根本就不实际，而且，如果尉迟重华真的有这么大的本事，她又怎么会死得那么惨？她这么厉害，又怎么会被……"他把接下来想说的话咽回去了，他实在是不想把尉迟重华的死状再描述一次了，尤其是他身边的丹朱，脸色早已经白得跟死人一样了。

他以为丹朱就要昏过去了，可是，在这时候，丹朱却发出了很低很低的一声笑，轻轻地说："秋哥，你真是不懂女人。她只是想知道这个男人，对她有多少真心，所发的誓言，又是不是算数？只可惜……只可惜，她赌输了。对男人而言，女人不过是附属品罢了。"

"喂喂喂，话可不是这么说的。"杜润秋大声地说，"那是古代，古代啊，现在不一样了，我绝对提倡男女平等！不对不对，如果要我给我喜欢的女人做牛做马，一点儿怨言都没有！"

丹朱没有再说什么，晓霜只是一个劲地用大眼睛瞪他。杜润秋咳了一声，转向罗军："对了，我想到了一个可能性。薛大将军的军队，他们不是打败了西域军队，抢了粮草吗？也许，食物里面下了毒，让人狂躁和产生幻觉的毒！"

"嗯，有道理，我们也这么想过。"汪猛说，"不过，对一支军队下毒，这个范围，好像是太大了一点。"

杜润秋其实也知道这一点，只不过，一时想不出来更好的答案。

晓霜站了起来，顺手把丹朱也拉了起来。"天黑了，我们要回去休息了。"她的唇角，露出一丝甜甜的笑意，"谢谢你们的饭，也谢谢你们动人的故事。"

她都这么说了，杜润秋只能站起身说再见。

罗军没有挽留他们，那两个男人也没有说话。杜润秋回头看了一眼，他们仍然坐在火堆旁边，喝着酒，大口大口地喝着。

8

往"蒙古包"走的时候，天上的月亮更亮了，那只不怀好意的月牙眼睛里不怀好意的光更浓了。杜润秋不仅听得到自己的脚步声，也听得到自己的心跳声。

当然，到了这时候，杜润秋对于这座锁阳城，心里已经有了某种深深的敬畏感，也许是对于大自然造物之奇的一种发自内心的敬畏？

杜润秋看过的鬼斧神工的地方够多了，他去过的地方太多，眼界自然要比一般人要宽，说实话，普通的风景还真入不了他的法眼。但是这里，真的，真的不一样。这里不像是自然的风景，不像是大自然的杰作，而像是一个被施了魔法的城池。时间凝固之城——杜润秋随时都觉得那些建筑会从永恒的沉寂的灰色里骤然醒来，披上彩绘鲜艳的外衣。不再是石头的建筑，而是木头、瓦块、砖头修建而成、精雕细刻的建筑物。

也许真的，在某个时候，时间凝固，一切停转，这座城池就永远地停在了那一刻，成了一座石头的城池，再也没有任何活着的生命存在。

就像《天方夜谭》里那座黑石的宫殿一样。

而他们，就是不速之客，是偶然的闯入者，正如《天方夜谭》里闯进黑石宫殿的那位国王一样。

他想方设法地找出一些不要紧的闲话来说，缓解自己的紧张情绪。

"这里真是太有趣了，简直像……像黄药师的桃花岛！我这辈子是第一回，有点相信了，相信五行之术确实能迷惑人，也确实能运用在战场上！"

丹朱缓缓地说："秋哥，我说过了，锁阳城是个天生的战场，能够摆出迷惑人的阵形。诸葛亮擅此道，八阵图大家都该知道，是吧？我也学了一点儿，跟我……我叔公比，那真是九牛一毛，不过，放到现在，我也可以算大师了。"

杜润秋点着头说："这么说，你叔公就像黄药师，你就像黄蓉？"

丹朱咯咯地笑了一声。她似乎完全回复到平时的状态了："秋哥，你真有意思，打的比方也很有意思。"

回到"蒙古包"，丹朱就看书去了。晓霜也忙着洗脸做面膜，杜润秋无聊得很，他想起自己找丁城要来的那个"纪录片"，就拿出手机看。

确实是出色的纪录片，现在很多纪录片，都流行来个角色扮演。除了任贵扮演的大将军，还有一个相当美丽的女孩子。但是正因为这女孩子的美丽，这部分的剧情看起来，更是令人寒毛直竖。

薛大将军为了安定军心，杀了他的所谓爱妾。因为那姑娘出身一个术数大家，传来传去，多少有些变样，都认为她是妖孽，就是她害了大家。

结果就是杀死了她，把她的肉煮熟了给大家吃。

杜润秋猛地把手机给按了暂停。那一部分实在是看得他恶心至极，将军的刀刺在了那个姑娘的身上，然后，众军士的兵器，都齐齐地砍在了她身上。——想必在那个时候，就把她砍成了碎块。

纪录片是拍得相当艺术，只能看到穿唐朝服装的美女，倒在轻纱的帷帘之后，刀剑闪着冰冷的光，鲜血溅了一地。

谢天谢地，没有拍出"实景"，杜润秋想，光是看这样子，自己已经受不了了。光靠想象，就已经觉得头晕了。

那个女演员，很年轻，相当漂亮，杜润秋看演员表，是叫夏晴，可是，杜润秋对她一点儿印象都没有，好像她之后也再没演过什么了。

"喂，秋哥……"晓霜过来了，刚说了几个字，却一眼看到了他支在桌上的手机，"啊，你也在看这个纪录片啊。"

杜润秋把手机扣了下去："啊，真是不该看啊！想想都觉得太恐怖……那个叫尉迟重华的女孩子……应该还很年轻吧？那些刀枪把她刺穿了，砍成了一片片的……居然还把她煮熟了，分给人吃……我真的不能想象……那个薛大将军，是有多恨她啊？"

晓霜却又把手机拿了起来，她的眼睛，怔怔地凝视着手机上那个凝固的画面。

女子窈窕的身影,飘飞的帷帘,砍在她身上的雪亮的兵刃,还有飞溅的鲜血。

"不仅不恨,应该还是爱她的。"晓霜柔声地说,"可是,面对自己的手下,他还是杀了她,以求军心稳定。在古时候,女人总是附属品啊。哪怕她是术数大家的传人,有通阴阳晓五行的能耐。哪怕……出生高贵的公主,也不例外……"

杜润秋奇怪地看着晓霜。晓霜似乎也发现了,笑了起来,说:"秋哥,你一直在看这个吗?有什么别的发现吗?"

"有。"杜润秋严肃地说,"我发现,这个女演员,从这个纪录片之后,就不见了。微博啊什么的,都再没有见她出现过!"

晓霜点着头,说:"我们要不要调查一下这件事?"

"要。"杜润秋更严肃了,"这件事,我觉得十分严重!"

就在这时候,突然一个闪电划破了夜空。紫色的闪电,硬是把黑夜都给撕裂了,紧接着轰隆隆的闷雷,从天边滚滚而来。

下暴雨了。这里的天气,实在是难以预测,刚刚月亮还亮得很,马上就下暴雨了。

杜润秋看到外面有个高大的人影。

他奔了出去,晓霜和丹朱,也跟着出来了。

顷刻之间,杜润秋、晓霜,还有丹朱,都成了落汤鸡。这么大的雨,根本就不要指望遮挡了。

杜润秋被雨淋得眼睛都快睁不开了,透过雨帘,他却看到晓霜一手握着丹朱的手,而丹朱,似乎在微微发抖。

"真的……有鬼吗?"杜润秋很小声地说,生怕当真吵到附近的某个生物。丹朱和晓霜没说话,她们两个都在凝神地侧着耳听着什么。杜润秋突然想起来,康源曾向他解释说,有不少的阴灵,会发出一些声音,有些介于人类极限的听力范围附近,耳力灵敏的人,有可能会听得到。

杜润秋应该就属于这一类人。这时候,他也听到了,但这个声音不高,不尖,不细,硬要他形容的话,他会说这个声音,像一个男人深重而粗长的呼吸声。但是这声音，却说不清是从哪里来的，说远也可以，说近也可以，也可以说是直接进入脑部的，如果要特别仔细地去听，反而又会什么都听不到。

丹朱和晓霜的脸色都变了，晓霜一个劲地朝杜润秋打手势，示意他不要出声。她自己一手紧握着那把短剑，慢慢地靠近最中间也是最大的一个"蒙古包"。杜润秋只是依稀地听到了那个类似呼吸的声音，但却无法判断这个声音的方向，但看样子，丹朱和晓霜都知道这个声音是从哪个蒙古包发出来的。

晓霜走得很轻，很慢，几乎没有发出任何声音，就像是一只灵活而柔软的猫。正当她要接近中间最大的那个蒙古包门口的时候，忽然，一个人发出了一声怒吼，像巨灵神一样出现在了门口。

他不仅高，而且魁梧，站在那里，把整个"门"都挡住了。

一个又一个的炸雷，在他们头顶上响起。一道又一道紫色的闪电，撕破黑暗，那个人——他的脸，就在这电光和黑暗之间，亮一下，又暗一下。

杜润秋第一眼看到他，就发现他全身穿着铠甲，还戴着头盔。杜润秋以为这个人又是任贵，或者，伪装成任贵的罗军——可是，借着电光，他发现，好像不太一样。

这个人跟任贵不一样。虽然头盔把他的脸遮了大半，但是不一样。连他穿的铠甲，都全然不同，在电光下，隐隐地发出青铜般的光泽，跟任贵那身铠甲完全不一样。

杜润秋本能地拉了丹朱一样，把她挡在自己后面。

晓霜也后退了一步。她握着短剑的手在微微发抖，双眼瞪得圆圆的，表情十分怪异。而杜润秋身旁的丹朱，发抖得更厉害，她抖得简直像片风里的落叶。杜润秋从来没有见过丹朱这个样子，一伸手扶住了她。

"放开她！"那个武将居然说话了，他的声音很奇怪，粗嘎难听，像是金属刺耳的摩擦声，就像是从喉咙里一个字一个字硬逼出来的一样，几乎不像是一个人发出的声音。罗军的声音也像是金属共鸣的声音，可是，罗军说话的时候就像是青铜器深沉浑厚的回响，而这武将的声音，就是钹锣敲击的响声，刮得人耳膜难受。

杜润秋愣了一下。他看到对方头盔下面的那双眼睛，一眨不眨地盯着自己，他才确定是在对自己说话。

那"她"就是指的丹朱？

丹朱的手指紧紧地抓在杜润秋的手臂上，杜润秋隔着两层衣服，也被她的指甲抠得生疼。此时此刻，他当然不能放开她，把她的肩搂得更紧，低声地问："他认识你？"

"他……他怎么还会认识我……"丹朱喃喃地说，她的眼神，恐惧而迷惑。杜润秋看得出，她不像是在作假，她也一样觉得奇怪。

那个武将朝前迈了一步。他走一步，身上的铠甲都在响，他的步子迟缓而沉重，甚至有些滑稽。杜润秋仍然觉得，他就像是一个扯线木偶一样在走路，也许下一步就会跌倒在地，跌个散架。

但是，不管他是个活人，还是个鬼，或者只是一个幻影，他的眼睛里仍然保留着那种悍然之气。那是一种很奇怪的神气，如果要杜润秋来形容，他认为是一种无所畏惧、无所顾忌的表情，哪怕有千军万马横在前面，也不会有丝毫畏惧和退缩。

武将伸出了一只大手，那真是一只大手，说是像蒲扇一样一点儿不夸张。五指又粗又硬，皮肤就像铁皮一样。他朝丹朱抓了过来。

丹朱惊叫了一声，杜润秋急忙抱着她躲开。武将的眼里，露出了一种极其愤怒、像是猛虎一样的表情，他又大声喊道："把她还给我！"

这时候，他已经完全正对杜润秋和丹朱，而他的整个背部，都暴露在晓霜的面前。杜润秋看到晓霜一直瞪着他，终于像是下定了决心似的，扬起了手里的短剑，朝武将直插了过去。

杜润秋想叫，但是忍住了。他想对晓霜说，就算你那是把宝剑，就算能一下子刺穿铁甲，但以短剑的长度，也未必能刺到对方的要害。但是，晓霜出手太快，他就算出声警告也来不及了，他只能闭上嘴。

让他震惊的是，晓霜这一剑，并不是刺向对方的心脏，而是极其巧妙地在他的后颈部位转了一个圈。杜润秋是学过几天功夫的，他看得出晓霜这一手，绝不是随随便便可以使出来的。她的手腕就像是条蛇，柔若无骨，但这一下用的力气是很大的。

武将戴着头盔的头颅,就被她这样硬生生地一剑给削了下来。

头颅咚的一声,落在了地上,还滚了几滚。杜润秋已经提到嗓子眼儿的心,总算是落了下来。他正打算松口气,但这口气还没松出来,他的心又提了起来,而且还提得更高。

那具没有头颅的躯体,并没有倒下,仍然在摇摇摆摆地继续往杜润秋和丹朱的方向走来。

"丹朱!"

晓霜在后面大叫,她的声音很急迫,像是在催促丹朱干什么事一样。杜润秋百忙之中朝丹朱一看,她不知从哪里掏出了一样东西。

那个从白骨堆里找出来的刻着"薛"字的扁酒壶!

杜润秋听到丹朱在喃喃地念着什么,而她的另一只手,做了一个非常奇怪的手势。

地上的头颅突然"跳"了起来,跳了至少有半米高,然后又重重落了下去。杜润秋吓得一颗心也快从喉咙口冲了出来,再低头看那颗头,武将的双眼,竟然仍然是睁着的,他的眼里,神情非常复杂,非常奇怪。

武将张开了嘴。杜润秋又听到了他的声音,不像是从他的喉咙发出来的,却像是从更深更隐秘的地方发出来的一样。这一次,这个声音没有刚才那么粗哑和刺耳,却带着某种深切的悲痛和绝望。

"重华……"

杜润秋愣了一下。而他手臂里搂着的丹朱,则是剧烈地震动了一下,已经拿不稳手里那个酒壶。这一刹那,杜润秋看得很清楚,丹朱眼里涌出了泪珠,但是也只有那么一滴,很快就消失了。

武将的头颅,居然低了一下,还低得相当灵活。杜润秋看出来了,他是在看掉在地上的那个酒壶。只是,从杜润秋的方向,这时候只能看到武将的后脑勺,却看不到他的正面,也看不到他的表情和眼神。

"不管你变成什么样子,生生世世,我都记得你……"

这一次,晓霜几乎是声嘶力竭地叫了起来,叫声尖厉而刺耳:"迟丹朱!"

"重华……我对不起你……这么多年了,我不知道过去多久了,我仍然在这里，等着你回来……我一直在等着你……我不求你原谅，我自己都不能原谅我自己。我……"

杜润秋恍惚又听到了某个声音——呼喊的声音，同样的沙嘎、粗哑和绝望。那是一声长长的、凄厉的叫声，仿佛从天边传来，又仿佛从自己脑子最深处响起。

"与汝誓同生死……同生死……同生死……是我违了誓，重华，重华，重华！……"

沉重的砰的一声，武将的无头身躯，终于像座小山一样，倒了下来。倒下来的那一刻，杜润秋很惊异地发现，他连同身上甲胄一起，像是灰烬一样，一点一点地消失了。被风一吹，就散尽了。

晓霜把手里的短剑归了鞘，慢慢地走了过来。她扶住了丹朱，丹朱几乎是脱力地靠在了她的身上。

杜润秋只看到丹朱脸上的泪珠，把她玉似的面颊，全都打湿了。他听到晓霜在丹朱的旁边，很轻很轻地说了一句："好了，丹朱，这样也好。也好……"

这个夜晚虽然长，总算是过去了。

夏月静静地站在水边。她一向是个开朗爱笑的人，可这时候，她站在这个地方，也被抹上了一层阴冷的色彩，不太像杜润秋记忆中的那个夏月了。

"好了，夏月，一切都结束了。"杜润秋说，"我听见推土机的声音了，他们马上就会进来。"

夏月没有回答。杜润秋的目光，在她的脸上巡视："可是，我有一个问题，想要问你。夏月，你是为什么到这里来的？"

"是孙浩他们找我来的啊。"夏月回答，"我不是一开始就告诉你了吗？"

杜润秋沉默了片刻："本来我是没多想过。但是……但是我看了这个。"他拿出手机，翻出那个纪录片的视频。

"那个女演员，她也姓夏。她是你什么人？姐姐？"

夏月浑身上下，一阵战栗："你猜到了？是，她是我姐姐。可是，她不见了，她失踪了！"

杜润秋问道："难道就是在锁阳城不见的？"

"我不知道。"夏月说，"她究竟是什么时候不见的，谁都不知道。她确实跟L电视台的节目组来过这里，可是，就再也没人见过她了。她就像是从这个古城……这个古城里面……消失了……就像轻烟一样，消失在里面……再也没有人见过她……"

杜润秋叫了起来："那最该怀疑的，就是节目组啊！你为什么不报警？！"

"他们互相都能做证，说夏晴是拍完了她的戏份就走了，他们继续留在这里。"夏月苦笑地说，"我是报过警，可是，没有用……"

丹朱在旁边轻轻地问："你认为她死了？"

"是的，我认为她死了。"夏月垂下了头，"我不止一次地做梦，梦见她。梦见她在叫我……她的身边，都是白刺和锁阳。我……我始终认定，她一定在这锁阳城里面。"

杜润秋喃喃地说："夏月，你所说的，已经是玄学的范畴了。"

晓霜却说："夏月的怀疑，是有道理的。秋哥，我觉得，这整件事，我们应该能连起来了！"

她掰着手指头，说："我想，夏晴一定是节目组的人杀的。说不定是……嗯，你们发现了吗？罗军和汪猛都爱喝酒，在这种地方，荒无人烟……还有特别的气氛存在的地方……也许……他们……"

杜润秋接过了她的话头："你是想说，因为他们喝醉了酒，然后……"

晓霜用力点头："对！一看就是！那个汪猛看丹朱一直色眯眯的，可讨厌了！"

这一点，杜润秋倒是很同意。丹朱皱了一下眉头，说"扯上我做什么？"

"我想，他们一定是失手把夏晴杀了。酒醒之后，惊慌失措，就把她埋了。反正这地方没人，也不用担心被人目击，只需要统一口径就行了。"杜润秋说，"这一回，他们旧地重游，不知道是不是想回来看一看……嗯，看一看……她的尸体，现在变成什么样了？是不是已经化成白骨了？"

他回头问夏月:"这是多少年前的事了?"

夏月说:"五年零三个月。"

听他这么说,三个人都叹了一口气。夏月大声地说:"我知道,到了这时候,她应该只剩一具白骨了。不过,没有关系,我留着她的头发,我……只要找到了她,我就可以做 DNA 比对。只要能找到尸体……一定能判他们的罪!没有尸体,我甚至根本无法证明她死了!警方说了,连死者都没有,怎么立案?"

杜润秋跺着脚说:"你怎么不告诉我,夏月?我也可以帮你调查啊!"

"我……我只是很模糊地怀疑……"夏月茫然地说,"我有一次当孙浩他们的领队,认识了丁城。我记得这个名字,我知道他就是当年节目组的一员!上次跟他们出去,我什么都没有打听到。这一回,这一回他们居然要跟 L 电视台合作,我高兴极了,就算孙浩不约我,我也会想方设法地跟他们一起来!我想,来到这个地方,我总能打听点什么出来……"

"唉,你早就应该告诉我的。"杜润秋叹着气,说,"你找我来,又不信任我,夏月,你真是!"

晓霜在旁边安慰说:"没事,没事。反正警察要来了,这一回,一定能把那些人绳之以法的!这些人,哼,太可怕了!"

听到这句话,夏月的肩头,剧烈地颤动了一下。她的脸色相当苍白,什么都没有说。杜润秋说:"你在这里休息一下,夏月。我下去看看,什么时候路能通。"

9

来的人除了景区的两个工作人员,还有一些当地人,是来帮忙挖开通路的。他们看到连滚带爬挥着手跑下来的杜润秋,全都松了一口气。

那个年纪比较大的工作人员说道:"你们没事就太好了!昨天晚上雷

雨交加的，我还真怕，你们也看到了那些……"

杜润秋啊了一声，说："是不是一个武将？你们也看过？"

"是啊，是啊！"那工作人员说，"以前有专家来考察过，他们说是一种磁场现象，这个地方很奇怪，可以把几百年甚至上千年前的影像留下来，在特定的时候——尤其是雷电交加的时候，很容易看到。他们还说，故宫里面，也有类似的情况。不过，锁阳城规模更吓人，有时候，还能看到千军万马厮杀呢！"

杜润秋想说，就算千军万马厮杀，难不成这磁场还能连声音都录下来？昨天夜里，那个唐朝武将打扮的男人，真的只是雷电之下的影子？他的声音里面的悲痛和绝望，只是自己的幻觉？

丹朱和晓霜也走了下来。只听丹朱问道："你们这里，是不是几年前也来过一个拍节目的摄制组？"

年轻的那个工作人员，马上说："是啊，我记得是有这么回事。他们特别喜欢这里，上次来，这次又来了！"

"也是四个人吗？"杜润秋问道，"一个编导，一个演员，一个摄像师，一个录音师？"

"上次还多一个年轻姑娘！"年轻的工作人员笑着说，"说是演员，长得挺漂亮的呢！这次没来！"

杜润秋回头张望了一下，远远地见着"塔楼"那边有人影，大概是他们也准备走了。

晓霜问道："我们现在怎么办？"

杜润秋想了一想："我们去大门口，等警察。先把情况都给他们说一说。"

那一段被阻塞了的路，已经疏通开了。旁边有一台很古董的推土机，大概就是那几个当地村民带来的。又走了一段路，终于到了门口。杜润秋回头看了一眼，那怪石林立的山谷。尤其是那只能容一人进出的山道，看起来森然而危险，就像是一头立在那里的石头怪兽，张着大嘴要吞噬掉进来的每一个人。

杜润秋打了个寒战。晓霜碰了碰他："怎么了，秋哥，难道你还舍不得走吗？"

"当然不！"杜润秋立即说，"我是巴不得想离开这里呢！这鬼地方，简直像是个被施了魔法的城池，谁愿意留在这里？"

丹朱的眼神，也随着杜润秋的视线飘了过去："别这么说，秋哥，我们还没到要走的时候呢。"

杜润秋吓了一大跳："啥？啥？还不走？小姐，拜托，你们要看的看到了，要拿的也拿到了，你们还要干吗？饶了我这条小命吧！"

丹朱瞅了他一眼："秋哥，这个地方，并没有什么都结束啊。你觉得你已经对这里一点儿遗憾都没有了吗？"

"当然有！"杜润秋又开始嚷，"那么多人的白骨埋在那里，究竟他们是怎么死的？我真是想破头也想不出来！那么多人啊……简直，简直就是一个万人坑啊！"说到这里，他自己的声音也小了，还左右看了看，生怕有什么东西躲在暗处偷窥他们一样："你们说，这地方能不闹鬼？不闹鬼才怪了……"

他们终于走出了大门。杜润秋一看，车还停在门口，松了一口气："好了好了，不管怎么说，我们总算是能走了……"

"秋哥！"晓霜忽然惊叫了起来，"你看车轮胎！"

凡是恐怖电影里面，有女孩子尖叫"轮胎"，那就意味着轮胎一定被人扎破了。杜润秋也真的大吃了一惊，以为他们也逃不过这个宿命。所谓恐怖片的基本原则，那就是在男女主角竭尽全力死伤惨重地逃出来，终于来到了停车的地方，以为逃出生天了，结果一看，车居然发动不了。

结果杜润秋一看，简直要笑出来了。原来是一只神气的红冠子大白公鸡，正在用力地啄车轮胎。看这公鸡的样子，好像把这轮胎当成了什么好吃的东西似的。

杜润秋又好气又好笑，他一把拎住鸡脖子，把大白公鸡远远地扔开了："再不走远点，我就把你杀了炖来吃掉！"

晓霜在旁边咯咯地笑："还有大白公鸡，杀了还可以来'作法'呢，正好！"

杜润秋简直不知道，她们两个什么时候是认真的，什么时候是开玩笑的。他上车检查了一遍，松了一口气——恐怖片里的场景没有出现。车子的状况非常好，随时都可以发动，一溜烟地离开。

没等多久，杜润秋看到一辆浑身是泥的警车从山路上蹒跚地爬过来，几乎要跪下念佛了。再在这锁阳城待下去，他觉得自己都要发疯了！

警车在一块平地停了下来。杜润秋看到一个穿制服的警官从车上下来，张大了嘴，眼珠子都快掉下来了。

"屈……屈渊，怎么是你？！"

那警官长了一张不苟言笑的大方脸，没有表情地扫了杜润秋一眼："这也是我想问你的问题！你怎么会在这里？还是你报的案？"

屈渊是他的熟人，在红珠山的案子里认识的。不过，屈渊居然调到这地方来了，倒让杜润秋料想不到。

十分钟后，杜润秋口若悬河地把他自接到这个工作、一直到今天发生的事全说了一遍。屈渊一向知道杜润秋这个人一张嘴能把死人说活，一脸狐疑地看着他说："你说的都是真的？你确定没有添油加醋？"

杜润秋白了他一眼："你不信就问丹朱和晓霜！"

屈渊没和他抬杠，又追问了一些细节，才说："我倒也听说过，说是这里面遇到雷电交加的天气，就会看到古代的武将。说那些石俑，就类似兵马俑，是祭祀他们的，为了让他们安心留在这里，就待在锁阳城里面，不出来扰人……啊，说这里是个天生的迷阵什么的，说得有鼻子有眼的。"

"啊，你现在不觉得我是在胡说八道了？"杜润秋穷追不舍。他回头看了一眼丹朱和晓霜。她们两个一直没说话，只是听着他们的对话，在那里笑。

屈渊看了他一眼，这一眼意味深长："其实，在我们的工作里，遇到常理和科学无法解释的事，一点儿也不少，我们行内也是有禁忌的，就像是殡仪馆有行业禁忌一样。只不过，对于那些无法解释的事情，我们不能过度渲染，这些道理你们也懂吧。"

杜润秋叹气："锁阳城里面，分明就是个孤魂野鬼的聚居地啊，我这次是真的见够了，再也不想见到了。"

丹朱这时候说话了，她的声音娇柔而婉转："不用担心，时辰和日子都过了，极阴之后就是极阳，这段时间，锁阳城再也不会有怪异的现象出现了。"

屈渊注意地看了丹朱一眼："迟小姐，你知道？"

丹朱说："我非常确定。"

屈渊带来的法医去检查任贵的尸体了，屈渊自己翻过铁丝网，看了看丁城的尸体，又在红松林里面转了一圈。杜润秋在外面等着他出来，迫不及待地问："怎么样？有什么发现？"

屈渊脱了手套，摇摇头说："这雨，真是帮了凶手的大忙。雨下得太透了，该有的痕迹，全被抹掉。——脚印，和别的可能的一切线索。"

他忽然古怪地笑了一笑，说："杜润秋，你可是跟凶手一起在这个地方，待了几天几夜呢。你小子，一向命大。"

杜润秋的喉咙里，咕的一声响。他何尝不知道屈渊说的是事实。

四周无人，能干出这种事的，如果不是那些虚无缥缈的"阴兵"，那么就是他们这个小团体中的一个人。杜润秋自然知道，杀人的不是自己，那么，他一个巴掌就能把嫌疑人给列出来了。

屈渊的眉头也打着结。他喃喃地说："这还真奇怪。要换我是凶手，我可不敢在这么小的空间作案。再怎么自信，这个空间也太小了，实在是太容易被发现了。"

杜润秋若有所思地说："也许凶手并没有策划过要杀人，只是临时起意，不得已而为之。喂，屈渊，这些人究竟是不是来做节目的？身份你核实过吗？"

屈渊的扑克脸也忍不住露出了一丝笑："你这大侦探，连这个都怀疑？是，汪猛和罗军确实是L电视台的，平时都做一些跟历史题材有关的专题纪录片。丁城原来也是他们一起的，前几年辞职了。孙浩和齐维，都是摄影杂志的人。身份都是真的，目的也是确定的，我都查过了，你们以为我这两天不着急吗？"

杜润秋问道："听这里的工作人员说，他们以前也来过这里？"

"来过。"屈渊点头，"我看过一部关于锁阳城的纪录片，就是他们拍的，拍得很不错。"

杜润秋突然拍了一下屈渊的肩膀："我还有一件事，想告诉你。但是呢，又没什么证据……"

正在这时候，一个警察跑了过来，屈渊就说："你们等等，我马上回来。"他跟那警察在一旁说了半天，又走了回来，"说，说，你讲。"

屈渊又耐心地听完了杜润秋对于夏晴的推测，这回轮到晓霜在一旁添油加醋，补充细节了。

杜润秋一边说，一边叹气："屈渊啊，你一定要查出真相，不能让凶手逍遥法外！夏晴，就是夏月的姐姐，她实在太可怜了！……不过，等等，这一回，任贵死了，又是怎么回事呢？"

"我觉得，那个任贵也许没有他们那么坏。他应该没有参与那个……那个杀人的事。"晓霜在旁边说，"他受他们的要挟，没有说出杀害夏晴的事。但是这一回，也许是他回来了，想起当时的事，良心受到很大的刺激，于是决定要把这件事说出来，要去自首……所以，罗军和汪猛把任贵也杀了，罗军还扮成任贵的样子，出现在我们面前！"

杜润秋一个劲地点头："对，对，对，推断得太有道理了！于是，我们就成了他们的见证人！"

借用锁阳城的神秘传说和不可思议的现象，让杜润秋他们成为证人，力求让大家相信：任贵不是被他们杀的，而是被传说中一直徘徊在古城中的魅影杀死。

至于把任贵分尸，当然是为了便于搬运他的尸体，让杜润秋他们发现。任贵太高，如果是一具尸体，哪怕是罗军和汪猛这样粗壮有力的男人，都很难背着到处跑。

屈渊点了点头，说："在你们说可能放过任贵的尸体的地方，我的同事们找到了另外一些东西。一大丛很茂密的白刺下面，有刚动过土的痕迹。他们在土里找到了毛发和大量的纤维组织，而且时间大概有数年之久。所以，我们可以肯定，曾经有人埋在那里。不，当然不是任贵，他死了还没几天，最多就是在那里临时停放过。我相信，那里就是夏晴曾经被埋的地方，但是，她现在不在那里了。所以，你们回忆一下——你们待在这里的时候，有没有什么特别的事？任何事都可以。任何线索都可以。我想把她找出来。有了尸体，我们才能立案啊。不然你们再多的推测，也只能是推测！"

"……她在哪里？"丹朱轻声地说，"秋哥，你还记得井龙王吧？孙悟空哄着猪八戒，去背井底下的乌鸡国王的尸体……"

杜润秋看着晓霜，说："晓霜，你不是才下去看过吗？"

"是呀！"晓霜睁大了眼睛，举起一只手，说，"我发誓，下面没有！我下去的时候，虽然光线不够好，但尸体肯定是没有的！"

"所以，'任贵'会从井的旁边消失啊。"丹朱的声音，更温柔，"他们就是要我们下去找啊。找过一次，也不会有人再去井里面找第二次了，不是吗？晓霜会赌咒发誓，说她没在下面看到什么东西。夏晴的尸体，就会永远沉在井下面，没有人再会找到了。锁阳城，也仍然会继续笼罩在神秘的传说里面，由那个……传说中神勇无比的将军……继续在阴世统治……"

下午，水还不算太冷。

杜润秋只穿了短裤，正在井旁边"活动手脚"。别的人都像看怪物一样地看他，杜润秋回头翻了个白眼，说："看什么看！有没有我这么舍己为人的，我可是下去捞证据的！"

晓霜相当担心地说："你真的有把握吗，这回可是捞尸体呢……"

杜润秋一拍胸口，说："我可是在长江边上长大的！这口井，不在话下！"

夏月站在旁边，她颤抖得几乎快要站不住了。孙浩扶着她，一直在低声地安慰她。

杜润秋深吸了一口气，拉着绳子下了井底。

过了两三分钟，他手里抓着一个佳能的单反机，钻了出来。毫无疑问，这就是丁城那个失踪的相机。这一回，他带着十分充足的光源，不像晓霜下去那一回，半夜摸着黑，他一眼就看到沉在最角落的相机了。

他用力把相机抛给了屈渊。屈渊的第一反应，就是打开看储存卡是否还在里面。当然，不出所料，空空如也。

他对着杜润秋干笑了一下:"里面的存储卡,早被凶手丢了。那么小一张卡,很容易就可以毁掉的。"

杜润秋的脸上,一瞬间出现了一种奇怪的表情。他好像想起了什么,就那么浸在冷冰冰的井水里不动。

"你还不继续找?"屈渊说,"迟小姐不是说,尸体很可能在水底吗?"

"……我真倒霉。"杜润秋慢腾腾地说,"好,我下去,下去……"

他没有再多说什么,直接一个猛子扎了下去。这一回,杜润秋在水里待的时间,比刚才还要长。屈渊站在岸上,望着那墨绿无波的水面,身上莫名地感觉到一阵凉飕飕的寒意。

杜润秋终于再次钻出了水面。

因为在水底待得不短,他的眼睛有些发红,脸色也格外苍白。他望着屈渊,说:"下面确实有死人。"

过了片刻,他又补充了一句:"已经死了很久了。"

杜润秋不是第一次见尸体,也不是第一次与尸体近距离接触。

可是,在包括屈渊在内的所有人都以"我水性不好"为理由的时候,杜润秋只得自己再下去,把那具尸体给捞起来。

他觉得自己很像《西游记》里面,在乌鸡国的井底背尸体的猪八戒。

大功率手电的光都集中地照在井里,可是,仍然照不透井底的黑暗。

屈渊与一个警官合力,把杜润秋从井底拉了上来。杜润秋的脸出现的时候,把一群人都吓了一跳,他面色青白,也像个鬼。

杜润秋把井底的女尸跟自己紧捆在一起,屈渊他们没费多少力气,就把他拉了上来。

众人已经做好一切心理准备,面对一具腐烂甚至化成白骨的尸体了。可是,当他们看到那女尸的脸的时候,每个人都惊呆了。

那女人,虽然在水里浸泡过,但竟然还能看出昔日的美丽。可想而知,如果她一直在土里埋着,没有沉进井里,她仍然会面容如生。

"不负责地说一句,她不是淹死的。"法医说,"她是被掐死的,她……唉,看她脖子上的伤痕。"

夏月扑在那女尸身上,放声大哭。

杜润秋站在一旁,想劝她,却不知道怎么劝。

"她居然……一点都没变……"齐维喃喃地说,"这是奇迹。这不可能发生。锁阳城的传说……是真的吗?"

丹朱柔声地说:"你也知道吗?"

齐维点了点头:"是,我知道。我是学历史的,看过一些古籍,里面有一些关于锁阳的很不可思议的传说……"

杜润秋莫名其妙:"锁阳的不可思议传说?"

丹朱转向他,解释道:"可能你不知道,秋哥,锁阳还有个名字,叫'不老药'。就像罗军说的一样,它生长的地方,不积雪,地不冻,实在是种非常奇妙的植物。"

杜润秋大大地张开了嘴。"不老药?!"他又笑了起来,笑得却有点歇斯底里,"不,不可能吧,如果它真有这么奇特的功效,那岂不所有人都来挖了?现在锁阳入药的很多,还有什么锁阳咖啡,我也喝过,难道我也长生不老了?"

"只有一种解释。"丹朱幽幽地说,"在某种特定情形之下的锁阳,才能有'不老'或者说'不腐'的功效,就像人参果要用清水化开吃一个道理。"

"哦……这简直不可能。"杜润秋摇头,"不老药,那是秦始皇到海上仙岛所求而不得的。古来多少帝王,权倾天下,但终有一死。连他们都求不到所谓的不老药,在这个锁阳城就能轻易地得到?这太可笑了!"

"有时候,不是有权就能得到的。"丹朱温柔地"教训"他,"有时候,也是要看运气的!你看,孙悟空他们师徒四人不就得了人参果吗?按理说,怎么也轮不到他们几个的啊!我想,夏晴的遗体,就是幸运地得到了这个契机,所以一直完整地保存到了今天。这是一件好事,我们可以不经过DNA比对,就知道她是失踪的夏晴了。"

"你们不会真相信锁阳是什么长生不老药吧。"杜润秋嗤之以鼻,"反正,我是不相信的,一点儿也不相信。要不,我们也去吃上几个锁阳?"

晓霜重重地踩了他一脚:"秋哥,你能不能不要胡说八道了?你看,人家哭得这么伤心!"

"我……我只是想活跃一下气氛……"杜润秋蔫了吧唧地说，声音也放低了。晓霜压低声音，恶狠狠地说："有你这么活跃气氛的吗？啊？"

屈渊轻轻地拍了拍夏月的肩头，她哭得整个人都在发抖："夏小姐，节哀吧。从今天开始，你的姐姐可以不躺在土底下，或者是冰冷的井底了。她……终于可以安息了。"

孙浩也在旁边说："是啊，夏月，终于找到她了，她可以安息了。"

丹朱在一旁淡淡地说："可是，离开了锁阳，她很快就会跟一般的尸体一样了，不能再维持现在的样子了。我想，这也是凶手要将她沉入井中的原因之一吧，如果她一直不……不腐坏，对于凶手，不是一个好消息。"

"那又怎么样呢？"屈渊说，他的表情相当严肃，"跟普通的尸体一样，那不是应该的吗？人死了，肉体自然就是要腐烂的，这就是死亡的含义。如果……一直不腐烂，那就不对了。是不是？"

夏月却尖叫了一声，说："不！我不要这样！我……"

"我们记得一个人，不是要天天看着她的面容，而是把她记在心中。这样就够了。"屈渊又重复了一遍，"夏小姐，这样就足够了。你不能要求一个已死的人，永远不变，这是违背自然规律的。找到她，证明是她，就够了。化灰化烟，仍然是她，仍然可以长留在你心里。"

晓霜和丹朱，都凝视着屈渊。过了很久，晓霜轻声地说："是，你说得很对，屈警官。你说得太对了，可是，这个世界上的人，大多数，都不如你看得明白。哪怕是活了一百年，一千年，还是看不透……"

杜润秋忍不住插了一句嘴："说起来，好像你们真活过一千年一样！"

自然，他又挨了两个女孩的大白眼。他只有转过身去，问屈渊："你们准备什么时候去抓那两个人？他们是凶手，板上钉钉的了。"

屈渊皱着眉，说："这两个人，相当丧心病狂啊。我们抓捕的时候，得小心点儿了。"他把法医拖到一边，问："那个凶器，是一个女人能抬起来的吗？"

法医肯定地摇头："我看过那个青铜大鼓了。一个女人，绝不可能把鼓举到那个高度，然后砸下去。更不要说把青铜的大鼓，拖那么长一段路了！"

"嗯，那么凶手，就一定是男人了。"屈渊转向杜润秋，"你能做到不？"

杜润秋想了一想。"举起来，砸死人，再放回去，应该可以。但是要拿这么远……"他的声音戛然而止，指着屈渊说，"你干什么！诈我吗！告诉你！我可是清白的，这些事跟我一点儿关系也没有！"

他的声音低了下去："我之所以来这里，都是因为夏月。我还真觉得，我是不应该来的……"

屈渊一脸恍然大悟的表情："哦，你又有新女朋友了？你带着两个，还找一个，你还真是，厉害啊，佩服！"

杜润秋狠狠瞪他："你再在这里哪壶不开提哪壶，我就不告诉你线索了。"

屈渊眼睛一亮："你有线索了？"

杜润秋点了点头："我刚才看到照相机，突然想到的。你把那件证物给我看看，我就能给你证据。"他凑到屈渊旁边，低声地说了两句话。

天色又昏暗下来了，暮色渐渐地把红松林全部包裹了进去。

杜润秋跟屈渊两个人站在小庙前，沉默地俯视着红松林里面的石俑。

屈渊慢慢地说："你真的这么认为？"

"……不然还有什么理由呢？"杜润秋说，"你不信我？"

屈渊走进了小庙，看着那放得高高的青铜大鼓。房梁很低，沉沉地压下来，好像这小庙随时都会塌掉一样。四面墙和天花板都十分陈旧，到处都是剥落的痕迹。脚下的地板更是不必说，都踩得变形了。

屈渊爬上石台，检查房梁。他看了片刻，回头说："你想得有道理。"

杜润秋一挺胸膛："怎么着，我现在也像神探了吧！"

"是啊。"屈渊讥讽地说，"快变柯南了，走到哪里，哪里就死一大票人！"

杜润秋再会说，这一下也说不出话了。

夏月、孙浩和齐维气喘吁吁地爬上了小山坡。杜润秋没有叫丹朱和晓霜，她们两个在收拾行李，原本，她们就是这桩杀人案的局外人。杜润秋还记得丹朱和晓霜第一次去看丁城的"死亡现场"的时候，两个人交换的眼色。那时候他不明白，现在他懂了，那个眼色的含义——丁城等人的死，对她们而言，是意外，也无关。她们在意的，仅仅是古城里面徘徊的影子们，千年不散的阴魂。

孙浩抹了一把汗，说："这么晚了，叫我们来做什么？"

屈渊露出一个古怪的笑容。"来看一看犯罪现场啊。"他指着背后的青铜大鼓，"这就是所谓的凶器了。"

齐维说："我猜是在锁阳城里面出土的文物，应该就是当年军队用的战鼓。没想到，会变成凶器……"

屈渊朝杜润秋使了个眼色，杜润秋嘿了一声，去把青铜大鼓摇摇晃晃地举了起来。他又放下，说："你们来！"

孙浩和齐维虽然出了一身大汗，但好歹都举了起来。夏月胆怯地说："我也要试吗？"

杜润秋笑了一笑。"你就不用了，当心把我们都砸死！"他一伸手，指着头顶说，"其实，举不举得起来，一点儿都不重要。力气大不大，也一点儿都不重要。看这里！"

跟青铜大鼓相对的房梁上，有一道白色的浅浅的刮痕。这痕迹很新，不过，房梁上剥蚀的痕迹不少，这一道也并不显眼。

杜润秋又指着青铜大鼓的环形"耳朵"说："用一根粗绳子穿过去，系在梁上……"他招呼屈渊，"来，我们来演示一下！"

屈渊把一根粗麻绳穿进"耳朵"里，又爬上石台，紧紧地拴在房梁上。因为房梁很低，所以做起来非常容易，完全没有难度可言。屈渊伸手一指："喂，杜润秋，你到那边去，背对着我，你当死者！"

杜润秋不情不愿地走了过去，背转了身："你小心点，别真砸着我了！"

屈渊用力一推，那青铜大鼓就重重地朝杜润秋撞去。杜润秋听到风声，忙往旁边一躲，大鼓就重重地砸在了木柱上，顿时木柱上都是一个大大的凹槽。几个人都看得呆住了，屈渊对法医说："你看，这样子能砸死人吗？"

法医点了点头："当然。后脑勺都会砸凹掉！"

杜润秋说："只要在绳圈里塞一根长木棍，绑紧，然后慢慢地摇动木棍，就能把大鼓吊上去，回到原处。杠杆原理吧，很简单，中学生都懂，也用不着多大的力气。"

他环视着面前的三个人："所以，你们三个人，都有嫌疑。"

他忽然一把抓住了夏月的手。众人都看得清清楚楚，夏月的虎口处，擦破的伤还没有好："尤其是，因为拉扯这个绳子而把虎口都弄伤了的那个人，嫌疑更大。"

夏月吓白了脸，想把手从杜润秋手里抽出去。她的眼睛，直直地盯着杜润秋，有些不可置信的味道。她的声音微微地在发抖。

"你……你怎么可以这么说我……"

杜润秋凝视着她："我说的是事实，夏月。你不能否认事实的。"

他松开了手。夏月的手，无力地垂了下来。

齐维的眼神，同样也是不可置信的。他摇着头，说："不可能，她不可能把这么沉重的青铜大鼓弄到下面去！"

杜润秋笑了，跟屈渊对视了一眼。屈渊悠悠地说："没必要啊，只要死者自己跑到这里来，就行了。青铜大鼓太重，可是，把一个矮小的百十斤的人，背到红松林，还是可行的。你们两个人，那天晚上，是不是睡得很熟？"

齐维点了点头，看了孙浩一眼。孙浩没有说话，但是这本来就是一种默认。

杜润秋呵呵地干笑了一声："丁城就是在你们睡下之后出去的。他趁着大家都睡着，想去看看——看一看，他的罪，是不是还在原地沉睡……"

白刺和锁阳下面。

她仍然沉睡。

"他安心了，她还在下面。"杜润秋慢慢地说，"他回到帐篷的时候，看到了你，夏月。你是尾随他回来的。你装得若无其事的样子，问他，去干什么了？丁城从来不知道你跟夏晴的关系，他也想不到你会有杀他的心。你可能是告诉他，你白天发现上面有个庙，月色很好，可以拍点俯拍的照片，一定很美。丁城跟着你去了……"

"等等！"齐维叫了起来，"如果是临时起意，凶手不可能有时间布置现场！"

杜润秋苦笑了一下:"有时间的。凶手让丁城给小庙外面的石碑拍照,说马上要下大雨,可能会把线索湮灭。——凶手在帐篷里面拿了一卷登山绳(后来她还了回去),又在路上拣了一根结实的木棒当杠杆。布置现场只需要五分钟。丁城拍照的习惯,你们都知道……"

一个地方,会反反复复地拍很多张,还会不厌其烦地调光。

10

杜润秋闭上了眼睛。他在想象当时的情形。

暗沉沉的黑夜里,一个披头散发的女人,背着一具刚刚死去的男人尸体,苍白而绝望,踉踉跄跄地奔向不远处的红松林。那片全是石俑的松林,是她的救命稻草。即使压在背上的男人尸体沉重得像石块,她也不得不支撑下去……

这是仓促之间,她唯一能想到的摆脱嫌疑的方法,虽然,这个世界上,绝对没有完美的谋杀。

一个女人,要背着一个男人的尸体走到红松林,不太现实。不过,在绝境之中,人往往会比平时更顽强和坚韧一些。而且,夏月也是长年在户外活动的,本来就是个相当强健的女孩子。

布置好红松林的现场,让丁城面朝下地趴在地上。

红松林离他们扎营的地方有相当一段距离,不用担心被人发现。

杜润秋他们喝的茉莉花茶里面,夏月下了轻度的安神药。只有丁城的杯子,她没有下药。这样的话,如果丁城想一个人去什么地方,就不会有别人妨碍。

他听到的丁城说话的对象,确实是夏月,只不过,夏月也害怕别人听到,只做了几个手势,没有开过口。

丁城是进来拿相机的。匆忙之间,他把相机包仍然放在了帐篷里。

夏月浑身颤抖得像片落叶,她挣扎着,说:"你没有证据!你都是……都是自己想象出来的!我还能说是你杀了人呢!我们中间,就你……就你个子最大!"

杜润秋仍然盯着她。他的眼神,悲凉又失望。"夏月,如果你真的要证据,我给你。"他拿出了一个手机,"这是在丁城的衣袋里找到的,我从屈渊那里要来的。是他的手机,你们都确定吧?"

齐维和孙浩都点了点头。杜润秋按了几下,手机上出现的图片,一张张地翻过,让所有的人,都呆住了。

第一张,是夜间山坡上的小庙。

第二张,是小庙外面的一块碑。

第三张,还是碑的特写。

第四张,也是最后一张,是站在庙门口的夏月。

看起来,夏月并不知道丁城拍到了她。她穿着一件白色的外套,头发在夜风里飘扬,神情美丽而复杂,甚至有一点点哀伤和决绝的味道。

一个即将被杀死的人,给一个即将杀人的女人所拍的照片。

夏月死死地瞪着手机。她的声音恐怖而绝望:"这是哪里来的?这不可能,不可能!"

"他相机的存储卡,早被你弄坏了,扔井底了。"杜润秋说,"可是,有件事你不知道。丁城用的是现在流行的一种 Wi-Fi 存储卡,我新买的相机也用的这种。也就是说,在没有任何网络的情况下,这个存储卡本身可以成为一个局域网,把手机或者任何能上无线的设备连上,把照片传过去……"

他举起丁城的手机:"丁城为了确保照片的安全,就把他认为最重要的几张,备份到了手机里。因为这里连手机信号都很微弱,你也没有想到他能从相机把照片传进手机。所以,你犯了一个致命错误——没有毁掉他的手机……"

他的声音越来越低:"你本来可以轻而易举地毁掉这个证据的。"

夏月终于崩溃了。她浑身发抖,眼睛空洞而涣散,喃喃地说:"我本来并没想到,杀人是件……这么容易的事……"

孙浩抓着她的手，抓得太紧，几乎要掐断她的手腕："你疯了？夏月，你怎么会做这样的事？你……你应该告诉我啊，我会帮你查的……"

"那只是一下子……"夏月喃喃地说，"我……我想他死，就在这时候，马上死……我看到丁城在月光下看我姐姐的表情……那个表情……完全不像是一个人……魔鬼……"

"你不该这么做的。"屈渊叹息，他的声音里面，只有同情，"只要是他们干的，有了证据，我们警方不会放过他们的。"

夏月尖叫："可是，你们没有！你们没有！没有！没有……我等了这么多年，什么都没有等到！如果我不来，她会继续沉睡在这下面的！"

屈渊缓缓地摇头："无论如何，你不应该这么做。杀人，报复……在毁灭他人生命的时候，也是在毁灭你自己。你还太年轻，你不明白……好了，我只能告诉你一件事。你放心吧，另外那两个人，我一个都不会让他们跑掉的。"

看他那严峻的扑克脸，坚毅的表情，杜润秋也相信，绝对不用操心罗军那几个人会跑掉了。

夏晴的脖子上有扼过的痕迹，应该是那几个人喝醉之后，想侵犯她，却不慎失手杀死了她。本来，夏晴的事能够不东窗事发都已经算走运，任贵如果提出自首，这几个杀人犯，是决不会介意再杀死他来保密的。毕竟，任贵只是知情不报，而他们几个，是故意杀人！

杜润秋回忆起来，罗军、汪猛，这两个人，都一点儿没有害怕的样子。说他们毫无道德感和良知，恐怕也不为过。丁城恐怕多少有点良心不安，所以，他离开了电视台，也离开了这些同谋。也只有他，还会介意自己沉睡的罪。

另外两个男人，根本毫不害怕。把夏晴从土下面移到井里面，扮成任贵在古城里面活动……他们简直像是在做一个游戏！

杜润秋沉默地看着手机里的照片。他记忆中的夏月，真的不是这样的。也许，是锁阳城，这妖异阴冷的气氛，才激发了她的灵感，让她犯下了这样的罪行。

屈渊长长叹息了一声："其实，她用不着杀人的。不值得……她不明白，她以为她做的是一件必须做的事,可是,她的人性,她的感情,都会像她姐姐的尸体一样,沉到深深的水底。夏晴还有重见天日的一天,可是,夏月自己身上那些美好的东西,是再不会浮出水面了。她不懂……大多数杀人者都不懂……或者说,懂的时候,已经太迟了,一切都无法挽回了……"

杜润秋看着手机上他以前跟夏月的合影。

这至少已经是五年前的照片了。照片上的夏月,是个天真热情,对生活充满了希望的女孩。他记忆里的夏月,仍然是这个样子的。

如果永远是这个样子,不要变,就好了。

他的手机自动关屏了。一片黑暗。

那束供奉在庙里的白刺和锁阳,应该也是夏月放上的吧。杀人凶手最后留下的一点儿对过往的眷恋,如今也该枯萎了。

大家都走了。

锁阳城一下子就变得安静下来,安静得像是亘古以来,里面就没有人住过,也没有人存在。

它只是一座石头的城池,如果真的有人在里面居住,也只是无数看不见的幽魂。

"我们为什么还不走啊?"杜润秋可怜巴巴地说,"他们都走了,回到有人烟的地方了,我们为什么还要在这个鸟不生蛋的地方继续待下去?"

"今天晚上,我们一定要在这里待上一晚。"晓霜说,"明天就可以回去了啦!再坚持一晚上,秋哥,就一晚上!"

杜润秋做了个苦相,看着丹朱和晓霜:"看看,我们这两位美丽的大小姐,真的很有牺牲精神啊。你们真的不害怕?"

"这里已经开发成了景区,以后还会不断地有人来。这一点,我们无法制止,我也不可能告诉旅游局的人,这里有奇怪的事。"晓霜说得十分认真,"所以,我们这一回,要彻底解决问题!"

杜润秋叹了口气:"明知山有虎,偏向虎山行,有气魄啊,有气魄!好,今天晚上,我就在这里留定了!"

他又把嘴凑到了丹朱耳边,小声问:"喂,我说,是你说过的,时辰日期都过了,现在留在这里不会再有事了吧?"

"原来你也是表面充英雄心里害怕啊!"晓霜听到了,撇着嘴说,"怕就别留下嘛,何必打肿了脸还要充胖子?死要面子活受罪!"

"这个你别管,"杜润秋说,"你们只要告诉我,你们说的是不是真的?"

丹朱叹了口气:"是真的啦!你尽管放心吧!"

杜润秋大大地松了一口气:"好,好,好,这样我就可以不打肿脸也充胖子了!好吧,两位小姐,我们要去哪里?"

晓霜毫不犹豫地说:"当然是去古战场的遗址。"

杜润秋做梦都没想到她会扔出这么一句话,他只觉得阴风阵阵,牙齿又要开始打架了:"什……什么?要去那个白骨遍地的地方?开什么玩笑?不去!不去!不去!我坚决不去!不去!"

他一迭连声地在那里重复"不去",晓霜和丹朱都皱起了眉头。晓霜嗔怪地说:"秋哥,这么晚了,你还能走吗?还打退堂鼓?真是的!你不去,我们自己去!你就一个人待着吧!"

说实话,杜润秋还真不敢一个人待着。虽然丹朱和晓霜都一再说现在这里并没有什么古怪了,但他对这锁阳城实在是心有余悸。于是,他只能投降了:"好好好,二比一,我都没有发表意见的权利了!好好好,去吧,去吧!"

他们先去了井旁边的石俑群。杜润秋就看见两个女孩点了三炷香,然后丹朱拿出了什么东西,埋在了土里面。

杜润秋眼尖,他看到那东西在月光下泛出亮光,他猜,肯定是她们在古战场挖出来的,那个酒壶。

那东西到底有什么用?

"走吧,秋哥。"丹朱走了回来。杜润秋眼神很好,他看到,丹朱的眼圈微微有点红。她哭过吗?

他们在古战场的一个角落把帐篷搭了起来。丹朱烧了一小瓶热水,泡了几杯浓茶。

杜润秋其实不喜欢喝茶,但这时候他觉得浓茶提提神也不错。看这个样子,她们俩是要等一阵子了。

丹朱还在抱着她那本《天方夜谭》在看，杜润秋抱着茶杯，一个人坐在帐篷外面，也不知道在发什么呆。

晓霜钻出了帐篷，坐到了他的身后："嗨，秋哥，在这里想什么呢？想得这么认真？"

"就是看看而已。"杜润秋说，他的眼神在古战场的四周游移着，"这么有感觉和有氛围的地方……坐在这里，我就感觉自己好像是个一千多年前的士兵一样，坐在帐篷旁边，围着火，身边是战马的嘶声……真是奇怪啊，我只要一闭眼，就感觉仿佛真的置身在这样的环境里。"

"现在几点了？"丹朱似乎是很漫不经心地问了一句。杜润秋看了一眼夜光手表："马上就要午夜十二点了。"

他沉默了一会儿，又说："我刚才跟屈渊打过电话，他说，他们抓了汪猛和罗军。这两个人真不是省油的灯，居然还拒捕，结果一死一伤。汪猛供认不讳，确实是他们对夏晴强奸不遂，失手掐死了她。"

晓霜问道："夏月怎么样了？"

杜润秋低下了头："屈渊说，她迟早都会发疯的。他重复地说，夏月不是杀人的类型，她只是一时冲动犯下了这个罪行。孙浩也很自责，一再说，如果自己知道了这件事，是一定会阻止她的……"

晓霜拍了拍他的手背，表示安慰。杜润秋的目光，向四周飘去："这里，这下面埋着上千的白骨。也许，是他们的怨气，感染了夏月吧？或者，也感染了那几个男人？埋了上千年，一直在锁阳城里，阴魂不散……"

丹朱整了整裙子，缓缓地站了起来。她穿了一身的黑，只有她的脸，雪白秀丽："是，秋哥，你说得一点儿都没有错。你看……他们都在这里……都在这里……"

杜润秋呆住了。月光下，他看到了极其恐怖的景象。

无数的白骨，有的是断手的臂骨，有的是仅余五指的枯骨，还有的只剩个骷髅头，甚至还有半个被劈下来的胸骨，都从沙土里钻了出来。沙土是十分松散的，这些白骨钻得也十分容易，有的钻出来了，还来回抖了抖白骨上沾着的土。他们的行动相当迟缓，一举一动都会发出嘎吱的声音，像是太久没动，骨头都生了锈。

杜润秋想叫,却已经恐惧得叫不出来。他眼睁睁地看着那数以百计的白骨从土里争先恐后地冒了出来,围在丹朱的身边。杜润秋吓得一颗心怦怦直跳,朝前扑了过去,却被晓霜一把拉了回来。

"看着,秋哥!不会有事的!"

丹朱若无其事地站在那里。她的黑发,和她黑色的裙裾,都在夜风里飘飞。杜润秋又再一次很清楚地感觉到,现在站在他面前的丹朱,仿佛一个陌生人。她虽然站在自己面前,但是,她的心,或者她的灵魂,或者别的什么,都在一个非常遥远,自己完全企及不到的地方。

那些白骨,似乎压根儿就没有伤害她的想法。杜润秋相当清晰地听到(或者说是脑子里感受到),听到了一声又一声十分悠长的叹息,杜润秋几乎可以断定,这叹息里带着无限的满足。

"你们可以安息了。"丹朱柔声地说,"你们曾经做过错事,所以你们受了那么久的苦难。不过,到此为止了。我已经想通了。我不会再为过去所苦,而你们……也可以安眠了。"

她接连做了好几个奇怪的手势。她的脸,在月光下,晶莹如玉,双眼澄澈如星:"你们可以走了。"

杜润秋又再次听到了叹息声,像是很多很多人同时发出来似的,深远而悠长,余音不绝。

那些白骨都像突然失去了支撑一样,先后扑倒在地,白骨碎得更厉害了,有的几乎快碎成了灰白色的渣。

杜润秋呆呆地看着,连眼珠都不会转了。直到丹朱说了一句:"好了,一切都结束了。"他才如梦初醒一般,猛地转过头看着两个女孩。

"你们告诉我,今天晚上没有危险的!"

"是啊,我没有骗你。"丹朱说,"从此以后这里再不会有任何恐怖的事发生了,否则,每年那几天,那几个时辰,还是可能会出事。现在,再也不会了。永远地……锁阳城会有阳光照进来了……这里不再是幽魂盘踞的地方了……"

杜润秋再次被震撼了。他的嘴就没有合上过。晓霜又接了上去:"秋哥,忘记这里的一切吧。一切一切!"

"那你们至少要告诉我……"杜润秋说了一半,又停了下来。他实在不知道,究竟想要丹朱和晓霜告诉他什么?他整理了一下思绪,问:"你们肯定知道,为什么薛大将军的军队,会互相残杀?"

丹朱走到了一丛白刺旁边,摘了一个锁阳:"秋哥,锁阳是寄生在白刺上的,它会被一种虫子给吃空。大多数时候,它们这种生存的方式是没有问题的。但是,在那个时候,出现了问题。锁阳没有问题,有问题的是那种虫子……它们有毒。也因此,吃了锁阳的人,他现了精神错乱的情形。"

"那,这是人为的,还是……"杜润秋问。丹朱的嘴角,露出了一缕很淡很淡的笑意:"一千多年了,谁知道呢?那种毒虫,很容易就会被某些特别的东西吸引而来,比如,某些香草。就像蛇喜欢某些药草燃烧的味道,却对硫黄退避三舍———一个道理。"

杜润秋凝视着她,问道:"是她做的吗?"

丹朱说:"谁?"

"尉迟重华。她的憎恨,她的愤怒……让这个锁阳城变成了死城?"

丹朱唇角的笑意加深了。她眉梢眼角,有股淡淡的悲哀之意:"即使是她,她的憎恨也已经结束了。她也需要宽恕——宽恕别人,也宽恕自己。屈渊警官……他说得很对。盲目地憎恨和报复,并没有多少意义,只能把自己拖进黑暗的井底,永远看不到初升的太阳。应该……结束了……"

杜润秋凝视着她秀丽至极的脸庞。她的脸,在黑色衣服的衬托下,真是美,美得像块精致至极的白玉。

"可是,你为什么会知道这些呢?丹朱?那个武将……不管他是幻影还是什么……他为什么管你叫重华?"

"秋哥,你的问题太多了。"这回说话的是晓霜,她鼓着腮帮子,"你都说了是幻觉了啦!还问这些!"

杜润秋仍然两眼凝视着丹朱,问:"你是她的后代吗?尉迟重华?"

丹朱微微地弯了一下嘴角:"是。"

远处有鸡叫的声音,天已经快亮了。杜润秋望了望天边的红霞,又看了看丹朱,她又坐回到了帐篷前面,仍然是一副淡淡的表情,她微微仰着头,也不知道在想什么。

她的膝盖上,仍然放着那本《天方夜谭》。

"给我看看行不?"杜润秋问。丹朱看了他一眼,把书递给了他。

她正在看的那一页,是那个"渔夫和四色鱼"的故事。

杜润秋看着看着,若有所悟。丹朱的祖先岂不就像那个女巫一样,因为憎恨和愤怒,而把锁阳城变成了一座死城和鬼城?而如今,他们三个难道不就像那个发现黑石宫殿的国王一样,把这座鬼城变回了一个普通的旅游景区,从此不再有怪异的事发生?

你若反目,我们也反目;

你若履约,我们也履约;

你若抛弃誓言,我们也奉陪着。

这是那个故事里面,四色鱼所吟唱的诗。也是丹朱不止一次低声吟过的诗。杜润秋茫然地想着,她的祖先——如果确实是她的祖先的话——这就是尉迟重华对薛大将军的态度吗?违了誓,所以就"奉陪",也就是不惜代价地报复?

"与汝誓同生死"。

那个武将——薛大将军——在倒下之前,叫的就是"重华"这个名字。

他仍然有疑问。如果尉迟重华的身世真是如罗军所述,那么以她那时的身份和处境,要留下后代,好像不太现实。但是,除此之外,他想不出丹朱身份任何别的解释。

天亮了。

杜润秋又看了那两个女孩一眼。她们背靠背地坐着,一个穿黑,一个穿白,头发在风里飘动。朝霞映着她们的脸,当真是颜如朝华。

初升的太阳,染得山谷里一片血红。

锁阳城的半边天都掩映在朝阳初升的霞光里。他之前从来没有看到如此阳光灿烂的锁阳城,却在即将离开的最后时刻看到了。

——古城魅影·完

古城魅影·后记

有那么一座古代遗留下来的城池,里面长满了一种叫锁阳的植物。跟锁阳总是生长在一起的,是一种叫白刺的灌木,能够在环境极其恶劣的戈壁里生存。

我来到锁阳古城的那一天,刮着很大很大的风,大到连门口卖票的人都不见了,于是我们连门票都没买——没人卖给我们……那风真大,站在高高的石梁上,我都快被风吹得掉下去了,吹得我们都无言无语,一句话都没有了。

实在是被这风给吹傻掉了,于是我们决定早一点走。然后,非常奇怪地,我们迷路了。在那些沙丘和一片片的白刺、锁阳之间,奇迹般地迷路了。我现在回想起来,真像是走进了黄蓉在树林里布下的土阵,转来转去,居然被带错了方向。最后,明明看到出口就在眼前,我们还是——走到了另一个门。

事实上,我们在场的四个人,都不是路痴,方向感都不差。但是,我们的确是迷路了。后来我们讨论这个问题,大家都觉得有趣,只能归结于那大得非同一般的风,和那股弥漫在古城里神秘苍凉的气氛。这座古城,像是个巨大的坟场,下面究竟埋藏着什么,我们再也不会知道。

奇妙的地方。拥有某种"气氛"的地方。这种"气氛",留在了我的记忆里。于是,这个故事就以锁阳古城做背景,并融进了另一个同样奇妙的地方。从这一集开始,杜润秋也开始真正地深入了解这两个女孩——她们的过去,她们的目的……他是个好奇心很强的人,虽然,他明知道好奇心会杀死猫,还是义无反顾地陷了进去。

从这一集开始,命运的齿轮就转动得更快了。真相开始逐渐揭晓,杜润秋将面对自己最终不得不面对的结局。第一集的时候,他相当快乐,视忧愁于无物，但是在跟晓霜和丹朱的旅程里，随着看到的东西越来越多，他也开始被那一切所感染，越来越不懂得快乐为何物。大概，这也是人生的必经阶段吧，尤其是遇到感情纠葛的时候。